Hanni Münzer

Die Akte Rosenthal –

Hanni Münzer

Die Akte Rosenthal

Teil 1

Thriller

Band 2 der Seelenfischer-Reihe

PIPER
München Berlin Zürich

Mehr über unsere Autoren und Bücher:
www.piper.de
Aktuelle Neuigkeiten finden Sie auch auf Facebook, Twitter und YouTube.

Von Hanni Münzer liegen im Piper Verlag vor:

Die Honigtot-Saga:
Band 1: Honigtot
Band 2: Marlene

Die Seelenfischer-Reihe:
Band 1: Die Seelenfischer
Band 2: Die Akte Rosenthal – Teil 1
Band 3: Showdown – Die Akte Rosenthal – Teil 2
Band 4: Das Hexenkreuz – Die Vorgeschichte zu »Die Seelenfischer«

Ausführliche Informationen finden Sie auf:
www.hannimünzer.de

FSC www.fsc.org MIX Papier aus verantwortungsvollen Quellen FSC® C083411

Geänderte Taschenbuchausgabe
April 2017

Erstausgabe 2013
Umschlaggestaltung: Mediabureau Patrizia Di Stefano, Berlin
Umschlagabbildung: tamara1k / 123RF (Blüte); Duncan Walker / Getty Images (Rahmen), Malorny / Getty Images (Stadt)
Satz: Satz für Satz, Wangen im Allgäu
Gesetzt aus der Dante
Druck und Bindung: CPI books GmbH, Leck
Printed in Germany ISBN 978-3-492-30963-9

Toleranz ist der Schlüssel zum Frieden.
Frieden ist die höchste Evolutionsstufe des Menschen!

Rabea Rosenthal

Ein schockierendes Verbrechen wurde auf das Betreiben einiger Individuen hin begangen, mit dem Segen anderer und der passiven Zustimmung von allen.

Tacitus
Römischer Historiker
(* um 58 n. Chr.; † um 120)

Prolog

Zwischen Euphrat und Tigris

Der Mann saß gerade in der Maske des Fernsehsenders CBS, als sein Smartphone klingelte. Ein Umhang schützte seinen Anzug, während eine junge Maskenbildnerin sein Gesicht mit einem Pinsel bearbeitete. Als sie sich über ihn beugte, streifte ihr Busen seinen Oberarm. Er genoss den Duft ihrer Jugend, erahnte die strammen Konturen ihrer Brüste unter dem Kittel.

Doch diese Frau war für ihn tabu. Sie arbeitete hier, und er war heute eingeladen, um als Kandidat für den Posten als Gouverneur von Virginia ein Interview zu geben.

Er lächelte ihr entschuldigend zu, während er sein Smartphone aus der Tasche zog. Das Display zeigte den Anrufer. Er war sechs Zeitzonen entfernt. »Ja?«, meldete er sich.

»Wir haben ein Problem. Hier stellt jemand Fragen und schnüffelt herum.«

Der Kandidat unterdrückte einen Fluch. *Ausgerechnet jetzt, wo sich alles so gut entwickelte!* Doch er hatte sich wie stets unter Kontrolle. Ruhig und geschäftsmäßig antwortete er dem Anrufer: »Bleiben Sie an der Sache dran. Ich melde mich in einer Stunde zurück.«

Am folgenden Morgen rollten mehrere dunkle Limousinen in kurzen Abständen die Auffahrt eines Anwesens im Außenbezirk von Fredericksburg, Virginia hoch. Dort verschwanden sie sofort in der Tiefgarage. Zwei der Teilnehmer der geheimen Zusammenkunft nutzten den Hubschrauberlandeplatz im Park des Anwesens. Mit seiner von weißen Säulen gestützten Veranda wirkte das Haus wie eine verträumte Südstaatenvilla vor dem Bürgerkrieg. Dabei war es erst vor zwei Jahren fertiggestellt worden.

Die Ankömmlinge wurden umgehend in den abhörsicheren Konferenzraum geleitet. Dort erwartete sie der Hausherr. Schweigend formierten sie sich um den Tisch aus polierter Eiche. Gespannte Erwartung lag in der Luft. Jeder der Teilnehmer lebte in einer Welt, in der man alles kaufen konnte – alles außer Zeit. Jede Minute, die in diesem Raum verstrich, hinterließ ein Machtvakuum, waren ihre Dow Jones, DAX, RTS und Nikkei-Imperien ohne Herrscher.

Bei den sieben Personen handelte es sich um eine elitäre Truppe, das Who-is-who der Wirtschaft und der Rüstungsindustrie. Diese sieben betrachteten sich selbst als die inoffiziellen Herrscher der Welt, sie kontrollierten den globalen Börsenhandel, die Warenströme, die modernen Medien. Sie entschieden über Erfolg oder Misserfolg einer Regierung, berieten über Krieg und Frieden, waren Herren über Leben und Tod.

Als sich alle gegenseitig begrüßt hatten und jeder an seinem angestammten Platz saß, richtete der Medienmogul das Wort an den Hausherrn, der sie zu dem Treffen gebeten hatte. »Und, Donald, was ist der Anlass? Warum mussten wir unbedingt heute und persönlich hierherkommen?«

Der Angesprochene kam gleich auf den Punkt. »Lotta«, er nickte dem einzigen weiblichen Teilnehmer zu, »und Freunde, ich erhielt gestern einen Anruf. Es ist ein Problem aufgetreten«, erklärte Donald, der einer der mächtigsten Dynastien Amerikas entsprang, die bereits einen Präsidenten und einen Vizepräsidenten gestellt hatte.

»Hat sich die Arabische Liga erneut verbündet und rationiert das Öl?«, fragte eine hart klingende Stimme. Sie gehörte einem Asiaten.

»Nein«, erwiderte der Hausherr. In der dunklen Holztäfelung hatte sich geräuschlos die schwere Tür geöffnet. »Hier kommt der Mann, der mehr darüber weiß. Senator Whitewolf«, begrüßte er ihn, »berichten Sie.«

Whitewolf nickte allen Anwesenden zu. Dann sprach er das aus, was jeder Einzelne der Anwesenden seit dem Eintreffen der dringenden Nachricht unbewusst befürchtet hatte. »Ich bin hier, um Ihnen mitzuteilen, dass die Operation *Zwei Flüsse* unser Einschreiten erfordert.«

Kapitel 1

Tanger, Marokko

Ein ungewohntes Geräusch schreckte sie aus dem Schlaf. Es klang wie ein hohes Zischen, gleich neben ihrem Ohr. Zunächst konnte sie es nicht einordnen. Nach einigen Sekunden fiel es ihr ein. Die kleine Katze! Sie hatte sie gestern aus einem Mülleimer im Hinterhof gerettet, und nun hatte das kleine Knäuel bereits ihr Kopfkissen erobert. Sie tastete nach ihm, um es zu beruhigen. Das Tierchen kauerte zitternd neben ihr.

»Was hast du denn? Hörst du Mäuse?« Mäuse waren eine ewig währende Plage in der Mietskaserne am Randbezirk Tangers. Sie zog das Kätzchen zu sich heran und versuchte, es mit Streicheln zu beruhigen, als sie plötzlich begriff, was das Tier so erschreckt hatte: Auch sie konnte jetzt die fremde Präsenz im Raum spüren. Sie verharrte stocksteif und lauschte angestrengt in die pechschwarze Finsternis. Die einzige Lichtquelle war die Digitalanzeige ihres Radioweckers. Sie zeigte 03:38 Uhr. *Einbrecher?*, fragte sie sich. Erst kürzlich waren die Nachbarn unter ihr ausgeraubt worden.

Sie tastete nach ihrer Pistole auf dem Nachttisch, die dort ihren festen Platz hatte. Bemüht, sich nicht durch das leiseste Geräusch zu verraten, schloss sich ihre Hand um den Griff. Danach rollte sie sich so behutsam wie möglich vom Bett, trotzdem konnte sie nicht verhindern, dass die Matratze knarzte. In die Ecke zwischen Bett und Wand gekauert, wartete sie. Die Katze fauchte und zischte weiter.

Sie spürte eine Bewegung wie einen leichten Windhauch. Wo? Plötzlich flammte eine Taschenlampe auf. Direkt vor ihr entdeckte sie einen schwarz gekleideten Mann mit einer futuristischen Apparatur auf dem Kopf. Der merkwürdige Anblick irritierte sie kurz, und bevor sie einen Schuss abgeben konnte, hatte ihr der Eindringling die Waffe entrissen. Er warf sich auf sie, drückte sie mit eiserner Hand nieder, und im nächsten Moment spürte sie den Einstich einer Nadel an ihrem Hals.

Ihr letzter klarer Gedanke, bevor sie das Bewusstsein verlor, war, dass der Mann ein Nachtsichtgerät getragen hatte.

Kapitel 2

Nürnberg, Deutschland

Es war der erste richtig schöne Tag im Mai. Endlich hatte der Frühling sein Versprechen erfüllt und komponierte eine Symphonie der Farben und Klänge. Der Himmel leuchtete in einem Blau, wie nur der Frühling es hervorbrachte, das Gras war von einer Frische, die die Sinne berauschte, und in das fröhliche Konzert der Vögel mischte sich das Summen emsiger Bienen.

In Scharen zog es die Sonnenhungrigen an diesem Sonntag in den Nürnberger Stadtpark vor dem Laufer Tor.

Auch Lukas von Stetten und seine Familie hatten sich daruntergemischt. Er hatte sich fest vorgenommen, wenigstens heute nicht daran zu denken, dass erst vor drei Tagen Frau Gabler, die jahrzehntelang die Haushälterin seiner Familie gewesen war, tot in der Villa seiner Eltern aufgefunden worden war. Laut Polizei hatte sie Einbrecher überrascht und es sogar noch geschafft, den Alarm auszulösen. Die Einbrecher mussten daraufhin überstürzt geflüchtet sein – denn weder war die Villa durchwühlt worden, noch schien etwas zu fehlen.

Frau Gabler selbst hatte keine äußerlichen Verletzungen gehabt – bis auf das, dass sie tot war. Herzinfarkt, hatte der Arzt gesagt, ein Sekundentod, und sie habe nicht gelitten.

Bewaffnet mit Decke und Picknickkorb hatte Lukas mit Frau und Sohn einen geschützten Platz am Rande einer kleinen Baumgruppe bezogen. Während die junge Ehefrau Hähnchen, Kartoffelsalat und fränkischen Apfelkuchen hervorzauberte, tobte sich Lukas mit seinem Sohn beim Fußballspielen aus. Nach dem Essen lag er faul im Gras, genoss die warmen Sonnenstrahlen auf seinem Gesicht und gab sich friedlichen Tagträumen hin. In der Ferne war leises Klingeln einer Glocke zu hören. Der Eiswagen machte seine Runde.

»Papa, spielen wir weiter Fußball?«

So viel zum Frieden … Lukas seufzte hörbar. Die zehn Minuten Pause nach dem Essen wurden seinem knapp achtjährigen Energiebündel von Sohn bereits zu lang.

»Lass deinen Vater noch ein wenig ausruhen, Matti«, sprang seine Frau Magali für ihn in die Bresche.

»Dann kriege ich ein Eis«, folgte es prompt.

»Erstens heißt das bitte, und zweitens hast du gerade erst ein großes Stück Apfelkuchen verdrückt«, entgegnete seine Mutter streng.

»Och bitte, Papa«, quengelte Matti weiter, ohne im Geringsten etwas auf den Einwand seiner Mutter zu geben. Wenn es um Eis ging, war sein Vater allemal leichter zu bezwingen.

Tatsächlich hatte Lukas an der Idee nichts auszusetzen – nicht weniger als sein Sohn war er Eiscreme verfallen. Er öffnete die Augen und sah bittend zu seiner Frau auf.

Von zwei Paar himmelblauer Augen fixiert, gab Magali ihren Widerstand auf. »Na gut, ihr Schleckermäuler. Aber nur eine Kugel.«

»Dann nehme ich Schokolade«, rief Matti eifrig und sprang auf.

»Wir sind gleich wieder da.« Lukas zwinkerte seinem Sohn zu, der sich bereits an seine Hand gehängt hatte.

»Von wegen, ihr Schlaumeier«, hielt Magali sie zurück. Sie kannte ihre beiden Männer zur Genüge. »Matti bleibt schön brav hier. Sonst kaufst du ihm wieder drei Kugeln, nur damit du dir selbst auch drei genehmigen kannst.«

Lukas' beredtes Gesicht zeigte ihr, dass sie ihren Mann *vor* der frischen Tat ertappt hatte.

»Och, Mami«, nörgelte Matti, setzte sich aber wieder hin und schnappte sich mit beleidigter Miene eines seiner Comichefte.

Immerhin wusste er, wann er gegen die höchste Familieninstanz verloren hatte.

Lukas zuckte bedauernd mit den Schultern und sah sich nach dem Eiswagen mit seiner rot-weißen Markise um. Er parkte in mindestens hundertzwanzig Metern Entfernung. Bis er dort angelangt war, hatte sich bereits eine beachtliche Schlange davor gebildet.

»Grüß Sie Gott, Herr von Stetten. Was für ein wunderbarer Tag. Sind Sie auch mit Ihrer Familie da?«, wurde er von dem Vater einer seiner Schüler begrüßt. Seit seinem Austritt aus dem Jesuitenorden arbeitete Lukas als Lehrer für Geschichte und Ethik am Melanchthon-Gymnasium in Nürnberg.

»Ja, mit Frau und Sohn. Haben Sie Lust, später mit uns Fußball zu spielen? Wir sind dort hinten.« Er wandte sich halb um, um ihm die Richtung anzuzeigen. Aber ein Reinigungswagen der Städtischen Abfallwirtschaft hatte vor ihrem Platz haltgemacht und versperrte ihm die Sicht auf seine Familie.

»Gerne, wir sehen uns dann nachher. Ich bringe meine beiden Söhne und deren Freund mit.«

»Prima, dann können wir drei gegen drei spielen«, freute sich Lukas und war an der Reihe, zu bestellen.

Mit zwei Eistüten in der Hand trat er den Rückweg an. Der Reinigungswagen kam ihm auf halbem Weg entgegen, und Lukas trat zur Seite, um ihn passieren zu lassen. Da erst bemerkte er, dass weit und breit weder Magali noch Matti zu sehen waren. Der Picknickkorb, Magalis Strickjacke, die Tupperschüssel mit dem Kuchen, alles war vorhanden, sogar Mattis Spiderman-Heft lag noch aufgeschlagen auf der Decke.

Lukas vermutete, dass die beiden zu der öffentlichen Toilette gegangen waren. Es musste wohl sehr dringend gewesen sein, wenn Matti nicht auf sein Eis hatte warten können. Da das Schokoladeneis bereits zu schmelzen begann, beschloss Lukas, den beiden entgegenzugehen.

Er erreichte die Anlage, ohne dass ihm Frau und Sohn auf

seinem Weg begegnet wären. Dafür traf er unterwegs drei seiner Schülerinnen. Die Teenager trugen die übliche Uniform ihrer Generation: tief auf der Hüfte sitzende Jeans, bei deren Anblick man sich unwillkürlich fragte, wie sie der Schwerkraft trotzten, dazu bauchfreie Tops, die die Aufmerksamkeit auf fantasievoll gepiercte Bauchnabel lenken sollten. Lukas war dafür nicht anfällig.

Die Mädchen kicherten, als sie ihren gut aussehenden Lehrer erblickten. Die geheimnisvolle Aura, die Lukas als ehemaligen Priester umgab, spielte sicherlich keine unwesentliche Rolle in ihren Tagträumen. Lukas indessen, der sich selbst nie Gedanken über sein Aussehen oder die verheerende Wirkung machte, die seine blauen Augen unter den Mädchen seiner Schule hervorriefen, hastete an ihnen vorbei, ohne sie richtig wahrzunehmen.

Enttäuscht sahen ihm die Teenager nach. *Noch nicht einmal ihren Gruß hatte er erwidert!* Dabei war er doch sonst immer so höflich … Wenigstens sorgte diese Begegnung für die nächsten zwei Stunden für ausreichend Gesprächsstoff unter den dreien.

Lukas hatte die öffentliche Toilettenanlage erreicht. Suchend sah er sich um. Inzwischen schleckte er an beiden Tüten gleichzeitig, und seine Ungeduld wuchs im gleichen Maße, wie das Eis weniger wurde.

»Entschuldigen Sie bitte«, wandte er sich an eine ältere Dame, die gerade heraustrat. »Ist ihnen drinnen vielleicht eine blonde Frau mit einem kleinen blonden Jungen in einem Spiderman-T-Shirt begegnet?«

»Tut mir leid.« Die Frau schüttelte bedauernd den Kopf. »Soll ich noch mal reingehen und nachsehen?«, bot sie mit einem verstehenden Blick auf die tropfenden Eistüten an.

»Ach bitte, das wäre sehr nett von Ihnen.« Dankbar lächelte er sie an, und die Dame schmolz dahin wie das Eis.

Kurz darauf kehrte sie zurück. »Es tut mir sehr leid, aber da war niemand, auf den Ihre Beschreibung passen würde.«

»Trotzdem, haben Sie vielen Dank.« Lukas umrundete daraufhin einmal das Häuschen und sah sich dabei nach allen Seiten gründlich um. Nichts. Keine Magali, kein Matti.

Er beförderte die matschigen Eistüten in den nächsten Mülleimer und lief zu ihrem Picknickplatz zurück. Wahrscheinlich hatten sie sich nur verpasst und Magali und Matti warteten dort längst ungeduldig auf ihn. Doch schon von Weitem konnte er erkennen, dass der Platz auf der Decke nach wie vor verwaist war. *Ob Magali Freunde getroffen hatte und kurz mit ihnen gegangen war*?, stellte er die nächste Vermutung an.

Er suchte erst die Decke und danach rundherum alles ab – womöglich hatte Magali ihm eine Nachricht hinterlassen, die er vorhin übersehen hatte. Aber da war nichts. Ein Blick auf seine Uhr zeigte ihm, dass inzwischen fast eine Viertelstunde vergangen war. Wo konnten die beiden nur stecken? Langsam breitete sich ein flaues Gefühl in seinem Magen aus. Und ein wenig ärgerte er sich auch über Magali. Sie wusste doch, dass er wegen der unglückseligen Geschehnisse vor zwei Jahren in Rom dazu neigte, sich schnell Sorgen zu machen.

»Herr von Stetten«, rief eine männliche Stimme hinter ihm. Lukas fuhr herum. Eine Nachricht von Magali? Doch es war nur Herr Martin, den er vorhin in der Warteschlange getroffen hatte. In seiner Begleitung hatte er die drei angekündigten Jungen.

»Hier sind wir. Bereit für ein Spiel?« Herr Martin rieb sich erwartungsfroh die Hände. Sein Jüngster, Max, war Mattis Schulkamerad und bester Freund. Ehrfürchtig trug er mit beiden Händen einen goldfarbenen Fußball vor sich her, als handele es sich um den Heiligen Gral.

»Gut, dass Sie da sind, Herr Martin. Haben Sie zufällig meine Frau und meinen Sohn gesehen?«

»Nein. Sind sie Ihnen abhandengekommen?«, schmunzelte dieser.

»Sozusagen. Ich suche schon seit einer Viertelstunde nach ihnen.«

»Toilette?«, schlug der erfahrene Vater von drei Kindern das Naheliegende vor.

»Da komme ich gerade her«, erwiderte Lukas und blickte sich dabei weiter suchend um.

»Vielleicht hat Ihr Kleiner Durst bekommen, und die beiden sind zum Kiosk gegangen?«

»Ich weiß nicht. Wir haben selbst genug Getränke dabei.« Trotzdem klammerte sich Lukas sofort an den neuen Strohhalm. »Könnten Sie kurz hier warten, Herr Martin, falls meine Frau und Matti inzwischen auftauchen? Ich laufe schnell rüber zum Kiosk und sehe nach.«

»Gerne«, und an die Adresse der Jungen: »Macht euch nützlich und seht euch ein bisschen um. Keine Sorge, Herr von Stetten, die sind bestimmt gleich wieder da«, rief er ihm hinterher.

Atemlos kehrte Lukas nach wenigen Minuten zurück. Die Suche der Martins war ebenfalls ergebnislos verlaufen. »Hat Ihre Frau kein Mobiltelefon?«, erkundigte sich Herr Martin.

»Doch, aber wir haben unsere Telefone heute extra zu Hause gelassen.«

»Vielleicht hat sich Ihr Sohn verletzt und Ihre Frau ist mit ihm zum Wagen, um den Verbandskasten zu holen?«, mühte sich Herr Martin, weitere Parallelen zu eigenen Familienerlebnissen auszugraben.

Lukas' Hoffnung erlosch in derselben Sekunde, wie seine Rechte in die Hosentasche fuhr und den Autoschlüssel hervorzog. Mit aller Kraft wehrte er sich gegen die aufkeimende Furcht, deren Saat bereits in seinen Gedanken aufging. Sicher gab es eine einfache Erklärung für Magalis Abwesenheit. Sie wollte ihm nur nicht einfallen.

Denk nach, Lukas, denk nach! Vergebens, die Bestie Angst schlich sich bereits an und brachte die Erinnerung an Rom zurück. Aufgrund der damaligen Vorkommnisse und auf wiederholtes Drängen seines Vaters, des Industriellen Heinrich von Stetten, hatte Lukas schließlich eingewilligt, dass sein Sohn

Matti täglich von einem Sicherheitsbeamten in die Schule gefahren und von dort abgeholt wurde. Eigentlich hätte er sich gewünscht, dass Matti ganz normal aufwachsen könnte.

Man konnte nicht behaupten, dass Lukas von Stetten sich nicht mit seinem Vater verstünde, obwohl es eine Zeit gegeben hatte, in der sich Vater und Sohn wenig zu sagen gehabt hatten. Das hatte vornehmlich an Lukas' Weigerung gelegen, nach dem Unfalltod seines älteren Bruders Alexander in dessen Fußstapfen zu treten, um das Nürnberger Familienunternehmen zu übernehmen. Aber Lukas konnte nicht akzeptieren, womit seine Familie ihr Vermögen aufgebaut hatte: mit Waffen. Der Hauptgeschäftszweig des Von-Stetten-Firmenimperiums, kurz vST genannt, fußte seit der Produktion der ersten Kanone für die napoleonischen Kriege in der Rüstungsindustrie und bediente seit jeher lukrative in- und ausländische Regierungsaufträge.

Lukas von Stetten war Pazifist aus tiefster Überzeugung und lehnte Waffen in jeglicher Form ab. Er hatte, auch beeinflusst durch seinen Onkel, Bischof Franz von Stetten, Theologie studiert und ursprünglich eine Kirchenlaufbahn als Jesuitenpriester eingeschlagen. Nie hatte er seine Entscheidung bereut – bis zu jener schicksalhaften Unterredung mit dem kurz darauf ermordeten Pater General des Jesuitenordens in Rom.

Dieser Tag sowie der überraschende Fund eines mehr als zweihundert Jahre alten Tagebuchs ihres Urahnen, Alexander von Stetten alias Piero di Stefano, hatten sein Leben für immer verändert. Aber nicht nur seines, sondern auch das seines Vaters, Heinrich von Stetten.

Vater und Sohn hatte der Inhalt des Tagebuchs nachhaltig erschüttert, und sie hatten sich der Frage gestellt, ob darin die Erklärung für die rätselhaften Unglücksfälle begründet lag, die die Familie in jeder Generation traf. Die Boulevardpresse hatte sich deshalb dazu verstiegen, über einen »Von-Stetten-Fluch« zu fabulieren, gar Parallelen zu den amerikanischen Kennedys gezogen.

Lukas' Vater Heinrich, der sein Leben lang stets rational begründete Entscheidungen getroffen hatte, hatte zum ersten Mal erkennen müssen, dass Schicksal eine spirituelle Gleichung ist, die sich aus Schuld und Sühne zusammensetzte. Diese Erkenntnis hatte einen Wandel in seinem Denken ausgelöst. Er hatte bald darauf begonnen, einzelne Unternehmenszweige zu verkaufen und weitere Teile in eine Stiftung zu überführen.

Eine kleine Hand zupfte an Lukas' Ärmel und schreckte ihn aus seinen Gedanken auf. Sein Herz machte einen hoffnungsfrohen Satz. Doch es war nicht sein Sohn, sondern ein Junge aus Mattis Grundschule, ein Erstklässler, den er nur flüchtig vom Sehen kannte.

Die Anspannung hatte Lukas' Wahrnehmung auf merkwürdige Weise geschärft, und er nahm alles an dem Jungen überdeutlich wahr: den Schmutzfleck auf der Wange, die Rotzspuren an der Nase und die schmuddelige kleine Hand, die ihm jetzt einen zerknüllten Zettel entgegenstreckte.

Wie in Trance griff Lukas danach. Er schaffte es kaum, ihn mit seinen zitternden Fingern zu glätten. Nachdem er die kurze Nachricht gelesen hatte, kniete er sich vor dem Jungen nieder.

»Wie heißt du, mein Junge?«

»Philipp.«

»Philipp. Ich bin Lukas. Kennst du meinen Sohn Matti?«

»Ja, aber die von der dritten Klasse reden nicht mit uns.«

»Philipp, es ist sehr wichtig, dass du mir sagst, wo du den Zettel gefunden hast.«

»Ich hab ihn gar nicht gefunden. Ein Mädchen hat ihn mir gegeben.«

»Ein Mädchen? Welches Mädchen? Mattis Mutter?«

»Nö. Die ist doch eine Frau.«

»Natürlich, entschuldige. Wie sah das Mädchen aus?«

»Weiß nicht genau, wie Mädchen halt aussehen.«

Lukas begriff, dass er so nicht weiterkommen würde. Er

musste seine Angst und seine Ungeduld im Zaum halten, durfte den Jungen mit seinen Fragen nicht überfordern.

»Okay, Philipp. Hör mir zu. Das Mädchen. Kennst du es aus der Schule?«

»Kann sein.« Wunderbar, eine weitere kryptische Antwort. Lukas' Verzweiflung wuchs.

Unbeeindruckt von Erwachsenengefühlswelten zog Philipp geräuschvoll seinen Rotz hoch. Lukas fingerte in seinen Hosentaschen nach einem Taschentuch, das er stets für Matti bereithielt. Der kleine Junge streckte zwar automatisch die Hand danach aus, doch dann starrte er auf das Tuch, als frage er sich, welchem Zweck es dienen mochte.

Lukas atmete tief durch und startete einen neuen Versuch. »Bitte, Philipp, es ist sehr wichtig. Kannst du dich erinnern, wie das Mädchen ausgesehen hat?«

Philipp zuckte ungeduldig mit den Schultern. »Wie halt alle Mädchen aussehen. Unten Jeans und oben fast nackig«, erwiderte er mit der intakten Unschuld des Sechsjährigen – nicht ahnend, dass er in wenigen Jahren selbst Gefallen an knappen Mädchentextilien finden würde. Er stopfte das Taschentuch kurz entschlossen in die Hose und wischte sich die tropfende Nase mit dem Ärmel ab.

Lukas sah ein, dass es keinen Zweck hatte, den Jungen weiter zu bedrängen.

Dann aber platzte der Kleine mit etwas heraus, das Lukas einen zusätzlichen Adrenalinschub bescherte. »Puh, aber so richtig hässliche Haare hatte die. Ganz rot. Aua, Sie tun mir weh«, rief Philipp laut, und versuchte, sich von Lukas zu befreien, der gar nicht bemerkt hatte, wie fest er den Jungen an den Schultern gepackt hatte.

Ein Spaziergänger mit Hund drehte sich nach ihnen um und musterte sie misstrauisch. Lukas lockerte sofort seinen Griff. »Entschuldige, mein Junge. Das hast du prima gemacht. Du hast eine sehr gute Beobachtungsgabe.«

»Und, gibt es etwas Neues?« Herr Martin hatte sich ihm von hinten genähert, und Lukas konnte ein Zusammenzucken nur knapp vermeiden. Denn die Nachricht hatte auch eine Warnung an ihn enthalten. Darum war es wichtig, jetzt einen kühlen Kopf zu bewahren, sich nichts anmerken zu lassen.

Er wandte sich um, und seine Verlegenheit war tatsächlich nicht gespielt, als er Herrn Martin die Lüge auftischte. »Ja, viel Lärm um nichts, die ganze Aufregung war umsonst. Der Junge hier hat mir gerade einen Zettel gebracht. Magali hat bei der Toilette ihre Freundin getroffen und ist kurz mit ihr zu deren Picknickplatz gegangen, um ihr Baby zu bewundern. Ich soll alles zusammenpacken und nachkommen. Allerdings befindet sich der Platz am entgegengesetzten Ende des Parks. Ich fürchte, wir müssen unser Fußballspiel verschieben.«

»Ach was, das holen wir irgendwann schon nach. Hauptsache, es ist alles in Ordnung.«

Bei sich dachte Herr Martin, dass dem Lehrer der Schrecken gehörig in die Glieder gefahren sein musste; er war bleich wie der Tod.

Lukas packte alles in großer Hast zusammen und eilte mit steifen Beinen zum Parkplatz. Der Text der Nachricht hatte sich wie Säure in seinen Kopf gebrannt. In Gedanken wiederholte er ihn den ganzen Weg bis nach Hause wie sein eigenes schreckliches Mantra:

»Wenn Sie Frau und Sohn lebend wiedersehen wollen,
unternehmen Sie nichts. Keine Polizei. Kein vST-Werkschutz.
Wir beobachten Sie. Warten Sie zu Hause. Sie hören von uns.«

Dieser Albtraum war für Lukas ein furchtbares Déjà-vu.

Schon einmal, vor zwei Jahren, hatte er vor dem Abgrund seines Lebens gestanden. Damals waren mehrere ihm nahestehende Personen einen gewaltsamen Tod gestorben. Hätte es

Matti nicht gegeben und seine Zwillingsschwester Lucie, er wäre daran zerbrochen.

Seit jenen verhängnisvollen Tagen in Rom hatte er sein Herz verschlossen. Er glaubte zu wissen, dass seine Frau Magali ihn durchschaut hatte und unter seinem distanzierten Verhalten gelitten haben musste. Und doch hatte sie ihn niemals bedrängt, hatte niemals mehr von ihm verlangt, als er bereit gewesen war, ihr zu geben.

Dabei war er sich der Liebe, die mit Magali und Matti in sein Leben getreten war, durchaus bewusst. Aber er hatte es mehr als etwas gesehen, das er im Augenblick erfahren durfte – ein Schatz, der ihm nur auf Zeit geliehen worden war.

Doch seine Bemühungen, sich selbst vor Verlust und Schmerz zu schützen, waren vergeblich gewesen. Dies war ihm in derselben Sekunde klar geworden, als er die Nachricht der Entführer in der Hand gehalten hatte.

Doch jetzt war nicht die Zeit, um vergangene Fehler zu bedauern. Er musste sich auf die Erfordernisse des Augenblicks konzentrieren, um Matti und Magali wohlbehalten zurückzubekommen. Was konnten die Entführer anderes von ihm verlangen als Geld? Er, Lukas, besaß kein eigenes Vermögen, aber sein Vater. Er würde sich wegen des Lösegelds also an ihn wenden müssen. Wie aber vertrug sich das mit der strikten Anweisung der Entführer, *niemanden* zu informieren?, fragte sich Lukas. Die Nachricht hatte neben der Polizei auch explizit den Werkschutz der vST-Werke erwähnt. Das zeigte, dass die Entführer darüber im Bilde waren, dass der Werkschutz seines Vaters sich vornehmlich aus ehemaligen Polizisten und Militärangehörigen zusammensetzte. Der langjährige Leiter, James Fonton, war gar ein früheres Mitglied der britischen Elitetruppe SAS.

Als Lukas vor der Garage seines kleinen Reiheneckhäuschens im Dürerweg zum Stehen kam, schreckte er benommen auf. Er konnte sich nicht erinnern, wie er hierhergelangt war; er schien die zwanzig Minuten wie in Trance gefahren zu sein. Es grenzte fast an ein Wunder, dass er es überhaupt heil bis nach Hause geschafft hatte.

Der Hausschlüssel steckte noch nicht richtig im Schloss, als innen das Telefon zu läuten begann. Hastig riss er die Tür auf und stürzte sich auf den Hörer.

»Hallo, von Stetten«, rief er atemlos, während er gleichzeitig versuchte, das zur Familie gehörende Shih-Tzu-Hundepärchen abzuwehren, das ihn freudig umsprang. Die Hündin war läufig, darum hatten sie sie nicht in den Park mitnehmen können, dafür hatte ihr der kastrierte Caruso zu Hause Gesellschaft geleistet.

»Hi, Bruderherz«, tönte Lukas die muntere Stimme seiner Zwillingsschwester entgegen. »Mann, du bist ja ganz schön außer Puste. Wobei habe ich dich denn gerade erwischt? Kleine Frühlingsnummer mit Magali geschoben?«, zog Lucie ihn auf, jederzeit bereit, ihren zur Förmlichkeit neigenden Bruder in Verlegenheit zu bringen.

»Was du immer denkst, Lucie. Ich bin nur eben erst zur Tür herein.« Aus alter Gewohnheit fragte er sie dann: »Wo steckst du?«

Lucie war frischgebackene Archäologin und hatte mit ihrer üblichen Energie und Überzeugungskunst geschafft, worauf andere Jahre ihres Lebens warten mussten: eine begehrte Assistenzstelle der Universität Tübingen zu ergattern, die offiziell den weiterführenden Forschungsauftrag in den Höhen von Hisarlik, besser bekannt unter dem Namen Troja, innehatte.

Lukas vermutete sie dort, inmitten der antiken Ausgrabungsstätten. Doch Lucies Antwort ließ bei ihm alle Alarmglocken schrillen.

»Ich bin hier, in Nürnberg. Gerade angekommen. Lass mich nur schnell auspacken, dann komme ich auf ein Pläuschchen zu euch rüber. Ich habe aufregende Neuigkeiten mitgebracht.«

Verflixt, das war das Letzte, was er jetzt gebrauchen konnte.

Seine neugierige Zwillingsschwester, die jeden Braten roch, bevor er überhaupt im Ofen war – und ihm in ihrer unnachahmlichen Art sofort alle Würmer aus der Nase ziehen würde. Wieder dachte er an die Warnung der Entführer. Nicht auszudenken, wenn diese Verbrecher den geringsten Verdacht hegten, dass er sich nicht an ihre Anweisungen hielt.

Lukas bemühte sich, seine Stimme unter Kontrolle zu halten. »Wozu die Eile, Lucie? Ruh dich doch erst mal aus, und wir sehen uns dann morgen. Ich muss heute noch einen ganzen Berg Schulaufgaben korrigieren. Magali ist deshalb mit Matti extra weggefahren, um eine Freundin zu besuchen«, improvisierte er aus dem Stegreif.

»Na gut, wenn du nicht willst.« Lucie klang enttäuscht. »Aber morgen dann ganz sicher! Ich lade euch alle auf eine Pizza ein. Ehrlich, ich kann kein Kebab mehr sehen.«

»Gut, wir sehen uns dann morgen. Ich freue mich auf dich. Mach's gut bis dahin, Lucie, und grüß Mama.« Lukas legte schnell auf und starrte dann auf den Apparat, als sei er sein persönlicher Feind. Ihm war ein Gedanke gekommen. Vorhin, in der ersten Aufregung, hatte er nicht richtig darauf geachtet. Was hatte das *Wir beobachten Sie* in der Nachricht der Entführer genau zu bedeuten? Hörten sie etwa sein Telefon ab? Hatte sich jemand vor seinem Haus postiert, um zu kontrollieren, ob er Polizeibesuch bekam?

Mit Mühe unterdrückte er den Impuls, sofort das Telefon auseinanderzunehmen. Was würde es nützen? Nichts. Selbst wenn er darin eine Wanze finden würde, könnte er sie nicht entfernen. *Sie* würden es registrieren; die Aktion würde nur unnötig seine Familie gefährden. Er war zum Warten verurteilt, bis sich die Entführer bei ihm meldeten.

Voller Unrast stromerte Lukas durchs Haus. Irgendwann fand er sich im ehelichen Schlafzimmer wieder. Alles darin trug Magalis Handschrift, die warmen Creme- und Erdtöne, die hellen Möbel, der weiche Teppich.

Lukas' Blick verfing sich in Magalis seidenem Morgenrock. Seine verführerischen Spitzen und geschlitzten Ärmel erinnerten an die Modelle, die Hollywood-Diven in den Vierzigerjahren trugen. Er hatte ihn ihr letzte Weihnachten geschenkt.

Magali hatte beim Anprobieren lachend gemeint, dass ihr darin ganz mondän zumute sei und sich der Briefträger sicher freuen würde, wenn sie ihm so gekleidet die Haustür öffnen würde. Dann hatte sie sich zu Lucie gedreht, die mit ihnen feierte, und sie mit einem Zwinkern gebeten, das nächste Mal lieber ein Modell »Marke Hausfrau« auszuwählen, wenn sie ihren Bruder bei seinen Einkäufen beriet.

Alle hatten gelacht, seine Eltern, Mattis Patenonkel Jules, der aus München angereist war, und der alte Rabbi Rosenthal, Großvater seiner verstorbenen Jugendfreundin Rabea. Der Rabbi hatte sonst niemanden mehr auf der Welt, und Lukas und Lucie kümmerten sich um ihn, so oft es der Alte zuließ, denn *er wolle niemandem zur Last fallen*, wie er gerne wiederholte. Diesen Eigensinn hatte er seiner Enkeltochter vererbt gehabt.

Lukas' Herz zog sich zusammen, als er an dieses wunderbare Fest dachte. Seine Eltern hatten sich zunächst gesträubt, wollten lieber in der Villa feiern, verwiesen auf den Mangel an Platz. Doch dann waren sie eng nebeneinander auf der Couch gesessen, erhitzt und mit leuchtenden Augen, und alle Steifheit war von ihnen abgefallen. Sie waren einfach nur Großeltern, die sich wie alle an diesem Tag von Mattis kindlicher Vorfreude auf das Christkind mitreißen ließen. Das, fand Lukas, war der eigentliche Zauber der Heiligen Nacht, sie brachte die Familie zusammen und, wie in ihrem Fall, auch ihre Freunde.

Magali und Matti hatten am Morgen den Baum geschmückt, Lucie hatte am Klavier Adventslieder angestimmt, und er hatte es genossen, bei Kerzenlicht die Weihnachtsgeschichte vorzulesen. Und obwohl sie sich schon den ganzen Tag mit Plätzchen und Stollen vollgestopft hatten, hatten sie danach noch eine große Portion Kartoffelsalat mit fränkischen Würstchen verdrückt.

Irgendwann, während sie zusahen, wie die Ritter Matti und Jules gegen die angreifenden Dinosaurier Lucie und Magali eine imaginäre Schlacht schlugen und dabei beinahe den Weihnachtsbaum massakrierten, bemerkte er, dass die Augen des alten Rabbis auf ihm ruhten. Er begegnete seinem ruhigen Blick und entdeckte darin denselben Frieden, der auch ihn an diesem Abend erfüllte. Es war ein verloren geglaubtes, ihm fremd gewordenes Gefühl, seit Rabea durch ein schreckliches Schicksal aus ihrer Mitte gerissen wurde. Doch nun empfand er nicht nur Zuversicht, sondern stellte mit leisem Staunen fest, dass er glücklich war. Es war sein Geschenk zur Weihnacht.

Und nun hatte das Schicksal erneut gnadenlos zugeschlagen. Sollte er denn niemals Frieden finden? Er erinnerte sich daran, wie er während der schlimmen Ereignisse in Rom überlegt hatte, dass die Buchhaltung Gottes niemals etwas vergaß. War seine Rechnung noch nicht ausgeglichen? Forderte Gott noch mehr von ihm ein? Aber wenn Gott ihn strafen wollte, warum hielt er sich dann an seiner Frau und seinem Sohn schadlos? *Weil er mich damit am meisten treffen kann* … Lukas kämpfte gegen den niederschmetternden Gedanken an, ob beim nächsten Weihnachtsfest eine weitere Lücke in ihrer Mitte klaffen würde. Es war grausam, sich auf diese Art selbst zu foltern, er wusste es. *Magali und Matti würde nichts geschehen!* Gott würde nicht die Unschuldigen strafen, und niemand war so unschuldig wie Magali und Matti.

Schräg gegenüber lag Mattis Kinderzimmer. Sein Sohn, absoluter Spiderman-Fan, befand sich zusätzlich in einer Jurassic-Park-Phase. In seinem Zimmer wimmelte es von Sauriern in allen Formen, Farben und Größen – Geschenke der von ihrem einzigen Enkelsohn berauschten Großeltern.

Matti sollte sein Zimmer an diesem Morgen auf Geheiß seiner Mutter aufräumen. Ein ewiger und ungleicher Kampf, den Mutter und Sohn täglich neu miteinander ausfochten, denn fünf Minuten spielen hatten Matti wie stets gereicht, um das vorangegangene Chaos wiederherzustellen. Es war Magali und ihm ein ewiges Rätsel, wie der kleine Kerl das in so kurzer Zeit bewerkstelligte.

Lukas betrat das Zimmer und sank kraftlos auf Mattis Kinderbett. Die beiden Hunde waren ihm gefolgt, gingen, wenn er ging, setzten sich, wenn er sich setzte, und beobachteten die kleinste seiner Bewegungen. Die zwei, sonst zu allerlei Schabernack aufgelegt und immer dabei, wenn es darum ging, ein Mitglied des Haushaltes zum Spielen zu animieren, verhielten sich heute auffällig still. Sie spürten, dass etwas nicht stimmte.

Lukas barg den Kopf in den Händen. War es tatsächlich erst wenige Stunden her, dass er Matti geweckt hatte, ihm die Decke weggezogen und Vater und Sohn den Sonntagmorgen wie üblich mit einer Kitzelorgie eingeleitet hatten? Wenn er genau hinhörte, konnte er noch das fröhliche Kreischen seines kleinen Sohnes hören, das als Echo in seiner schmerzenden Seele widerhallte. Er merkte erst, dass er weinte, als ihn eine feuchte Hundeschnauze anstupfte. »Ihr habt ja recht«, sagte er zu den beiden Hunden, die vor ihm saßen, »ich sollte mich nicht so gehen lassen.« Er trocknete seine Tränen mit dem Zipfel von Mattis Bettdecke, die noch seinen vertrauten Jungengeruch bewahrte, eine weitere Prüfung für seine Selbstbeherrschung. Schon wieder sah er auf die Uhr, es waren nur wenige Minuten verronnen. Wann meldeten sich die Entführer endlich? Ihm kam es vor, als sei die Zeit stehen geblieben, seit er die furchtbare Nachricht der Entführer erhalten hatte. Er griff nach der Sanduhr auf dem Nachttisch, die Lucie Matti geschenkt hatte. Der Sand stammte aus dem Tal der Könige, den Lucie auf ihrer letzten Ägypten-Expedition aufgesammelt hatte. Sie hatte Matti mit fantastischen Erzählungen unterhalten, wer alles schon über diesen Sand marschiert war: von mächtigen Pharaonen und schönen ägyptischen Königinnen über Alexander den Großen bis hin zu römischen Cäsaren. Lucie ließ ihrer Fantasie freien Lauf, während Matti ihren Geschichten mit offenem Mund lauschte.

Lukas wendete die Uhr und beobachtete, wie der Sand quälend langsam in das untere Glas rieselte. Die Zeit, fand er, ist die unbarmherzigste Gefährtin des Menschen. Konnte man sie im Glück nicht festhalten, so stand sie im Unglück fast unbeweglich still.

Plötzlich schlug die Haustürglocke an. Lukas sprang erschrocken auf, stolperte über einen Tyrannosaurus rex, fiel der Länge nach hin und stieß sich den Kopf schmerzhaft an Mattis Kommode. Er rappelte sich wieder auf und stürmte hinter den beiden aufgeregt bellenden Hunden die Treppe hinab.

Er wollte die Tür schon aufreißen, als er rechtzeitig zur Besinnung kam. Die Entführer würden kaum bei ihm klingeln. Er strich sich die zerwühlten Haare glatt und atmete einmal tief durch, bevor er die Haustür in der festen Absicht öffnete, den unwillkommenen Besucher so schnell wie möglich wieder loszuwerden.

»Hallo, Bruderherz. Überraschung!« Seine Zwillingsschwester strahlte ihn an.

Verflixt, Lucie! Warum konnte sie sich so an gar keine Abmachung halten? Seine Schwester war tatsächlich die unberechenbarste und hartnäckigste Person, die er kannte, und die letzte, mit der er sich jetzt auseinandersetzen wollte.

Leider gehörte Lucie nicht zu jener Sorte Mensch, die man beliebig schnell wieder loswerden konnte. Glück für ihn, dass sie die nächsten Sekunden erst einmal mit den beiden tobenden Hunden beschäftigt war, deren erklärter Liebling sie war. Dadurch gewann Lukas die Zeit, die er brauchte, um den Schreck über ihren Besuch zu verdauen. Schon fiel sie ihm in ihrer überschwänglichen Art um den Hals und erdrückte ihn beinahe, um ihn gleich darauf mit gestreckten Armen von sich zu halten und einer kritischen, schwesterlichen Musterung zu unterziehen. Wie immer nahm sie kein Blatt vor den Mund. »Mannomann, du alter Bücherwurm. Du bist vielleicht blass um die Nasenspitze.« Was man von Lucie nicht behaupten konnte. Braun gebrannt und vor Energie strotzend stand sie vor ihm. »Los, Lukas! Lass uns eine Runde mit den Hunden drehen. Das Wetter ist viel zu schön, um drinnen zu versauern. Dann erzähl ich dir auch meine Neuigkeiten«, sprudelte sie hervor und zog ihn halb aus der Tür.

»Das ist lieb gemeint, Lucie, aber ich habe jetzt wirklich keine Zeit. Ich habe dir doch schon am Telefon gesagt, dass ich noch arbeiten muss.« Sein gehetzter Blick zurück streifte die halb offen stehende Haustür und die Flurkommode mit dem Telefon; jeden Augenblick konnten die Entführer sich bei ihm melden.

Doch gegen seine Schwester war keine irdische Macht gewachsen und er am allerwenigsten. Sie hatte bereits die neben der Haustür hängenden Hundeleinen gegriffen und klinkte sie flink am jeweiligen Halsband von Stellina und Caruso ein. Dann hakte sie den widerstrebenden Lukas energisch unter, sodass sich dieser unwillkürlich fragte, ob sie ihn auch angeleint hätte, wenn es eine dritte Leine gegeben hätte.

Ehe er sich's versah, fand sich Lukas in seinem Vorgarten wieder. Lucie drückte ihm dort wortlos Carusos Leine in die Finger und wühlte sodann in ihrer riesigen Umhängetasche aus Bast. Als sie das Gesuchte gefunden hatte, hielt sie es ihm in stummer Aufforderung hin. Es war ein Taschentuch.

»Wisch dir erst einmal das Blut aus dem Gesicht, Bruderherz, und dann erzählst du mir, was passiert ist. Du bist ja völlig durch den Wind.« Lucie klang gleichermaßen streng wie besorgt.

»Bitte?« Lukas blinzelte sie verwirrt an, griff aber nach dem Tuch und fuhr sich damit automatisch über die Stirn. Es färbte sich sofort rot. Ungläubig starrte er darauf. Er brauchte eine Weile, bis er sich erinnerte, dass er sich in Mattis Zimmer den Kopf gestoßen hatte. Er spürte die Wunde nicht.

»Nichts, *bitte*«, äffte Lucie ihn nach. »Hallo, ich bin es, Lucie, dein Zwilling. Schon vergessen? Wenn du glücklich bist, bin ich es auch. Hast du Schmerzen, spüre ich sie genauso. Was glaubst du denn, wie mein armer Puls rast, seit ich dich vorhin angerufen habe? Außerdem hätte es hier sowieso keinerlei empathischer Fähigkeiten bedurft, ehrlich. Du hättest dich eben in der Haustür sehen sollen, Lukas. Panik im Blick, Blut im Gesicht, und deine gesamte Körperhaltung drückte hektische Abwehr aus – nach dem Motto: *Verschwinde, Lucie!* Ein solches Verhalten habe ich nicht verdient! Ich bin doch kein lästiger Staubsaugervertreter, sondern deine Schwester«, empörte sie sich weiter. »Du siehst also, ich hatte keine andere Wahl, als dich aus dem Haus zu schleifen, da allzu offensichtlich war, dass du mich keinesfalls hereinbitten wolltest. Himmel, als wäre ich ein Vampir! Erzählst du mir jetzt, was mit dir los ist, Bruderherz?«

Lukas ertappte sich bei dem Gedanken, dass der Vergleich mit einem Vampir gar nicht so unpassend war. Wenn er nicht aufpasste, würde seine Schwester jedes Wort einzeln aus ihm heraussaugen.

Lucie hatte sich Auge in Auge vor ihrem Bruder aufgepflanzt, die Hände in die Hüften gestemmt.

»Bitte, Lucie. Lass es gut sein. Es hat seinen Grund, warum ich jetzt nicht mit dir sprechen kann. Ich muss sofort wieder ins Haus zurück. Es ist wichtig. Vertrau mir, okay?«

Lucie konnte die Angst und die Verzweiflung ihres Bruders deutlich spüren. Sie prallten wie eine Schockwelle auf sie. Lukas' Zustand ließ in Lucie die schmerzvolle Erinnerung an Rom wiederaufleben. Verlust und Schmerz verschmolzen ineinander. Heute war damals. Irgendetwas war geschehen. Umso mehr war Lucie entschlossen, sich nicht von ihrem Bruder ausschließen zu lassen.

Damals hatte sie nicht nur ihre beste Freundin, sondern beinahe auch ihren Bruder verloren. Da Lukas weiter schwieg, sah Lucie keine andere Möglichkeit, als ihn selbst mit ihrer Vermutung zu konfrontieren. Seit man ihren Eltern anonym mit Entführung gedroht hatte – sie und ihre Brüder waren noch Kinder gewesen –, waren die Geschwister früh für diese Möglichkeit sensibilisiert worden.

»Weißt du, was ich denke, Lukas? Etwas ist mit Magali oder mit Matti passiert. Du hast mich angelogen. Sie sind nicht zu einer Freundin gefahren. Ich bin nicht blind. Euer Auto parkt vor der Garage. Wo sind sie, Lukas?«

Sie erhielt keine Antwort, aber damit hatte sie auch nicht gerechnet. »Also gut, dann sage ich es dir. Ich kann nämlich eins und eins zusammenzählen, mein Lieber. Hattest du etwa gedacht, mir wäre dein panischer Blick vorhin in Richtung Telefon entgangen, als hinge dein Leben von ihm ab? Wenn ich dein trostloses Verhalten hinzuaddiere, kommt für mich heraus, dass einer der beiden entführt worden ist. Die Entführer drohen dir sicher mit dem Allerschlimmsten, wenn du die Polizei einschalten solltest. Du wartest jetzt auf weitere Anweisungen. Das ist der Grund, warum du dich partout nicht vom Haus entfernen kannst, nicht wahr? Sag es mir, habe ich recht?«

Die Art, wie Lukas den Kopf hob und sie mit seltsam trüben Augen ansah, aus denen alles Blau gewichen schien, bestätigte Lucies Verdacht und potenzierte ihn.

Die Angst explodierte mit voller Wucht in ihrem Magen. »Heilige Scheiße, alle beide? Was sind das nur für verdammte geldgeile Schweine. Mistkerle …« Lukas ließ seine Schwester austoben. So wie er sich in der Verzweiflung in die Stille flüchtete, ließ Lucie ihre Angst ungehemmt von der Leine. Sie beruhigte sich jedoch schnell wieder und blies sich eine blonde Haarsträhne aus der Stirn. »Du verrückter dummer Dubbel, du. Los, hinein ins Haus. Wir warten zusammen.«

Noch einmal unternahm Lukas einen Versuch, seine energische Schwester zu überzeugen, dass er die Angelegenheit ohne sie regeln musste. Doch er kämpfte auf verlorenem Posten. Lucie ließ sich weder abwimmeln, noch hatte sie ein Einsehen.

»Ich lasse dich jetzt ganz bestimmt nicht alleine. Ich bin Familie, keine Polizei. Basta!«

Er fühlte sich zu ausgelaugt, um seiner Schwester weiter Paroli bieten zu können. »Da ist noch was, was du wissen solltest«, flüsterte er und zog den zerknüllten Zettel der Entführer aus seiner Hosentasche. Nachdem Lucie ihn rasch überflogen hatte, meinte sie ebenfalls flüsternd: »Ich verstehe. Du glaubst, die hören da drinnen eventuell mit, was wir sagen? Na, nichts leichter als das! Auf, lass uns ihnen eine gute Show bieten.«

Insgeheim war Lucie längst dabei, Plan B zu entwickeln. Sie hatte sofort an ihren alten Freund Jules Lafitte gedacht, einen ehemaligen Agenten des libanesischen Geheimdienstes, den sie während ihrer verrückten Abiturreise in den Nahen Osten kennengelernt hatte.

Inzwischen war Jules aus persönlichen Gründen von Beirut nach München übergesiedelt. Jules hatte ihnen bereits in Rom zur Seite gestanden. Er würde sofort kommen, wenn sie ihn anrief.

»Da fällt mir ein, Lukas, ich muss noch meine Verabredung absagen. Ich bin gleich zurück. Versprochen«, sagte Lucie jetzt.

»Mach bloß keine Dummheiten, Lucie, hörst du?«, ermahnte er sie.

»Was du wieder denkst.« Lucie drückte ihren Bruder fest an sich und flüsterte ihm dabei ins Ohr: »Alles wird gut, Lukas. Wir stehen das gemeinsam durch. Bald sind Matti und Magali gesund und munter wieder bei dir.«

Kapitel 3

Lukas betrat das leere Haus. Zuerst eilte er zum Telefon, um sich zu vergewissern, keinen Anruf der Entführer verpasst zu haben. Aber er hätte das Klingeln ohnehin auch vor der Haustür gehört.

Einer der Hunde kratzte an seinem Hosenbein. Caruso. Er sah ihn mit diesem gewissen Blick an, der nichts anderes bedeutete, als dass er Hunger hatte. Caruso hatte genau genommen immer Hunger.

Lukas ging in die Küche und füllte die beiden Näpfe reichlich auf. Nur um sich irgendwie zu betätigen, kochte er dann für sich und Lucie Kaffee.

Das Warten begann.

In der Zwischenzeit führe Lucie zwei Telefonate. Das Erste war kurz und diente dazu, ihre tatsächliche Verabredung für den Abend abzusagen. Der zweite Anruf galt Jules. Der Agent hatte seiner Agententätigkeit inzwischen abgeschworen. Da er in Beirut zur Tarnung seiner eigentlichen Tätigkeit den Beruf eines Barbiers erlernt und tatsächlich Freude und Talent im Umgang mit Kopfbewuchs gefunden hatte, betrieb er in seiner neuen Heimatstadt München ein eigenes Friseurstudio.

»Hallo, Jules. Ich bin es, Lucie.«

»Lucie. Schön, dass du dich meldest. Bist du in München?«

»Nein, in Nürnberg. Bist du allein und kannst sprechen?«

»Ja. Was ist passiert?« Etwas in Lucies Stimme hatte Jules sofort alarmiert.

»Lukas' Frau und Sohn wurden entführt. Kannst du nach Nürnberg kommen? Ich bin hier, bei ihm zu Hause.«

»Natürlich, ich mache mich sofort auf den Weg. Habt ihr die Polizei schon eingeschaltet?«

»Nein. Die Nachricht der Entführer enthält die Warnung, dass die Polizei nicht informiert werden darf, wenn er Magali und Matti lebend wiedersehen will. Außerdem behaupten sie darin, dass er beobachtet wird.«

»Das ist vielleicht nur ein Bluff. Eine Observierung ist sehr aufwendig und erfordert mehrere Personen und Schichten. Ob Lukas' Haus observiert wird, lässt sich ziemlich schnell feststellen. Ich werde mir das ansehen, sobald ich vor Ort bin. Gibt es eine Lösegeldforderung?«

»Bisher nicht. Apropos, Lukas meint, dass die Entführer nicht nur sein Telefon, sondern eventuell auch das Haus innen abhören könnten.«

»Das ist gut möglich. Das kriegt heute inzwischen jeder Laie hin. Die Plage des Internets«, seufzte Jules. »Das werde ich gleich prüfen, wenn ich da bin. Bis dahin solltet ihr euch nichts anmerken lassen. Sobald ich festgestellt habe, dass die Luft rein ist, klingle ich bei Lukas unter einem Vorwand. Erwartet mich gegen 15:30 Uhr.«

»Danke, Jules.«

»Bis später.« Er legte auf.

Lucie kramte in ihrer Tasche, holte Stift und Schreibblock hervor und schrieb etwas. Danach besorgte sie noch zwei Pizzen bei einem Schnellimbiss und kehrte zu Lukas zurück.

Als er ihr die Haustür öffnete, sah sie ihm sofort an, dass es keine neuen Entwicklungen gab.

»Hier bin ich wieder. Wie versprochen, mit etwas zum Essen, wenn du heute schon Strohwitwer bist«, spielte Lucie ihre Rolle für etwaige Beobachter. »Sieh mal.« Sie hielt ihm die offene Schachtel hin und zwang ihn, einen Blick darauf zu werfen. Obenauf lag das von ihr beschriebene Blatt: *Flipp jetzt bloß nicht aus. Jules ist hierher unterwegs. Basta!* Das Basta hatte sie dick und fett unterstrichen.

Laut sagte sie: »Mit extra viel Käse. Heute pfeife ich mal auf meine Figur. Komm, Lukas. Wir setzen uns in die Küche, essen und plauschen. Ich muss endlich meine aufregenden Neuigkeiten loswerden.«

Falls die Geschwister tatsächlich abgehört wurden, dann konnte sich derjenige ab sofort davon überzeugen, wie jemand zwei Stunden lang ununterbrochen belangloses Zeug reden konnte, ohne dass sein Gegenüber einmal den Mund aufmachen musste. Für Lucie eine leichte Übung.

Sie berichtete von ihren Grabungsarbeiten und darüber, dass sie eine fast unversehrte, dreitausend Jahre alte Tonvase gefunden hatte – »nicht mehr als zehn Scherben, Lukas«, das war die aufregende Neuigkeit –, wusste einige Anekdoten über ihre männlichen Kollegen in der Türkei zu berichten, die natürlich alle in sie verliebt waren, und bezog mehrmals auch die Hunde, die sich zu ihren Füßen niedergelassen hatten, in ihren Monolog ein. »Na, Stellina und Caruso? Wann gibt es Nachwuchs? Ach, ich vergaß, Caruso, das geht bei dir ja gar nicht mehr, du bist ja kastriert. Armes Tier.«

Zwischendurch wanderte Lucies Schreibblock zwischen ihnen hin und her, und die beiden Geschwister schrieben sich kurze Botschaften. Lukas machte den Anfang:

»Wieso tust du nie das, worum man dich bittet???«
»Weil Jules der Beste dafür ist!!!«
»Das ist nicht der Punkt. Was ist, wenn die was merken und nicht anrufen?«
»Jules ist besser. Wenn draußen jemand herumspioniert, findet er das heraus. RELAX.«

»Bitte kein Englisch.« Lukas rollte genervt mit den Augen und kaute eine Weile auf dem Bleistift herum. Dann schrieb er:

»Wann rufen die endlich an?«

Lucie kramte einen neuen Stift hervor, weil Lukas von ihrem nicht viel übrig gelassen hatte, und antwortete ihm: *Die lassen dich mit Absicht schmoren*, und laut: »Möchtest du noch eine Tasse Kaffee, Lukas? Ganz frisch aufgebrüht!«

Sie wartete seine Antwort gar nicht erst ab, sondern stand auf, klapperte laut mit dem Geschirr und füllte die beiden rustikalen Henkelbecher auf. Die Pizza stand nach wie vor unberührt zwischen ihnen; Käse und Zettel waren inzwischen eine enge Verbindung eingegangen.

Lukas hielt es nicht mehr auf seinem Stuhl. Er begann in der Küche umherzuwandern, während Lucie eines ihrer Zwiegespräche mit den beiden Hunden hielt, die aufmerksam jedem ihrer Worte lauschten.

Der junge Vater verharrte vor dem von ihm hastig zusammengepackten Picknickkorb. Er hatte ihn bei seiner Rückkehr auf dem Küchentresen abgestellt. Jetzt starrte er ihn an wie einen unerwünschten Fremdkörper. Der Korb erinnerte ihn schmerzhaft daran, wie ihn am Morgen der Duft von frisch gebackenem Kuchen in die Küche gelockt hatte. Magali hatte ihm mit dem Kochlöffel auf die Finger geschlagen, als sie ihn dabei erwischt hatte, wie er sich ein Stück stibitzen wollte.

»Ganz der Sohnemann«, hatte sie gelacht und mit dem Kochlöffel auf Matti gezeigt, der mit baumelnden Beinen am Küchentisch gesessen und hingebungsvoll die Teigschüssel ausgeschleckt hatte.

Wie rasend schnell sich Dinge änderten, und wie schnell aus Glück Unglück werden konnte …

Lucie, die ihren Bruder nicht aus den Augen gelassen hatte, trat zu ihm, drückte ihn fest an sich und flüsterte in sein Ohr: »Mut, Lukas.«

Kurz darauf griff sie in ihre Hosentasche und zog ihr Handy hervor, das sie auf Vibration gestellt hatte. Eine SMS von Jules!

Lucie las die wenigen Worte und hielt das Display mit der Nachricht Lukas hin.

Bin vor eurem Haus. Keine Observierung! Komme jetzt rein. J.

Sie schenkte ihrem Bruder ein breites Grinsen, das nichts anderes bedeutete als: *Na, wie habe ich das gemacht?*

Trotz aller Verzweiflung spürte auch Lukas einen winzig kleinen Funken Zuversicht in sich aufglimmen. Es war, wie seine Schwester vorhin gesagt hatte: Sie verband nicht nur die Geschwisterliebe, sondern da war mehr, eine besondere Empathie, die sie die Gefühle des anderen nachempfinden ließen, selbst wenn sie Tausende von Kilometern voneinander entfernt waren. Er sah ihr tief in die Augen, und Lucie erwiderte seinen Blick mit der gleichen Intensität, sandte ihm ihren Mut und ihre Kraft. Die Verbindung der Zwillinge war stark.

Die Haustürklingel schlug an und durchbrach den Bann. Lukas eilte zur Tür, riss sie auf, und da stand Jules, in Jeans, Trainingsjacke und mit einer Sporttasche. »Entschuldigen Sie, Herr von Stetten, dass ich einfach so an einem Sonntag bei Ihnen hereinplatze. Ich war gerade auf dem Weg ins Fitnessstudio, und da fiel mir ein, dass Sie ganz in der Nähe wohnen. Sie erinnern sich sicher noch an mich vom letzten Elternabend? Gerhard Mair. Es geht um meine Tochter Monika. Sie sagten mir, dass Gefahr bestünde, dass sie nicht versetzt werden könnte. Dürfte ich Sie deswegen kurz stören?«

Lukas riss sich zusammen, passte sich der Situation an, funktionierte. »Natürlich, Herr Mair. Kommen Sie herein.« Noch während der Begrüßung hatte Jules ein kleines Gerät, einem Funkgerät nicht unähnlich, aus seiner Tasche hervorgezogen und es geschickt in seiner Handfläche verborgen ans Telefon gehalten. Jules ging nicht wirklich davon aus, dass die Entführer eine oder mehrere Minikameras im Haus installiert hatten, aber er wollte kein Risiko eingehen. Der Bug Detector vibrierte schwach in seiner Hand. Jules hatte die erste Wanze gefunden. Um sie würde er sich später kümmern.

»Sagen Sie«, meinte er zu Lukas, »am Ende vom Dürerweg ist ein Eckreihenhaus frei. Meine Frau und ich wären sehr daran interessiert, können es aber erst nächste Woche besichtigen. Wissen Sie vielleicht, ob es genauso aufgeteilt ist wie Ihres?« Jules sah ihn auffordernd an, und Lukas verstand. Falls Kameras installiert waren, benötigte Jules einen Vorwand, um das Haus unauffällig inspizieren zu können.

»Ich glaube, die haben alle den gleichen Schnitt. Wenn Sie möchten, führe ich Sie kurz herum«, sagte er prompt.

Während sie sich ausführlich über die erfundene Schülerin Monika unterhielten, ein echter Problemfall, scannte Jules das Haus gründlich. Erst dann ließ er das Gerät sinken. »Okay, die Luft ist rein. Keine Kameras, keine Wanzen – bis auf die im Telefon.« Er entfernte sie und begutachtete sie auf seiner Handfläche. Seinem geringschätzigen Gesichtsausdruck nach handelte es sich um kein hochwertiges Modell. Er setzte sie wieder ein, da es keinen Sinn machte, sie zu entsorgen. Die Entführer würden es spätestens bei einem Anruf merken, dass sie nicht mehr aufzeichnete.

»Dieses billige Teil kann nicht mehr als Telefonate mitschneiden«, erklärte er. »Die Nachricht auf dem Zettel war also nichts weiter als ein Bluff, um dich zu verunsichern, Lukas. Wenn du mich fragst, sieht mir das nicht nach einer professionellen Bande aus.«

»Und du bist dir ganz sicher, dass da draußen niemand ist, der mein Haus beobachtet?«, ging Lukas auf Nummer sicher.

»Nein, es gibt keine Observierung. Ich habe mich gründlich umgesehen.«

»Na toll«, meinte Lucie. »Dann habe ich mir die letzten zwei Stunden völlig umsonst den Mund fusselig geredet.« Doch sie wirkte erleichtert. Dann kniff sie ein Auge zu und richtete sich an Jules. »Ehrlich? Gerhard Mair? Scherzkeks!«

»Was?« Lukas wirkte irritiert.

»Jules' Tarnname ist einer der bekanntesten Friseure Deutschlands«, erklärte sie.

»Aha.« Lukas sagte der Name gar nichts.

»Haben sich die Entführer inzwischen gemeldet?«, erkundigte sich Jules.

Lukas' Antwort bestand aus einem resignierten Kopfschütteln. Jules packte sodann seine Sporttasche auf dem Küchentisch aus und förderte einen Laptop und eine Menge zusätzliches elektronisches Equipment zutage. Während er das Telefon über einen Funktransceiver mit seinem Laptop verband und eine Fangschaltung installierte, instruierte er Lukas, wie er sich bei einem Anruf der Entführer zu verhalten hatte.

»Wenn sie sich melden, bleib ruhig, Lukas, und hör dir an, was sie zu sagen haben. Erklär dich mit allem einverstanden, aber bitte energisch darum, mit deiner Frau sprechen zu dürfen. Du musst auf jeden Fall hartnäckig bleiben und auf einem Lebenszeichen von ihr bestehen. Je länger du sie hinhalten kannst, umso höher ist die Wahrscheinlichkeit, dass ich den Anrufer lokalisieren kann.« Jules schloss seine Vorbereitungen ab.

Lucie hatte ihm fasziniert dabei zugesehen. »Sag mal, Jules, gibt es eigentlich etwas, was du nicht kannst?«

»Sicher, aber Computertechnologie war auch Teil meiner Ausbildung, Lucie. Die digitale Welt beherrscht den Menschen immer mehr, es ist eine nicht ungefährliche Entwicklung. Ich bin lieber vorbereitet«, sagte er, während er sich Lukas gegenüber an den Tisch setzte. »So, Lukas, und jetzt erzähl mir der Reihenfolge nach, was heute genau passiert ist.«

Jules unterbrach den Bericht seines Freundes nicht einmal und ließ sich zum Schluss den handgeschriebenen Zettel zeigen. Lukas reichte ihm das zerknüllte Stück Papier. »Es ist mir erst später aufgefallen, aber man könnte glatt meinen, Magali hätte ihn selbst geschrieben. Das heißt, wenn die Buchstaben nicht so komisch nach links wegkippen würden«, ergänzte er unsicher.

Jules riss ihm das Blatt beinahe aus der Hand.

»Bei Allah«, Jules war gläubiger Muslim, »natürlich, Magali hat das selbst geschrieben, und sie hat sich genau an meine Instruktionen gehalten. Gutes Mädchen.«

»Was?« Lukas' Ausdruck spiegelte Verwirrung wider.

»Komm schon, Lukas. Das kannst du doch nicht vergessen haben!«, sagte Jules mit Nachdruck.

Lucie legte ihrem Freund die Hand auf den Arm. »Lukas hat keine Ahnung von unserem speziellen Training, Jules. Ich musste Magali versprechen, ihm nichts davon zu verraten.«

Lukas reagierte in der Tat ungehalten. Natürlich hatten ihm Lucie und Magali nichts davon erzählt, denn sie wussten, wie er zu Jules' *speziellem* Training stand. Es enthielt einige ziemlich brutale Elemente.

Er selbst war in Rom Zeuge geworden, wie seine Freundin Rabea einen von Jules' speziellen Tricks anwandte. Ihm war vor Schreck beinahe das Herz stehen geblieben. Der ehemalige Jesuit trug seine Gefühle seit jeher im Gesicht spazieren, und man sah ihm an, dass er einen bissigen Kommentar auf der Zunge hatte. Doch in diesem Augenblick zählten andere Prioritäten. Er fuhr sich durch den blonden Haarschopf und meinte stattdessen: »Also gut. Dann klär mich auf, Jules. Warum haben die Entführer Magali die Zeilen selbst schreiben lassen?«

»Wegen Matti. Es soll euch Eltern verdeutlichen, dass ihr beide alles tun müsst, was sie von euch verlangen«, erläuterte Jules.

»Und welche angeblichen Botschaften hat Magali nun darin versteckt?«

»Mit der nach links kippenden Schrift will sie uns sagen, dass wir es mit absoluten Profis zu tun haben. Und …«, Jules tippte mit dem Zeigefinger auf das Blatt, »sie hat aufs i keine Punkte gesetzt, sondern längliche Striche. Das bedeutet, dass sie und

Matti anscheinend gut behandelt werden. Mehr Botschaften kann ich nicht erkennen. Sie war natürlich in Eile.«

»Sie glaubt, sie sei von Profis entführt worden? Wie, Jules, verträgt sich das mit deiner vorigen Aussage, die Entführer seien keine Profis? Immer vorausgesetzt, Magali hat in dieser Extremsituation die Nerven behalten und sich tatsächlich an deine geheime Kalligrafie gehalten«, ergänzte er. Seine Zweifel waren ihm anzusehen. Wenn er mit seinem Sohn entführt worden wäre, es um Mattis Leben ginge, er wüsste nicht, ob er diese Geistesgegenwart aufgebracht hätte.

»Oh, das hat sie! Magali ist eine sehr starke Frau. Aber es stimmt, das ist in der Tat widersprüchlich ...« Jules hielt sich dicht über den Zettel gebeugt, als wolle er jeden Buchstaben einzeln sezieren.

»Was siehst du noch?«, wollten Lucie und Lukas gleichzeitig wissen.

Jules richtete sich auf und kratzte sich am Kinn. »Meine erste Einschätzung gründete auf der leeren Überwachungsdrohung und der billigen Wanze. Nach dem, was du mir über ihr spurloses Verschwinden erzählt hast, Lukas, und dazu Magalis Botschaft, revidiere ich meine Meinung. Wir haben es vermutlich doch mit echten Profis zu tun. Dafür spricht, dass sie deine Familie ohne Aufsehen mitten aus einem öffentlichen Park entführen konnten. Das erfordert eine ausgeklügelte Logistik und mehrere Beteiligte. Andererseits bleibt diese laienhafte Wanzenaktion. Das ist wie ein Puzzle, dessen Teile nicht zusammenpassen. Irgendetwas übersehe ich hier noch«, meinte Jules nachdenklich und trug damit nicht zu Lukas' und Lucies Beruhigung bei.

»Und wie soll es jetzt weitergehen? Was können wir tun, Jules?« Lucie kam ihrem Bruder den Bruchteil einer Sekunde mit ihrer Frage zuvor.

»Zunächst muss ich herausfinden, wie die Entführer vorgegangen sind. Scheinbar hat niemand etwas gesehen oder gehört. Kaum vorstellbar in einem gut besuchten Park am helllichten Tag. Lass uns nochmals den genauen Ablauf der Entführung durchgehen, Lukas. Du warst also Eis holen. Wie spät war es da?!«

»Es muss kurz nach 12:30 Uhr gewesen sein.«

»Wie weit warst du da maximal von deiner Familie entfernt?«

»Gut hundert Meter, vielleicht hundertzwanzig.«

»Also in Sichtweite.«

»Ja.«

»Wie lange hast du dich weggedreht?«

»Nur wenige Minuten. Ich habe mich mit Herrn Martin, dem Vater einer meiner Schüler, unterhalten.«

»Und vorher oder nachher ist dir nichts Besonderes aufgefallen? Hast du irgendjemand in der Nähe gesehen, der euch vielleicht beobachtet hat? Eine Bewegung im Augenwinkel?«

»Nein, nichts. Wir waren früh im Park und hatten einen geschützten Platz am Rande einer kleinen Baumgruppe bezogen. Die nächsten Nachbarn waren ungefähr fünfundzwanzig Meter entfernt, und die haben nichts bemerkt. Herr Martin hat sie gefragt. Es muss alles sehr schnell gegangen sein. Das habe ich doch eben schon erzählt.« Lukas ließ seine Anspannung vom Zügel.

Jules bewahrte Ruhe. »Noch einmal. Du hast also von diesem Eiswagen aus erkannt, dass sie nicht mehr an ihrem Platz saßen. Dieser Herr Martin, könnte er etwas gesehen haben?«

»Nein. Als ich ihm zeigen wollte, wo wir sitzen, hat uns gerade ein Müllwagen den Blick versperrt. Ich glaube, er fuhr schon den ganzen Vormittag durch den Park. Aber genau kann ich das nicht sagen.«

Jules schlug so heftig auf den Tisch, dass Lukas und Lucie zusammenzuckten.

»Merde, das ist es, so haben sie es gemacht! Sie haben ein städtisches Fahrzeug benutzt, das im Park nicht als Fremdkörper auffallen würde. Wie sah der Wagen genau aus? Größe?

Aufschrift? Hast du auf das Kennzeichen geachtet? Ein oder zwei Insassen?« Jules tippte bereits wie wild auf den Tasten seines Laptops herum und rief eine Reihe von Dateien auf.

»Tut mir leid, Jules. Ich bin kein Agent wie du. Wie ein städtischer Servicewagen halt aussieht, groß und orange.«

»Konntest du den Fahrer erkennen?«

»Nein, ich sagte doch, ich habe nicht weiter auf ihn geachtet. Glaubst du wirklich, dass sie da drin gewesen sein könnten? Mein Gott, sie sind direkt an mir vorbeigefahren, und ich Idiot habe nichts gemerkt.«

»Lass gut sein, Lukas. Niemand hätte auf den Wagen geachtet. Wenn ich sämtliche Leute im Park befragen würde, würden sich die wenigsten überhaupt an das Fahrzeug erinnern. Allerdings wird kein städtischer Arbeiter etwas mit der Entführung zu tun haben. Mit Sicherheit haben die Entführer das Fahrzeug gestohlen.«

Das Telefon, das Jules zwischen sie auf dem Esstisch platziert hatte, klingelte. Eine Sekunde lang absorbierte der Apparat ihre gesamte aufgestaute Spannung.

Jules gab Lukas ein Zeichen, noch kurz zu warten. Ein letztes Mal überprüfte er die Einstellungen seiner Geräte und des Computers. Dann nickte er seinem Freund zu, der vor Aufregung zitterte. Sein Adamsapfel zuckte, als er nach dem vierten Klingeln abnahm.

»Lukas von Stetten.« Er bemühte sich, gefasst und ruhig zu klingen.

Die Person am anderen Ende der Leitung war nicht der Entführer, sondern … seine Mutter. Ihr Timing war schon immer perfekt gewesen. Erst gestern war er mit seiner Familie zum Essen in der Villa gewesen. Lukas überlegte fieberhaft, wie er seine empfindliche Mutter auf sanfte Art loswerden konnte, als Evelyn von Stetten bereits nach seiner Frau fragte: »Gibst du mir bitte Magali, Lukas? Ich habe die Telefonnummer von dem Clown gefunden, du weißt schon, für Mattis Geburtstagsfest.

Übrigens, du klingst etwas heiser, mein Junge. Du wirst dir doch nicht einen von diesen lästigen Frühlingsschnupfen eingefangen haben? Ich werde Magali sagen, sie soll dir einen Tee kochen.« Noch während sie sprach, ertönte das Anklopfen eines weiteren Anrufs in der Leitung.

»Entschuldige, Mutter, da kommt gerade ein wichtiger Anruf rein. Magali meldet sich später bei dir«, sagte er und warf seine Mutter damit zum ersten Mal in seinem Leben aus der Leitung. Sofort nahm er das zweite Gespräch an. Das Herz klopfte ihm bis zum Hals. Diesmal brachte er kaum seinen Namen vollständig heraus.

»Sie haben meinen Anruf bereits erwartet?«, sagte eine elektronisch verzerrte Stimme.

»Ich will wissen, wie es meiner Frau und meinem Sohn geht.« Absichtlich übersah Lukas Jules' warnendes Zeichen, Ruhe zu bewahren.

»Den beiden geht es bestens. Sie genießen meine Gastfreundschaft. Lassen Sie mich zum Grund meines Anrufes kommen. Vor knapp zwei Jahren sind Ihnen in Rom einige bedauerliche Dinge zugestoßen. Der Mord an Ihrem Pater General, der Tod Ihrer Freundin und Ihres Priesterkollegen, der …«

»Was wollen Sie?«, fiel Lukas dem Anrufer ins Wort. Seine Gesichtsfarbe war bei der Erwähnung der Morde nochmals um einen Tick blasser geworden. Er hatte die Anspielung als das verstanden, was sie war: eine Warnung.

»Unterbrechen Sie mich noch einmal und ich lege auf«, erwiderte die Stimme kalt. »Es ist an der Zeit, die Sache zu Ende zu bringen«, fuhr sie fort. »Sie, von Stetten, besitzen etwas, das wir gerne haben möchten. Sie werden uns daher die Dokumente übergeben, die Ihnen der verblichene Pater General Ignazio Bentivoglio anvertraut hat. Im Gegenzug erhalten Sie Ihre Frau und Ihren Sohn unversehrt zurück. Ihre Entscheidung.«

Die Forderung des Entführers löste bei Lukas hilflose Fassungslosigkeit aus. Wollte dieser Albtraum, der mit der Ermordung seines Onkels seinen Anfang genommen hatte, denn niemals enden? Woher wusste der Anrufer, dass er im Besitz dieser verhängnisvollen Dokumente gewesen war? Nur sehr wenige Personen hatten überhaupt von deren Existenz gewusst, und fast alle hatten dieses Wissen mit ihrem Leben bezahlt.

Lukas war überzeugt, dass die Dokumente im Laufe der Ereignisse von der Drahtzieherin der Morde, der holländischen Sammlerin Carlotta van Kampen, gestohlen worden waren. Sie selbst hatte damals fliehen und sich bis heute erfolgreich den Behörden entziehen können. Interpol vermutete, sie sei irgendwo in Südwestafrika untergetaucht, wo das Unternehmen, welches sie von ihrem Mann Jaap Leysieffer geerbt hatte, mehrere ergiebige Diamantenminen besaß.

»Wir sind nicht an Geld interessiert«, sagte die Stimme. »Wir wollen nur die Dokumente. Sie haben vierundzwanzig Stunden. Dann melden wir uns wieder.«

»Halt, warten Sie«, rief Lukas in panischer Angst, dass der Anrufer auflegen könnte, bevor er nochmals ein Lebenszeichen von seiner Frau hatte verlangen können. Doch genau das hatte der Entführer getan. Aus dem Hörer tönte das Freizeichen.

»Aber ich wollte doch mit Magali sprechen«, stammelte Lukas und starrte auf das Telefon in seiner Hand. Er hielt es so fest umklammert, dass seine Knöchel weiß hervortraten.

Lucie beugte sich zu ihm hinüber, löste seine Finger und entwand ihm den Apparat mit sanftem Nachdruck.

»Und? War das lange genug, Jules? Konntest du den Anruf orten?«, erkundigte sie sich.

Jules bearbeitete weiter seinen Laptop. Doch er schüttelte den Kopf. »Nichts, die Verbindung kam über so viele Relaisstationen herein, dass es nicht einmal zu schaffen gewesen wäre, wenn der Mann den gesamten Koran heruntergebetet hätte. Merde, das bestätigt Magalis Einschätzung, dass wir es mit Profis zu tun haben. Die Wanze im Hörer war nur ein Scherz, den sie sich mit dir erlaubt haben, Lukas. Nach dem Motto: Wir waren in deinem Haus. Du sollst dich hier nicht sicher fühlen. Ich gebe zu, dass mir das ganz und gar nicht gefällt.«

»Was gefällt dir nicht? Dass sie in meinem Haus waren oder die Gewissheit, dass hier Profis am Werk sind?«, sagte Lukas beißend. Die Ohnmacht, nichts tun zu können, machte ihn zornig.

»Weder noch. Mir gefällt nicht, dass sie sich so sicher fühlen. Der Entführer hat sogar davon abgesehen, dich nochmals zu warnen, die Polizei einzuschalten. Und diese Anspielung auf Rom. Ich würde fast sagen, er genießt sein Spiel, Lukas. Das Ganze hat für mich etwas Persönliches.«

»Und wenn schon. Wir sollten uns lieber Gedanken über diese unsinnige Forderung machen. Wie du weißt, habe ich diese Dokumente nicht«, stieß Lukas aufgebracht hervor.

Eine hohe Geldsumme hätte er mithilfe seines Vaters aufbringen können, aber die Dokumente zu beschaffen, stellte für ihn ein Ding der Unmöglichkeit dar. Was seine Hilflosigkeit jedoch ins Unermessliche steigerte, war die Tatsache, dass der Entführer ihm nicht die Spur einer Möglichkeit gegeben hatte, ihm die Sachlage zu erklären. Es war aus. Seine Frau und sein Sohn waren schon so gut wie tot. Lukas glaubte, an seinem Schmerz ersticken zu müssen. Doch Jules' nächste Worte schreckten ihn noch mehr auf.

»Ich muss zugeben«, meinte dieser jetzt, »dass diese Forderung der Entführer auch mich überrascht hat. Meine Vermutung ging in eine völlig andere Richtung. An die Dokumente hatte ich überhaupt nicht gedacht, allerdings stand eine Lösegeldforderung auf meiner Liste ebenfalls erst an zweiter Stelle.« Der ehemalige Agent klang fast erleichtert.

Lucie, der der feine Unterton nicht entgangen war, hob unmerklich eine Augenbraue. Sie war daran gewöhnt, dass Jules das eine oder andere Detail gern noch zurückhielt. Ihr Blick pendelte von Jules zu Lukas, der – für feine Untertöne derzeit wenig empfänglich – sofort heftig reagierte. »Wie bitte? Was soll das heißen? Welche Liste? Hast du den Verstand verloren, Jules?«

»Steig wieder vom Kamel, Lukas. Ich spreche von der Stiftung deines Vaters und den Verkauf der Anteile an eurem Rüstungsunternehmen.«

»Bitte? Wovon sprichst du?« Damit hatte es Jules geschafft, zu guter Letzt auch Lucie zu verwirren. Diese tauschte ein Achselzucken mit ihrem kaum minder verblüfften Bruder.

»Ich spreche von der jüngsten Entwicklung der Von-Stetten-Ingenieure: Raketenleitsysteme, die Hawk-Eye-Serie. Wir befinden uns mitten im Zeitalter der Hightech-Kriege, Lukas. In einschlägigen Kreisen geht das Gerücht, dass eure Firma ein Raketenleitsystem entwickelt hat, das alles Dagewesene toppt. Ein Milliardengeschäft! Ich hatte befürchtet, dass die Entführer hinter den Softwarecodes her sein könnten.«

»Was soll das jetzt, Jules? Das ist nicht *meine* Firma. Das ist die Firma meines Vaters! *Er* verdient sein Geld mit Waffen. Nicht ich!« Die Rüstungsaktivitäten des lukrativsten vST-Zweigs waren seit jeher Lukas' wunder Punkt. Es waren auch die präzisen Lenkwaffen aus dem Nürnberger Konzern, die die Kriege rund um den Globus am Laufen hielten. Amerika und die reichen Golfstaaten waren die besten Kunden seines Vaters. Lukas hatte oft versucht, seinen Vater dazu zu bewegen, diesen Geschäftszweig des Unternehmens zu veräußern, auch, da sein älterer Bruder Alexander tot und er und Lucie die einzigen Erben waren. Weder er noch Lucie hatten die Absicht, ihr Leben einer Firma zu widmen, die ihren Gewinn mit der Produktion von Hightech-Waffen erzielte.

»Das war kein Vorwurf, Lukas. Wir teilen dazu dieselbe Meinung. Osama bin Laden hat 1998 gegen die gesamte westliche Welt den heiligen Dschihad ausgerufen. Seither breitet sich im Mittleren Osten wie auch in Indien, Pakistan und in mehreren afrikanischen Ländern der verhängnisvollste Religionskrieg aller Zeiten wie ein Flächenbrand aus. Ich sage bewusst Krieg.

Ost gegen West. Der arabische Frühling ist verblüht, der politische Islam auf dem Vormarsch. Jeden Tag wächst der Hass auf den Westen ein Stückchen mehr; jeder durch westliche Waffen Getötete hinterlässt eine Familie potenzieller Märtyrer. Darum zählt jeder Tag, den dieser Krieg früher endet.

Wenn also vST eine Waffe entwickelt hätte, die nicht nur zielgenau tötet, sondern auch eine Gesichtserkennungssoftware integriert hat, die die Zielpersonen erkennt, und es somit gelingen könnte, unbequeme Kollateralschäden zu vermeiden, dann wäre das unbezahlbar. Und eben das soll die neueste Entwicklung eurer Hawk-Eye-Serie können. Wir beide wissen, Lukas, dass die Politiker aller Länder weniger die unschuldigen Toten fürchten als die schlechte Presse und die Berichte der Nichtregierungsorganisationen, der NGO's. Es geht um technische Überlegenheit, um zielgenaue Liquidierung, gleich, ob es sich um einen gesuchten Terroristenführer oder … um einen amerikanischen Präsidenten handelt.« Jules hielt inne und trank einen Schluck Wasser.

»Ich höre dir noch immer zu«, sagte Lukas mit zusammengekniffenen Augen. Ihm war klar, dass sein Freund noch nicht am Ende seiner Ausführungen angelangt war.

Der fuhr fort: »Die Entwicklung der neuen Wunderwaffe, um es mit der Durchhalteparole der Nazis zu sagen, wurde auch durch staatliche Zuschüsse gefördert. Das bedeutet, dein Vater hat Geld von eurer Regierung angenommen. Also hätte die Regierung bei der Herausgabe der Source Codes ein Wörtchen mitzureden. Und wie sagt man: Der Staat lässt sich nicht erpressen.«

»Willst du damit behaupten, unsere Regierung würde meine Frau und meinen Sohn für irgendwelche Waffenpläne opfern?«

»Ich würde es anders ausdrücken: Die Regierung hätte sicher alles darangesetzt, dass deine Familie freikommt, aber sie hätten niemals zugelassen, dass dafür Betriebsgeheimnisse eingetauscht worden wären. Sie hätte sich hier auch dem Druck der

Amerikaner beugen müssen. Allah sei Dank, dass wir uns nicht mit diesem Problem herumschlagen müssen«, ergänzte Jules nachdrücklich.

Während Lukas noch auf dem Gesagten herumkaute, brachte es Lucie auf den Punkt. »Heilige Scheiße! Das ist ja total verrückt, Jules, wirklich. Die Entführer wollen nicht das, was wir haben, nämlich Geld. Und sie wollen auch nicht, was wir vielleicht gehabt hätten, aber ihnen niemals hätten geben können. Dafür wollen sie etwas, das wir überhaupt nicht haben. Das nenne ich ein Patt!« Sie griff nach dem Päckchen mit dem türkischen Honig, den sie eigentlich als Mitbringsel für Matti gedacht hatte, riss es auf und steckte sich ein großes Stück davon in den Mund. Zeit für Nervennahrung.

»Was sollen wir jetzt tun? Die töten meine Frau und meinen Sohn, wenn sie die Dokumente nicht von mir bekommen. Und das wiederum ist unmöglich, denn die van Kampen hat sie uns gestohlen.« Lukas war wütend aufgesprungen.

»Ruhig Blut, Lukas«, mahnte Jules. »Immerhin haben wir 24 Stunden, um entweder Magali und Matti zu finden oder aber die geforderten Schriftrollen. In dem Fall stehlen wir sie von der van Kampen zurück. Es ist jetzt 16:36 Uhr, der Countdown läuft. Wir sollten uns also auf den Weg machen.«

»Was soll das, Jules? Wie stellst du dir das vor?«, fuhr Lukas ihn an. »Wir haben weder einen Anhaltspunkt zum Aufenthaltsort meiner Familie, noch wissen wir, wo sich dieser Teufel von Frau mit den Schriftrollen versteckt hält. Sieh es ein, es ist aussichtslos.«

Jules fixierte seinen Freund. »Das ist das Problem mit euch Christen, Lukas. Ihr gebt zu früh auf. Ihr predigt, alles sei Gottes Wille, und versteckt euch hinter dem schönen Wort Schicksal. Ich hätte nicht gedacht, dass du so ein Schlappschwanz bist«, ergänzte er grob. Lucie blinzelte fasziniert.

Lukas suchte den Sinn hinter Jules' harschen Worten zu begreifen. Er fand seine Vermutung in dessen Augen bestätigt.

Sein Freund setzte ihm absichtlich zu, forderte ihn. Lukas straffte sich. »Also gut, Jules. Wie sieht dein Plan aus? Was schlägst du vor?«

Jules hatte seinen Laptop erneut bearbeitet und drehte ihnen das Display zu.

Lukas blickte abwechselnd zwischen Jules und dem Bildschirm hin und her, doch die Buchstaben auf dem geöffneten Dokument schienen einen verschwommenen Tanz aufzuführen. Nichts davon konnte er entziffern.

»Das ist ein Protokoll der Polizei Nürnberg. Wurde eben erst online gestellt. Wie ich vermutet habe, war der Reinigungswagen gestohlen. Er wurde vor mehr als einer Stunde in einer Tiefgarage in der Nürnberger City aufgefunden. Und das Beste daran ist, es gibt dort Überwachungskameras.« Jules zog den Laptop wieder zu sich heran und öffnete eine weitere Maske.

»Ich habe deren System eben gehackt. Sie haben eine wirklich gute Technik, aber eine sehr leicht zu überwindende Firewall. Wenn die Entführer gefilmt wurden, wie sie das Fahrzeug wechseln, können wir vielleicht das Kennzeichen erkennen.«

»Und was dann? Wenn das Fahrzeug gestohlen wurde, stehen wir wieder am Anfang«, zweifelte Lukas.

»Ein Schritt nach dem anderen, Lukas.« Jules war die Ruhe selbst, seine Finger glitten über die Tastatur. »Und da ist er schon.«

Lukas und Lucie sprangen auf und stellten sich hinter Jules. Gebannt blickten sie auf den Bildschirm. Jules nahm einige weitere Einstellungen vor, und auf dem Display erschien nun das Standbild einer Kamera, die auf einen leeren Parkplatz gerichtet war; in der Ecke lief eine Uhr mit. Sie zeigte auf 13:15 Uhr, die ungefähre Zeit, die Jules errechnet hatte, wann der Wechsel vom ursprünglichen Fahrzeug der Stadtreinigung auf ein anderes stattgefunden haben dürfte. Jules spulte langsam vor, und da war er! Langsam fuhr der Reinigungswagen ins Bild und parkte vorwärts ein.

Bis zum Äußersten angespannt beugte sich Lukas dem schwarz-weißen Bild entgegen. Es war so weit! Gleich würde er seine Frau und seinen Sohn in der Gewalt der Entführer sehen! Zunächst sah man nur den Fahrer aussteigen. Er trug keine Maske, dafür eine tief in die Stirn gezogene Schiebermütze, die den oberen Teil seines Gesichts in Schatten hüllte. Gekleidet war er in den üblichen Overall der städtischen Arbeiter. Aufmerksam sah sich der Mann um, dann erst hob er den rechten Arm. Eine dunkle Limousine tauchte unmittelbar darauf am Bildschirmrand auf und hielt quer zur Rückseite des Entführerfahrzeugs. Jules fluchte. Das machte es für ihn unmöglich, das Kennzeichen der Limousine zu erkennen.

Der Fahrer des Transporters öffnete die hintere Tür der Limousine. Dann klopfte er einmal gegen die rückwärtige Tür des Servicewagens. Ein Mann kletterte heraus, der Magali am Oberarm umfasst hielt und sie sofort in die Limousine bugsierte. Ein weiterer, merkwürdig gekleideter Mann erschien im Ausstieg. Er trug eine Art Taucheranzug inklusive Gesichtsmaske, die nur Augen und Mund freiließ, hielt Matti im Arm und verschwand ebenfalls im Fahrzeug. Der vormalige Fahrer des Servicefahrzeugs schloss alle Türen, dann stieg er vorne als Beifahrer ein. Das Fahrzeug fuhr an und entschwand aus dem Blickfeld der Kamera. Fieberhaft huschten Jules' Finger über die Tastatur, um eine andere Kameraeinstellung zu aktivieren, die ihm das Kennzeichen der Limousine verraten würde.

Jules zoomte dichter heran, und da war sie! Eine Münchner Nummer. Nur wenig später hatte Jules ermittelt, dass es ein Wagen einer bekannten deutschen Autovermietung war. Jules erklärte, warum er dies für eine gute Nachricht hielt. Alle dortigen Fahrzeuge waren via Schlüsselanhänger mit einem RFID-Chip ausgestattet, der ähnlich einem Handy Funksignale aussandte. So konnten die Fahrzeuge bequem und ohne persönliches Erscheinen am Counter via Schlüsselsafe abgeholt und zurückgegeben werden. Der Chip wurde vom System registriert, und die Einspeisung des Schlüssels in das Computersystem erfolgte mit Standort, Datum und Uhrzeit.

»Sicherlich wurde das Fahrzeug mit einem gefälschten Führerschein angemietet, aber wir können durch das Kennzeichen zumindest zurückverfolgen, wo und wann es angemietet wurde, sodass sich unser Suchradius eingrenzen lässt«, erklärte Jules.

»Und was ist, wenn das Auto ebenfalls gestohlen wurde?«, hakte Lukas zweifelnd nach.

»Davon gehe ich nicht aus, sonst wären die Kennzeichen vertauscht und längst eine Fahndung ausgelöst worden. Ich weiß, dass die Autovermieter da sehr fix sind und eng mit den Polizeibehörden zusammenarbeiten. Ich habe jemanden an der Hand, der mir noch einen Gefallen schuldet. Er wird herausfinden, an welchem Standort der Wagen angemietet wurde. Das geht schneller, als wenn ich mich in deren System einhacken muss.«

»Sag, Jules«, meldete sich Lucie. »Kannst du das noch mal zurückspulen? Ich würde mir gerne den Mann genauer ansehen, der Matti getragen hat.«

Jules tat, wie geheißen. Lucie beugte sich interessiert vor. Als der Mann mit dem Taucheranzug auf der Bildfläche erschien, starrte sie gebannt darauf. »Komisch«, meinte sie dann. »Wenn ich es nicht besser wüsste, würde ich fast behaupten, der Mann trägt ein Spiderman-Kostüm. Blöd, dass die Aufnahmen in schwarz-weiß sind.«

Jules hielt den Film an. Lukas hatte inzwischen den Picknickkorb nach Mattis Comicheften durchwühlt und ein Spiderman-Heft herausgezogen. »Du hast recht, Lucie! Das ist ein Spiderman-Kostüm. Bloß, was soll das?«

»Es beweist eine professionelle Vorbereitung, die nichts dem Zufall überlassen wollte«, erklärte Jules. »Als die Entführer ihre kleine Wanze angebracht haben, müssen sie sich auch in Mattis Zimmer umgesehen haben. Und haben dabei entdeckt, dass er Spiderman-Fan ist. Damit haben sie sichergestellt, dass er bei ihrer Aktion nicht schreien würde. Das sind echte Profis. Merde …« Er griff nach seinem Handy.

»Schade, ich hätte gerne gesehen, wie er sich als Saurier verkleidet hätte.«

»Lucie!« Lukas' Gesichtsausdruck war ein einziger Tadel.

Lucie zeigte sich zerknirscht. »Je angespannter ich bin, umso verrücktere Kapriolen schlägt mein Verstand. Weißt du doch.« Sie schob sich ein weiteres Stück türkischen Honigs in den Mund.

Jules hatte inzwischen eine Nummer aus seinem Adressbuch gewählt. »Hi, hier ist Jules. Ja, lange nichts gehört. Hör zu, du musst mir helfen. Es ist dringend. Ich gebe dir jetzt das Kennzeichen eines Mietfahrzeuges durch. Du musst für mich herausfinden, wer es wann und wo angemietet hat. Vor allem, ob der Führerschein gefälscht ist. Melde dich so schnell wie möglich unter dieser Nummer zurück. Danke.«

Ihre Geduld wurde auf eine harte Probe gestellt, dabei dauerte es nur wenige Minuten, bis sich Jules' Kontakt zurückmeldete. »Sorry, es ist Sonntag. Ich habe die Daten. Der Wagen wurde heute Morgen um 7:12 Uhr am Flughafen München abgeholt. Aber es kommt noch besser. Er wurde bereits wieder eingecheckt, und zwar um 13:37 Uhr am Flughafen Nürnberg. Der Führerschein lautet auf einen italienischen Namen, ist aber gefälscht und bringt dich nicht weiter. Verrätst du mir, worum es geht?«

»Nein, aber danke für deine Hilfe«, erwiderte Jules knapp und legte auf.

Der Mann am anderen Ende überlegte nur kurz und wählte dann eine weitere Nummer. Die Information, dass ein schlafender Agent zu plötzlicher Aktivität erwacht war, würde jemandem eine hübsche Summe wert sein.

Das war das Problem mit Informanten: Sie waren fast immer korrupt und boten ihre Informationen dem Meistbietenden an.

Kapitel 4

»Auf, Lukas, wir fahren zum Flughafen und sehen uns das Fahrzeug genauer an. Hoffentlich wurde es nicht schon weitervermietet.« Jules war dabei, einige seiner Gerätschaften wieder in seiner Tasche zu verstauen.

»Was ist, wenn der Entführer erneut anruft?«, wandte Lukas ein.

»Ich glaube kaum, dass sie sich vor Ablauf der 24-Stunden-Frist nochmals bei dir melden werden. Das wäre morgen, gegen 16:30 Uhr. Bis dahin sind wir zurück. Für den unwahrscheinlichen Fall, dass sie es doch tun sollten, hält Lucie hier für dich die Stellung. Sie kann behaupten, dass du unterwegs bist, um die Dokumente zu beschaffen. Komm jetzt, jede Minute zählt.«

»Sollte ich nicht besser meine Festnetznummer auf mein Handy umleiten?«

»Besser nicht. Die Entführer könnten es orten. Ich will nicht, dass die wissen, dass wir ihnen auf der Spur sind. Lass dein Handy hier, Lucie kann uns jederzeit über meins erreichen.«

Jules fuhr hart am Limit. In weniger als zwanzig Minuten hatten sie den Nürnberger Flughafen erreicht. Sie steuerten in das Parkhaus, in dem die diversen Autovermieter ihre Fahrzeuge abstellten.

Fieberhaft suchten sie die Reihe der Fahrzeuge ab und verglichen die Kennzeichen. Das Gesuchte fanden sie nicht.

Jules wandte sich an einen der Servicemitarbeiter, der gerade ein Mietfahrzeug eingeparkt hatte. Der Mann zierte sich zunächst, Auskunft zu geben, aber nachdem ein Geldschein den Besitzer gewechselt hatte, schaute er auf seinem Tablet nach. Es war, wie Jules befürchtet hatte: Das Fahrzeug hatte die Aufbereitung bereits hinter sich, war innen und außen gereinigt worden. Eben erst war es freigegeben und erneut in den Fuhrpark eingecheckt worden.

Jules eilte mit Lukas zum Servicecounter, um das Fahrzeug anzumieten. Vielleicht fanden sich ja doch noch irgendwelche verwertbaren Spuren darin.

Leider war der 7er BMW bereits anderweitig für einen Kunden reserviert worden. Der Vermietrepräsentant blieb unerbittlich.

Jules brach die fruchtlose Diskussion ab und hastete mit Lukas zurück in die Parkgarage. Diesmal hatten sie Glück, das Fahrzeug wurde im selben Augenblick vorgefahren. Lukas wurde von Jules zum Schmierestehen verdonnert, während er das Fahrzeug auf seine ganz spezielle Art öffnete. Als ein Servicemitarbeiter auf ihn zukam, schwitzte Lukas Blut und Wasser, doch er brachte genug Geistesgegenwart auf, ihn in ein Gespräch zu verwickeln. Er behauptete, er hätte sich in der Garage verlaufen und fände sein eigenes Fahrzeug nicht mehr.

Kurz darauf stieß Jules wieder zu ihm. »Was ist? Hast du was gefunden?«, fragte Lukas, nachdem sie sich von dem Mitarbeiter etwas entfernt hatten.

»Ich bin mir nicht sicher. Das Einzige, was ich gefunden habe, ist ein spanischer Euro. Er klemmte zwischen den Sitzen. Mag sein, dass er da schon länger steckte, aber er hat mich auf etwas gebracht, das mich beschäftigt, seit ich die Filmaufnahmen in der Parkgarage gesehen habe. Ich vermute, dass man deine Familie außer Landes gebracht hat, Lukas. Da der Anrufer nicht an Lösegeld interessiert ist, sondern an Bentivoglios Dokumenten, und die Entführer scheinbar echte Profis sind, bin ich mir inzwischen so gut wie sicher, dass es sich um eine Auftragsentführung handelt.«

»Eine Auftragsentführung? Bist du verrückt? Wir sind in Deutschland, und nicht in Bagdad oder Kolumbien. Das würde ein Vermögen kosten.«

»Das ist der Punkt, Lukas. Geld spielt hier keine Rolle, sondern Interessen. Ich denke, hier kann oder will sich jemand die Finger nicht selbst schmutzig machen. Die professionelle Vorgehensweise spricht dafür. Da ist ein eingespieltes Team am Werk. Ich tippe auf ehemalige Elitesoldaten, die sich als Söldner verdingen.«

Lukas war stehen geblieben. »Also gut, Jules. Klartext. Falls du damit recht hast, was würde das für meine Familie bedeuten?«

»Es wäre sowohl gut als auch schlecht«, erwiderte Jules. »Gut daran wäre, dass die Männer Magali und Matti nichts tun werden, solange ihr Auftraggeber bekommt, was er will, und sie ihr vereinbartes Honorar kassieren. Als Profis werden sie niemals ihre Masken abnehmen oder sich mit Namen anreden. Das macht eine Identifizierung seitens deiner Frau unmöglich und dient der beidseitigen Sicherheit.«

Jules lief weiter, und Lukas musste ihm wohl oder übel folgen. »Und, was noch?«, forderte er die schlechte Nachricht ein. Inzwischen hatten sie das Abflugterminal erreicht.

»Wenn es Profis sind, dann wird es schwer werden, sie unschädlich zu machen und Magali und Matti da herauszuholen. Wir werden Hilfe brauchen.«

»Vorausgesetzt, dass wir die zwei überhaupt rechtzeitig finden. Und falls deine Vermutung zutrifft, Jules, dass man sie außer Landes geschafft haben könnte ...« Lukas ließ den Satz unvollendet.

Jules reagierte nicht, er sah sich aufmerksam im Terminal um. »Ich sollte besser ...«, murmelte er.

»Was?«

Doch Jules war bereits auf und davon, und Lukas blieb nichts anderes übrig, als ihm erneut hinterherzurennen.

Erstaunlicherweise steuerte Jules einen Nebentrakt an. Vor einer Tür mit dem Schild *Service* blieb er stehen. Sie war zwar verschlossen, doch in Sekundenschnelle hatte Jules das Hindernis überwunden, riss die Tür auf und schubste Lukas hinein. Er schloss die Tür hinter sich.

»Was soll das?«, fragte Lukas völlig außer Atem. Sie befanden sich in einer kaum einen Quadratmeter großen Kammer, umgeben von Regalen voller Putzmittel und Reinigungsgerätschaften, geisterhaft beleuchtet von einem grünlichen Notlicht.

»Ich brauchte dringend einen ungestörten Platz zum Telefonieren. Bei den vielen Menschen in einem Flughafenterminal unmöglich, außerdem gibt es dort für meinen Geschmack zu viele Kameras.« Während Jules sprach, hatte er bereits sein Mobiltelefon gezückt und eine Nummer eingetippt.

»Ich bin es noch einmal, Jules. Hast du einen vertrauenswürdigen Kontakt in der deutschen Flugsicherung?«

»Mal sehen. Was brauchst du?«

»Alle Flüge von Privatmaschinen vom Flughafen Nürnberg aus, sagen wir zwischen 13:45 Uhr und 15:00 Uhr. Frag nach, ob eine Maschine in der Luft plötzlich ihren offiziellen Flugplan geändert hat. Erkundige dich auch nach dem Namen des Piloten. Ruf mich sofort zurück.«

Die deutsche Flieger-Community war überschaubar, und in der Regel kannte man die Namen der Handvoll Piloten, die Geschäftsleute und VIPs zu ihren Terminen flogen.

Wenige Minuten später verfügte Jules über das Gewünschte. Von den fünf im genannten Zeitraum gestarteten Maschinen kam nur eine infrage: eine Gulfstream G650, die als Diplomatenflug nach Barcelona deklariert worden war. Der Name des Piloten, Jan Giep, sei in der deutschen Fliegerszene unbekannt, meinte Jules anschließend. Lukas sagte der Name etwas. Er grübelte, dann fiel es ihm ein. Ein Holländer namens Jan Giep hatte einst Anne Frank versteckt, bis ein holländischer Polizist sie an die Nazis verraten hatte. Er teilte dies Jules mit, der achselzuckend erwiderte, dass er sowieso von einem falschen Namen ausgegangen sei.

Außer der vom Piloten genannten Passagieranzahl von sechs Personen lagen keine weiteren Informationen vor. Anders als etwa in Großbritannien, wo die Vorlage von Passdaten obligatorisch war, mussten die Namen und Passdaten in Spanien nicht vorab schriftlich an die Flugsicherung übermittelt werden.

»Das müssen sie sein«, sprach Jules in sein Handy. »Und du bist dir sicher, mit Barcelona? Keine Änderung des Flugplans? Gut, hör zu, du musst mir noch einen weiteren Gefallen tun«, ergänzte er. »Hast du einen Mann an der Hand, der eine Basis in Barcelona unterhält?«

»Mal sehen. Ich rufe gleich zurück.« Drei Minuten später erfolgte der Rückruf. »Ich habe jemanden. Saul Kaschinski.«

»Nationalität?«

»Australier. Er arbeitet auf eigene Rechnung. Könnte teuer werden.«

»Kein Problem. Wie sieht es mit Felderfahrung aus?«

»Ja«, lautete die knappe Antwort.

»Wo hält er sich momentan auf?«

»Frankreich, Marseille. Der Erkennungscode lautet *Haldeman*.«

»Gut. Gib mir seine Nummer.« Jules bedankte sich und wählte sofort die Nummer an. Der Mann meldete sich beim zweiten Klingeln.

»Ein gemeinsamer Freund gab mir Ihre Nummer. Code *Haldeman*. Ich habe einen Auftrag.«

»Lassen Sie hören.«

»Eine Auftragsentführung. Die Spur der Kidnapper führt nach Barcelona. Wir haben weniger als 24 Stunden. Ich schätze, dass wir gegen 19:30 Uhr in Barcelona sind. Treffpunkt wäre das GAT. Sind Sie dabei?«

»Tausend pro Tag, plus Spesen. Keine Euro, Pfund.«

»In Ordnung.«

»Gut. Ich werde vor Ihnen dort sein. Wie sieht es mit Waffen aus?«

»Könnten Sie uns welche beschaffen?«

»Wird erledigt. Für wie viele Personen?«

»Drei.«

»Gut, ich warte in Barcelona am General Aviation Terminal auf Sie.« Er legte auf.

Jules ließ das Handy sinken. »Das wäre erledigt. Als Nächstes müssen wir ein Flugzeug auftreiben«, sprach er mehr zu sich selbst. Lukas, der sich die ganze Zeit über wie ein überflüssiger Statist vorgekommen war, konnte endlich selbst mit etwas aufwarten. »Nicht nötig. Wir nehmen das Flugzeug meines Vaters. Ich weiß, dass es da sein muss, weil Lucie heute damit angekommen ist. Mein Vater fliegt nie am Sonntag. Es steht hier in der Halle des GAT. Wir brauchen aber einen Piloten.«

»Nicht nötig«, grinste Jules. »Hast du vergessen, dass ich einen Pilotenschein habe? Ist es immer noch dieselbe Maschine wie vor zwei Jahren?«

»Weiß ich nicht genau. Ich glaube, es ist eine Beech Premier.«

»Ah, Raytheon, die ehemalige Firma von Howard Hughes. Schnittig. Ist sie aufgetankt?«

»Hoffentlich, aber das Aushallen dauert auch immer einige Minuten. Wir rufen sonst vorher an.«

Jules hielt ihm sofort sein Mobiltelefon unter die Nase.

»Ich habe die Nummer des Hallenmeisters nicht im Kopf, aber Lucie.« Lukas wählte Lucies Handynummer, die sich sofort meldete. »Pass auf, Lucie. Wir fliegen gleich nach Spanien. Kannst du dem Hallenmeister Bescheid geben, Vaters Maschine sofort auszuhallen und nachzusehen, ob sie aufgetankt ist?«

»Natürlich, ich kümmere mich darum. Aufgetankt ist sie schon, das machen die immer gleich, wenn sie reinkommt. Hast du schon einen Flugplan?«

»Nein, aber ich bestelle ihn gleich.«

»Frag auch nach einem Slot. Wenn einer frei ist, dann könnt

ihr sofort los. Viel Glück, Bruderherz. Ich bete dafür, dass du Magali und Matti gesund nach Hause bringen wirst.«

»Danke, Lucie.« Lukas ließ das Telefon sinken. »Lucie sagt, wir sollen einen Slot beantragen.«

»Sie hat recht, dann können wir ohne langes Tower-Geplänkel starten. Die Nummer von FSI ist eingespeichert. Ruf du an. Es ist die Maschine deines Vaters, dann dürfte der Slot kein Problem sein. Und gib als Ziel Valencia an, um unsere Spuren zu verwischen. Ich überleg mir dann was wegen Barcelona.«

Lukas verzichtete darauf, Jules zu fragen, wie er sich das vorstellte und wählte die eingespeicherte Nummer von Flight Service International. Der Mitarbeiter bestätigte ihm, dass Slotkapazitäten bestünden und die Freigabe in den nächsten Minuten erfolgen konnte.

»Alles klar, wir können los«, sagte Lukas zu Jules.

Während der bereits den Türgriff in der Hand hatte, entglitt Lukas das Telefon, und es knallte auf den gefliesten Boden. Deckel, Akku und Chip spritzten in alle Richtungen davon. Jules verkniff sich jeglichen Kommentar und half, die Einzelteile einzusammeln. In dem Augenblick wurde die Tür der kleinen Kammer aufgerissen. Grelles Neonlicht flutete herein.

Die ältliche Frau, deren Kittel sie als Mitglied des Reinigungspersonals auswies, sah die beiden Männer, und was immer sie denken mochte – es genügte, um genau das herbeizuführen, was Jules und Lukas jetzt am wenigsten gebrauchen konnten: Aufmerksamkeit. Die Frau schrie aus voller Kehle. Jules schnappte sich seine Tasche und drückte sich an ihr vorbei. Lukas wollte ihm folgen, doch die Frau klammerte sich an seinen Arm und hielt ihn fest, ermutigt dadurch, dass ihre Schreie gleich mehrere Personen auf sie aufmerksam gemacht hatten. Jules blieb stehen und hob beschwichtigend beide Hände.

Ein junges Pärchen lachte angesichts der keifenden Frau. Das Mädchen zückte ihr Fotohandy, während sich ein männlicher Servicemitarbeiter mit einem Schrubber im Anschlag näherte.

Jules entdeckte zwei Polizisten am Ende des langen Ganges. Schon bahnten sie sich einen Weg. Er packte Lukas am Arm, riss ihn von der Frau los, und sie stürmten davon.

Erst gute zwanzig Minuten später erreichten sie das General Aviation Terminal. Sie hatten wertvolle Zeit verloren, weil sie fast einer weiteren alarmierten Streife in die Arme gelaufen wären und sie sich zunächst verstecken und dann einen Umweg nehmen mussten. Anschließend hatten sie ein Taxi zum GAT genommen. Wenigstens stand die Raytheon bereits auf dem Vorfeld für Privatflüge bereit, und der Hallenmeister eilte ihnen mit Schlüssel und Flugplan entgegen.

»Grüß Sie, Herr von Stetten. Ihre Schwester hat mir gesagt, dass Sie es eilig haben und ich gleich hier auf Sie warten solle. Der Flugslot wurde auch gerade per Fax bestätigt, und die Daten sind schon auf den Bordcomputer überspielt. Hier«, er drückte Lukas das Blatt in die Hand, »Sie können sofort los. Einen guten Flug wünsche ich.« Der Mann machte nicht den Eindruck, als würde er sich wundern, er war Lucies Eskapaden gewohnt – auch wenn sie nun auf ihren Zwillingsbruder übergegriffen zu haben schienen.

Hastig kletterten Jules und Lukas in das Flugzeug. Lukas schloss bereits die Luke, als ein Polizeiwagen mit eingeschaltetem Blaulicht und Sirene heranschoss.

Jules hechtete auf den Pilotensitz und startete ohne Precheck die Rolls-Royce-Motoren. Lukas beobachtete, wie die Polizisten aus dem Wagen sprangen und den Hallenmeister anriefen, der neugierig aus dem Hangar lugte. Ein kurzer Wortwechsel, und die beiden Polizisten drehten sich zu dem Flugzeug um. Die Maschine rollte eben an, gewann aber nur langsam an Fahrt. Sie befanden sich noch nicht auf der Startbahn, sondern immer noch auf dem privaten Vorfeld. Einer der Polizisten lief auf sie zu und gestikulierte wild, dass sie sofort anhalten sollten; der andere war zurück zum Wagen geeilt und sprach in sein Funkgerät. Dann startete der Mann sein Fahrzeug. Es war klar, was er vorhatte: Er wollte ihnen mit dem Einsatzwagen den Weg abschneiden. Doch das Flugzeug hatte nun an Fahrt aufgenommen und war auf die Startbahn eingeschwenkt. Jules gab sofort volle Schubkraft. Der Wagen raste weiter seitlich auf sie zu.

»Ist der verrückt? Der hat wohl zu viele amerikanische Actionfilme gesehen«, schimpfte Jules. Er schaffte es, die Maschine im letzten Moment hochzureißen. Der Polizeiwagen schoss unterhalb des Fahrwerks vorbei.

»Das war knapp. Außerdem weiß ich nicht, was das überhaupt soll. Wir haben schließlich nichts verbrochen, oder?«

»Ich weiß es«, erwiderte Lukas zu Jules' Verblüffung. Ein weiteres Einsatzfahrzeug war auf dem Vorfeld erschienen, ihm folgte unverkennbar der dunkelblaue Bentley seines Vaters.

»Die wissen von der Entführung«, sagte Lukas kreidebleich.

»Aber wie? Lucie hat mit Sicherheit dichtgehalten.«

»Ich rufe sie sofort an. Vater muss der Polizei klarmachen, dass sie sich heraushalten muss.« Lukas griff nach dem Satellitentelefon im Flugzeug.

Lucie war sofort am Apparat. »Lukas, Gott sei Dank. Ich versuche schon seit über einer halben Stunde, Jules' Handy zu erreichen. Die Polizei und auch Vater wissen über die Entführung Bescheid.«

»Wie haben die davon erfahren?«

»Vater hat hier angerufen und nach dir gefragt. Ich sagte ihm, dass du mit den Hunden draußen seist. Als Nächstes fragte er nach Magali und Matti. Ich sagte, Magali sei unterwegs, um Matti bei einem Freund abzuholen. Wir haben ein hübsches Frage- und Antwortspiel gespielt, Papa und ich. Eigentlich dachte ich, dass ich gewonnen hätte. Paps wünschte einen schönen Nachmittag und legte auf, wo er doch sonst immer so penetrant ist. Ich war so was von erleichtert, ich kann dir sagen ...«, sprudelte Lucie ohne Punkt und Komma hervor, sodass Lukas nur aufgrund langer brüderlicher Übung geduldig bleiben konnte. »Kommt jetzt das Wesentliche?«

Kaum fünf Minuten später hatte es an der Tür geklingelt, Lucie hatte misstrauisch durch den Spion gelugt, und wen hatte sie entdeckt? Ihren Vater!

Genau wie Lukas, als sie selbst einige Stunden zuvor geläutet hatte, hoffte sie, ihn schnell wieder loszuwerden. Leider hatte er die Kavallerie bereits im Schlepptau. Hinter ihm hatten zwei ihr unbekannte Männer gestanden, in ihrer Mitte ein rothaariger weiblicher Teenager, der zwischen den Männern wie ein Fremdkörper wirkte. Dem Bentley ihres Vaters war zusätzlich James Fonton entstiegen, der langjährige Leiter der Werkssicherheit von vST.

Die beiden Beamten hatten sich als die Kommissare Kreitmeier und Rath vorgestellt, und Lucie hatte sie wohl oder übel ins Wohnzimmer geführt. Nachdem sich alle sechs in dem knapp zwanzig Quadratmeter großen Raum verteilt hatten, hatte Hauptkommissar Kreitmeier das Wort ergriffen. »Wir wissen Bescheid. Magali und Matti von Stetten wurden heute Mittag entführt. Wir haben das Band mit der Forderung des Entführers.«

»Bitte?«, war es Lucie verblüfft entfahren. Ihr Blick war unwillkürlich zu dem zwischen der Staatsgewalt eingekeilten Teenager gewandert.

Das Mädchen hatte die ganze Zeit auf seine Füße gestarrt, das Gesicht hinter einem Vorhang roter Haare verborgen. »Was soll eigentlich das Mädchen hier?«, hatte Lucie prompt gefragt.

»Das ist Jeanette. Wir haben sie mitgebracht, weil sie sich weigert, mit uns zu sprechen. Sie will nur mit Ihrem Bruder Lukas reden.«

Bei der Erwähnung von Lukas' Namen hatte die Kleine zum ersten Mal den Kopf gehoben und Lucie kurz angesehen. Lucie hatte in ihren Augen Angst und Unsicherheit entdeckt. Die beiden Beamten, dazu ihr Vater, kein Wunder, dass sie eingeschüchtert war. *Männer!*

»Möchtest du mir vielleicht erzählen, was du angestellt hast, dass die Herren hier alle so wichtig tun?« Das Mädchen hatte jedoch den roten Lockenkopf geschüttelt und weiter geschwiegen.

Kommissar Kreitmeier hatte daraufhin erneut das Wort ergriffen. Wie sich herausstellte, hatte Jeanette die Polizei anonym angerufen und über die Entführung von Magali und Matti von Stetten informiert. Damit ihr auch geglaubt wurde, hatte sie das Band der Entführer abgespielt. Da der Name von Stetten involviert war, hatte die Notrufzentrale den aufgezeichneten Anruf sofort ganz nach oben weitergeleitet.

Der leitende Beamte hatte zunächst Heinrich von Stetten kontaktiert, und dieser hatte auf dem Band sofort die Stimme seines Sohnes erkannt. Der Anruf war rasch lokalisiert worden. Ein Streifenwagen war hingefahren und hatte unter der genannten Adresse das Mädchen Jeanette allein angetroffen. Jeanette hatte jede Aussage verweigert. Da weder Mutter noch Vater erreichbar waren und Gefahr im Verzug war, waren die Beamten mit ihr zu Lukas von Stetten nach Hause gefahren. Gleichzeitig war auch Heinrich von Stetten dort eingetroffen.

»Das verstehe ich nicht, Lucie«, sagte ihr Bruder. »Wie konnte Jeanette der Polizei das Band mit dem Entführeranruf vorspielen?«

»Soweit ich es verstanden habe, Lukas, ist das Mädchen in dich verliebt und verfolgt dich wie eine Stalkerin. Kannst du dir erklären, wie sie es geschafft hat, die Wanze in dein Haus zu schmuggeln?«

»Nein, oder doch … Verdammt! Sie stand letzte Woche plötzlich vor der Tür und hat mich um Nachhilfestunden gebeten. Unfassbar, ich habe sie auch noch selbst hereingelassen! Vermutlich hat sie die Wanze angebracht, als sie nach der Toilette fragte. Stalkerin, sagst du?«

»Ja, sie hat dir schon eine ganze Weile nachspioniert, Lukas. Auf ihrem Smartphone sind Hunderte Fotos von dir und deiner Familie sichergestellt worden. Auch von heute.« Etwas in Lucies Stimme verriet Lukas das Ungeheuerliche.

»Moment!«, rief er. »Sie hat zugesehen, wie Magali und Matti entführt worden sind?« Er war entsetzt. *Wenn das Mädchen gleich Alarm geschlagen hätte!* Jäh fiel ihm der kleine Philipp ein, der ihm im Park die Nachricht der Entführer überbracht hatte. Er hatte von einem Mädchen mit roten Haaren gesprochen. Also hatte Jeanette den Zettel an sich genommen!

»Papa und die Polizei wollten dringend von mir wissen, wo du bist und was es mit dieser Forderung nach den Dokumenten auf sich hat. Ich habe Papa gesagt, dass du keine Einmischung wünschst. Aber dann hat dieser Kommissar Kreitmeier einen Anruf auf seinem Mobiltelefon entgegengenommen. Er hat gesagt, dass du am Flughafen gesehen worden bist, zusammen mit einem Unbekannten ausländischer Herkunft. Und dass es ein Handyfoto von dir und dem Unbekannten gebe. Er hat vermutet, dass die Übergabe bereits stattgefunden hat, weil man euch in einer Abstellkammer gestört hat. *Abstellkammer?*«

»Nicht wichtig.«

Jules, der auf dem Lautsprecher alles mithören konnte, schaltete sich ein. »Lukas hat also eine Stalkerin! Wenigstens löst es das Rätsel, warum die Wanze nicht zum professionellen Verhalten der Entführer gepasst hat. Wir melden uns später wieder, Lucie«, verabschiedete er sich von ihr.

»Das war es dann ja wohl«, sagte Lukas verärgert. »Die Polizei wird uns in Barcelona gebührend in Empfang nehmen.«

»Du vergisst, dass wir einen Flugplan nach Valencia beantragt haben. Ich werde kurz vor Barcelona ein Hydraulikproblem vortäuschen und eine Notlandung ankündigen. Nürnberg und Flight Service werden zwar unsere Flugbahn auf dem Radar verfolgen, aber in den Minuten, die sie benötigen, bis sie es richtig gecheckt haben, sind wir längst in Barcelona gelandet.«

Jules konzentrierte sich nun auf das Flugzeug, bis sie die endgültige Flughöhe erreicht hatten. Der Tower versuchte mehrmals, mit ihnen in Kontakt zu treten, aber Jules hatte den Funkverkehr abgeschaltet.

»Irgendetwas stört mich bei der ganzen Sache«, setzte Jules an.

»Was meinst du?«

»Es passt nicht wirklich zusammen. Es war zu einfach. Die Entführer haben nicht einmal versucht, ihre Spuren zu verwischen. Entweder, die fühlen sich so sicher, dass sie überheblich geworden sind, oder …«

»Oder was?«

»Oder die Auftraggeber haben einen Informanten bei der Polizei, der sie über alle Entwicklungen auf dem Laufenden hält.«

»Na und? Mich interessiert einzig, wer meine Familie entführt hat!«

»Denkst du, mich nicht? Eine Auftragsentführung durch teure Profis, aber keine Lösegeldforderung, obwohl deine Familie vor Geld stinkt? Die Forderung ist der Schlüssel. Frage: Wer weiß von der Existenz der Dokumente? Antwort: Nur wenige, und die meisten davon sind tot. Eigentlich kommen nur zwei Parteien infrage, für die Bentivoglios Dokumente einen unschätzbaren Wert besitzen. In Rom haben wir alle geglaubt, dass die van Kampen sie gestohlen hat. Was aber wäre, wenn sie *nicht* die Diebin gewesen ist? Wenn sie glaubt, du hättest sie noch immer?«

»Was? Du denkst, dieses Weib steckt hinter der Entführung, um mich zu erpressen? Zwei Jahre später? Das ist doch völlig absurd«, ereiferte sich Lukas. »Nein, du irrst, Jules.«

»Möglich«, parierte er. »Aber sie hätte das Geld und die Möglichkeiten dazu.«

»Du vergisst, dass sie noch immer international gesucht wird. Außerdem, Rom ist fast zwei Jahre her! Warum sollte die van Kampen jetzt erst aus der Deckung kommen?«

Jules schwieg, blickte Lukas jedoch auffordernd an.

»Also gut«, meinte Lukas widerstrebend, »du willst auf etwas Bestimmtes hinaus. Schieß los, wer sollen diese infrage kommenden Parteien sein?« Im Grunde begrüßte Lukas Jules' Gedankenspiele. Sie hinderten ihn daran, zu sehr in seiner Angst um Matti und Magali zu versinken, die für ihn allgegenwärtig war.

»Wer«, begann Jules, »hätte noch ein absolutes Interesse an den Dokumenten? Mehr: Wer hat sie früher besessen und später alles unternommen, um sie wiederzuerlangen? Hatte Rabea nicht schon in Rom vermutet, dass eine weitere Partei mit im Spiel gewesen ist? Spätestens jetzt sollten bei dir alle Kirchenglocken Roms läuten, Lukas ...«

Kapitel 5

Jules' Worte katapultierten Lukas zurück an den schwarzen Tag, als ihn der todkranke Generalobere der Jesuiten, Ignazio Bentivoglio, zu einer geheimen Unterredung geladen und bei ihm seine Lebensbeichte abgelegt hatte. Anschließend hatte Bentivoglio seinen jungen Ordensbruder Lukas gebeten, ihn bei seinem Letzten Willen zu unterstützen: der Veröffentlichung einer zweitausend Jahre alten Schrift, die nach seinen eigenen Worten das größte Geheimnis der Christenheit barg – ein Geheimnis, mächtig genug, um die Institution Kirche in ihren Grundfesten zu erschüttern.

Seitdem hatte es Lukas erfolgreich vermieden, sich bewusst mit den damaligen Geschehnissen auseinanderzusetzen. Er wollte nicht an seine Jugendliebe Rabea und seinen besten Freund, Pater Simone, denken, die Bentivoglios Geheimnis mit in den dunklen Strudel der Ereignisse gerissen hatte. Doch die Nacht gehörte den Toten, und sie suchten ihn in seinen Albträumen heim.

Niemals würde Lukas das Streitgespräch zwischen der überzeugten Atheistin Rabea und dem erzkonservativen Pater Simone vergessen; der unbekannte Gegner hatte eben erst sein Haupt erhoben.

Die Journalistin hatte gegenüber Simone die Vermutung geäußert, dass der Vatikan ein unbedingtes Interesse daran hatte, die Schriftrollen an sich zu bringen, um eine Veröffentlichung zu verhindern. Was seinen Freund Simone derart in Rage versetzt hatte, dass dieser Lukas beinahe seine Unterstützung versagt hätte. *War das der Schlüssel?* Hatte Rabea damals recht gehabt, und der Vatikan war heute mit im Spiel? Ein weiterer Gedanke bemächtigte sich seiner: Und wenn es gar sein ehemaliger Orden war, die Jesuiten? Hatte Jules das andeuten wollen?

Jules sah, wie es hinter der Stirn seines Freundes arbeitete. Jetzt kam der schwierigste Teil; auf Lukas wartete eine weitere unbequeme Wahrheit. Aus diesem Grund hatte er zuvor schon die Holländerin van Kampen erwähnt, die Frau, die an allem Unglück Schuld trug.

Lukas war inzwischen zu einem eigenen Ergebnis gekommen. »Gut, du behauptest, dass entweder die Kirche oder die van Kampen hinter der Entführung steckt. Ich behaupte jedoch, dass es weder die Jesuiten noch der Vatikan sein können, und zwar aus einem einfachen Grund: Wenn sie wirklich glauben, dass ich die Schriftrollen habe, warum sollten sie fast zwei Jahre warten, bis sie handeln? Das ergibt keinen Sinn, Jules.«

»Sehr gut, Lukas. Nur dass nicht der Kalif zur Haremsdame kommt, sondern die süße Blume zu ihm geleitet wird. Was ich meine ist Folgendes: Ich glaube auch, dass die van Kampen die Dokumente gestohlen hat. Mit Sicherheit setzt die katholische Kirche seit zwei Jahren alles daran, sie ihr abzujagen. Sie ist bis dato gescheitert. Nun scheint sie eine neue Taktik ersonnen zu haben. *Du* sollst für *sie* die Schriftrollen beschaffen, Lukas. Du *kennst* den Inhalt dieser Schriftrollen und weißt, wie überlebensnotwendig es für den geschwächten Kirchenstaat ist, sie in seinen Besitz zu bringen. Aus diesem Grund steckt der Klerus hinter der Entführung deiner Frau und deines Sohnes. Sie benutzen dich als ihren Handlanger.«

»Heilige Scheiße!«, entfuhr Lukas der Lieblingsfluch seiner Schwester. Er starrte Jules an, als sei ihm ein zweiter Kopf gewachsen. »Hörst du dir eigentlich selbst zu? Ehrlich, du klingst schon genauso paranoid wie Rabea damals. Weder der Vatikan noch mein ehemaliger Orden würde sich je auf eine so verrückte Sache wie eine Entführung einlassen! Das wäre kriminell«, wehrte sich Lukas gegen Jules' Theorie.

»Du denkst zu idealistisch, Lukas. Das ist dein Problem. Darum ist es auch so leicht, dich an der Nase herumzuführen. Dir fehlt die Vorstellungskraft des Bösen. Was eigentlich verwundert, da du lange Priester warst. Ich dachte eigentlich, dass der Teufel an der Kirchenbörse hoch gehandelt wird.«

»Auf deine Spitzfindigkeiten kann ich durchaus verzichten«, schnaubte Lukas und sah demonstrativ zum Fenster hinaus. Der Himmel leuchtete in einem so intensiven Blau, dass es ihn beinahe blendete.

»Also gut«, setzte Jules neu an. »Von vorne, für Ex-Jesuiten. Ich räume ein, ein solcher Rechtsverstoß würde kaum von der obersten Kirchenriege angeordnet werden. Dafür sind diese Männer zu schlau. Aber in der Institution Kirche tummeln sich genügend Ehrgeizlinge, die um ihrer Karriere willen vor keinem Mittel zurückschrecken würden. Dafür gibt es in der Vergangenheit zig Beispiele. *Der Zweck heiligt die Mittel.* Hat der Philosoph Blaise Pascal damit nicht die Sittenlehre der Jesuiten angeprangert?

Die Wiederbeschaffung der Dokumente wäre für einen ehrgeizigen Kirchenmann ein wahrer Coup. Du musst in alle Richtungen denken, Lukas«, sagte Jules eindringlich. Und da Lukas sich weiter von ihm abgewandt hielt und stur in den Himmel starrte, fügte er hinzu: »Die Kirche und ihre Hintermänner können nicht mit offenem Visier kämpfen, Lukas, aber sie wissen, dass du noch eine Rechnung mit der van Kampen offen hast. Du hast der Holländerin schon einmal eine empfindliche Niederlage beigebracht. Sie musste fliehen und sich jahrelang verstecken. Aber sie war nie ganz weg, Lukas.«

»Was soll das heißen?« Lukas beäugte seinen Freund zunehmend misstrauisch.

»Das heißt, dass die van Kampen es mit ihrem Vermögen und dem politischen Einfluss, den sie als Witwe Jaap Leysieffers genießt, endgültig geschafft hat, sich von ihrer Schuld freizukaufen. Es wird bereits von ihrer baldigen Rückkehr auf das gesellschaftliche Parkett gemunkelt. Ich vermute, es ist dieses Gerücht, das die Hintermänner im Vatikan auf den Plan gerufen und sie zum sofortigen Handeln gezwungen hat.«

Lukas holte zischend Luft, wünschte sich, dass Jules schwieg, wollte nicht, dass sein Freund weiter den furchtbaren Schatten der van Kampen heraufbeschwor. Doch Jules fuhr unbeirrt fort. »Die van Kampen hasst die Kirche, will ihr mit aller Macht schaden. Das ist ihr Motiv. Sobald sie in der Öffentlichkeit rehabilitiert wird, ist es nur eine Frage der Zeit, bis sie das wichtigste Dokument der Christenheit veröffentlicht. Denn wer sollte sie noch daran hindern? Sämtliche Kirchenkritiker würden sich bestätigt fühlen, es könnte der durch fortlaufende Skandale geschwächten Staatskirche einen womöglich irreparablen Schaden zufügen. Vor allem aber wären die Gläubigen von der Kirche enttäuscht, es käme in der Folge zu weiteren Kirchenaustritten. Die Staatskirche ist reich, jedoch ihre Gemeinden sind klamm. Sie verkaufen längst ihre Gotteshäuser. Für den Kirchenstaat ist es daher eine Frage des Überlebens, die Veröffentlichung der Schriftrollen zu verhindern. Darum halte ich an meiner These fest, ein Teil des Klerus, der um seine Macht fürchtet, hat die Entführung geplant. Für diese Männer ist es eine Investition in die Zukunft. Wenn es ums Überleben geht, stirbt die Moral. Oder wie man bei den Jesuiten nachlesen kann: Der Zweck heiligt die Mittel.«

Lukas war beängstigend blass geworden. Unfassbar, diese furchtbare Frau, die gemordet und gefoltert hatte und so schuldig wie Kain war, sollte die Chance bekommen, ihr früheres Leben wieder aufzunehmen? Das Mörderweib sollte sich erneut in der Öffentlichkeit produzieren und als Philanthropin und Mäzenin präsentieren dürfen? Dass die Information über ihre Rehabilitation der Wahrheit entsprach, glaubte er Jules auf Anhieb. Ihm wurde schlecht. Obwohl Vergebung eines der Fundamente ist, auf der der christliche Glauben ruht, wusste er, dass er dieser Frau ihre Taten niemals würde verzeihen können.

»Ja, die Wahrheit ist hart«, sagte Jules, »aber jetzt ist keine Zeit für biblischen Weltschmerz, Lukas. Wir haben eine Aufgabe zu erledigen, und ich benötige dabei deine volle Unterstützung.«

Lukas fuhr zusammen, aber er nickte. »Schon gut, Jules. Es war einfach ein Schock zu viel für diesen Tag. Wie sieht dein Plan aus? Was machen wir, wenn wir in Barcelona gelandet sind?«

»Eines nach dem anderen. Ihr habt doch bestimmt irgendwelche Vorräte an Bord, oder? Ich könnte jetzt etwas Essbares vertragen.«

Vom Kopiloten zum Steward degradiert, stöberte Lukas in dem kleinen Kühlschrank, der von einem Air-Catering-Unternehmen regelmäßig aufgefüllt wurde. Bepackt mit zwei Flaschen Wasser, Sandwiches und Schokoladenriegeln kehrte er ins Cockpit zurück.

Jules musste wirklich hungrig gewesen sein, denn er verdrückte alles im Alleingang, während Lukas jetzt keinen Bissen hinuntergebracht hätte. Danach überprüfte Jules erneut die Instrumente und anschließend seine Uhr. »Noch ungefähr eine Stunde bis zur Landung. Ich versuche mal, Kaschinski zu erreichen.«

»Ja?« Der angeheuerte Söldner war sofort am Apparat.

»Lafitte. Wo sind Sie?«

»Ich lande in zwanzig Minuten.«

»Nicht schlecht. Wie haben Sie das so schnell geschafft?«, wunderte sich Jules.

»Ich reite mein eigenes kleines Mädchen.«

»Gut. Konnten Sie etwas arrangieren?«

»Ja, mein Kontaktmann erwartet mich und bringt das gewünschte Spielzeug mit. Mir wurde geflüstert, Sie hatten Schwierigkeiten beim Abflug?« Der Mann war wirklich gut informiert.

»Halb so wild.«

»Wie ist der Plan?«

»Ich habe bei der Flugsicherung als Zielflughafen Valencia angegeben, täusche aber eine Notlandung in Barcelona vor.«

»Gut, das verschafft uns ein paar Minuten, bevor die Blaskapelle losmarschiert. Ich hole Sie ab.«

»Danke.« Jules legte auf.

»Vertraust du diesem Kaschinski?«, fragte Lukas aus einem Impuls heraus.

»Ich traue grundsätzlich niemandem aus der Branche. Aber er ist professionell, und solange wir ihn bezahlen, macht er alles. Seine Loyalität ist käuflich. Mehr verlange ich nicht. Apropos Geld. Er kostet dich eintausend pro Tag, plus Spesen. Pfund, keine Euro«, informierte ihn Jules.

Lukas hatte wegen der Bezahlung nicht mit der Wimper gezuckt. Geld war im Augenblick seine geringste Sorge. »Warum hast du eigentlich deinen Freund gefragt, ob dieser Kaschinski Felderfahrung hat? Was soll das bedeuten?« Das hatte er Jules schon nach dem Telefonat fragen wollen.

»Nahkampfausbildung und die Bereitschaft zu töten«, erwiderte Jules schlicht. »Eines sollte dir bewusst sein, Lukas. Das wird kein Spaziergang werden, und ich nehme dich nur mit, weil ich weiß, dass du genügend Mumm in den Knochen hast, wenn es darauf ankommt. Aber du darfst keinen Moment zimperlich sein, sondern musst dir immer vor Augen halten, dass es hier um das Leben deiner Familie geht. Christlich motivierte Empfindsamkeiten oder moralische Bedenken können wir bei der Sache nicht gebrauchen.«

Lukas schluckte, doch ihn beschäftigte noch mehr. »Was ich nicht recht verstehe, ist, warum du so überzeugt davon bist, dass die Spur der Entführer nach Barcelona führt. Bist du dir sicher, dass das Flugzeug dorthin geflogen ist? Was wäre, wenn das auch nur ein gefakter Flugplan war, so wie bei uns? Nehmen wir an, deine These trifft zu, und Kirchenmänner steckten tatsächlich hinter der Entführung, hätten sie dann meine Familie nicht vielmehr nach Italien geschafft?«

Ihm entging nicht, dass Jules eine Winzigkeit zögerte, bevor er antwortete. »Gut, sprechen wir über den Plan. Du weißt, dass ich mich darüber gewundert habe, wie einfach es war, der Spur der Entführer zu folgen? Ich denke, das war Absicht. Wie auch der *holländische* Pilotenname, Jan Giep. *Sie* wollten, dass wir nach Barcelona fliegen.«

»Und wie zum Kuckuck kommst du darauf?«

»Ich habe nie behauptet, dass wir unterwegs sind, um deine Frau und Matti zu befreien, Lukas. Wir folgen stattdessen der Taktik der Entführer und machen uns tatsächlich zu deren Handlanger. Wir fliegen nach Barcelona, weil dort die van Kampen ist. Wir holen uns die Dokumente von ihr zurück und lösen damit deine Familie aus. Dann ist ein für alle Mal Schluss mit dem Spuk.« Er hatte dies mit einer Selbstverständlichkeit hervorgebracht, als handele es sich doch um einen Spaziergang.

Lukas benötigte eine Weile, um das Gehörte zu verarbeiten. »Die van Kampen …?«, stotterte er halb. »Hast du völlig den Verstand verloren? Woher weißt du überhaupt, wo sie ist?«

»Es ist ein offenes Geheimnis, dass die Holländerin sich zur Zeit in der Stadt aufhält. Ihr Mann besaß in der Nähe von Barcelona ein Anwesen, das ihm von König Juan Carlos günstig überlassen wurde. Ein großzügiges Dankeschön Seiner Majestät für die Stiftung mehrerer Picassos und Mirós. Der halbe Prado in Madrid wurde quasi von Leysieffer bestückt. Die van Kampen genießt aus diesem Grund in Spanien hohes Ansehen und bereitet von dort aus ihre Rückkehr an die Gesellschaftsfront vor.«

Lukas rang sichtlich um Fassung. Wie oft hatte er sich in der Vergangenheit vorgestellt, dass der erlösende Anruf der Polizei eingehen würde, die Holländerin sei gefasst worden und würde der weltlichen Gerichtsbarkeit zugeführt. Nun blieben ihre Taten auf Erden ungesühnt, einmal mehr hatten Macht und Einfluss gegen das Unrecht gesiegt.

Doch Lukas fühlte sich zu erschöpft, um weiter wütend zu sein, es reichte nur noch für eine Portion Zynismus für seinen besten Freund. »Du verdammter Geheimagent. Als Freund bist du eine echte Zumutung. Gibt es noch etwas, was ich wissen sollte? Oder hast du vor, mir deine Informationen weiter häppchenweise zu servieren?«

»Krieg dich wieder ein, Lukas. Und ja, das war jetzt alles. Ich habe es dir nicht früher gesagt, weil wir keine Zeit für unnötige Diskussionen hatten und ich nicht sicher war, ob du dann in diese Maschine gestiegen wärst. Mit dir steht und fällt mein ganzer Plan.« Jetzt kam das Schwierigste, denn es war genau dieser Plan, der Lukas bestimmt in Rage bringen würde.

»Was für ein Plan?«

»Simpel ausgedrückt, wir fahren zu der van Kampen, und du bittest sie um die Dokumente.«

»Das ist jetzt ein Scherz, oder?«

»Keinesfalls. Hör zu und lass das Klappmesser in der Hose. Wir machen uns zwei Dinge zunutze: Erstens lag es vor allem am Einfluss deines Vaters und der Hartnäckigkeit seiner Anwälte, die lange verhindert haben, dass die van Kampen rehabilitiert wird. Ohne diese Intervention wäre das schon früher passiert. Wenn sich jetzt ein Mitglied der Familie von Stetten persönlich bei ihr meldet, wird ihre Neugier überwiegen. Sie wird dich empfangen, Lukas.«

»So, meinst du? Vermutlich nur, damit sie noch mal versuchen kann, mir eine Schere in den Rücken zu rammen«, spielte Lukas empört auf Rom an. Es hielt ihn kaum mehr auf seinem Sitz.

Jules ignorierte seine Erregung. »Du wirst ihr reinen Wein einschenken, warum du die Dokumente benötigst. Wenn sie sich weigert, drohst du ihr mit der sofortigen Einberufung einer Pressekonferenz, in der du sie anklagen wirst, dass ihr die Schriftrollen, die letztendlich nur Tierhäute sind, wichtiger sind als das Leben deiner Frau und deines Sohnes. Die van Kampen kann sich gerade jetzt keinen weiteren Skandal leisten. Sie ist eine kluge Frau und wird die richtige Entscheidung treffen.«

»Bist du wahnsinnig? Was du vorschlägst, ist Erpressung! Ich spiele doch nicht mit dem Leben meiner Familie!« Lukas war fassungslos.

»Dann also Plan B. Hier kommt Kaschinski ins Spiel. Wir könnten natürlich auch versuchen, der Holländerin die Dokumente zu stehlen. Dazu müssten wir nur an ihren Wachen vorbeikommen, die Alarmanlage ausschalten und wahrscheinlich einen Safe knacken. Wir könnten dabei natürlich auch, und das ganz legal, als Einbrecher erschossen werden. Oder sie lässt uns verhaften, und wir schmoren im Knast. Ganz zu schweigen von dem größten Schwachpunkt von Plan B.«

»Als da wäre …?«, schnappte Lukas.

»Dass sich die Dokumente gar nicht in Barcelona befinden. Es ist gut möglich, dass die van Kampen sie bei einer Bank deponiert hat. Da könnten wir dann lange suchen. In gut einundzwanzig Stunden läuft das Ultimatum der Entführer ab. Aber die Entscheidung liegt allein bei dir, Lukas. Es ist deine Familie.«

Lukas war verstummt. Wie sollte jemand eine solch schwerwiegende Entscheidung treffen, bei der das Leben von Frau und Sohn auf dem Spiel stand? Zu der Frau gehen zu müssen, die verantwortlich war für so viele Morde, um mit ihr um das Leben seiner Familie zu feilschen, war für Lukas mehr als bitter. Es war eigentlich mehr, als er ertragen konnte. Trotzdem hatte Jules recht. Ihm blieb keine andere Wahl.

Jules fühlte selbst leichte Unruhe. Nie zuvor hatte er Ähnliches verspürt – nicht einmal in den Anfängen seiner Agententätigkeit. Bei einem Einsatz war er immer kühl und gelassen. Nun aber war er persönlich betroffen. Matti war sein Patenkind, er liebte den Kleinen wie einen eigenen Sohn. Jules wusste, dass er sich keine Gefühle leisten konnte. Gefühle führten zu Unsicherheit, Unsicherheit führte zu Fehlern, und Fehler konnten tödlich enden. In Gedanken ging er seinen Plan nochmals durch. Sie mussten es riskieren, es gab keine andere Möglichkeit.

»Es ist gut«, sagte Lukas da, »ich werde zu ihr gehen. Aber ich weiß nicht, wie ich reagieren werde, wenn sie sich weigert.«

»Eines nach dem anderen. Sprechen wir über den Plan. Es ist wichtig, dass du taktisch vorgehst, Lukas. Du musst vermeiden, deine Trümpfe alle auf einmal auszuspielen.«

»Aha. Welche Trümpfe?«

»Erstens: Wenn die van Kampen auf deine Androhung einer Pressekonferenz nicht eingeht, wirst du dich ihr als ihren Verbündeten bei ihrem Rachefeldzug gegen die Kirche anbieten«, erklärte Jules. Bewusst sah er über das entsetzte Gesicht seines Freundes hinweg. »Für deine Familie musst du über deinen Pfaffenschatten springen, Lukas. Gaukele ihr den von der Kirche enttäuschten Jesuiten vor, und sag ihr deine volle Unterstützung im Kampf gegen den Vatikan zu. Was könnte der van Kampen zu diesem Zeitpunkt Besseres passieren, als dass sich ausgerechnet ihr größter Feind plötzlich auf ihre Seite schlägt? Es würde ihre Kritiker mundtot machen, und sie wie Phönix aus der Asche steigen lassen. Ein weiteres Angebot wäre, eine beglaubigte Abschrift der Schriftrollen anfertigen zu lassen, in der du für die Echtheit der Dokumente bürgst. Die Originaldokumente wären dann nicht mehr ganz so wichtig. Die Holländerin hat dann, was sie braucht. Gib die Originale dem Vatikan zurück, bring deine Familie in Sicherheit, und nach dir die Sintflut.«

Lukas schwieg mit zusammengepressten Lippen. Endlich hob er den Kopf. »Es gibt zwar nichts auf dieser Welt, was ich weniger tun möchte, als dieser furchtbaren Frau gegenüberzutreten, aber für meine Familie muss ich es tun. Und zum Teufel, ich werde sie überzeugen!«

»Bei Allah, dem Allmächtigen, so gefällst du mir schon besser. Und jetzt halt dich fest. Ich muss gleich eine Notlandung vortäuschen und ein wenig mit den Flügeln wackeln.«

Kapitel 6

Barcelona, Spanien

Jules' Plan ging zunächst auf: Der Barcelona-Tower schluckte die Hydraulik-Lüge, die Landung war weich, und sie rollten in Richtung Vorfeld. Doch plötzlich raste ein Wagen mit Blaulicht direkt auf sie zur.

»Beim Barte des Propheten! Schon wieder. Wo kommen die so schnell her? Das ist völlig unspanisch«, regte sich Jules auf.

»Was sollen wir jetzt tun?« Nervös verfolgte Lukas den Wagen, aus dem ein einzelner Mann sprang.

Bevor Jules die endgültige Halteposition erreicht hatte, begutachtete er die Lage genauer. Zur Not konnte er noch einmal durchstarten. Der Mann wedelte mit den Armen, und Jules' Gesicht verzog sich zu einem breiten Grinsen.

»Er ist allein, und er trägt keine Uniform. Das ist unser Mann, Saul Kaschinski. Komm, nichts wie raus hier, Lukas.«

Eilig verließen sie die Maschine. Kaschinski saß bereits wieder am Steuer und brauste los, sobald sie eingestiegen waren. Unbehelligt erreichten sie die Schnellstraße Richtung Innenstadt.

»Ich habe leider Ihr Spesenkonto ein wenig belasten müssen«, meldete sich Kaschinski zu Wort. »Dafür haben wir uns den Zwischenstopp bei der Ankunftskontrolle gespart.«

Nach zehn Minuten stoppte der Söldner auf dem Parkplatz einer kleinen Tapa-Bar. »Briefen Sie mich«, forderte er Jules knapp auf.

»Es geht zum Anwesen einer Carlotta van Kampen.«

»Ah, die Diamantenwitwe. Hab von ihr gehört. Harter Brocken und stinkreich.«

»Ich habe mir vorab den Plan ihrer Villa im Stadtteil Bonanova besorgt«, erklärte Jules. »Prägen Sie ihn sich ein und überprüfen Sie ihn auf etwaige Schwachpunkte. Ich möchte mich vor Ort zunächst gründlich umsehen und die Umgebung erkunden. Was haben Sie uns mitgebracht?«

»Sie werden zufrieden sein«, meinte Kaschinski, während er den Plan checkte. »Das ist eine vornehme Adresse. Alles Villen mit riesigen Parks. Unmöglich, jeden Quadratzentimeter zu überwachen. Gut für uns. Fahren wir.«

Innerhalb von zehn Minuten erreichten sie den Passeig de la Bonanova. Eine zwei Meter hohe Natursteinmauer umgab das schlossähnliche Anwesen der Holländerin.

Sie fuhren zweimal an der Villa vorbei. Geschützt durch die Mauer und einen dicht bepflanzten Park mit hohen Bäumen, war, bis auf einen Teil des roten Daches und einen kleinen quadratischen Turm, nichts von der Villa zu sehen. Sie wendeten am Ende der Straße und konzentrierten nun ihr Augenmerk auf das geschlossene schmiedeeiserne Tor der Einfahrt.

Ein kleiner roter Pick-up, auf dessen Ladefläche ein dichtes Blumenmeer wogte, näherte sich der Einfahrt. Der Fahrer drückte einen Knopf an einer das Tor flankierenden Steinsäule. Oben auf der Säule war eine Kamera angebracht, in der Säule selbst ein Bildschirm eingebaut. Die Flügel des Tores schwangen auf, und der Blumenwagen fuhr hindurch.

Jules bat Kaschinski auf der gegenüberliegenden Straßenseite zu halten. Unmittelbar hinter dem Tor konnten sie links ein Torhäuschen ausmachen. Nach dem Tor hinderte nun eine Schranke das Fahrzeug daran, weiterzufahren. Ein Wächter in Uniform stand daneben. Der Mann warf einen kurzen Blick auf den Fahrer, grinste breit, öffnete die Schranke per Knopfdruck und winkte den Gärtner durch. Vor dem offenen Tor tauchte eben ein weiterer Lieferant in einem weißen Kastenwagen auf. Diesmal handelte es sich um ein Catering-Unternehmen, wie unschwer an der Reklame, einem tanzenden Hummer mit Kochmütze, zu erkennen war.

»Da herrscht reger Betrieb. Und ziemlich gut bewacht ist das Ganze auch«, meinte Kaschinski.

»Ja, sieht so aus, als würde die van Kampen heute eine große Party schmeißen.« Jules dachte kurz nach. »Am Anfang der Straße ist mir ein kleines Hotel aufgefallen. Es hat nicht viele Stockwerke, aber wenn wir ein Zimmer in der letzten Etage nehmen, könnten wir von dort vermutlich einen Blick in den Park und auf das Anwesen werfen.«

In dem kleinen, exklusiven und vor allem sündhaft teuren Landhaushotel gab es im vierten und letzten Stock noch eine freie Penthouse-Suite. Eine Nacht kostete so viel, wie Lukas im ganzen Monat als Lehrer verdiente. Dafür verfügte das Penthouse über einen eigenen Aufzug, mit dem sie von der Tiefgarage direkt in ihre Suite gelangen konnten. Ein Vorteil, wenn man es wie Kaschinski vorzog, sein Gepäck selbst in die Suite zu schaffen, bevor sich ein Hotelpage über Umfang und Gewicht wunderte und womöglich ein Auge riskierte.

Kaum angekommen, prüfte Jules die Aussicht vom Panoramafenster. Zufrieden registrierte er, dass die Suite über eine riesige Terrasse verfügte, die auf der einen Seite zum Van-Kampen-Anwesen hin ausgerichtet war. Er zog sein Hochleistungsfernglas hervor und nahm die Villa ins Visier. Zwar konnte er weder Einfahrt noch Haupteingang überblicken, da diese nach Westen hin ausgerichtet waren, dafür hatte er eine ausgezeichnete Sicht auf Terrasse und Garten – was mindestens genauso viel wert war, da sich hier die meisten Aktivitäten abzuspielen schienen.

Mitarbeiter des Catering-Services liefen in langen weißen Schürzen umher und schleppten Tische, Stühle und Geschirr heran, während ein älterer Herr in altmodischer Livree die hektische Schar mit der Grandezza eines Orchesterleiters dirigierte.

Am Rande von Jules' Fernglas schob sich nun eine mit bunten Pflanzen voll beladene Schubkarre ins Bild, an den Griffen hing ein schmächtiger Mann mit Baseballkappe. Er entlud seine Fracht vorsichtig und etwas abseits der turbulenten Betriebsamkeit am Rand der Terrasse und verschwand danach um die Ecke, wo sein Fahrzeug geparkt sein musste.

Der Gärtner brachte Jules auf eine Idee. Er wandte sich um und wäre beinahe mit Lukas zusammengestoßen. Kaschinski war im Wohnzimmer dabei, seine mitgebrachte Ausrüstung zu sortieren, um sie für die Montage vorzubereiten. Lukas hatte es vorgezogen, Jules auf die Terrasse zu folgen.

»Und, kannst du etwas erkennen?«, fragte er.

»Hier, sieh selbst«, erwiderte sein Freund und streckte ihm das Fernglas entgegen.

»Hast du die van Kampen schon entdeckt?«, fragte Lukas ungeduldig, während er das Treiben auf der Rasenfläche verfolgte.

»Bisher nicht. Beobachte du eine Weile weiter. Ich muss ein paar Worte mit Kaschinski wechseln.«

Saul Kaschinski war eben dabei, drei schusssichere Westen auf der Sitzlandschaft zu drapieren. »Und, wie sieht es aus?«

»Gut. In der Villa herrscht ein reges Kommen und Gehen. Die da«, er zeigte auf die dunkelblauen Westen, »werden wir nicht brauchen.«

»Ich gehe nie ohne in den Einsatz. Das Regenschirm-Prinzip, verstehen Sie?«

»Nein. Klären Sie mich auf.«

»Hat man einen Schirm, regnet es nie, aber wehe, man hat mal keinen …«

»Ah, Sie sind abergläubisch. Bei mir ist es umgekehrt. Ob es regnet oder Kugeln fliegen, Allahs Wille findet immer einen Weg. Apropos, ich muss noch mal weg. Wird nicht lange dauern. Passen Sie mir auf von Stetten auf. Er ist ein wenig durch den Wind.«

»Was haben Sie vor?«

»Ich besorge uns drei eine Einladung zur Party.«

Eine gute Stunde später war Jules zurück. Über dem Arm trug er zwei Kleidersäcke. Kaschinskis geschulter Blick registrierte interessiert den Abdruck eines Gebisses auf Jules' Handrücken.

Lukas stürzte Jules entgegen; die letzte Stunde hatte seine Geduld auf eine harte Probe gestellt.

»Wo warst du so lange?«, rief er aufgebracht.

Statt einer Antwort drückte ihm Jules die Kleidersäcke in die Hand. »Hier, die habe ich beim Concierge bestellt. Guter Mann.«

»Das sieht böse aus.« Kaschinski deutete auf Jules' Hand. Der Biss war tief und schwoll bereits bläulich an. »Wie ist das passiert?«

»Der Blumenhändler hat sich unter der Baseballkappe leider als temperamentvolle Señorita entpuppt.«

»Ja, die Spanierinnen. Olé!« Kaschinski schnalzte mit der Zunge. Doch der Ausdruck in seinen Augen verriet Jules, dass er ihn jetzt für ein Weichei hielt, der mit weiblichen Gegnern vorsichtiger umsprang als mit männlichen. Er, Kaschinski, hätte sich sicher nicht beißen lassen. Spanierin hin oder her.

»Spanierin? Über wen redet ihr?«, mischte sich Lukas ein.

»Davon, wie wir in die Van-Kampen-Villa kommen. Der Gedanke kam mir, als ich vorhin den Blumenwagen gesehen habe. Er steht voll beladen in der Tiefgarage. Kaschinski und ich verstecken uns auf der Ladefläche.«

»Was hast du mit dem Fahrer gemacht?«, hakte Lukas argwöhnisch nach.

»Keine Sorge, Lukas. Der Fahrer war eine Frau, und ihr ist nichts passiert. Sie ist sogar unversehrter als ich.« Er hob kurz die Hand mit der Bisswunde. »Sie ist lediglich eingesperrt. Ich habe es anfänglich mit Geld versucht, aber sie fing sofort an zu schreien. Später bringe ich ihr den Wagen zurück und hinterlege die angebotene Bezahlung im Handschuhfach. Es ging nicht anders, Lukas, wir brauchen den Wagen«, fügte er hinzu. Zu Recht fürchtete er weitere Einwände seitens Lukas'.

Dieser begnügte sich vorerst mit einem bösen Blick. »Und wenn der Wagen durchsucht wird?«

»Das haben sie vorhin auch nicht getan. Wir müssen es darauf ankommen lassen, wenn wir unbemerkt ins Haus wollen. Der einzelne Mann am Tor dürfte kein Problem darstellen.«

»Und wieso machen wir nicht, was du zuerst vorgeschlagen hast, Jules? Nämlich, mich ganz einfach offiziell via Telefon bei der Holländerin anmelden?«

»Weil ich kein Risiko eingehen will. Mir herrscht heute in der Villa zu viel Betrieb. Sie wird das Telefonat kaum selbst annehmen, oder? Was ist, wenn ein übereifriger Assistent das Gespräch verweigert? Vergiss das Ultimatum nicht, Lukas. Wir haben keine Zeit für Diskussionen. Zumal sie mich und Kaschinski kaum mit dir vorlassen wird. Ich will aber in deiner Nähe bleiben. Man weiß nie, wie sich die Dinge entwickeln. Darum habe ich meinen Plan etwas abgeändert. Wir nutzen das Überraschungsmoment. Wenn du plötzlich vor ihr stehst, wird sie dich schon aus Neugierde anhören wollen. Bei Wissenschaftlern ist das eine Berufskrankheit. Hier, nimm die.« Er warf Lukas die Baseballkappe und den Kittel der Floristin zu. Beidem haftete noch der leichte Pfirsichduft seiner vormaligen Trägerin an. Zum Glück war der Arbeitskittel groß genug, dass er hineinpasste, nur Zuknöpfen war nicht mehr drin.

Nach letzten Instruktionen für Lukas sah Jules auf seine Uhr. »Schon nach neun. Wir sollten uns beeilen, sonst wundert sich noch jemand über die späte Blumenlieferung. Ich gehe davon aus, dass die Party nicht vor 22 Uhr beginnt, und selbst das wäre früh für spanische Verhältnisse. Wir verstecken uns so lange im Park zwischen den Bäumen, warten, bis die ersten Gäste eintreffen, und mischen uns dann unter sie.« Jules öffnete einen der Kleidersäcke und warf Kaschinski seinen Smoking zu. Aus einem Seitenfach beförderte er noch große schwarze Lackschuhe. Kaschinskis Reaktion nach entsprachen sie nicht ganz seiner Größe.

Jules packte seinen eigenen Kleidersack aus. Zuvor inspizierte er kurz die von Kaschinski organisierte Ausrüstung. Er nahm eine der modernen Handfeuerwaffen auf und erkannte das Fabrikat, noch bevor er das eingestanzte Gütesiegel vST entdeckt hatte. Das Markenzeichen hatte sich in Form und Aussehen seit dem ersten Patent vor über zweihundert Jahren nicht verändert. Jules fuhr mit dem Daumen darüber, dann prüfte er die Handlichkeit der Waffe und das Magazin.

»Dachte mir, dass Ihnen das gefallen würde«, grinste Kaschinski.

»Wie ich sehe, haben Sie etwas anderes für sich gewählt«, meinte Jules, der zusah, wie Kaschinski eine Smith & Wesson mit Patronen bestückte.

»Ach, mein Baby und ich sind schon so lange zusammen. Es käme mir vor, als würde ich sie betrügen. Wollen Sie wirklich keine kugelsichere Weste?« Er hatte sich das Hemd ausgezogen und schlüpfte in eine.

»Nein, aber geben Sie von Stetten eine und zeigen Sie ihm, wie man sie anlegt. Haben Sie auch Nachtsichtgeräte dabei?«

»Ja, sie sind noch in der blauen Tasche.«

Jules holte eines hervor und ging dann ins Schlafzimmer, um sich ebenfalls umzuziehen. Auf dem Bett stand seine schwarze Tasche. Für die Pistole hatte ihm Kaschinski ein Schulterhalfter mitgebracht. Sein Spezialmesser schob er in die linke Socke und schnallte sich noch eine weitere, kleinkalibrige Waffe um das rechte Schienbein. Zum Schluss verstaute er einige zusätzliche Patronen in den beiden Smoking-Innentaschen.

Lukas war Jules gefolgt und beobachtete die Vorbereitungen mit gemischten Gefühlen. Er selbst musste sich nicht groß ausrüsten. Über der Jeans und dem hellblauen Hemd, das er am Morgen für das Picknick angezogen hatte, trug er den grünen Kittel der Gärtnerin. Die rote Kappe hielt er noch in den Händen. Die kugelsichere Weste hatte er indes abgelehnt. Warum sollte er eine tragen, wenn Jules sie selber ablehnte? Kaschinski hatte lediglich die Achseln gezuckt und die Weste zurück in die Tasche gestopft.

»Sind denn all diese Waffen nötig?«, meldete Lukas nun doch seine Bedenken an.

»Die Geschichte hat gezeigt, dass nur bewaffnete Propheten siegen«, antwortete Jules lakonisch.

Lukas verzog das Gesicht. »Vielen Dank, dass du jetzt ausgerechnet Machiavelli zitierst.« Rabea hatte ihn früher allzu oft mit den Ergüssen des italienischen Politikers und Philosophen gequält. Ihr Lieblings-Machiavelli hatte gelautet: *»Man kann einen Krieg beginnen, aber niemals beenden, wann man will.«*

Hinter Lukas betrat Kaschinski den Raum. Er lehnte sich mit verschränkten Armen an den Türrahmen. »Was ist mit von Stetten? Bekommt er keine Waffe?«, erkundigte er sich.

»Nein. Er muss unbewaffnet bleiben. Wenn er auf die van Kampen trifft, werden ihre Leute ihn mit Sicherheit durchsuchen. Besser, sie entdecken dann keine Waffe bei ihm. Bist du bereit, Lukas?«

Zu dritt fuhren sie hinunter in die kleine Tiefgarage. Sie warteten, bis ein älteres Ehepaar, das den Aufzug unmittelbar vor ihnen benutzt hatte, in ihre Limousine gestiegen und weggefahren war.

»Ausgerechnet Rosenstöcke«, schimpfte Kaschinski, während er die Ladung des roten Pick-up einer Musterung unterzog.

»Na und?«

»Ich bin allergisch gegen Rosen.«

»Die kurze Fahrt werden Sie es ja wohl aushalten.« Jules war bereits auf die Ladefläche geklettert und reichte Lukas und Kaschinski die Schubkarre und mehrere Pflanzen herunter, um Platz für zwei ausgewachsene Männer zu schaffen.

Zum Schutz der Smokings und gegen ungebetene Blicke

hatte er aus dem Blumenladen zwei große Planen mitgebracht. Die Männer legten sich darauf, Lukas drapierte die Planen über sie und schob die zuvor abgeladenen Pflanzen um sie herum. Zu guter Letzt hievte er die Schubkarre auf die Ladefläche zurück und schloss die Klappe.

Danach stieg er in den Wagen und fuhr langsam aus der Tiefgarage. Wenige Minuten später erreichten sie das Einfahrtstor der Villa. Lukas vermied es, in die über dem Tor montierten Kameras zu sehen. Stattdessen hielt er seinen Kopf gesenkt, sodass nur die rote Kappe erkennbar war. Das Tor schwang auf. Lukas winkte dem Mann am Tor zu, fuhr hindurch und musste vor der Schranke erneut stoppen. Der Torwächter kam auf ihn zugelaufen und fragte: »Donde está Isabella?«

»A la barbaría. Soy el suo nuevo operario.« Lukas hatte sich die Worte mit seinen spärlichen Spanischkenntnissen im Hotel zurechtgelegt.

Der Wächter schaute unschlüssig auf Lukas und seine Ladung Rosenstöcke. Er stand schon im Begriff, sein Funkgerät zu benutzen, als unmittelbar hinter Lukas ein weiterer Lieferant eintraf und ihm fast auf die Stoßstange fuhr.

Der Fahrer lehnte sich aufgebracht aus dem Fenster und deckte den Torwächter mit einem Schwall Spanisch ein. Der Wächter schrie in ebenso schnellem Spanisch zurück. Kurz sah es aus, als würden die beiden Männer gleich eine Prügelei beginnen, als der Wächter mit einem Fluch die Schranke öffnete und die beiden Fahrzeuge durchwinkte.

Langsam fuhr Lukas die gekieste Anfahrtsallee hinauf. Hinter ihm drängelte und hupte der spanische Fahrer des Catering-Services. Er hätte Lukas sicherlich überholt, wenn die Auffahrt nicht auf beiden Seiten von zwei Meter hohen Marmorskulpturen gesäumt gewesen wäre.

Die Fahrt endete in unmittelbarer Nähe des Hauses. Lukas manövrierte den Lieferwagen durch das dichte Gedränge und zwängte sich neben ein anderes Fahrzeug. Es passte kein Blatt mehr zwischen seinen Pick-up und den kleinen Lastwagen. Links stand eine dichte Gruppe Zypressen, sodass er gerade noch seine Fahrertür öffnen konnte.

Lukas stieg aus und öffnete die Luke der Ladefläche. Als Erstes hob er die Schubkarre herunter.

»Was siehst du?«, raunte Jules. »Irgendeine Art Sicherheitsdienst?«

»Nein. Da sind zwar jede Menge Leute, aber das scheinen mir alles Lieferanten und Kellner zu sein.«

»Gut. Lade ein paar der größeren Rosenstöcke ab und stelle sie so auf, dass sie uns Deckung geben, wenn wir runterklettern. Zieh die Plane aber erst weg, wenn die Luft rein ist.«

Ganz in der Nähe war das laute Klirren von zerbrechendem Geschirr zu hören. Das Wehklagen eines Mädchens war zu hören, gefolgt von dem ärgerlichen Gezeter eines Mannes, der sie dafür maßregelte. Schnell hatte sich eine Gruppe Schaulustiger um sie gebildet.

Der richtige Moment. »Ihr könnt rauskommen. Niemand achtet auf uns.«

Jules' Kopf schälte sich zwischen den Rosenstöcken hervor. Kaschinski musste explosionsartig niesen, und Lukas und Jules zuckten zusammen. »Beim Propheten, Kaschinski, stellen Sie das Niesen ein. Ich hoffe doch sehr, Sie sind nicht auch gegen Zypressen allergisch«, zischte Jules, während sie beide rasch herauskletterten und sofort zwischen den Bäumen Deckung suchten.

Ihre Aktion war von niemandem bemerkt worden. »Wir schauen uns kurz um, Lukas. Sei vorsichtig und halt den Kopf unten«, mahnte Jules. »Wir werden später wieder zu dir stoßen.«

Lukas belud die Schubkarre mit den Rosenstöcken und folgte dann dem Strom der Menschen in Richtung Terrasse. Vor ihm eröffnete sich eine riesige gepflegte Rasenfläche. Die Terrasse zu seiner Rechten war über und über mit wildem Wein und Kletterrosen bewachsen. Das Bufett wurde gerade aufgebaut. Mindestens ein Dutzend Köche mit hohen Mützen trugen eine silbern glänzende Schüssel nach der anderen auf. Die übrige kleine Bedienstetenarmee hatte inzwischen ganze Arbeit geleistet. Überall auf dem Rasen standen festlich geschmückte Tische, ein kleines Orchester packte in einem Pavillon seine Instrumente aus, und die Kellner schwärmten aus, um die zahlreichen Fackeln, Lampions und Kerzen zu entzünden.

Links von Lukas raschelte es einige Meter entfernt im Gebüsch. Er entdeckte Jules, der ihn näher heranwinkte.

»Was jetzt?«, flüsterte er.

»Am besten, du steuerst auf die Terrasse zu, verteilst dort ein paar Rosenstöcke und versuchst, einen Blick ins Haus zu werfen. Irgendwo muss die van Kampen ja sein.«

»Und dann? Was ist, wenn sie die Dokumente gar nicht hat? Dann ist dein ganzer schöner Plan hinfällig.« Lukas hatte plötzlich Zweifel. Oder Angst. Oder beides.

»Du denkst zu viel, Lukas. Vertrau mir. Eines nach dem anderen.« Jules klang, als würde er trotz der Anspannung grinsen.

Lukas wollte etwas erwidern, als ihn das heisere Bellen eines Hundes ablenkte. Es kam aus dem hinteren Teil des Gartens. Eingerahmt von kunstvoll zugeschnittenen Buchsbaumhecken führte ein Weg zu einem kleinen Zierteich mit einem Holzsteg. Ein Golden-Retriever-Welpe tauchte jetzt am anderen Ende auf und hielt genau auf das Zypressenwäldchen zu, in dem sich Jules und Kaschinski verschanzt hatten. Die beiden Männer hatten ihn ebenfalls bemerkt.

»Verflixt, Lukas. Du musst das Tier weglocken.«

Doch Lukas rührte sich nicht. Er schien wie erstarrt und sah gebannt auf den Holzsteg, auf dem jetzt ein kleiner Junge aufgetaucht war und dem Welpen hinterherlief. Für einen Augenblick hielt er es für ein Trugbild, etwas, was ihm sein Unterbewusstsein vorgaukelte, weil er es sich so sehr wünschte. Doch der kleine Junge rief jetzt nach dem Hund. Seine helle Stimme weckte Lukas aus seiner Erstarrung. Das war sein Sohn!

»Matti«, rief er und wollte blindlings auf ihn zustürzen, als ihn ein kräftiger Arm hinter die Bäume riss.

»Schhh, Lukas. Ich weiß, es ist verdammt hart, aber du musst dich jetzt unbedingt zusammenreißen und Ruhe bewahren«, flüsterte Jules, lockerte aber seinen Griff dabei nicht.

»Bist du verrückt? Das ist Matti!« Lukas versuchte, sich loszureißen.

»Das sehe ich selbst.«

Der Welpe war ihnen nun gefährlich nahe gekommen und schnüffelte an einem Baum. Plötzlich rief eine Frauenstimme nach Matti.

»Was machst du denn dort, Matti? Komm jetzt, es ist Zeit fürs Bett. Du darfst Pepe mitnehmen.« Es war Magali, aber eine völlig fremde Magali. Wäre ihre Stimme nicht gewesen, Lukas hätte sie kaum wiedererkannt.

Magali war immer eine natürliche und ungezwungene Frau gewesen, die sich selten schminkte und bequeme Kleidung bevorzugte. Am liebsten trug sie Jeans und T-Shirt, wie auch am Morgen im Park. Jetzt, zwölf Stunden später, war sie perfekt geschminkt, ihre blonden Haare kunstvoll hochgesteckt, und das türkisfarbene, raffiniert geraffte Cocktailkleid war zweifellos Haute Couture. An Hals und Ohren funkelten Diamanten, als trüge sie den Sternenhimmel. Barfuß kam sie den Weg entlang geschlendert, an ihrer Hand baumelten ein Paar silberne Sandaletten. Sie sah wunderschön aus.

Lukas kannte spätestens jetzt kein Halten mehr, doch Jules hielt ihn weiterhin mit eiserner Hand fest und drückte ihn nieder.

»Übernehmen Sie ihn, Kaschinski. Ich muss kurz mit der Frau sprechen.«

Jules kroch langsam nach vorn. Magali mühte sich, den kleinen Welpen einzufangen, der ständig zwischen ihren Beinen herumsprang und nach den baumelnden Sandaletten in ihrer Hand schnappte. Matti stand mehrere Meter entfernt und amüsierte sich über die Bemühungen seiner Mutter. »Magali. Ich bin es, Jules«, rief er leise. Die junge Frau zuckte kurz zusammen, dann hob sie den Kopf und suchte mit den Augen das Gebüsch ab. »Lass dir nichts anmerken. Besser, Matti weiß nicht, dass ich hier bin. Bei euch alles in Ordnung?«

»Ja«, flüsterte sie zurück und tat weiter so, als versuche sie, den Hund einzufangen. »Ist Lukas auch hier?«

»Nein«, log Jules. Hinter ihm bäumte sich Lukas auf, aber Kaschinski hielt ihn unerbittlich im Klammergriff gefangen, eine Hand auf seinen Mund gepresst, sodass er kaum mehr Luft bekam.

»Gut. Sag ihm, Matti und ich sind nicht in Gefahr. Ich kann das hier alleine regeln. Lukas darf auf gar keinen Fall hierherkommen oder Kontakt mit der van Kampen aufnehmen. Das ist sehr wichtig, hörst du? Sag ihm, dass wir bald nach Hause zurückkommen und ich ihm dann alles erklären werde. Ich …«

»Magali, wo bleibst du denn so lange? Die ersten Gäste treffen bald ein.«

Die Stimme löste bei Lukas einen Schock aus. Er hatte die verhasste Holländerin sofort erkannt. Ein Knurren entrang sich seiner Kehle, und er bäumte sich in Kaschinskis Umklammerung auf. Der Söldner drückte noch ein wenig fester zu und hoffte, dass er den Mann nicht versehentlich erstickte.

Die van Kampen kam nun mit schnellen Schritten auf Magali und Matti zu.

»Verdammt«, entfuhr es Magali leise. »Ich muss gehen. Hinter dem Teich ist ein kleines Häuschen. Warte da auf mich. Ich versuche so schnell wie möglich dorthin zu kommen. Hör zu, richte Lucie unbedingt aus, dass ich mein Armband verloren habe.« Sie lief zu Matti und nahm ihn fest an die Hand. Dann eilte sie der Frau entgegen.

Zum Glück sprang der kleine Hund wieder hinter ihren Sandaletten her und war nicht länger an den interessanten Gerüchen im Gebüsch interessiert.

Jules sah ihnen nach, bis die beiden Frauen im Haus verschwunden waren. Er fragte sich selbst, was hier vorging. Auf jeden Fall hatte er sich geirrt. Es war nicht der Klerus, der hinter der Entführung steckte. Aber war es überhaupt eine Entführung? Das Entführungsopfer wirkte gefasst, hatte sich in kürzester Zeit von einer adretten jungen Frau in einen mondänen Vamp verwandelt und wirkte vertraut mit der van Kampen. Auch der kleine Matti ließ kein Anzeichen eines Entführungstraumas erkennen. Was hatte Magali eben gesagt? Dass sie das alleine regeln konnte? Was hatte sie damit gemeint? Er musste darüber in Ruhe nachdenken, jetzt war nicht die Zeit für voreilige Schlüsse. Selten in seinem Leben war er derart überrascht und ratlos gewesen. Zunächst gab er Kaschinski das Zeichen, Lukas loszulassen.

Dieser schnellte wie ein Pfeil auf seinen Freund zu, seine Faust schoss ihm entgegen. Jules wich dem Schlag geschickt aus. »Du Feigling! Wir hätten die beiden sofort befreien können.« Lukas schäumte vor Wut.

»Beruhige dich!« Jules packte ihn bei den Schultern. »Das wäre wegen Matti viel zu gefährlich gewesen. Hier ist alles mit Wachleuten verseucht. Siehst du einige der Kellner hier? Ihre Jacken sind unter dem Arm ausgebeult, sie tragen eindeutig Waffen. Willst du eine Schießerei riskieren? Wir warten auf die Gäste, das erhöht unsere Chancen. Kaschinski und ich werden uns unter sie mischen und alles auskundschaften. Vergiss nicht, du solltest die van Kampen erst ansprechen, wenn die Party in vollem Gange ist. Je mehr Zeugen, umso besser.«

»Warum hast du Magali belogen und gesagt, ich sei nicht hier?«

»Instinkt. Sie will dich nicht hier haben.«

»Was soll das heißen?«

»Sie will unbedingt vermeiden, dass du auf die Holländerin triffst. Sie sagt, es bringe dich in höchste Gefahr.«

»Als ob mich das interessierte! Matti und sie sind in Gefahr!«, ereiferte sich Lukas.

»Verrat mir lieber, warum ich Lucie von Magali ausrichten soll, sie hätte ihr Armband verloren. Ist das ein Code?«

»Du und deine verdammten Codes! Du bist doch der Fachmann«, giftete Lukas.

Kaschinski schob sich nun in sein Blickfeld. Lukas' Wut erfasste auch ihn. »Und Sie sollten nicht vergessen, wer Sie bezahlt, verstanden?«, fuhr er ihn an. »Wenn Sie mich noch einmal daran hindern, meinen Sohn …«

»Ruhe. Es kommt jemand«, unterbrach der Söldner ihn brüsk.

Einer der Kellner-Wächter hatte sich genähert. Er ging so dicht an ihnen vorüber, dass sie sein Rasierwasser riechen konnten. Er hatte sie nicht bemerkt und entfernte sich in Richtung des kleinen Teiches, um eine Zigarette zu rauchen. Jules überdachte seinen Plan neu. Seit er Magali gesprochen hatte, fragte er sich, aus welchem Grund sie unbedingt verhindern wollte, dass Lukas auf die van Kampen traf?

Längst füllte sich der Rasen mit flanierenden Gästen. Die Damen trugen elegante Kleider und teuren Schmuck, die Herren Smokings. Einige ältere Damen schmückten kunstvolle Spitzenmantillas.

Applaus brandete auf, als ein Mann in der prunkvollen Tracht eines Toreros, umringt von einer Armada von Begleitern, auf der Bildfläche erschien. Jules sah mit Genugtuung, dass er einen Tross an Medienvertretern hinter sich herschleppte. Blitzlichter flammten überall auf.

Sehr gut, überlegte Jules. Diese Aufmerksamkeit kam ihm entgegen.

Der Torero verneigte sich mit großer Geste vor den applaudierenden Gästen. Dann eilte er mit ausgebreiteten Armen auf Carlotta van Kampen zu, die ihn als glanzvolle Gastgeberin auf der Terrasse empfing. Sie reichte ihm die Hand, er beugte sich darüber und küsste sie galant. Zur Rechten der Holländerin stand Magali und wurde nun dem Torero vorgestellt. Magali neigte elegant den Kopf, und ihre Diamanten funkelten im Schein der Fackeln. Auch sie reichte dem berühmten Gast die Hand, der sie völlig hingerissen ergriff und nicht mehr losließ.

Lukas hatte die Szenerie vom Rande des kleinen Zypressenwäldchens mitverfolgt. Jules konnte förmlich fühlen, wie sich sein Freund neben ihm versteift hatte. *Scheiße,* dachte Jules. *Merde, merde, merde ...*

»Sind Sie sich sicher, Lafitte, dass diese Frau ein Entführungsopfer ist?«, meldete sich Kaschinski. »Mir sieht es eher so aus, als ob die zwei Frauen hier einträchtig die Gastgeberinnen spielen würden.«

Danke, Kaschinski. Jules bedachte ihn mit einem tödlichen Blick. »Hör nicht auf ihn, Lukas«, versuchte er, Kaschinskis Bemerkung zu relativieren. »Wenn ich eines gelernt habe, dann, dass es für alles im Leben eine Erklärung gibt.« Doch er hätte genauso gut mit der Pinie neben ihm sprechen können.

Lukas war einige Schritte zurückgestolpert und hatte sich von der für ihn unfassbaren Szenerie auf der Terrasse abgewandt. »Natürlich gibt es für alles eine Erklärung, Jules«, erwiderte er seltsam heiser. »Die Frage ist nur, ob sie gut oder schlecht ist. Ich habe Augen im Kopf. Magali ist eine Betrügerin. Das ist die Erklärung.« Der Schock saß tief und entzog ihm den Boden unter den Füßen. Lukas konnte Magalis Betrug nicht begreifen. Alles, was er denken konnte, war, dass seine Frau Matti der van Kampen ausgeliefert hatte! Ein bitterer Geschmack füllte seinen Mund, und er wünschte sich, er könnte hier sitzen bleiben, bis er zerfiel wie die Blätter im Herbst. Staub, der zu Staub wurde. Doch plötzlich nahm er etwas im Augenwinkel wahr, das sein Blut im Bruchteil einer Sekunde zu

Eis gefrieren ließ. Das blanke Entsetzen pumpte Adrenalin in seine Adern. Er sprang auf.

Der Kellner, der ihnen bereits zuvor gefährlich nahe gekommen war, drückte Jules eine Waffe mit Schalldämpfer in den Rücken, während ein zweiter Mann Kaschinski in Schach hielt. Mit einer Kopfbewegung scheuchte er ihn vor sich her. Sie näherten sich Lukas.

Lukas sah es in Jules' Augen aufblitzen, er plante bereits etwas. Es lag etwas Tröstliches für Lukas darin, dass sein Freund niemals bereit war, aufzugeben. Er selbst spannte alle Muskeln an.

Dann geschah das Unfassbare. Der Mann hinter Jules schoss ihm ohne Vorwarnung in den Rücken. Er drückte einfach ab. Lukas sah, wie sein Freund unendlich langsam nach vorne auf die Knie fiel und dann seitlich wegkippte.

Sie haben Jules getötet. Mein Gott, sie haben Jules getötet!

Das war sein letzter Gedanke, bevor ihn ein heftiger Schlag gegen den Kopf traf und er das Bewusstsein verlor.

Kapitel 7

Nürnberg, Deutschland

In dem kleinen Reihenhaus in Nürnberg klingelte das Telefon. Lucie und die beiden Hunde, die es sich mit ihr auf der Couch unerlaubterweise gemütlich gemacht hatten, sprangen auf.

»Hallo«, rief Lucie atemlos in den Hörer.

»Schalom. Wer ist da, bitte?«

»Großvater Rosenthal, bist du das?«

»Lucie?«

»Ja. Ich bin hier bei Lukas zu Besuch, aber er ist nicht da.«

»Oh, wie schade.« Der alte Rabbi klang enttäuscht. Nach dem frühen Tod seiner Tochter und seines Schwiegersohns bei einem Bombenanschlag in Jerusalem war seine einzige Enkelin Rabea in seinem Haus aufgewachsen. Er war längst Witwer, Verwandte hatte er keine mehr, aber er hielt engen Kontakt zu den Zwillingen Lucie und Lukas, die mit Rabea dieselbe Schule besuchte hatten. Die drei Kinder waren seit der Grundschule so enge Freunde, dass alle Rabea irgendwann als dritten Zwilling bezeichnet hatten.

»Kann ich dir vielleicht helfen, Großvater Rosenthal?«, bot Lucie an.

»Hm, hm …« Eine Pause entstand.

Lucie wunderte sich über den alten Rabbi. Er klang anders als sonst. Es beunruhigte sie. Dabei hatte er sich nach dem tragischen Tod seiner Enkeltochter wieder einigermaßen erholt. In den ersten Wochen nach Rabeas gewaltsamem Tod hatte es fast so ausgesehen, als würde er ihr bald nachfolgen.

Da am anderen Ende der Leitung weiter Stille herrschte, beschloss Lucie, das Heft in die Hand zu nehmen. »Ist irgendetwas passiert, Großvater Rosenthal? Vielleicht kann ich dir ja doch weiterhelfen?«

»Wann kommt Lukas denn wieder?«, lautete die Gegenfrage.

Nun war Lucie an der Reihe, herumzudrucksen. »Das kann noch eine ganze Weile dauern.« Was ja nicht gelogen war.

Der alte Rabbi zögerte, er schien mit sich zu ringen. Schließlich seufzte er vernehmlich. »Also gut, Lucie. Es ist so: Ich versuche seit Stunden unseren Freund Jules in München zu erreichen. In seinem Geschäft wissen sie nicht Bescheid, wo er ist, nur, dass er sich für zwei Tage abgemeldet hat. Sein Handy ist auch abgeschaltet. Deshalb wollte ich Lukas fragen, ob er vielleicht noch eine weitere Telefonnummer von ihm hat oder wie ich ihn sonst erreichen könnte.« Er hatte Jules Lafitte vor einigen Jahren bei einem Besuch in Nürnberg kennengelernt. Seine Enkelin hatte ihm den ehemaligen Agenten als treuen Freund vorgestellt.

»Du hast versucht, Jules zu erreichen? Was willst du denn von ihm? Brauchst du seine Hilfe? Ist etwas passiert?«, entfuhr es Lucie schneller, als sie denken konnte. Ihr Instinkt hatte sie also nicht getrogen. Da war etwas im Busch.

»Nein, nein, alles ausgezeichnet, ausgezeichnet«, antwortete er etwas zu hastig, um glaubwürdig zu klingen. »Ich wollte ihn nur kurz etwas fragen, aber wenn ich darüber nachdenke, nein, eigentlich ist es gar nicht so wichtig. Ich danke dir, Lucie. Oh, da fällt mir ein … Bitte verzeih dem Gedächtnis eines alten Mannes. Du warst ja lange im Ausland, und ich habe gar nicht gefragt, wie es dir geht, Kind.«

»Mir geht es gut. Aber ist wirklich alles in Ordnung mit dir?« Lucie fand den alten Rabbi reichlich konfus. Er druckste sonst niemals am Telefon herum. Er hörte sich an, als hätte er Sorgen. Aber seit wann wandte er sich mit seinen Sorgen an Jules?

»Alles gut, alles gut. Bis dann, Lucie Kind. Schalom.«

»Warte, nicht auflegen. Worüber wolltest du so dringend mit

Jules sprechen? Ist wirklich alles Schalom? Kann ich etwas für dich tun?« Tatsächlich wäre dies das kürzeste Telefonat gewesen, das sie je miteinander geführt hätten.

»Du hast recht, ich muss dir reichlich unhöflich vorkommen, Lucie. Entschuldige.« Der alte Rabbi verstummte erneut, und Lucie stand bereits im Begriff, ihn nochmals zum Sprechen zu ermuntern, als er von sich aus weitersprach.

»Ich weiß nicht so recht, wie ich es ausdrücken soll, Kind. Vielleicht liegt es ja an meinem Alter, und ich fange an, mir Dinge einzubilden.« Er räusperte sich geräuschvoll. Falls er Lucie damit auf die Folter spannen wollte, hatte er sein Ziel erreicht.

»In Gottes Namen, was ist denn bloß los? Sag es mir, bitte.« Langsam bekam es Lucie mit der Angst zu tun, dass heute noch eine weitere schlimme Nachricht auf sie wartete.

»Nun, nun, du weißt ja, dass ich wegen meines Beins mein Haus nur noch selten verlasse, Lucie. Aber gestern, da ließ ich mich von meinem Nachfolger in der Gemeinde überreden, seine Familie zu besuchen. Sie haben Nachwuchs bekommen. Entzückendes Baby, wirklich. Als ich dann später in mein Haus zurückkehrte, nun, da hatte ich plötzlich so ein merkwürdiges Gefühl, als wäre in der Zwischenzeit jemand da gewesen. Ich habe natürlich überall nachgesehen, aber da war niemand. Trotzdem, dieses fremde Gefühl war überall.«

»Du meinst, es könnten Einbrecher bei dir im Haus gewesen sein? Fehlt denn etwas?«

»Nein, nichts. Ach, ich weiß nicht. Ich sagte ja, es würde sich komisch anhören. Darum wollte ich gerne mit Jules sprechen, was er davon hält.« Er hielt inne, und Lucie hatte den Eindruck, als bedauerte er, zu viel gesagt zu haben. »Ach, vermutlich habe ich mir das alles nur eingebildet«, lenkte er jetzt ein. »Es tut mir leid, Lucie Kind. Ich hätte dich nicht damit belästigen sollen.«

Lucies Sinne standen längst auf Alarm. Ihre feinen Antennen

hatten bei dem alten Rabbi etwas aufgefangen, was über eine einfache Verwirrung hinausging. Hatte er etwa Angst? Aber wovor?

»Ich habe eine Idee, Großvater Rosenthal. Warum kommst du nicht zu mir? Ich kann hier nicht weg, weil ich Lukas versprochen habe, bei den Hunden zu bleiben. Aber du könntest dir ein Taxi rufen, wir trinken Tee und halten einen gemütlichen Plausch. Ich habe sogar Apfelkuchen hier, wie in alten Zeiten. Was sagst du?«

Lucie hatte einen Einwand erwartet, doch zu ihrem Erstaunen stimmte Rabeas Großvater ihrem Vorschlag sofort zu. Er musste sich wirklich sehr unwohl in seinem Haus fühlen, was Lucies Beunruhigung noch mehr steigerte.

Kaum hatte Lucie den Hörer aufgelegt, durchfuhr es sie wie ein Blitz. Warum war ihr die Parallele nicht sofort aufgefallen? Die Sorge um Magali und Matti musste ihr Denken beeinträchtigt haben! Erst vor zwei Tagen hatte sie ein ganz ähnliches Telefonat geführt! Hingen die beiden Vorkommnisse etwa zusammen? Wenn ja, ergaben sie trotzdem keinen Sinn. Plötzlich fiel ihr die arme Frau Gabler ein. Hatte ihre langjährige Haushälterin nicht auch Einbrecher überrascht? Aber ihre Eltern hatten gesagt, es sei nichts gestohlen worden …

Kaum zwanzig Minuten später stand der Rabbi vor der Tür. »Schön, dich zu sehen, Großvater Rosenthal«, empfing ihn Lucie mit einer herzlichen Umarmung.

»Die Freude ist ganz die meine. Lass dich anschauen, mein liebes Kind. Schön wie immer. Du erinnerst mich an einen strahlenden Morgen über dem Berge Sinai.«

»Und du bist so poetisch wie immer«, lachte Lucie. »Komm, gib mir deine Joppe, und dann setzen wir uns in die Küche. Dein Kräutertee ist gleich bereit.« Und zu den Hunden: »Nein, ihr beiden Irrwische. Lasst den Rabbi sich doch erst einmal in Ruhe setzen.«

Es blieb beim vergeblichen Versuch, sie zu bändigen. Lucie ließ sie in den kleinen Garten hinaus.

»Ah, Kamille, mit einer Note Ingwer.« Der alte Rabbi nahm einen Schluck aus seiner dampfenden Tasse.

Lucie folgte seinem Beispiel und musterte ihn dann. Sie spürte seine Anspannung überdeutlich. Dabei verbreitete er sonst mehr Ruhe als Buddha persönlich. Trotzdem machte er keine Anstalten, das Gespräch zu eröffnen.

Sie wartete. Er wartete.

»Wo sind denn alle?«, erkundigte sich ihr Besuch zunächst.

»Familienausflug«, erwiderte sie knapp.

»Aha.« Nun war es an ihm, ihr einen forschenden Blick zuzuwerfen. »Nun denn, Lucie Kind. Ich denke, wir haben beide etwas zu erzählen. Wer fängt an?«, sagte der Alte nach einer Weile.

»Ich fange an.« Lucie stellte ihre Tasse ab. »Weißt du, das wirklich Merkwürdige ist, dass mir jemand vor zwei Tagen fast genau das Gleiche erzählt hat wie du.«

»Wer?«, fragte der Rabbi, äußerlich die Ruhe selbst, doch die Art, wie seine Finger die Tasse umklammerten, verriet ihn.

»Magali. Sie rief mich vor zwei Tagen auf dem Handy an und erzählte mir, dass sie das Gefühl hatte, dass jemand in ihrem Haus gewesen sei. Sie vermisse nichts, und alles sähe so aus wie immer. Trotzdem war sie davon nicht abzubringen gewesen. Ich habe Magali gefragt, was Lukas dazu meinen würde. Sie hat geantwortet, dass sie ihm lieber nichts davon erzählt hatte. Am Ende hat Magali auf deine Linie eingeschwenkt und gemeint, es könnte auch an ihrer Schwangerschaft liegen, und sie würde deshalb vielleicht schon Gespenster sehen, und ich sollte das Ganze schnell wieder vergessen. Ende. Ich fand das schon komisch, weißt du.«

»Ach? Magali bekommt ein Kind?«, freute sich der alte Rabbi.

»Oh.« Lucie schlug sich erschrocken mit der Hand vor den Mund. »Das hätte ich gar nicht ausplaudern dürfen. Magali hat mich extra darum gebeten. Bitte verrat mich nicht. Lukas weiß es noch nicht. Magali wollte erst ganz sichergehen.«

»Ich werde dich bestimmt nicht verraten, mein Kind«, schmunzelte ihr Gegenüber. »Und ich freue mich sehr für Lukas. Nach allem, was er durchgemacht hat. Ein Kind birgt so viel Hoffnung in sich.«

Eine Weile saß er da, als wäre er in seinen Gedanken ganz weit fort. Lucie respektierte sein Schweigen. Irgendwann meinte er ernst: »Komische Diebe, die nichts stehlen. Sehr seltsam. Hat man je zuvor von Ähnlichem gehört?« Er wiegte seinen Kopf. »Hm, wenn Magali und ich uns nicht beide täuschen, dann ist hier etwas höchst Beunruhigendes im Gange. Und in die Villa eurer Eltern ist ja auch erst eingebrochen worden. Wenn ich an die arme Frau Gabler denke …« Er blickte in die Ferne. »Und wenn es dieselben Leute waren? Aber was könnten sie bei uns suchen? Nein, wir brauchen Jules. Wo steckt er nur?« Den letzten Satz hatte er mehr zu sich selbst gesprochen, als hätte er Lucies Anwesenheit kurzzeitig vergessen. Nachdenklich versenkte er seine lange Nase in die Tasse. Sorge und Traurigkeit zogen über sein faltiges Gesicht.

Lucie fasste einen schnellen Entschluss. »Ich kann für dich das Rätsel um Jules' Unerreichbarkeit lösen. Heute ist leider etwas ganz Furchtbares geschehen. Magali und Matti sind entführt worden. Die Entführer haben sich inzwischen bei Lukas gemeldet. Aber anstatt Lösegeld zu verlangen, fordern sie von Lukas die Herausgabe der Schriftrollen des ermordeten Jesuitengenerals. Scheinbar gehen die Entführer davon aus, dass Lukas sie weiterhin in seinem Besitz hat. Dabei sind die Dokumente damals in Rom verschwunden. Das bedeutet, dass Lukas unmöglich die Forderung der Entführer erfüllen kann. Weder hat er die Dokumente, noch weiß er, wo sie sein könnten. Lukas und Jules sind unterwegs, um die Angelegenheit zu regeln.«

Der Rabbi war bei ihren Worten ganz grau im Gesicht geworden. »Mein Gott, Kind, was für ein Unglück! Wie schrecklich, einfach schrecklich«, lamentierte er. Seine Augen wurden vor Kummer feucht.

Lucie war aufgestanden und hatte sich neben ihn gesetzt. Sie kämpfte selbst mit den Tränen. Sie schluckte, um ihre Stimme wieder in den Griff zu bekommen. »Jules glaubt, dass es sich bei den Entführern um eine professionelle Bande handelt. Ich habe darüber nachgedacht. Weißt du, was ich inzwischen glaube? Dass es sich bei den Entführern und den Eindringlingen in Lukas' Haus, deinem Haus und der Villa meiner Eltern um dieselbe Bande handeln könnte. Ich meine, es könnte doch sein, dass die Entführer erst die Häuser durchsucht haben in der Hoffnung, dass dort die Dokumente oder auch Hinweise darauf versteckt sein könnten. Und erst nachdem dic Einbrecher nirgendwo fündig geworden sind, haben sie die Entführung von Magali und Matti durchgezogen.« Sie stand auf und füllte den Teekessel erneut mit Wasser. Wie es aussah, würde es noch ein langer Abend werden.

»Ach, was würde ich darum geben, jetzt mit Jules sprechen zu können«, seufzte der Alte. Ihn plagte noch eine weitere Sorge, von der er Lucie keinesfalls erzählen konnte.

»Ja, oder wenn wenigstens Rabea hier wäre«, wünschte sich Lucie.

Wie ihr Bruder Lukas hielt sie in Gedanken oft Zwiesprache mit ihrer toten Freundin. Rabea war streitbar, störrisch, dickköpfig, aber vor allem unglaublich klug gewesen. Ihr Gerechtigkeitssinn hatte sie schon in der Schule allzu oft in Schwierigkeiten gebracht. Später hatte sie sich als Journalistin in brenzlige Situationen manövriert, wenn sie auf Menschen getroffen war, die es mit Recht und Unrecht nicht so genau genommen hatten wie sie. Sie fehlte Lucie jeden Tag.

Rabeas Großvater schien seinen eigenen Erinnerungen nachzuhängen. Sicher dachte auch er jetzt an seine Enkeltochter und ihr sinnloses Ende.

Lucie schalt sich im Stillen für ihre Gedankenlosigkeit, ausgerechnet jetzt von Rabea anzufangen. Die Stille dehnte sich gemeinsam mit der herabsinkenden Dämmerung in der Küche aus.

Die beiden Hunde waren längst zurück und lagen zusammengerollt unter dem Tisch. Ihr leises Schnarchen und das Brummen des altersschwachen Kühlschranks, den Magali aus ihrer Schweizer Wohnung mitgebracht hatte, waren die einzigen Geräusche.

Der alte Herr durchbrach schließlich das Schweigen. »Was ist das eigentlich für eine verrückte Geschichte, dass Lukas und Jules unterwegs sind, um die Angelegenheit selbst zu regeln?« Rabeas Großvater wirkte ratlos und verstört, fast, als würde ihm erst jetzt die ganze Tragweite dieser Nachricht bewusst werden.

»O ja«, pflichtete ihm Lucie bei. »Es ist verrückt, aber Jules sah darin die einzige Möglichkeit, das Leben von Magali und Matti zu retten. Keine Dokumente, kein Austausch. Jules verfolgt eine Spur in Spanien. Die beiden sind sofort mit Papas Flugzeug los. Mehr weiß ich nicht. Das heißt, der Rest ist Ungewissheit und Warten«, sagte Lucie und spielte nervös mit ihrer Tasse.

»Ach, mein liebes Kind. Was für furchtbare Zeiten für deine Familie. Dabei habe ich so sehr darum gebetet, dass endlich Glück und Frieden bei euch einkehren.«

»Weißt du, Großvater Rosenthal, ich kann einfach nicht begreifen, warum das Schicksal immer gerade Lukas so niederknüppeln muss. Warum sucht sich Gottes Zorn zur Abwechslung nicht einmal jemand anders aus, dem er ins Gesicht blasen kann? Ich glaube langsam, dass Rabea recht hatte mit ihrer Behauptung: Es gibt *ihn* nicht.«

Lucies Ausbruch entlockte dem Alten ein trauriges Lächeln. Wie oft hatte er in der Vergangenheit mit seiner streitbaren Enkeltochter darüber diskutiert. Sie hatte die Dinge stets nur unter einem rationalen Aspekt betrachtet. Logik war ihre Religion. Dabei hatte Rabea, die Lukas maßlos geliebt hatte, nie begriffen, dass gerade die Liebe spiritueller Natur war. Sie war einfach da, man konnte sie ebenso wenig beweisen, wie man Gott beweisen konnte.

Rabea hingegen hielt Schicksal für das Synonym von Zufall. Mit beiden Beinen stand sie im Diesseits und leugnete die Existenz des Jenseits. Doch konnte es ohne diese beiden Elemente ein Gleichgewicht im Leben geben? Tatsächlich hatte Rabea nie ihre innere Balance gefunden. Seine Enkelin war ein rastloser Mensch geblieben, eine ruhelose Seele, getrieben von der Suche nach einer Wahrheit, die sie nur in sich selbst finden konnte.

»Ich bin wirklich ein unsensibler Trampel«, bezichtigte sich Lucie. »Weißt du was? Ich leite Lukas' Telefon auf mein Handy um, und dann machen wir einen Abendspaziergang mit den Hunden. Was sagst du?«

»Dass dies eine gute Idee ist. Wie sagt der Doktor immer zu mir? *Josef, je weniger du läufst, umso lahmer wird dein Bein.* Das ist wie mit dem Geist, Lucie. Je weniger wir ihn beanspruchen, umso träger wird er. Gehen wir also ein Stückchen.«

Seine tiefe Sorge nahm er mit. Die konnte er niemandem anvertrauen. Er musste warten, bis Jules zurückkehrte.

Kapitel 8

London, England

Jemand hielt sie im Nacken gepackt und presste ihren Kopf in eisiges Wasser. Sie strampelte, suchte sich verzweifelt zu befreien, schnappte vergeblich nach Luft. Ihre Lungen brannten, gleich würde sie den Mund öffnen, und statt Luft würde sie Wasser atmen, sterben …

Der scharfe Geruch eines Desinfektionsmittels holte sie aus ihrem Albtraum. Noch völlig benommen richtete sie sich auf. Ihre Augen brannten, als hätte ihr jemand Essig hineingeträufelt. Was war mit ihr geschehen? Wo war sie? Sie konnte sich an nichts erinnern. Ihr Verstand schien wie leer gefegt – als hätte ein apokalyptischer Besen darin gewütet. Jeder Gedanke, jede mögliche Erinnerung entglitt ihr bereits im Ansatz.

Sie lag auf einer harten Unterlage, und ihr Körper fühlte sich vollkommen steif an, als hätte sie ihre Glieder lange nicht benutzt. Sie versuchte, ihren Kopf zu bewegen, was sich als eine ziemlich schmerzhafte Angelegenheit erwies. Danach ihre Arme und Beine. Immerhin war sie nicht gefesselt oder fixiert worden. Vorsichtig öffnete sie ihre Lider und blinzelte. Ihre Augen tränten, und bis sie sich an das grelle Neonlicht gewöhnt hatten, dauerte es eine Weile. Sie befand sich in einem vom Boden bis zur Decke weiß gefliesten Raum, dessen einzige Möblierung aus einem fest montierten Bett und einem Nachttisch bestand.

Wie in einer Leichenhalle … Der Gedanke ließ sie frösteln. War sie in einem Krankenhaus? Hatte sie einen Unfall gehabt, an den sie sich nicht erinnern konnte? Ihr schmerzender Kopf fühlte sich seltsam leer an, als hätte jemand alle wichtigen Informationen aus ihrem Verstand gelöscht. Wenn dies hier ein Krankenhaus war, wo waren die Schwestern, die Ärzte? Warum kam niemand, um nach ihr zu sehen?

Auf dem Nachttisch entdeckte sie eine Flasche Wasser. Sie merkte jetzt erst, wie furchtbar durstig sie war, wie ausgetrocknet sich ihre Kehle anfühlte. Ihr war so schwindelig, sodass sie die Flasche zunächst kaum halten konnte. Sie trank im Liegen, die Flasche dabei mit beiden Händen umklammernd. Das erschreckte sie am meisten, diese Schwäche, jedem Angreifer ohne Gegenwehr ausgesetzt zu sein.

Danach ruhte sie sich einige Minuten aus, bis sie sich endlich stark genug fühlte, um sich aufzusetzen. Ihr umherschweifender Blick erfasste eine Tür an der gegenüberliegenden Wand. Sie war weiß wie alles andere in ihrer Umgebung und für sie deshalb nicht gleich erkennbar gewesen. Sie schob die dünne Decke von sich und versuchte aufzustehen. Die Bewegung brachte sie abermals an den Rand der Erschöpfung.

Sie blickte an sich herab und stellte fest, dass sie lediglich ein grünes, am Rücken offenes Krankenhaushemd und einen Slip trug. Sie schlang das Hemd eng um sich und band die Schnüre fest um ihre Taille. So fühlte sie sich weniger nackt. An ihrem linken Handgelenk entdeckte sie ein unbeschriftetes weißes Plastikarmband.

Immerhin hatte sie an ihrem Körper weder einen Verband noch eine frische Verletzung entdecken können. Sie schien unversehrt zu sein. Warum fühlte sie sich dann derart schwach? Sie versuchte erneut aufzustehen. Sofort explodierten Lichtblitze vor ihren Augen. Nur langsam ließ das Schwindelgefühl nach. Doch die Schwäche in ihren Gliedern blieb. Sie ließ sich zurücksinken, nur noch einige Minuten, sagte sie sich. Kaum hatte sie die Augen geschlossen, war sie schon eingeschlafen.

Als sie das nächste Mal erwachte, waren ihre Glieder immer noch steif, aber ihr Kopf fühlte sich besser an, und das Brennen in ihren Augen hatte merklich nachgelassen. Ihr Blick streifte den Nachttisch. Jemand hatte ihr zwischenzeitlich eine frische Flasche Wasser hingestellt. Sie streckte ihre Beine aus dem Bett, was ihr diesmal beinahe mühelos gelang. Durstig griff sie nach dem Wasser. In diesem Moment setzte ihre Erinnerung ein.

Die Flasche entglitt ihren Fingern und prallte auf die Fliesen. Das Plastik zerplatzte, Wasser spritzte in alle Richtungen.

Von namenlosem Entsetzen erfüllt, starrte die junge Frau auf den blassen See zu ihren Füßen.

Nur durch eine Wand von ihr getrennt sah ein Mann zufrieden von seinem Bildschirm auf. Er drückte auf einen Knopf und sprach in den Apparat: »Sie ist wach. Sie gehört euch.«

So, wie sie war, in Slip und Krankenhaushemd, holte man sie ab. Zuvor gab man ihr ein Paar Filzpantoffel und verabreichte ihr eine Spritze.

Der Raum, in den man sie brachte, war in kaltes Neonlicht getaucht. Darin standen zwei Plastikstühle und ein Tisch aus poliertem Stahl, auf dessen Oberfläche sich die Neonröhren wie glänzende Schlangen spiegelten. Auf die Gefangene wirkte er wie ein Seziertisch. Vermutlich war er das auch.

Um nicht auf den Tisch starren zu müssen, versuchte sie, das Plastikband an ihrem Handgelenk mit den Zähnen abzubeißen. Es störte sie, Neugeborene trugen so eines. Oder eine Leiche. Natürlich erwies sich das Band als zu stabil. Unwillkürlich schoss ihr der Gedanke durch den Kopf, ob das Plastikband ihre neue Situation reflektierte. Begann am heutigen Tag ihr drittes Leben? Das erste hatte vor knapp zwei Jahren in Rom geendet. Ihr zweites Leben hatte sie unter falschem Namen geführt, sich an stetig wechselnden Orten versteckt, zuletzt in einer heruntergekommenen Mietskaserne im Randbezirk Tangers. Bis man sie aus ihrer winzigen Wohnung verschleppt hatte. Wann das gewesen war, wusste sie nicht, sie hatte jegliches Zeitgefühl verloren.

Sie fuhr sich mit der Zunge über die Lippen, die sich ebenso trocken anfühlten wie ihr Mund. Doch ihr Geist war jetzt hellwach. Das stammte sicherlich von der Substanz, die sie ihr injiziert hatten.

Die Gefangene machte sich keinerlei Illusionen über ihre Lage. Ihre Flucht war zu Ende, ihr drittes Leben würde nicht mehr allzu lange dauern.

Sie sah sich jetzt die Umgebung genauer an, in der sie vermutlich bald sterben würde. Ihr fiel auf, dass die Wände fast den gleichen Farbton aufwiesen wie ihr Hemd. Lindgrün. *Wenigstens nicht weiß*. Sie mochte die Farbe nicht, für sie haftete ihr Krankenhausgeruch an, in vielen Kulturen war es die Farbe der Trauer.

Der lindgrüne Anstrich sollte vermutlich eine beruhigende Wirkung auf die Gefangenen ausüben. Stattdessen überkam die junge Frau ein Anflug von Hysterie. Doch sie widerstand dem Drang, laut herauszulachen. Sie war sich sehr bewusst, dass sie von einer Rotte Wichtigtuer durch die verdunkelte Glasscheibe, die ihr gegenüber die halbe Wand einnahm, beobachtet wurde. Diese Behandlung diente nur einem Zweck: ihre Ängste zu steigern, um aus ihr ein auf den puren Überlebenswillen reduziertes Stück Mensch zu machen – schwach, ängstlich, formbar.

Was würden diese Experten der menschlichen Psyche über sie zu sagen haben? Dass sie sich vor Angst in die Hose machte? *Verdammte Klugscheißer*. Dazu musste man wahrlich kein Experte sein. Entgegen ihrer Absicht steigerte sie sich nun doch in eine irrationale Wut hinein. Wut war stets ihr wirksamster Abwehrmechanismus gewesen, sie umgab sie wie ein Mantel, schützte sie vor Schwäche oder, so wie heute, vor dem Wissen, den Unbekannten hinter der Scheibe hilflos ausgeliefert zu sein.

Ihr Temperament übernahm einmal mehr die Regie, und sie zeigte der Scheibe ihren Mittelfinger.

Dieses Mal würde kein Jules auftauchen und sie vor der tödlichen Gefahr retten. Ihre Entführer würden sie weiter unter Drogen setzen und alles aus ihr herauspressen, was sie wissen wollten. Danach würden sie sie entsorgen wie lästigen Müll, und niemand würde je erfahren, was aus ihr geworden war. Diese nüchterne Überlegung fing schließlich ihre Wut ein und machte Platz für ruhige Entschlossenheit.

Ihr analytischer Verstand hatte damals im Irak, als sie schon einmal in die Hände des amerikanischen Geheimdienstes geraten war – und wer sollte es dieses Mal sonst sein? –, gelernt, seine Ängste zu beherrschen. Besser gesagt, Patrick MacKenzie, der Leiter der amerikanischen Militärpolizei vor Ort, der sie damals verhaftet und später dann unterstützt hatte, hatte es sie gelehrt. Merkwürdig, dass sie gerade jetzt an Patrick denken musste. Er war seit zwei Jahren tot. Zerfetzt von einer Autobombe.

Laut Patrick war es gar nicht so schwer, seine Angst zu beherrschen, wenn man wusste, wie sie im Körper entstand. Sie war nichts weiter als eine Kombination verschiedener Chemikalien, die ihre Botenstoffe ins Gehirn jagten, um Gefahr zu signalisieren. Fast alle Lebewesen reagierten darauf mit Flucht. Doch was tat man, wenn man eingesperrt war und nicht flüchten konnte? Man stellte sich der Gefahr, versuchte, sie zu neutralisieren. Genau das würde sie tun. Als Kriegsreporterin hatte sie mehr als einmal lebensbedrohliche Situationen überstehen müssen.

Doch nicht allein ihr Überlebenswille und ihre Entschlossenheit trieben sie an. Wenn sie ehrlich war, war sie es schon lange leid, wie ein angeschossenes Wild auf der Flucht zu sein, fortdauernd gehetzt von unbekannten Jägern.

Durch ihre Flucht hatte sie sich zwei weitere Jahre erkauft, aber es waren keine guten Jahre gewesen. Sich nirgendwo sicher zu fühlen, von Ort zu Ort zu ziehen, dabei ständig den Blick zurück über die Schulter gewandt, niemals ruhig schlafen zu können, das hinterließ Spuren, das konnte jeden Menschen auf Dauer zermürben.

Ab heute war damit Schluss. Sie würde dem Gegner ins Gesicht blicken und Tatsachen schaffen. Falls dies ihre letzten Tage auf Erden sein sollten, dann würde sie jedenfalls eine gute Show bieten.

Sie straffte sich, strich sich durch ihr langes Haar und schüttelte es auf ihren Rücken. Dann verschränkte sie ihre Hände im Nacken, lehnte sich in einer aufreizenden Pose zurück, um zuletzt ihre nackten kleinen Füße auf dem Seziertisch zu platzieren. Weil der Raum so hässlich und das Licht so grell war, schloss sie ihre Lider, bot ihrem unsichtbaren Publikum ein Bild vollkommener Entspannung.

Unwillkürlich schob sich das Gesicht ihres Großvaters vor ihr inneres Auge und verdrängte kurzzeitig ihre gegenwärtige Situation. Der Gedanke an ihn machte sie traurig. Würde er es verkraften, seine Enkelin ein zweites Mal zu verlieren? Schlimmer noch, niemals etwas über ihr weiteres Schicksal zu erfahren? Wenn sie *sie* töteten, dann töteten sie damit auch *ihn*. Der Gedanke fachte ihren Kampfgeist weiter an, unbewusst ballte sie ihre Fäuste im Nacken. So leicht würde sie es dem Gegner nicht machen! Vielleicht gab es doch eine Möglichkeit, sich aus dieser Situation herauszuwinden? *Sie* wollten ihre Akte, ihre Recherchen. Sie selbst wollte überleben. Also würde sie versuchen, mit dem Gegner zu verhandeln. Bis zum letzten Atemzug.

Jules und später ihr Großvater waren die einzigen Personen, die wussten, was wirklich an jenem Tag in Rom mit ihr geschehen war. Ihr vermeintlicher Tod, die Überführung, die inszenierte Beerdigung … Es war Jules' Idee gewesen, und der ehemalige Agent hatte alles generalstabsmäßig geplant.

Mehrere Wochen hatte Jules jeden Außenkontakt unterbunden. Erst als er selbst davon überzeugt war, dass sie sich vorerst in Sicherheit befand, hatte er eingewilligt, mit dem alten Rabbi Kontakt aufzunehmen. So behutsam wie möglich hatte er ihn auf die Nachricht vorbereitet, dass seine einzige Enkeltochter noch am Leben war.

Aus Sicherheitsgründen hatte sie nur einmal alle zwei Wochen mit ihrem Großvater telefonieren können. Jules hatte dafür eine spezielle Vorgehensweise entwickelt. Sie und ihr Großvater benutzten dazu einmalig ein Prepaidhandy. Jules versorgte ihren Großvater damit und gab ihm Tag und Uhrzeit mit einem vereinbarten Code durch.

Die junge Frau malte sich nun aus, wie ihr Großvater reagieren würde, wenn sie sich nicht zur vereinbarten Zeit bei ihm melden würde. Ihr Großvater würde stundenlang vor dem Telefon ausharren, bis er begriff, dass sein Warten vergeblich blieb. Schließlich würde er sich mit Jules in Verbindung setzen.

Jules würde sofort nach Tanger eilen und entdecken, dass sie aus ihrer Wohnung entführt war. Sicher würde er alles daransetzen, ihre Spur aufzunehmen, aber diesmal hatte sie wenig Hoffnung, dass es ihm gelingen würde.

Noch in Rom, im Santa-Maria-Krankenhaus, hatte sie Jules von ihrer brisanten Entdeckung in der irakischen Wüste Badiyat al Jazirah, den gemeinsamen Recherchen mit Patrick MacKenzie und ihrer Theorie zu Patricks gewaltsamem Tod erzählt – hauptsächlich, weil sie seine Einschätzung dazu hatte hören wollen. Und wie sie sie gehört hatte!

»Bist du verrückt?«, hatte er sie heftig angefahren. »Weißt du, worauf du dich da einlässt? Das ist nicht nur lebensgefährlich für dich, sondern für jeden aus deiner Umgebung! Der Gegner ist zu mächtig!« Danach hatte er einige unfeine Sachen auf Französisch von sich gegeben und sie bedrängt, keine weiteren Recherchen anzustellen und die ganze Angelegenheit sofort zu vergessen.

Jules hatte natürlich auch wissen wollen, ob sie Beweise für ihre Behauptungen hätte, und wenn ja, wo sie sich befänden. Aber sie hatte sich strikt geweigert, es ihm zu verraten, außer, dass die Akte sicher verwahrt sei. Sie kannte Jules. Er hätte umgehend alle Beweise vernichtet, daraus hatte er auch keinen Hehl gemacht. »Hast du überhaupt eine Ahnung, was das für Folgen haben wird, wenn du mit deinen Behauptungen an die Öffentlichkeit gehst? Inzwischen weiß doch sowieso jeder, dass die Amerikaner im Irak Dreck am Stecken haben, aber der Weltöffentlichkeit den tatsächlichen Beweis dafür zu liefern wäre Wahnwitz!«, hatte er sie weiter bedrängt. »Euer christlicher Gott helfe Amerika und seinen Alliierten. Bei Allah, der ganze Mittlere Osten ist instabil, aber ich prophezeie dir, wenn du dein Öl noch ins Feuer gießt, wird er endgültig hochgehen und mit ihm Israel. Denk doch nach! Sieben Millionen Israelis, umgeben von dreihundert Millionen Muslimen! Nein, du kannst das nicht veröffentlichen, Rabea, du würdest einen Weltenbrand riskieren. Du wärst für den Tod von Tausenden von Unschuldigen verantwortlich«, beschwor er sie.

Sie schüttelte energisch den Kopf. »Nicht ich wäre verantwortlich, Jules, sondern die skrupellosen Kriegsprofiteure! Die Frage sollte vielmehr lauten: Hat Bush es damals gewusst oder nicht? Ich weiß nicht, was schockierender wäre, ob der amerikanische Präsident dem wissentlich zugestimmt hat oder dass er sich diesen Bären von seinen Militärs hat aufbinden lassen«, lautete ihre Argumentation. Dennoch, trotz ihrer Entschlossenheit und Überzeugung, dass es richtig war, was sie vorhatte, hatte sie die Heftigkeit von Jules' Reaktion betroffen gemacht. Ihr Freund Patrick MacKenzie hatte sich damals in Bagdad fast gleichlautend ausgedrückt: *Wenn die Sache bekannt wird, Gott helfe uns, dann geht der gesamte Mittlere Osten in Flammen auf.*

Patrick war ständig hin- und hergerissen gewesen zwischen seiner Pflicht für sein Land, der Liebe zu ihr und seinem Gewissen. Eines Abends hatte auch er sie bedrängt, nicht weiter nachzuforschen. »Zu viel Wissen kann tödlich sein«, hatte er gesagt. Er hatte recht behalten. Am folgenden Tag war er gestorben, offiziell durch eine Autobombe Aufständischer. Aber sie wusste es besser. Die eigenen Landsleute hatten Patrick getötet. Weil er ihrer Entdeckung nachgegangen war, gewusst hatte, was sie wusste.

Wegen ihrer Verletzung hatte Jules die Diskussion auf später verschoben. Dafür war er am Tag darauf mit dem verrückten Vorschlag zu ihr gekommen, nicht einfach unterzutauchen, sondern ihren Tod zu inszenieren. Damit könne sie sich auf unbestimmte Zeit jeder Verfolgung entziehen. Sie hatte ihn gefragt, ob jetzt das Geheimagent-Gen mit ihm durchginge. Nach Patrick MacKenzies gewaltsamem Tod war Jules jedoch davon überzeugt gewesen, dass auch ihr Leben in großer Gefahr schwebte. Und nicht nur ihres, auch das ihres Großvaters und aller ihr nahestehenden Personen. »Diesen Leuten bedeutet ein Leben nichts, und sie foltern, Rabea«, hatte er gesagt und sie dabei angesehen, als würde er ihr selbst gern Daumenschrauben anlegen. Schließlich hatte sie sich Jules' Argumenten gebeugt und seinem verrückten Plan zugestimmt, auch weil sie es sich niemals verzeihen würde, wenn den Menschen, die sie liebte, etwas geschehen würde.

Mit schlechtem Gewissen hatte sie an das Päckchen gedacht, das sie ihrem Großvater mit der Bitte, es Lukas auszuhändigen, zugesandt hatte. Im Nachhinein betrachtet, war dies eine verdammt schlechte Idee gewesen, aber es war jetzt nicht mehr zu ändern. Kurz war sie versucht, es Jules zu beichten, doch dann unterließ sie es. Außerdem wusste sie nicht, wann ihr Großvater es aufgrund ihrer Notiz, die Zeit selbst zu wählen, Lukas übergeben würde. Aber sie konnte sich darauf verlassen, dass sich Lukas mit dem Inhalt an Jules wenden würde, nun da er sie tot wähnte. Damit nähmen die Dinge so oder so ihren Lauf.

Die einzige Unbekannte in Jules' Plan war gewesen, ob der Arzt mitspielen und den Totenschein ausstellen würde. Nach kurzer Recherche fand Jules heraus, dass er Spielschulden hatte. Der Rest war für Jules ein Kinderspiel gewesen. Der Sarg war beschwert und dem Bestattungsinstitut versiegelt übergeben worden. Die Überführung im vST-eigenen Jet hatte Jules persönlich übernommen. Jules hatte ihr auch falsche Papiere besorgt. Er hatte an alles gedacht. Als Wermutstropfen blieb der Kummer ihres Großvaters und ihrer Freunde; was hätte sie darum gegeben, wenn sie ihnen dies erspart haben könnte.

Seitdem versteckte sie sich an wechselnden Orten. Es hatte nicht lange gedauert, bis Jules herausgefunden hatte, dass sie heimlich weiter recherchiert hatte. Es war das erste Mal, dass sie sich ernsthaft gestritten hatten. Trotzdem hatte sie weitergemacht. Erst vor wenigen Tagen war es ihr gelungen, ein weiteres Puzzlestück in ihre Beweiskette einzufügen. Deshalb hatte sie sich seit drei Monaten in der Hafenstadt Tanger aufgehalten.

Den Schmuggel der Akte mit den Aufnahmen und den vorläufigen Recherchen hatte sie 2012 bewusst noch vor dem legendär gewordenen TV-Beitrag organisiert, in dem sie den amerikanischen Präsidenten der Kriegstreiberei bezichtigt hatte. Sie hatte erwartet, dass sie sich mit ihrem Auftritt Schwierigkeiten einhandeln würde. Allerdings hatte sie nicht mit ihrer Verhaftung gerechnet.

Nach ihrer Entlassung aus dem Militärgefängnis hatte man die deutsche Journalistin Rabea Rosenthal direkt zum Flughafen verfrachtet und in ein Flugzeug nach Berlin gesetzt, zusammen mit einem amtlichen Dokument, das ein lebenslanges Einreiseverbot in den Irak wie auch in die USA und alle amerikanischen Hoheitsgebiete beinhaltete.

Wie vereinbart hatte Rabeas Kontakt die Unterlagen in einem Schließfach in Tegel deponiert und den Schlüssel anschließend an ihre Berliner Redaktionsadresse gesandt, wo sie ihn wieder an sich genommen hatte – am selben Tag, als man sie wegen ihres Auftritts in Bagdad entlassen und sie ihren Schreibtisch ausgeräumt hatte.

Danach war sie nach Rom gereist, um ihre beste Freundin Lucie aufzusuchen. Sie hatte dringend jemanden zum Reden gebraucht. Der gewaltsame Tod von Patrick hatte sie erschüttert. Doch dann hatten sich auch dort die Ereignisse überschlagen, und sie war gemeinsam mit ihrer Jugendliebe Lukas kopfüber in das nächste Abenteuer gestürzt.

Ein Geräusch ließ sie herumfahren. Zwei Männer betraten jetzt den Verhörraum.

Sie taxierte die beiden Eintretenden eingehend. *Waren es diese Männer, die sie töten würden?*

Beide waren ungefähr Mitte dreißig, gut gekleidet und kräftig gebaut, der eine war blond und blauäugig, der andere dunkel mit fast schwarzen Augen. Sein olivfarbener Teint verriet eine indianische Abstammung. Bemerkenswert fand sie, dass der Blonde ein frisches Veilchen aufwies, das noch nicht völlig erblüht war, sein Partner eine aufgeplatzte Lippe und eine Schramme an der Stirn hatte.

Sie forschte in den Gesichtern, suchte in den Augen eine Bestätigung dessen zu finden, was sie intuitiv an ihnen wahrgenommen hatte: Von diesen beiden Männern ging – jedenfalls vorerst – keine direkte Bedrohung für ihr Leben aus. Ihre ausdruckslosen Mienen waren Bestandteil einer Maske, die sie bei Verhören aufsetzten.

Das war bei ihrem Verhör im Irak, zuerst durch die Military Intelligence DIA, danach durch die CIA, nicht anders gewesen. Damals hatten sich die Agenten beider Agencys bei ihr die Klinke in die Hand gegeben. Das wusste sie von Patrick. Die Männer selbst hatten sich bei ihr nicht vorgestellt. Das entsprach nicht ihrem Geschäftsgebaren. Diese hier würden sich ihr auch nicht vorstellen. Dafür hatte Rabea soeben eine wichtige Erkenntnis gewonnen: Sie sah sich in ihrer Vermutung bestätigt, dass diese Männer Amerikaner waren. Sie würde es auf jeden Fall gleich erfahren.

Der Blonde zog jetzt den zweiten Stuhl heran und setzte sich ihr gegenüber. Der andere lehnte sich mit verschränkten Armen hinter ihr an die Wand.

Rabea blieb, wie sie war, Hände im Nacken, die Füße auf dem Tisch. Sie beschloss, die Partie mit einem unerwarteten Zug zu eröffnen. Eigentlich hatte sie sie auf das Wetter ansprechen wollen, aber das Aussehen der beiden lieferte ihr eine bessere Steilvorlage. Sie sprach extra Deutsch und duzte sie. »Na, Jungs? Wie sehen denn die anderen Kerle aus? Oder habt ihr euch gegenseitig vermöbelt, kleine Meinungsverschiedenheit unter Freunden?« Nicht das Übliche: *Wo bin ich – wer sind Sie – was wollen Sie von mir?*

Wie nicht anders zu erwarten, ignorierte der Blonde ihre Worte und stellte stattdessen mit nüchterner Stimme fest: »Ihr Name lautet Rabea Ethel Kennedy. Ihre Mutter war Rebekkah Kennedy, geborene Rosenthal, Ihr Vater, Brian Kennedy, irischer Staatsbürger. Als Journalistin haben Sie unter dem Mädchennamen Ihrer Mutter, Rosenthal, publiziert. Miss Kennedy, Sie wissen, warum Sie hier sind?« All dies sagte er in einem erstaunlich akzentfreien Deutsch, während er in einer mitgebrachten Akte blätterte.

Sieh mal an, dachte Rabea, die legen sich richtig ins Zeug, schicken mir sogar einen Typen, der Deutsch spricht! Sie nahm endlich ihre Füße vom Tisch, aber nur, weil es im Raum nicht besonders warm war und ihr langsam die Zehen abfroren. Da sie es nicht besonders elegant gefunden hätte, in die Filzpantoffeln zu steigen, schob sie in einem halben Schneidersitz den rechten Fuß unter ihren linken Schenkel. »Ich bevorzuge weiter den Namen Rosenthal«, teilte sie ihrem blonden Gegenüber mit. »Und nein, eigentlich weiß ich nicht so recht, warum ich hier bin. Ich würde es aber gerne erfahren. Verraten Sie es mir?«

»Warum? Haben Sie noch mehr Dreck am Stecken, von dem wir bisher nichts wissen?«, konterte er ungerührt.

Rabea beugte sich zu ihm vor, während sie nun möglichst unauffällig ihren linken Fuß unter ihren rechten Schenkel schob.

»Wie Sie genau wissen, bin ich Journalistin. Eine Chronistin der Wahrheit. Ich *berichte* lediglich über diejenigen, die Dreck am Stecken haben. Haben denn *Sie* etwas Interessantes zu bieten?«, gab sie ruhig zurück.

Erneut überging der Mann ihre Worte, aber er kam immerhin ihrer Namensbitte nach. »Miss Rosenthal, Sie waren in den Jahren 2008 bis 2012 im Auftrag eines deutschen Medienunternehmens mehrmals im Irak tätig und sowohl in der Hauptstadt als auch in verschiedenen Provinzen unterwegs. Sie haben von dort als Korrespondentin berichtet. Sind diese Angaben soweit korrekt?«

»Korrekt. Es ist mein Beruf.«

»Was sagt Ihnen der Name Linda Farraday?«

Die Erwähnung Lindas brachte Rabeas Puls ins Stolpern. Sie hatte Linda 2008 bei einem Boot-Camp-Training kennengelernt, das alle Journalisten, die sich im Irak für das Programm »embedded journalist« beworben hatten, absolvieren mussten. Das antwortete sie dem Blonden jetzt.

Der nickte. »Bei Ihrem letzten Aufenthalt im Irak 2012 haben Sie die Akkreditierungskarte der amerikanischen Journalistin Linda Farraday an sich gebracht und sich für vier Wochen als sogenannter ›embedded journalist‹ unter dem Namen besagter Linda Farraday in eine amerikanische Division eingeschlichen. Des Weiteren haben Sie von den Soldaten wie auch bei mehreren erfolgten Einsätzen nicht autorisierte Aufnahmen getätigt und diese anschließend außer Landes geschmuggelt. Ist das weiterhin korrekt?«

Schon bei seinen ersten Worten hatte Rabea Mühe, sich ihr Erschrecken nicht anmerken zu lassen: *Verdammt, die wissen Bescheid!* Sie hatte Linda tatsächlich zu dem Namenstausch überredet.

Linda, eigentlich Wirtschaftsjournalistin und auf die New Economy spezialisiert, war ihrem Mann, einem hochrangigen Offizier, nach Bagdad gefolgt. Seit 2003 recherchierte sie die

Hintergründe des Zusammenbruchs der Nasdaq. Linda hatte ein geheimes Konsortium im Visier, das die Nasdaq-Werte damals künstlich gepusht haben sollte. Auf dem Höhepunkt hatten die Mitglieder alles verkauft, selbst Milliarden angehäuft, während Millionen Kleinanleger damals ihr Geld verloren hatten. Linda und sie waren 2012 erstmalig auf eine Spur gestoßen, die direkt nach Washington geführt hatte. Linda hatte ihr sofort nachgehen wollen. Kurz darauf hatte sie von ihrer Schwangerschaft erfahren und war nicht mehr in den Irak zurückgekehrt.

Das hatte Rabea auf die Idee gebracht, ihren Platz als »embedded journalist« einzunehmen. Nach einigem Hin und Her hatte sie Jules dazu überreden können, das Foto auf Lindas Akkreditierungskarte auszutauschen. Der Rest war ein Kinderspiel gewesen, auch wenn Rabea bange Minuten überstehen musste. Das Mindeste, was sie riskierte, waren eine Verhaftung und ein künftiges Einreiseverbot. Wie sich später erwies, war dies eine Art Generalprobe, denn Monate später kam sie doch noch in den zweifelhaften Genuss der Gastfreundschaft eines amerikanischen Militärgefängnisses … Jedenfalls hatte damals der amerikanische Verbindungsoffizier die kleine bunt gewürfelte Journalistengruppe auf dem Flughafen Bagdad mit offenen Armen empfangen und ihre Papiere lediglich mit seiner Anwesenheitsliste verglichen, jedoch nicht nochmals ihre Ausweise kontrolliert, da er davon ausgehen konnte, dass dies bereits bei Aus- und Einreise geschehen war.

Bei ihrer Verhaftung vor zwei Jahren war ihr Coup noch kein Thema gewesen. Während ihrer drei Monate im Militärgefängnis hatte sie stündlich damit gerechnet, dass man sie damit konfrontieren würde. Nichts dergleichen war geschehen. Sie hatte sich immer darüber gewundert. Aber wie hatte es die DIA jetzt, mit zwei Jahren Verspätung, doch noch herausgefunden? Durch Linda mit Sicherheit nicht, sie hätte sich damit selbst belastet. Sie hatten vereinbart, dass, sollte es je herauskommen, Rabea es auf ihre Kappe nehmen und behaupten würde, die entsprechenden Papiere von Linda gestohlen zu haben.

Immerhin wusste sie jetzt, woher der Wind wehte. Um ihre Beunruhigung zu verbergen, flüchtete sie sich ins Saloppe. »Kompliment, Ihr Deutsch ist perfekt. Spricht Ihr Kollege auch Deutsch?« Gleichzeitig wog Rabea ab, über wie viele Informationen ihr Gegenüber tatsächlich verfügte. Je nachdem konnten ihre Taktik und ihr Überleben davon abhängen.

»Miss Rosenthal, lassen Sie die Spielchen und antworten Sie nur auf meine Fragen!« An diesem Punkt trat der Blonde mit dem Dunklen zum ersten Mal in Blickkontakt. Die beiden Männer wechselten die Plätze.

Rabeas grüne Augen wurden eine Spur schmaler. *Was kam jetzt? Guter Agent, böser Agent?*

Der zweite Agent setzte sich kerzengerade auf den Stuhl, richtete die Akte in einem exakten Winkel vor sich aus und wiederholte die letzte Frage Wort für Wort. Er sprach ebenso gut Deutsch wie sein Kompagnon, mit einem leicht schwäbischen Akzent. Rabea tippte auf ein Studium in Stuttgart oder Heidelberg.

Rabea lehnte sich erneut zurück und zog dabei den Kittel straff, sodass sich die Konturen ihrer nackten Brüste unter dem Stoff deutlich abzeichneten. Sie lächelte beide nacheinander an, funkte absichtlich weibliche Signale. »Ihr Burschen seht zwar sehr gut aus, aber an eurem Charme solltet ihr dringend noch etwas arbeiten. So wird das nichts mit uns dreien.« Rabea wich den Fragen weiter aus, provozierte die beiden Agenten, suchte ihre stoischen Mienen aufzubrechen. Sie wollte testen, wie weit sie bei ihnen gehen konnte. Dass sie ein gefährliches Spiel trieb, war ihr klar. Aber sie hatte nichts mehr zu verlieren außer ihrem Leben.

Nicht ein Muskel zuckte im Gesicht des Olivfarbenen. »Uns sind Ihre Neigungen durchaus bekannt. Zum Beispiel, dass Sie eine besondere Vorliebe für junge Priester hegen.« Die subtile

Andeutung ihrer früheren Liebesbeziehung zu Lukas von Stetten sollte ihr aufzeigen, dass ihr Gegner seine Hausaufgaben gemacht hatte.

Der Blonde trat nun neben sie und lehnte sich mit dem Rücken zu seinem Partner an den Tisch. »Miss Rosenthal, wir wissen, dass Sie Angst haben. In das Band an Ihrem Handgelenk ist ein Pulsfrequenzmesser eingebaut. Beantworten Sie einfach unsere Fragen, umso früher können wir das hier beenden.«

Rabea riss die Augen auf. »Was Sie nicht sagen! Tut mir ehrlich leid, wenn ich Ihnen Ihren Feierabend versaue.« Ihre Stimme wurde um einen Ton schärfer. »Korrigieren Sie mich, wenn ich etwas falsch interpretiert haben sollte. Aber meines Wissens bin ich keiner freundlichen Einladung zu einem Plausch in Ihre gemütlichen Räumlichkeiten gefolgt. Lassen Sie also die Psychokacke! Sie hätten genauso Angst, wenn man Sie mitten in der Nacht aus Ihrer Wohnung entführt, unter Drogen gesetzt und mit unbekanntem Ziel verschleppt hätte. Was ist mit meiner Katze?«

Der Blonde schüttelte irritiert den Kopf. »Wir wissen nichts von einer Katze.«

»Die Katze, die vermutlich jetzt allein in meiner Wohnung in Tanger sitzt und demnächst tot sein wird, weil sich niemand um sie kümmert.«

Wieder traten die beiden Männer kurz in Blickkontakt. Der Dunkle zuckte mit den Schultern. Dein Problem, hieß das wohl.

Der Blonde sagte darauf: »Wir waren nicht in Tanger, können also zum Verbleib Ihrer Katze nichts sagen.«

Jetzt war Rabea fast verblüfft. Sie hatte das Tier absichtlich ins Spiel gebracht, um die Reaktion der Männer darauf zu testen. Interessant, die zwei schienen nicht so hartgesotten zu sein, wie sie vorgaben – jedenfalls kein Vergleich zu dem Kaliber eiskalter Typen mit Bürstenhaarschnitt in Bagdad.

»Sie haben recht«, stimmte der Blonde ihr zu und schlug unvermittelt einen anderen Kurs ein. »Ich gebe zu, dass wir zu ungewöhnlichen Mitteln gegriffen haben, um mit Ihnen zu sprechen, aber wir sind nicht Ihre Feinde, Miss Rosenthal. Im Gegenteil, wir sind hier, um Ihnen zu helfen. Sie sind es, die in tödlicher Gefahr schwebt. Wussten Sie, dass Linda Farraday erst kürzlich ermordet worden ist? Vor ihrem Tod hat man sie schwer misshandelt. Sie hinterlässt ein einjähriges Mädchen. Beantworten Sie unsere Fragen, und wir werden Sie beschützen. Wir sind bereit, Ihnen für Ihre Informationen sehr weit entgegenzukommen. Sagen Sie uns, was Sie dafür haben wollen. Eine neue Identität? Ein sicheres Leben? Geld? Alles ist möglich.«

Jetzt enttäuschte er Rabea. Sie glaubte ihm nicht, dass man Linda ermordet hatte. Das war wieder Psychokacke. Er wollte ihr damit ein schlechtes Gewissen einreden. Hielt er sie für so dumm, dass sie darauf hereinfiel und auf seine falschen Versprechungen einging? Doch sie musste zugeben, dass die Aufrichtigkeit, mit der er seine verdrehte Darstellung ihrer Situation vorgebracht hatte, einer schauspielerischen Glanzleistung entsprach. Das war jedoch das Einzige, was sie beeindruckt hatte.

Ihr linker Mundwinkel verzog sich spöttisch nach oben, ein Warnsignal für alle, die sie besser kannten. Aber dem Blonden wurde nicht das Glück zuteil, rechtzeitig vor Rabeas verbalen Pfeilen Deckung zu suchen. »Alles, was ich will? Fein, Jungs. Zunächst wäre ich mit einer heißen Dusche und ein paar warmen Anziehsachen absolut zufrieden. Ich friere mir hier den Arsch ab, und das im wahrsten Sinne des Wortes, wenn ihr wisst, was ich meine.« Rabea wusste, dass sie der Teufel ritt. Aber dieser Blonde hatte etwas an sich, das sie provozierte. Sie erhob sich halb aus ihrer sitzenden Position, drehte sich um und hob das Hemd, im vollen Bewusstsein, dass die Kamera nun ein klares Bild ihrer Kehrseite einfangen würde. *Vielleicht würde der Profiler ein paar kluge Takte aus ihrem Arsch lesen können?* Der Gedanke gefiel Rabea, und sie grinste den Blonden an.

Zu ihrer Zufriedenheit zeigte er zum ersten Mal eine Reaktion. Sein Backenmuskel zuckte. Er nickte seinem Partner zu, und dieser verließ den Raum. Bis zu seiner Rückkehr spielten Rabea und der Blonde minutenlang gegenseitiges Niederstarren. Blau gegen grün. Es endete mit einem Unentschieden.

Der Dunkle kehrte nach wenigen Minuten mit einer schwarzen Reisetasche aus Kunstleder zurück. Rabea erkannte sie sofort als ihre eigene. Seit vielen Jahren begleitete sie sie auf ihren Reisen. Er stellte sie vor ihr auf dem Tisch ab.

Rabea sprang auf, um den Inhalt zu durchforsten. Da waren ihre Jeans, T-Shirts, Pullover, die Toilettentasche, ihre Unterwäsche. Natürlich war ihr klar gewesen, dass die Männer ihre Wohnung durchsucht hatten. Trotzdem entfachte es ihre Wut neu. Ihre Anspannung brach sich unvermittelt Bahn, und sie setzte zu einem bewährten Rabea-Kamikazeflug an. »Und, Jungs? Hat es euch Spaß gemacht, mit euren schmutzigen Fingern in meiner Wäsche zu wühlen? Dachtet ihr, das arme deutsche Mädchen, seit zwei Jahren auf der Flucht, sicher hat sie wieder mal einen richtigen Mann zwischen ihren Schenkeln nötig? Los, tut euch keinen Zwang an. Hier bin ich.« Ohne an die möglichen Konsequenzen zu denken, zerrte sie an ihrem Hemd. Es hatte nur eine Geste sein sollen, stattdessen hatte sich der Knoten gelöst, das Hemd rutschte ihr über die Schulter und gab nun eine nackte Brust frei. Rabea merkte es, war aber viel zu stolz, ihren Fehler zu korrigieren. *Scheiß drauf.* Herausfordernd funkelte sie die Männer an.

Der Olivfarbene reagierte nicht, doch der Blonde starrte Rabea eine Sekunde lang verblüfft an.

Rabea war jetzt alles egal. »Ha, ich habe eine noch viel bessere Idee! Wie wäre es mit einem flotten Dreier, gleich hier auf eurem OP-Tisch? Natürlich mit Publikum.« Sie winkte ungeniert in die Kameras und starrte danach den beiden Männern ostentativ auf den Schritt.

Der Blonde wandte sich nun von ihr ab und hob dabei seine

Hand in einer typischen Geste an sein Ohr. Rabea kannte sie gut von ihrer eigenen Tätigkeit als Fernsehjournalistin. Sie vermutete, dass er eben eine Anweisung durch seinen Ohrhörer erhielt.

Das Mindeste, womit Rabea bei ihrer Aktion gerechnet hatte, war, dass sie sich damit eine Ohrfeige einhandeln würde. Stattdessen traten die Agenten den geordneten Rückzug an und verschwanden durch die Tür.

Merkwürdig. Jetzt war Rabea verblüfft. Ihr erster Eindruck hatte sie also doch nicht getäuscht. Die beiden Männer waren tatsächlich weniger hartgesotten, als sie vorgaben zu sein. Besonders der Blonde hatte etwas an sich, das sie unbewusst neugierig machte. Rabea rief ihnen noch ein »Feiglinge« hinterher. Dann zog sie sich in aller Ruhe Jeans und ein T-Shirt über.

Niemand spielte so gut auf der Klaviatur der Männer wie Rabea.

Kapitel 9

London und Washington, D. C.

Die beiden Agenten wurden umgehend in den Videokonferenzraum zitiert. Ihr Vorgesetzter, Director Adam B. Clayton, der das Desaster seiner Männer auf dem Bildschirm mitverfolgt hatte, empfing sie in gereizter Stimmung. »Was sollte das sein? Ein Verhör? Eher das Paradelehrstück, wie man sich die Regie bei einem Verhör aus der Hand nehmen lässt! Ich sollte die Aufnahmen ins DIA-Hauptquartier in Washington schicken, damit unsere Rekruten lernen, wie man es *nicht* macht. Verdammt, MacKenzie, Crow, Sie haben sich angestellt wie die letzten geilen Trottel!« Das Gesicht des Director hatte sich dunkelrot verfärbt.

Plötzlich schob sich ein weiterer Mann neben Clayton ins Bild. *Ausgerechnet Muller!* Die beiden Agenten in London sahen sich an und stöhnten innerlich auf.

Der stellvertretende DIA Director Rupert Muller war bis an den Rand mit Häme angefüllt, als er süffisant bemerkte: »Ihr Plan, die Frau einzuschüchtern, ist dann ja wohl gründlich in die Hose gegangen – wenn ich mir das kleine Wortspiel erlauben darf.« Er grinste anzüglich.

»Director Muller, Sir, wenn ich Sie daran erinnern darf, wir sind strikt gegen diese Vorgehensweise gewesen. Wir hätten auf Kooperation gesetzt und nicht auf Entführung und Drogen. Sie, Sir, haben die illegale Operation in Tanger befohlen!«, verteidigte sich der Blonde.

»Mit Recht! Wir haben gerade live erlebt, wie dieses Weib Sie voll bei den Eiern hatte, MacKenzie. Ich habe Sie gewarnt, diese

Journalistin ist höllisch schlau und mit allen Wassern gewaschen. Die ist Ihnen tausendfach überlegen! Egal, wie wenig Sie ihr sagen, es wird immer zu viel sein. Ich will wissen, was sie weiß, und ihr nicht erzählen, was wir wissen. Wenn Sie zu blöd sind, die Frau zum Reden zu bringen, sollten Sie besser jemand anderem die Arbeit überlassen. Sie sind hier fehl am Platz, das habe ich gleich am ersten Tag verstanden. Wenn es nach mir ginge, hätten Sie zwei Armleuchter den Auftrag niemals übernehmen dürfen!« Mullers hassverzerrtes Gesicht nahm nun den ganzen Bildschirm ein. Seine Feindschaft lag spürbar im Raum und überbrückte mühelos den Atlantik.

MacKenzie hatte keinen Schimmer, was er dem Typen getan haben konnte, der erst vor wenigen Wochen in die DIA-Zentrale nach Washington versetzt worden war und seitdem keine Gelegenheit verstreichen ließ, um ihm beim geringsten Anlass ans Bein zu pissen.

»Das reicht jetzt, Muller«, rief Director Clayton ihn zur Ordnung.

Sein neuer Stellvertreter erkannte, dass es besser war, sich für den Moment zurückzuhalten. Muller fiel es nicht schwer, sich zu gedulden. Seine Zeit würde bald kommen. Sehr bald.

Mit seinem Plan, die Frau gewaltsam aus ihrer Wohnung in Tanger zu entführen und nach London bringen zu lassen, hatte er seine Kompetenzen weit überschritten. Er hatte Clayton nicht informiert, da dieser niemals einem derartigen Verstoß gegen die Gesetze von gleich mehreren Staaten zugestimmt hätte. Der Mann war *old school*. Er hinkte der Zeit und den Entwicklungen hinterher.

Tatsächlich hatte Clayton wie ein Berserker getobt, als er von Mullers Alleingang erfahren hatte. Er hatte Muller angewiesen, die Aktion sofort zu stoppen, und ihn danach suspendiert.

Ein Anruf aus dem Pentagon hatte Clayton dann innerhalb einer Stunde zurückgepfiffen. Muller war wieder eingesetzt worden, und Clayton hatte die Anweisung erhalten, dass die

Aktion zu Ende geführt werden sollte, was hieß, dass die Gefangene in London durch DIA-Agenten befragt werden sollte.

Clayton hatte sofort zwei seiner vertrauenswürdigsten Leute, MacKenzie und Crow, nach London in Marsch gesetzt, um zu retten, was zu retten war. Muller hatte es vorab so arrangiert, dass die Frau in einer Dependance des MI6 befragt werden konnte.

Es war ein glücklicher Zufall, dass Clayton den Leiter des MI6 von früher kannte. Ein Anruf von Clayton, und MacKenzie und Crow hatten die Frau von Mullers eigens ausgewählten Agenten übernehmen können.

Doch die ganze Angelegenheit ging Clayton gehörig gegen den Strich, sie stank förmlich nach Ärger. Mullers Alleingang hatte ihn mehr als nur aufgebracht. Sein Stellvertreter hatte die Aktion in Tanger nur deshalb an ihm vorbeiorganisieren können, weil er bei seiner kürzlichen Versetzung in die Zentrale der DIA eine Gruppe eigener, auf ihn eingeschworene Agenten mitgebracht hatte. Er, Clayton, war aufgrund einer weiteren Pentagon-Dienstanweisung gezwungen gewesen, diese Männer widerspruchslos zu übernehmen. Dann der Anruf in der Nacht, der ihn zwang, Rupert Muller sofort wieder auf seinem Posten einzusetzen. Clayton konnte sich nicht erklären, was für ein Spiel das Pentagon hier mit ihm trieb. Sein Instinkt signalisierte ihm Gefahr. Er wollte es nicht denken, doch da war es, das gemeine Wort *Infiltration*. Doch solange er lebte, würde er es zu verhindern wissen, dass sich die CIA in die Angelegenheiten der DIA einmischte. Zusammenarbeit ja, aber nicht unter Missachtung bestehender Gesetze, dachte er grimmig.

Muller hatte ihm gegenüber behauptet, er habe einen anonymen Tipp erhalten, dass sich die Frau, die sich für die jüngst ermordete Linda Farraday ausgegeben hatte, in Tanger versteckt halte. Er habe sofort handeln müssen, da auch die CIA ein Interesse an ihr habe. *Darauf jedenfalls verwettete er seinen Arsch,* hatte Clayton dazu gedacht.

Ein Klopfen im Hintergrund durchbrach seinen inneren Monolog, er sah zur Tür und verschwand darauf kurz vom Bildschirm. Seine beiden Agenten in London hörten ihn fragen: »Was gibt es denn so Dringendes, Sally?« Sally war Claytons langjährige Sekretärin. Von der Antwort bekamen MacKenzie und Crow nichts mit, aber Direktor Claytons derber Fluch war überdeutlich zu hören. Er wandte sich wieder dem Bildschirm zu. »Dieser Hurensohn Grant Robertson ist soeben vorgefahren!«

Die beiden Agenten im fernen London sahen sich an. Grant Robertson? Der Deputy Director der CIA?

»Jetzt wird's richtig lustig«, murmelte Crow.

»Ich vermute«, fuhr Clayton fort, »dass er inzwischen weiß, *wer* ihm bei seiner Aktion dazwischengefunkt hat. Ha, er wird meinen Kopf fordern! MacKenzie, Crow, ihr müsst die Frau da sofort rausschaffen, bevor Robertsons Leute sie in die Finger kriegen. Ab sofort seid ihr auf euch allein gestellt. Offiziell muss ich mich von der Aktion distanzieren, ihr seid daher suspendiert. Und noch etwas: Haltet verdammt noch mal eure Schwänze unter Kontrolle! Ende.« Der Bildschirm wurde schwarz.

Kapitel 10

Washington, D.C.

Es war kein Zufall, dass der CIA-Mann Robertson bei der DIA auftauchte und den Director sprechen wollte. Es bestätigte Mullers Aussage, dass auch die CIA an der jungen Frau interessiert war.

Clayton konnte den CIA-Mann nicht ausstehen. Er war Robertson bereits zu Beginn seiner Karriere beim FBI bei einer illegalen Aktion auf die Füße getreten. Die Abneigung beruhte daher auf voller Gegenseitigkeit.

Doch Clayton war vorbereitet. Nachdem einige Wochen zuvor sein langjähriger Freund, Deputy Director Henry Friedenberger, grundlos abgelöst worden war, hatte er Nachforschungen über diesen Muller angestellt. Bei seinen Recherchen war er auf eine interessante Verknüpfung gestoßen: Muller und Robertson hatten beide dieselbe Universität in Columbia besucht – zwar verschiedene Fakultäten –, doch sie gehörten der gleichen Studentenverbindung an. Leider hatte Clayton ihnen in jüngster Zeit keinen direkten Kontakt nachweisen können, dazu waren beide Männer zu vorsichtig und zu schlau.

Clayton wusste jedoch, dass hier etwas ganz gewaltig stank, und es war mit Sicherheit nicht seine frische Havanna. Es war nicht auszuschließen, dass die CIA sich der DIA in Tanger bedient haben könnte, um sich selbst nicht die Hände schmutzig machen zu müssen. Wäre nicht das erste Mal, dass die CIA ihre Drecksarbeit anderen überließ, um danach für sich die Sahne abzuschöpfen, dachte Clayton. Arbeiteten Muller und Robertson heimlich zusammen? Da stellte sich vor allem die Frage nach dem Warum. Was lief hinter seinem Rücken zwischen der CIA und dem DIA?

Er bemerkte, dass Muller ihn beobachtete. Clayton wandte sich von ihm ab und griff nach seiner glimmenden Havanna. Er gönnte sich einen tiefen Zug. *Was für ein verdammter Scheißtag!* Seine Frau hatte ihn am Morgen wegen der Hochzeitsvorbereitungen ihrer Tochter bereits in den Wahnsinn und – ohne Frühstück – aus dem Haus getrieben. Dann war da sein verdammtes Knie, das wieder höllisch schmerzte. Er hatte kaum geschlafen, aber an eine Operation war nicht zu denken. Es gab zu viel Arbeit, die erledigt werden musste. Und jetzt musste er sich auch noch mit diesen verfluchten Mistkerlen Muller und Robertson herumschlagen, die zusammen irgendeine konspirative Scheiße auskungelten, während seine zuverlässigsten Männer, MacKenzie und Crow, in die Basic-Instinct-Falle getappt waren. *Wirklich, ein verdammter Scheißtag!* Und dabei war er noch lange nicht zu Ende.

»Ich hätte eine Idee!«, brachte sich Muller in Erinnerung. »Wenn das Journalistenweib so intelligent ist, warum rekrutieren wir sie nicht für unsere Abteilung?« Muller lachte, als hätte er einen brillanten Scherz gemacht.

Clayton unterdrückte ein Knurren. Muller hatte etwas derart Verschlagenes an sich, dass es ihm Mühe bereitete, seine Abneigung nicht offen zu zeigen. Sein Stellvertreter war ihm von höchster Stelle aufgezwungen worden. Auch ein Adam B. Clayton musste sich der Politik beugen.

Allein wegen Leuten wie Rupert Muller oder Grant Robertson empfand er es als fahrlässig, wegen einer Knie-OP wochenlang auszufallen. Seit dem 11. September traten sich Bundesbehörden und Geheimdienste mehr denn je gegenseitig auf die Füße; seine Arbeit glich Luzifers Tanz auf dem Eis. Machtgerangel, Kompetenzgerangel, Idiotengerangel. Weiß der Himmel, welchen Schaden sein Deputy Director *seiner* Behörde zufügen würde, sollte er das Ruder der DIA auch nur für kurze

Zeit in die Hand bekommen, fluchte Clayton innerlich und rieb sich das schmerzende Knie.

Lieutenant General Adam B. Clayton leitete die Defense Intelligence Agency, den militärischen Nachrichtendienst und somit die Dachorganisation der vier Teilstreitkräfte seit beinahe zwölf Jahren.

Verdammter Muller, verdammter Robertson. Und gottverdammte CIA!, dachte Clayton böse. Ein Staat im Staat, und zurzeit fetter als eine gestopfte Gans. Kriegszeiten waren fette Zeiten. Die CIA brauchte den Krieg, dann floss das Geld in Strömen. Herrschte kein Krieg, konnte man ja einen anzetteln. Vietnam, Kuba und die Schweinebucht, Persien, Afghanistan, Irak, Libyen … Überall hatte die CIA fleißig mitgemischt und tat es noch. Die CIA war der Stratege des Krieges, und sie beherrschte die Kunst der Wünschelrute. Sie schlug stets in die Richtung aus, wo das meiste Geld zu holen war.

Sein Blick fiel auf drei silbergerahmte Fotografien auf seinem Schreibtisch. Die erste zeigte Frau und Tochter, die zweite ihn mit seinem besten Freund John beim Segeln und die dritte, eine Schwarz-Weiß-Aufnahme, seinen Vater Martin Clayton, Arm in Arm mit einem lachenden Präsidenten Kennedy, aufgenommen im Oktober 1963 im Garten seines Elternhauses in West-Virginia. Kennedy war gegen den Vietnamkrieg gewesen. Von seinem Vater Martin wusste er, dass Kennedy oft seinen stellvertretenden Außenminister und Berater, George Ball, zitiert hatte. Ball hatte vorausgesagt, dass die USA innerhalb von fünf Jahren dreihunderttausend Mann in den Reisfeldern stecken haben und diese verlieren würden.

Seine Aussage hatte sich als prophetisch erwiesen. Auch Billy, Claytons älterer Bruder, war nicht aus den Reisfeldern zurückgekehrt. Er griff nach der Fotografie, die ihn mit seinem Freund John zeigte. Er war der Grund gewesen, warum er bei der DIA angeheuert hatte. Ursprünglich hatte er Anwalt werden wollen.

Sein Freund war im Juli 1999 gemeinsam mit seiner Frau und

deren Schwester tödlich mit dem Flugzeug verunglückt. Es schmerzte noch immer. Er hatte so viel Hoffnung in ihn gesetzt – sie hatten Zukunftsträume und Visionen geteilt, seit sie sich an der Brown University auf Rhode Island begegnet waren. Er, Clayton, war damals in seinem letzten Studienjahr gewesen und zu Johns Mentor geworden. Er drehte das Bild um und las wie so oft die Widmung:

– Don't let it be forgot that once there was a spot –
for one brief shining moment –
that was known as Camelot … –
Wir holen uns Camelot zurück, versprochen, Adam! J.

(Lasst es nie vergessen sein, dass es für einen kleinen glanzvollen Moment einen Ort gab, der hieß Camelot …)

Die verbotene Zigarre vollzog langsam ihre beruhigende Wirkung. Claytons Blutdruck sank wieder auf annehmbare Werte, und er stellte die Fotografie zurück.

Er beschloss, Muller rauszuschicken und ihn gemeinsam mit Robertson warten zu lassen. Eine kleine Genugtuung, die er sich als Chef der DIA leisten konnte. »Muller, gehen Sie und nehmen Sie Robertson in Empfang. Ich muss kurz telefonieren und für den Abend absagen. Sieht so aus, als ob das heute noch eine längere Sitzung geben wird.«

Er humpelte um seinen Schreibtisch und sank mit einem Ächzen in seinen gepolsterten Ledersessel. Er gönnte sich noch einen weiteren Zug aus seiner Havanna. Versonnen sah er der bläulichen Rauchwolke hinterher, wie sie der Decke entgegenschwebte und sich dort langsam auflöste. *Schade, dass man Robertson und Muller nicht auch einfach so wegpaffen konnte …* Er seufzte und griff zum Telefonhörer, um seine Frau anzurufen.

Wenn schon die ganze Welt am Arsch war und alles bald in Flammen aufginge – wenigstens zu Hause brauchte er seinen Frieden.

Kapitel 11

London, England

»Was ist nur mit diesem Muller los? Man könnte glatt meinen, du hättest ihm die Frau ausgespannt«, rief Crow, während er und MacKenzie den Flur entlanghasteten. Die beiden waren seit Jahren Partner und Freunde.

»Ehrlich, ich habe keinen blassen Schimmer. Schätze, ihm passt einfach meine Nase nicht.«

»Wenn er es mit mir hätte, könnte ich wenigstens behaupten, dass er ein Rassist sei«, erwiderte Crow.

»Mach dir keine Sorgen, das ist er sowieso.« MacKenzie grinste.

»Warum hast du Clayton nicht von unseren Problemen bei der Übernahme der Gefangenen berichtet?«

»Nicht vor Muller. Außerdem wusste der alte Fuchs längst Bescheid. Wer, glaubst du, hat uns aus der Zelle geholt?«

Tatsächlich waren sie bei der Übernahme der Gefangenen auf Schwierigkeiten gestoßen. Sie hatten auf deren Ankunft am Flughafen Biggin Hill gewartet. Die Maschine aus Tanger mit Mullers Agenten an Bord war jedoch nach der Landung nicht wie üblich weiter zum Vorfeld gerollt, wo sie mit ihrem Fahrzeug auf die Gefangene gewartet hatten, sondern war zweihundert Meter entfernt am Ende der Landebahn stehen geblieben. Ein dunkler Van war herangejagt und hatte die Passagiere sofort übernommen. MacKenzie und Crow hatten das Nachsehen gehabt. Sie hatten jedoch die Verfolgung aufnehmen können und das Fahrzeug vor der MI6-Dependance gestellt, in der sie sich nun befanden.

Doch anstatt ihnen die Gefangene, die betäubt im Fahrzeug lag, zu übergeben, hatten Mullers Agenten Streit angefangen. Es war zu einem heftigen Gerangel gekommen, vier gegen zwei. Herbeieilende MI6-Agenten hatten dem Ganzen ein Ende bereitet.

Bis vor Kurzem hatten MacKenzie und Crow noch in einer Zelle gesessen, aus der sie Claytons Intervention erst wenige Minuten vor ihrem Verhör mit der Gefangenen befreit hatte. Soweit sie wussten, saßen Mullers Leute noch immer in ihrer Zelle fest.

Sie verlangsamten ihr Tempo. Sie mussten laut Clayton hier schleunigst verschwinden, aber möglichst ohne Aufsehen zu erregen.

MacKenzie registrierte bei seinem Eintreten, dass Rabea inzwischen Straßenkleidung angelegt hatte. »Miss Rosenthal, wir gehen.«

»Wohin?«

»Wir bringen Sie an einen sicheren Ort.« MacKenzie zog ein Foto aus der Akte unter seinem Arm und schob es Rabea über den Tisch hinweg zu. Es war das Bild einer toten Frau. Rabea erkannte Linda Farraday sofort, obwohl sie fürchterlich zugerichtet war. Sie erschrak, trotzdem erwog sie kurz, ob es sich um eine Fälschung handeln könnte.

Rabea sah prüfend zu dem Blonden. Er erwiderte ihren Blick offen, aber sie konnte gleichzeitig seine Ungeduld spüren. Offenbar mussten sie tatsächlich von hier verschwinden. Sie beschloss, ihm vorerst zu trauen. Sie erhob sich, während der andere Agent bereits ihre Tasche gegriffen hatte und voranging.

Unbehelligt erreichten sie den Ausgang. Lediglich der Mann aus dem Überwachungsraum streckte kurz den Kopf heraus und fragte: »Sie bringen die Frau weg?«

»Ja, Befehl von oben«, erwiderte MacKenzie knapp über die Schulter. Er hatte Mühe, seinen Schritt nicht zu beschleunigen. Jeden Augenblick konnte sie jemand aufhalten. Gott sei Dank handelte es sich bei diesem Gebäude direkt an der Themse nur um eine Dependance des britischen MI6. Aus dem Hauptquartier am Albert Embankment hätten sie nicht so ohne Weiteres hinausspazieren können.

MacKenzie erreichte eine mit einem Tastenfeld gesicherte Tür. Er gab den Code ein, hoffte im Stillen, dass er noch gültig war. Die Aufzugstür öffnete sich tatsächlich, und sie traten ein. Die Fahrt dauerte nur wenige Sekunden. Die Tür schwang zur Seite und entpuppte sich auf der anderen Seite als Regal, das mit Reinigungsutensilien vollgestopft war. MacKenzie blockierte die Tür mit einem Eimer, damit vorerst niemand den Aufzug zurückholen konnte. Das verschaffte ihnen einen weiteren kleinen Vorsprung. Rabea sah sich um. Die Kammer war nur schwach beleuchtet. Der Blonde öffnete die gegenüberliegende Tür einen Spalt, und Rabea glaubte zu erkennen, dass sie in eine Tiefgarage führte.

»Sieh nach, ob die Luft rein ist und ob unser Wagen noch da ist«, forderte MacKenzie seinen Partner auf. »Wir bleiben so lange hier.«

Es folgten bange Minuten des Wartens. Auch Rabea schwieg. Sie dachte über die überraschende Wendung der Ereignisse nach.

Dann war Crow zurück. »Kommt!« Er schnappte sich erneut Rabeas Reisetasche und kramte ihre Baseballkappe hervor. »Hier, setzen Sie die auf, Lady. Ihr Rotschopf ist bei Weitem zu auffällig.« Ausnahmsweise hatte Rabea einmal keine Einwände.

Bis zum Wagen, der am Gilbert Square parkte, waren es nur wenige Meter. Crow fuhr, MacKenzie stieg mit Rabea hinten ein. Als Rabea sich umdrehte, erkannte sie das Gebäude, das sie eben verlassen hatten. »Hey, das ist die Battersea Power Station! Hat die nicht dieser Oligarch gekauft, dem der FC Chelsea gehört? Witzig, dass die DIA bei einem Russen Quartier bezogen hat.«

»Sie sind nicht auf dem Laufenden, Miss Rosenthal. Abramowitsch hat den Zuschlag nicht bekommen. Die Station gehört mittlerweile einem malaiischen Konsortium«, erklärte MacKenzie knapp und ohne den Hinweis, dass der MI6 und nicht die DIA dort Quartier bezogen hatte.

Crow fuhr den Wagen bis zur Parkgarage am Rande des Battersea Park. Er suchte sich die Ebene mit den meisten Fahrzeugen aus. »Wir müssen den Wagen hier stehen lassen, er führt zu uns.«

Rabea fand, dass sie lange genug geschwiegen hatte. »Da wir offenbar das gleiche Schicksal teilen, sollten Sie mir wenigstens ihre Namen verraten. Also, wer sind Sie?«

MacKenzie nickte. »Mein Name ist Ryan, und mein Partner heißt Logan. Hören Sie, Miss Rosenthal, wir werden Ihnen alles erklären, aber wir müssen erst mal von hier verschwinden. Es ist hier nicht sicher. *Sie* sind hier nicht sicher. In Ordnung?« Rabea nickte, widerwillig beeindruckt von seinem eindringlichen Tonfall.

»Okay, warten Sie kurz. Mein Partner und ich müssen kurz die Kleidung wechseln.«

Er stieg aus, öffnete den Kofferraum und legte Jackett und Krawatte ab. Aus einer Reisetasche zog er eine Jeansjacke, die Lederschuhe tauschte er gegen ein Paar Loafers. Crow folgte seinem Beispiel. Zum Schluss setzten sie Baseballkappen mit der Aufschrift *I love London* auf. Es war keine großartige Verkleidung, aber sie wirkten jetzt eher wie Touristen. Der Blonde bedeutete Rabea auszusteigen, und zu dritt, Rabea in der Mitte, gingen sie zügig auf den Ausgang zu.

Rabea überlegte kurz, ob sie versuchen sollte zu fliehen, aber sie verwarf den Gedanken gleich wieder. Die Drogen steckten ihr noch in den Knochen, die Agenten würden sie sofort einholen. Außerdem hatte längst die Journalistin in ihr die Oberhand gewonnen. Sie brannte auf eine Erklärung für ihren überstürzten Aufbruch und warum sie plötzlich zu dritt durch London flüchteten. Und vor wem?

Sie hasteten die Treppe der Parkgarage hinab. »Hier entlang«, rief Ryan. »Durch den Battersea Park, weg von den Kameras.«

Sie bogen in den Carriage Drive South in Richtung Westen ein. Inzwischen liefen sie nicht mehr, sondern hatten ihr Schritttempo dem der anderen Spaziergänger angepasst. Zwischen den Bäumen konnte Rabea einen See hindurchschimmern sehen. Ruderboote zogen friedlich ihre Bahnen. Das Wetter war für Londoner Verhältnisse sehr freundlich, ein milder, fast wolkenloser Frühlingstag. Der Park war gut besucht. Kinder tobten herum, Hunde bellten, es wurde Crocket gespielt, und überall hatten sich Pärchen oder Familien zum sonntäglichen Picknick auf den Grünflächen niedergelassen.

Sie hatten den Rand des Parks erreicht. Ryan lotste sie weiter. Er hatte den Schritt nun wieder beschleunigt. Rabea entdeckte ein Straßenschild: *Prince of Wales*. Sie bogen von dort nach rechts ab, auf die Battersea Bridge Road. Sie riskierte einen Blick auf die Brücke mit ihren fünf Bögen, die Wandsworth auf der südlichen Themse-Seite mit Chelsea auf der Nordseite verband. Gern hätte sie mehr von London gesehen, stattdessen betrieb sie das Gegenteil von Sightseeing und rannte mit gesenktem Kopf durch die Stadt.

Sie passierten eine Polizeistation. Ein Bus fuhr an ihnen vorüber und hielt nur wenige Meter entfernt. Ryan beschleunigte. »Wir nehmen den Bus!«, winkte er ihnen. Sie stiegen ein, Ryan bezahlte. »Der hier fährt bis zur Victoria Station«, erklärte er mit gedämpfter Stimme. »Ab da nehmen wir die Subway bis Green Park. Den Rest werden wir laufen.« Er schien sich hier bestens auszukennen.

Nachdem sie den Bus in Victoria verlassen hatten, liefen sie die Treppe zur Subway hinab. Unten angekommen, drückten sich Logan und Rabea in eine Nische, während Ryan die Kamerapositionen checkte.

Er kehrte zurück. »Sehen Sie immer zu Boden, damit keine Kamera Ihr Gesicht erfassen kann«, wies er Rabea an. »Wir trennen uns hier. Logan wird Sie lotsen. Steigt in Green Park aus und lauft Richtung Grosvenor Square. Es sind nur ein paar Straßen. Wir treffen uns im Halston Hotel. Es ist ein riesiger Kasten, dort herrscht ein ständiges Kommen und Gehen. Ich werde uns einchecken. Versteckt euch so lange in der Tiefgarage in der Nähe der Aufzüge, bis ich euch da abhole.«

»Sollten wir nicht zusehen, dass wir schleunigst aus London verschwinden?«, wandte Logan ein.

»Nein, genau davon werden unsere Verfolger ausgehen. Außerdem ist es nur für eine Nacht.«

»Wer sind unsere Verfolger?«, hakte Rabea sofort nach. Die Männer beachteten sie nicht.

»Und wie willst du einchecken, Ryan?«, zweifelte Logan an Ryans Plan. »Mit deinem Ausweis? Außerdem haben wir weder Geld noch unsere Waffen. Die mussten wir vor dem Verhör ablegen. Schon vergessen?« Rabea fand Logan ziemlich pessimistisch. Leider fand sie auch, dass er recht hatte.

Ryan zückte eine Kreditkarte. Rabea sah ihn dabei das erste Mal lächeln. Es gab ihr einen Stich. Die Art, wie es sich von den Augen über das Grübchen am Mundwinkel ausbreitete, kam ihr vage vertraut vor. Es erinnerte sie an jemanden, doch an wen, wollte ihr nicht einfallen. Dabei vergaß sie niemals ein Gesicht. Es ärgerte sie. Vermutlich wirkten die Drogen nach. Sie fühlte sich tatsächlich ein wenig schwindelig, wie in Watte gepackt. Hoffentlich waren sich die beiden bald einig. Sie sehnte sich nach einer starken Tasse Kaffee, wo auch immer.

»Clayton hat dir eine Carte blanche mitgegeben? Verdammt, du bist wirklich sein Liebling«, meinte Logan, widerwillig beeindruckt.

»Ich würde eher sagen, der alte Fuchs hat mal wieder in alle Richtungen gedacht. Zumindest müssen wir uns um unsere Finanzen keine Sorgen machen. Und zusammen mit der Karte hat er mir auch Papiere mitgegeben.« Er klopfte auf seine Brusttasche. »Damit wäre unser Hotelproblem gelöst.« Eine U-Bahn donnerte heran. »Wir nehmen diese Linie. Steigt in einen anderen Wagen. Bis später in der Tiefgarage.«

Es lief alles glatt. Ryan mietete eine Suite an und zahlte mit Claytons Karte. Als er die beiden in der Tiefgarage abholte, gab er Logan den Kittel einer Reinigungskraft und Rabea eine Dienstmädchen-Uniform. Er selbst zog sich das Jackett eines Etagenkellners über. Ryan kannte offenbar nicht nur London, sondern auch das Hotel wie seine Westentasche. Er mied alle Kameras, und so hielten sie sich stets im toten Winkel. Unbehelligt gelangten sie über den Angestellteneingang in ihre Suite.

Rabea nahm als Erstes eine Dusche. Danach fühlte sie sich gewappnet, den beiden Männern erneut gegenüberzutreten. Mit feuchten Haaren, in frischen Jeans und in einem bedruckten Shirt unter ihrer Strickjacke kehrte sie in den Wohnraum zurück.

Ryan hatte ihr das hintere der beiden Schlafzimmer zugeteilt, obwohl es über das größere Bett verfügte. Rabea war klar, warum. Um zum Ausgang zu gelangen, musste man den gesamten Wohnraum durchqueren – wo sie mit Sicherheit über einen der beiden Agenten stolpern würde. Sie setzte sich an den Tisch und harrte der Dinge, die kommen würden.

In einer Ecke war eine winzige Küche mit Bartresen untergebracht. Ihre beiden Bewacher unterhielten sich dort leise, und obwohl sie die Ohren spitzte, konnte sie sie nicht verstehen. Sie sah, wie Ryan zwei Becher mit heißem Kaffee füllte und ein Tablett mit allem belud, was er an Essbarem im Kühlschrank vorgefunden hatte.

»Wie ich sehe, bewaffnest du dich für die kleine Rothaarige. Nicht gerade hübsch, aber niedlich, vorausgesetzt, man mag Sommersprossen. An deiner Stelle würde ich aufpassen, dass sie dir den heißen Kaffee nicht über die Eier kippt.«

»Danke, Logan. Für meinen Bedarf habe ich heute das Wort Eier einmal zu oft gehört.«

»Ich glaube, sie steht auf dich, Ryan.«

»Gib es zu, das wolltest du schon die ganze Zeit loswerden.«

Logan grinste breit. »Auf in den Kampf. Ich überlasse dir den Ring.«

Ryan stellte das Tablett vor Rabea ab. »Hier«, er zeigte auf den Becher Kaffee. Dann stutzte er kurz. Unter Rabeas offener Jacke sprang ihm die Aufschrift auf ihrem T-Shirt entgegen: *Women do it better*. Er konnte sich ein Grinsen nicht verkneifen. Logan hatte recht. Die Journalistin war wirklich eine Nummer. Wenn sie Angst hatte, verbarg sie es geschickt.

Rabea nahm die Tasse dankbar entgegen und gönnte sich einen vorsichtigen Schluck. Das tat gut. »Ich will telefonieren«, sagte sie unvermittelt. Kein *ich möchte*, oder *könnte ich*, sondern ein *ich will*.

Ryan blinzelte und räusperte sich dann. »Tut mir leid, das geht im Moment nicht, Miss Rosenthal.«

»Müssten Sie jetzt nicht fragen, mit wem ich telefonieren möchte?«, fragte Rabea und nahm einen weiteren Schluck aus ihrem Becher.

»Mit wem möchten Sie telefonieren?«, fragte er prompt.

»Mit meiner Nachbarin in Tanger. Sie muss meine kleine Katze versorgen.« Rabea rechnete dem Blonden hoch an, dass er nicht mit der Wimper zuckte. »Und sagen Sie mir jetzt nicht, dass die Telefone überwacht werden. Sie haben selbst betont, dass niemand weiß, wo wir sind. Und wer sollte sich groß für meine Nachbarin interessieren? Kommen Sie, lassen Sie mich meine Katze vor dem sicheren Tod retten, dann helfe ich Ihnen, die Welt zu retten.«

Ryan sah sie scharf an. Rabea vermutete, dass er ihren Beweggründen nicht traute. Warum sollte er auch? Sie hätte nicht anders reagiert. Wie schon im Verhörraum sah er kurz zu Logan. Dieser zuckte mit den Schultern. »Mir egal. Lass sie. Wir hören das Gespräch mit. Wenn sie irgendeinen Trick versucht, leg einfach auf.«

»Okay«, stimmte Ryan nun widerwillig zu. »Sie können anrufen, Miss Rosenthal.« Ryan zückte einen Notizblock. »Schreiben Sie mir hier Namen und Telefonnummer auf, damit wir den Anschluss vorher überprüfen können.«

Rabea tat wie geheißen. Ryan reichte den Zettel an Logan weiter. »Ruf Phil an, er wird keine Fragen stellen und das für uns checken.«

Kurz darauf hatte Logan die gewünschten Informationen. »Okay, die Angaben sind korrekt.« Er nahm das Telefon vom Schreibtisch und stellte den Apparat vor Rabea. »Beschränken Sie sich auf das Nötigste und führen Sie das Gespräch in Englisch. Versteht Ihre Nachbarin das überhaupt?«

»Mehr oder weniger.« Rabea wählte bereits die Nummer. »Hallo, Aishe, ich bin es, Rabea«, sagte sie auf Englisch.

Sofort ergoss sich am anderen Ende ein Schwall von Worten in den Apparat. Er war wenig verständlich, dafür laut. »Ist gut, Aishe, ja, alles in Ordnung, mach dir keine Sorgen. Hör zu, kannst du dich um meine Katze kümmern? Sie …« Wieder ein Schwall von Worten. »Ja, Aishe, nein, Aishe, ja, ich habe sie gefunden«, antwortete Rabea im Stakkato. »Hör zu«, unterbrach Rabea den nächsten Wortschwall energisch. »Nimm sie einfach zu dir und vor allem auch das Katzenklo. Ja … ja … das braucht sie, hörst du? Ja …, genau, damit sie sich daran gewöhnt … Vergiss es nicht! Ja, ich komme bald wieder und hole sie ab. Danke, Aishe.« Rabea legte schnell auf, bevor sie der nächste Wortschwall hinwegschwemmen konnte. Sie atmete tief durch. Jetzt war ihr wohler. In zweierlei Hinsicht: Ihrer Katze würde es bei Aishe gut gehen, denn ihr Herz war so groß wie ihr Vorrat an guten Ratschlägen – außerdem konnte sie sich darauf verlassen, dass Aishe ihr aus Sand und Plastikschüssel improvisiertes Katzenklo nicht säubern würde. Aishe hatte sich deswegen gestern bei ihrem Besuch halb totgelacht. *Ein Klo für eine Katze? Hä?* Ja, das gehörte in Nordafrika nicht gerade zum Alltag, aber Rabea hatte darin etwas versteckt, wovon sie hoffte, dass es niemand finden würde. Jedenfalls hoffte sie, dass niemand gerne in Katzenscheiße wühlte, die anwesenden Agenten eingeschlossen. Trotzdem hatte sie sich noch zusätzlich abgesichert. Natürlich bestand auch die Möglichkeit, dass sie den Microchip schon gefunden hatten, aber sie glaubte es nicht. In dem Fall wäre sie längst tot.

»Zufrieden? Waffenstillstand?«, riss der Blonde sie aus ihren Überlegungen.

»Sagen Sie es mir!«

Ryan unterdrückte einen Seufzer. Die Journalistin würde es ihnen nicht leicht machen. Er brauchte keine Augen im Rücken, um zu wissen, dass Logan hinter ihm feixte.

Rabea beugte sich zu ihm vor, und ihre grünen Augen nahmen ihn ins Visier. »Wenn ich schon Rede und Antwort stehen soll, wäre es nur fair, wenn Sie mir vorher verrieten, für welchen Verein Sie eigentlich arbeiten. CIA, DIA? Sie wissen alles über mich, und ich kenne gerade mal Ihre Vornamen.«

Ryan lehnte sich zurück und streckte die langen Beine aus. »Da Sie es bereits erraten haben: Mein Partner Logan und ich arbeiten beide für die DIA.«

»Na, das ist doch einmal ein Anfang. Ryan und Logan von der DIA, nennt mich Rabea. Und wie geht es jetzt weiter? Kriege ich noch mehr Spritzen?« Sie streckte ihnen demonstrativ die Innenseiten ihrer Arme mit den sichtbaren Einstichstellen entgegen.

»Wir bedauern die Umstände und die Übereifrigkeit einiger Kollegen«, erwiderte MacKenzie steif.

»Prima. Meine Entführung, die Injektionen, das Zurschaustellen in Hemd und Slip, alles nur ein Versehen. Mann, da bin ich ja unter echte Komiker geraten«, höhnte Rabea. »Aber gut, ich akzeptiere Ihre Entschuldigung. Kann ich dann jetzt bitte gehen?« Sie stand auf.

»Rabea.« Die Art, wie er sie bei ihren Vornamen nannte, löste etwas in ihr aus. Rabea setzte sich wieder. Längst fiel es ihr schwer, ihre Neugierde zu zügeln. Wohin würde das Ganze noch führen? Sie war in Tanger gekidnappt worden und in London aufgewacht, zwei DIA-Typen verhörten sie dort und behaupteten gleichzeitig, sie befände sich in Lebensgefahr. Und schon war sie wieder auf der Flucht. Diesmal in Gesellschaft.

Wenn das alles nur inszeniert worden war, um ihr Vertrauen zu gewinnen, dann war die Show zumindest gut gewesen. »Okay, Ryan«, meinte sie. »Vielleicht sollten wir die Sache abkürzen. Wenn ihr die guten Jungs seid, wer sind dann die bösen? Der MI6? Die CIA? Oder wer?«

»Sie werden verstehen, dass ich Ihnen diese Information nicht geben kann.«

»Scheiß drauf«, sagte Rabea absichtlich grob. »Ich bin mir ziemlich sicher, dass es die CIA ist. Und was will die DIA von mir? Worum geht es hier eigentlich?« Rabea wusste, dass die Überwachung von Massenvernichtungswaffen, Terrorismus und organisierte Kriminalität in das Ressort der DIA fielen. Noch immer hoffte sie, dass es eventuell nur um Wirtschaftskriminalität ging, das Thema, an dem sie und Linda gemeinsam gearbeitet hatten. Doch Ryans nächste Worte zielten in eine andere Richtung.

»Um die nationale Sicherheit. Wir …«

»Nationale Sicherheit?«, unterbrach ihn Rabea schroff. Sie hatte es so was von satt! Die Amerikaner zogen die Nationale-Sicherheits-Karte immer dann, wenn sie wieder einmal vorhatten, ein fremdes Land unrechtmäßig zu besetzen. Ihre Meinung dazu hatte sie bereits einmal fast Kopf und Kragen, auf jeden Fall ihren Job gekostet. Das hinderte sie jedoch auch jetzt nicht daran, aus allen Rohren zu feuern. »Ah! Die berühmte *Nationale Sicherheit* der Amerikaner! Ehrlich, wenn ich diese Worte höre, kommt mir das Kotzen. Verdammt, die Einzigen, die eure sogenannte nationale Sicherheit gefährden, seid ihr doch selbst! Ihr marschiert mit euren dicken Stiefeln drauflos und mischt euch in die Politik anderer Länder ein. Sie müssen nur das Pech haben, über genügend Ölvorräte zu verfügen! Ständig löst ihr Bürgerkriege aus, und das aus einem einzigen Grund: Weil die USA mit Abstand über den weltweit größten Rüstungsetat verfügen, und die Dollars müssen schließlich an eure Verbündeten verteilt werden. Das hält sie bei der Stange. Genau damit züchtet ihr euch den weltweiten Terrorismus selbst heran. Amerika ist zum Totengräber der Demokratie geworden! Das Schicksal der Menschen ist euch doch vollkommen egal, genauso wie euch eure eigenen Soldaten egal sind. Verdammtes Bombenfutter sind sie, nicht mehr. Ich hab da unten genug zerrissene Körper auf beiden Seiten gesehen. Ihr könnt mich mal mit eurer scheiß nationalen Sicherheit!«

Ryans Mundwinkel zuckte unmerklich. Ansonsten zeigte er keine Regung. Seine Stimme klang neutral, als er antwortete: »Hier geht es nicht um amerikanische Außenpolitik, Rabea. Es geht hier um die innere Sicherheit meines Landes. Die USA befinden sich im Krieg gegen den Terror, und es ist eine traurige Wahrheit des Krieges, dass er schmutzige Geschäftemacher hervorbringt, Männer, die ihre Profite ohne Rücksicht darauf machen, wer letzten Endes dafür bezahlt: unsere Soldaten, unschuldige Zivilpersonen, Sie, ich, wir alle! Sie wollen wissen, worum es geht? Ich sage es Ihnen! Sie waren im Irak mit einem Suchtrupp von zehn Mann unterwegs, und zwar irgendwo im Niemandsland zwischen Mosul und Bayji in der Wüste Badiyat al Jazirah. Laut Bericht ist der Trupp in einen Sandsturm geraten und umhergeirrt. Wir glauben, dass Sie da draußen zufällig auf etwas gestoßen sind und es mit Ihrer Kamera aufgenommen haben. Wir müssen diese Aufnahmen haben!«

Darauf möchte ich wetten, ihr Heuchler. Rabea beugte sich über den Tisch zu ihm, als hätte sie vor, ihm etwas ins Ohr zu flüstern. »Ihr Land verfügt doch über mehr als dreißig Geheimdienste, Ryan. Warum fragen Sie nicht bei denen nach? Oder wie wäre es bei einem Ihrer zehn Soldaten?«

»Sehr gut, sprechen wir von den Soldaten, Rabea. Acht von ihnen sind tot. Die beiden übrigen sind desertiert und bis dato unauffindbar.«

»Das tut mir leid.« Das tat es wirklich. Rabea hatte mehrere Wochen mit den Männern verbracht, hatte ihre Sehnsüchte und Ängste, ihre Kameradschaft und ihre rauen Witze geteilt. Trotzdem zuckte sie jetzt mit den Achseln. »Es ist Krieg, die Männer sterben. Vielleicht hättet ihr euch das vor dem Einmarsch überlegen sollen.«

MacKenzie spielte seinen Trumpf aus. »Die acht sind nicht bei einem feindlichen Gefecht getötet worden, Rabea, sondern sie wurden systematisch liquidiert. Wir vermuten einen der beiden flüchtigen Soldaten als Täter.«

Rabea sah ihn scharf an. »Einer der beiden ist dabei, alle übrigen Teilnehmer des Suchtrupps zu töten?« Sie überlegte nur kurz. »Scheiße, Sie denken, dass hier ein Zusammenhang mit dem Mord an Linda Farraday besteht?«

Ryan nickte. »Ja, der Mord an der Journalistin hat uns erst darauf gebracht. Zunächst fiel der Zusammenhang nicht auf, weil alle zehn Soldaten inzwischen in anderen Einheiten dienten. Alle wurden sofort versetzt, nachdem Sie die Truppe verlassen hatten. Als hätte man die Männer absichtlich getrennt.«

»Wer sind die beiden Flüchtigen?«

»Private First Class William Hunter und Specialist Uriah Lightfood.«

»Lightfood ist Ihr Mann«, sagte Rabea wie aus der Pistole geschossen.

Ryans Augenbrauen fuhren leicht nach oben. Die Army-Profiler waren zum selben Ergebnis gekommen. »Was macht Sie da so sicher?«

»Weil ich mit den Männern mehrere Wochen auf engstem Raum und unter extremen Bedingungen verbracht habe. Dabei habe ich Billie Hunters Fähigkeiten schätzen gelernt. Er ist das, was man einen Kümmerer nennt. Als unser Sanitäter von einer

Kamelspinne gebissen wurde und er sich drei Tage die Seele aus dem Leib gekotzt hat, hat er ihm die Schüssel gehalten. Lightfood ist ein anderes Kaliber. Er verachtet Schwäche. Er ist Ihr Mann. Konzentrieren Sie Ihre Suche auf ihn.«

Ryan nickte und blätterte wieder in seiner Akte.

Unterdessen fragte sich Rabea, warum Ryan ihr das alles erzählt, ihr sogar die Namen der gesuchten Soldaten preisgegeben hatte. Ihr war völlig klar, dass diese Informationen der absoluten Geheimhaltung unterlagen. Erneut warf es für sie die Frage auf, ob es sich um einen Trick handelte, um sich ihr Vertrauen und somit ihre Kooperation zu erschleichen.

Mit der Military Intelligence DIA hatte sie in Bagdad schon enger Bekanntschaft gemacht, als ihr lieb war. Die Männer hatten sie wochenlang verhört und einzuschüchtern versucht. Sie hatte ihnen die überforderte junge TV-Reporterin vorgespielt, die in einer Stresssituation überreagiert hatte. Schon damals hatte sie sich gewundert, warum niemand von ihrem Gastspiel bei den Soldaten erfahren hatte. Eigentlich wäre anzunehmen gewesen, dass die Agenten, die sie verhört hatten, Nachforschungen über sie angestellt hatten. Dann hätte ihnen auffallen müssen, dass sie für vier Wochen als »embedded journalist« unter der angenommenen Identität Linda Farradays von der Bildfläche verschwunden gewesen war.

Je länger sie darüber nachdachte, umso merkwürdiger fand sie diese Tatsache. Sie würde sich später genauer damit befassen. Zunächst wollte sie sich auf das Verhör konzentrieren, das ihr immer weniger wie ein Verhör vorkam, eher wie ein Austausch von Informationen. Auch das war merkwürdig. Die Puzzlestücke drifteten stetig weiter auseinander und warfen immer neue Fragen auf.

Rabea erinnerte sich ungern an die rauen Verhöre im amerikanischen Militärgefängnis – die vermutlich noch rauer ausgefallen wären, wenn sich der Leiter des Militärgefängnisses nicht für sie eingesetzt hätte. Patrick hatte einiges für sie riskiert.

Plötzlich zerriss ein Schleier vor ihren Augen, und sie wusste, an wen Ryan sie die ganze Zeit erinnert hatte.

Ohne darüber nachzudenken, platzte sie damit heraus. »Verdammte Scheiße! Sie sind Patrick MacKenzies jüngerer Bruder!«

Ryan antwortete nicht, doch seine Miene verriet ihr, dass sie ins Schwarze getroffen hatte.

»Eigentlich überlege ich schon eine Weile, woher ich Sie kenne. Sie ähneln Ihrem Bruder. Patrick hat mir viel von Ihnen erzählt. Familie wird einem im Krieg immer besonders wichtig, wissen Sie.« Rabea betrachtete ihn traurig.

Patrick hatte davon gesprochen, dass er sie eines Tages seiner Familie vorstellen würde, die nur noch aus seiner Mutter Gretel und seinem Bruder Ryan bestand. Patrick war ein durch und durch redlicher Mann gewesen, und er hatte Rabea vom ersten Tag an geliebt. Seit ihrer Jugendliebe Lukas war er der erste Mann gewesen, der ihr nahegekommen war.

Aber die Army hatte zwischen ihnen gestanden. Patrick war Soldat in der dritten Generation, und er war von der Notwendigkeit des Einmarsches im Irak überzeugt gewesen. Rabea wiederum hatte die Invasion und die Einmischung in die Politik eines fremden Landes strikt abgelehnt. Sie hatten deswegen stundenlange Streitgespräche geführt. Sie vermisste ihn. Noch ein weiterer guter Mann, den das Monster Krieg verschlungen hatte.

Ryan schwieg, kämpfte sichtlich mit Gefühlen und Erinnerungen. Rabea wusste, dass Patrick ihm von ihr geschrieben hatte. Sie beobachtete ihn. Er bemerkte es, und seine Miene verschloss sich wieder.

Rabea fragte sich, was sie davon zu halten hatte, dass ausgerechnet Patricks Bruder sie verhörte. Hatte Patrick ihm von der Akte erzählt? Wie viel wusste er tatsächlich? Zeit, den Spieß umzudrehen. Als Journalistin hatte sie gelernt, dass die Grenze zwischen Interview und Verhör mitunter fließend verlief. Auf der einen Seite saß der Journalist, der vorgab, mehr zu wissen als sein Gegenüber. Auf der anderen Seite saß jemand, der versuchte, möglichst wenig von dem preiszugeben, was er nicht preisgeben wollte. Ein Verhör verlief nach ähnlichen Regeln. Man musste die richtigen Fragen stellen und penetrant bleiben. Rabea war eine Meisterin der Penetranz.

»Also gut, Ryan«, sagte sie und duzte ihn jetzt wieder. »Bevor ich deine Fragen beantworte, musst du mir etwas erklären. Linda Farraday wurde ermordet. Ist das nicht eine Angelegenheit der Mordkommission? Wie kommt die DIA hier ins Spiel?« Rabeas eigentliche, nicht gestellte Frage lautete: *Wie seid ihr auf mich gekommen, und woher wusstet ihr, dass ich lebe und mich in Tanger versteckt halte?*

Ryan antwortete ihr ohne Zögern. »Nach dem Mord an Linda Farraday hat die Polizei ihr Umfeld überprüft. Dabei stieß sie auf die Information, dass Farraday im Irak gewesen war, unter anderem vormals akkreditiert als ›embedded journalist‹ bei einer Einheit. Die Anfrage bei der Militärverwaltung hat ergeben, dass sie sich zu der Zeit, als sie im Irak sein sollte, längst wieder in den USA befand. Doch in dem Bericht des Leiters der Einheit stand unmissverständlich, dass eine Journalistin sie vier Wochen lang begleitet hatte. Daraufhin hat die Militärverwaltung die DIA eingeschaltet. Wir haben sofort alle 36 Soldaten des Platoons überprüft. Neun davon waren tot. Acht davon waren erst kurz zuvor, im Abstand weniger Tage, getötet worden. Angeblich alle Opfer von irakischen Heckenschützen. Ein Zufall? Sicher nicht. Der neunte Tote passte nicht in unser Raster, da er schon vor einem Jahr in Afghanistan umgekommen ist.

Wir fanden heraus, dass die acht getöteten Männer Teil eines zehn Mann starken Suchtrupps waren und am 7. April 2012 in einen Sandsturm gerieten. Der Bericht erwähnte, dass sich die Journalistin Farraday ebenfalls dem Suchtrupp angeschlossen hatte.«

Ryan sprach es nicht aus, aber Rabea hatte es auch so begriffen. Linda Farraday war ermordet worden, weil der Mörder sie irrtümlich für sie gehalten hatte. »Gibt es Zeugen?«

»Keine Zeugen. Aber wir haben eine Menge Satelliten im Orbit. Aufgrund von Todeszeitpunkt und der Fundorte verfügen wir über Aufnahmen von mindestens vier der Morde an unseren Soldaten. Aber diese Bilder wären gar nicht nötig, die Kugeln stammen laut Forensik alle aus derselben Waffe. Wir konnten die Spur des flüchtigen Mörders bis nach Syrien verfolgen. Dort hat er sich in Luft aufgelöst.«

»Und wer von den beiden Flüchtigen, Hunter oder Lightfood, war auf den Bildern zu erkennen?«

»Keiner, der Schütze war wie ein Iraker in Landestracht gekleidet und hatte sein Gesicht halb verhüllt. Wir gehen davon aus, dass einer der Fahnenflüchtigen, Hunter, wenn Sie recht haben, längst tot ist. Noch aber hoffen wir, dass er Verdacht geschöpft hat und selbst auf der Flucht vor dem Killer ist. Falls Hunter noch lebt, müssen wir ihn unbedingt finden.« Er sah Rabea eindringlich an. Offenbar hoffte er, dass sie mit dem Mann in Kontakt stand. Sie musste ihn enttäuschen.

»Tut mir leid, ich habe William Hunter das letzte Mal im Irak gesehen, bei meinem Abschied vom Platoon.«

»Und Linda Farraday wurde an deiner statt ermordet«, sagte Ryan ruhig.

Rabea mied seinen Blick und starrte in ihren Kaffeebecher. Sie fühlte sich schuldig. Wenn sie damals nicht so scharf darauf gewesen wäre, das Platoon zu begleiten, dann wären jetzt weder Linda noch die Männer des Suchtrupps tot. Und sie säße nicht in diesem Schlamassel.

Erneut hatte sie das Schicksal herausgefordert. Zum ersten Mal kamen Rabea Zweifel, ob die Akte das tatsächlich alles wert war. Was sie vor allem beschäftigte, war, warum diese Morde erst jetzt, zwei Jahre später, geschehen waren? Dafür gab es nur eine Erklärung: ihre kürzlichen Nachforschungen in Tanger.

Sie musste einen empfindlichen Nerv getroffen haben, wenn der Gegner nur auf einen Verdacht hin begann, mögliche Zeugen zu beseitigen. Das bedeutete, dass sie dem geheimen Wirtschaftskonsortium namens *die Sieben*, das Linda und sie seit Jahren im Visier gehabt hatten, endgültig zu nahegekommen war. Vor allem aber bewies die gezielte Tötung der Mitglieder des Suchtrupps eines: dass sie auch die Drahtzieher des Mordes an Patrick MacKenzie waren! Sie war auf der richtigen Spur. Das Konsortium hing in der Irak-Sache mit drin und versuchte nun, seine Spuren zu verwischen. Trotzdem löste das für Rabea immer noch nicht das Rätsel, wie die DIA auf sie gekommen war? Und auf welcher Seite die DIA stand …

»Gut, Ryan, gehen wir einmal, natürlich rein hypothetisch, davon aus, dass ich besagte Aufnahmen gemacht habe, dann hättet ihr doch mindestens das Gleiche auf dem Schirm? Was ist mit den erwähnten Spionagesatelliten? Warum durchforstest du nicht einfach die Archive und siehst selbst nach?«, schlug sie folgerichtig vor. »Überhaupt, warum stellen Aufnahmen im Irak eine Bedrohung für eure nationale Sicherheit dar? Selbst wenn, wäre das nicht eine Sache für FBI und Heimatschutz? Wie kommt ihr Jungs ins Spiel? Die DIA ist doch eigentlich für Massenvernichtungswaffen, Terrorismus und organisierte Kriminalität zuständig. Wir können hier also bis in alle Ewigkeit Tennis ohne Bälle spielen, aber wir kämen weiter, wenn du endlich die Katze aus dem Sack lässt, Ryan. Dann wäre ich vielleicht bereit, meine Informationen mit dir zu teilen. Also, was ist auf euren Satellitenaufnahmen zu sehen?«

Rabea erwartete nicht, dass sie eine Antwort erhalten würde. Aber sie täuschte sich.

»Wir hatten gehofft, dass du uns das sagen kannst, Rabea. Unsere Satelliten haben zwar etwas aufgezeichnet, aber wir konnten damit nichts anfangen.«

»Was soll das heißen?«

»Dass die Aufzeichnungen, die der Satellit in der fraglichen

Region getätigt hat, digital nachbearbeitet worden sind.« Hinter sich hörte er, wie Logan scharf die Luft einzog. Das war alles streng geheim. Falls Clayton davon erfuhr, würden ihre Köpfe durch ganz Washington rollen.

»Jemand hat die Satellitenaufzeichnungen gefälscht? Ein Spion unter Spionen hat euch gelinkt?« Fast hätte Rabea aufgelacht, doch Ryans ernste Miene hinderte sie daran. Auch war ihr Logans Reaktion nicht entgangen.

Es war dieser Moment, in dem Rabea Vertrauen zu den beiden Männern fasste. Allerdings gab es ihrer Meinung nach einen Logikfehler in Ryans Erklärung. »Da ich davon ausgehe, dass man sich nicht einfach in euer Satellitenprogramm einklinken kann, muss es jemand von euch gewesen sein.«

»Stimmt. Wir wissen seit zwei Wochen, wer es war. Der Mann hat sich uns selbst gestellt. Auf den neuen Aufnahmen ist nichts zu erkennen.«

Jetzt kommen wir der Sache schon näher, überlegte Rabea. Sie wissen es erst seit zwei Wochen! Sie wussten zwar, dass da draußen etwas gewesen ist, aber nicht, was es war. Das war ja interessant.

Richtig ausgespielt konnte dieser Trumpf ihre Karte zurück ins Leben bedeuten. »Woher wollt ihr dann wissen, dass da draußen überhaupt je etwas gewesen ist?«

Ryan nickte. »Eine berechtigte Frage. Wir haben natürlich sofort ein Team hingeschickt. Und nichts gefunden. Was immer dort draußen in der Wüste zwischen Mosul und Bayji gewesen ist, es wurde zwischenzeitlich gründlich beseitigt. Falls noch irgendwelche Spuren vorhanden waren, dann wurden sie spätestens beim letzten Sandsturm verwischt. So wie man die Teilnehmer des Suchtrupps beseitigt hat. Irgendetwas ist am 7. April 2012 passiert. Etwas wurde entdeckt. Etwas, das bisher zehn Menschen das Leben gekostet hat. Mein Bruder, acht unserer Soldaten und eine amerikanische Journalistin sind tot. Allein auf den Verdacht hin, dass sie etwas gesehen haben *könnten*.

Noch einmal meine Frage: Was hast du entdeckt, Rabea? Was genau ist auf deinen Aufnahmen zu sehen?«

Ryan war aufgestanden und hatte sich vor ihr aufgebaut. Er hatte der Journalistin bis auf eine letzte Information alles gesagt. Er fürchtete sich selbst davor, diese letzte Ungeheuerlichkeit laut auszusprechen, bevor er nicht ganz sicher sein konnte, ob sie tatsächlich der Wahrheit entsprach. Dazu benötigte er die Aufnahmen Rabeas. *Gott helfe Amerika, wenn sich dadurch ihre schlimmsten Vermutungen bestätigen würden …*

Kapitel 12

Rabea ließ sich mit ihrer Antwort Zeit.

Sie erinnerte sich an den Tag, als sie mit dem Suchtrupp von ihrem Lager bei Bayji aufgebrochen war.

An jenem Tag war ein frischer Rekrut, kaum neunzehn Jahre alt, in der Hitze durchgedreht. Er war ruhiggestellt worden, doch am Abend hatte man sein Feldbett leer vorgefunden. Sie hatten das Lager und die nähere Umgebung nach ihm abgesucht, doch der Junge blieb verschwunden, die nächtliche Wüste hatte ihn verschluckt.

Rabea hatte den Leiter des Suchtrupps gebeten, sie am Morgen begleiten zu dürfen. Kurz nach Sonnenaufgang waren sie mit drei gepanzerten Hummer-Fahrzeugen losgezogen. Sie hatten den ganzen Tag nach ihm gesucht, bis sie die Suche am späten Nachmittag hatten abbrechen müssen, weil ein Sandsturm aufgezogen war. Er hatte sie völlig überrascht, sodass ihnen keine Zeit mehr geblieben war, Schutz zu suchen. Weiterfahren konnten sie auch nicht, da alle ihre Systeme plötzlich versagt hatten, vom Navigationssystem bis zu den Satellitenverbindungen. Sie hatten sich daher in ihren Fahrzeugen verschanzt.

Als der Sandsturm endlich nachgelassen hatte, war es tiefe Nacht geworden, und ihre Systeme hatten weiterhin keine Verbindung nach außen. Ohne Navigationsgeräte im Dunkeln durch die Gegend zu fahren, wäre einem Selbstmord gleichgekommen.

Es war ihnen daher nichts anderes übrig geblieben, als auf

den nächsten Morgen zu warten und zu versuchen, die Systeme wieder zum Laufen zu bringen. Ein Unterfangen, das ihnen nicht geglückt war. Sich nach der Sonne zu richten, war ebenso unmöglich gewesen. Der Himmel war so fahl gewesen, als hätte er mit dem Sturm auch die Sonne in sich aufgesaugt.

Wegen der Gefahr, von Aufständischen entdeckt zu werden, hatte der Zugführer die Weiterfahrt befohlen. Sie hatten nur hoffen können, nicht beständig im Kreis zu fahren und dass inzwischen ein Suchtrupp nach dem Suchtrupp an der richtigen Stelle suchte.

Bei einer kurzen Rast hatte Rabea eine Düne erklommen. Die Düne hatte sich – wie alle Dünen aus der Nähe – dann als viel höher erwiesen als angenommen. Auf der anderen Seite war sie mindestens um das Fünffache ihrer jenseitigen Flanke abgefallen. Rabea hatte einen weiten Blick über das Land unter sich gehabt. Inzwischen war es früher Nachmittag, und die Sicht hatte sich endlich gebessert.

Rabea hatte in der Ferne etwas wie ein Blitzen bemerkt, doch mit bloßem Auge war nichts weiter zu erkennen gewesen. Sie hatte ihre Kamera aus dem Rucksack geholt und die Zoomfunktion aktiviert. Sie war sich nicht sicher gewesen, aber sie hatte gemeint, die Umrisse mehrerer Gebäude, die sich tief in den Sand duckten, ausgemacht zu haben. Der heftige Sandsturm hatte vielleicht freigelegt, was hätte verborgen bleiben sollen. Wäre das Blitzen am Horizont nicht gewesen, wäre es auch ihrer Aufmerksamkeit entgangen.

Auf dem Display war ein winziger beweglicher Punkt über einem der Gebäude zu erkennen gewesen. Ob es ein Hubschrauber gewesen war? Und waren das Fahrzeuge? Sie hatte gefilmt, so lange sie konnte, und sich gefragt, ob sie dem Zugführer von ihrer Beobachtung berichten sollte. Aber dann hatte sie sich dagegen entschieden. Sie würde den Film erst auf ihrem Laptop bearbeiten und die Ausschnitte vergrößern, um zu sehen, was sie da mitten in der Wüste entdeckt hatte.

Sie war Journalistin und hatte gelernt, dass die besten Beobachtungen immer die waren, die man nicht geplant hatte. Und dass man sie niemals teilen sollte, solange man selbst nicht sicher war, worum es sich handelte.

Kapitel 13

Barcelona, Spanien

Sein Bewusstsein kehrte nur zögerlich zurück. Es verkroch sich, klammerte sich am Rande eines Trugbildes fest, um nicht in die Gegenwart zurückkehren zu müssen. Dann zerplatzte die Blase.

Lukas fuhr hoch, und ein rasender Schmerz schoss durch seinen Kopf. Er stöhnte. Zu seinem größten Staunen fand er sich im Bett der angemieteten Penthouse-Suite wieder. Draußen war es dunkel, doch die Nachttischlampe brannte.

Wie in Gottes Namen war er hierhergekommen? Ihm fiel Kaschinski ein. Was war mit ihm? War auch auf ihn geschossen worden wie auf Jules? Und warum war er hier? Warum hatte man ihn in das Hotel zurückgebracht? Aber natürlich! Er war verschont worden, da er die Forderung der Entführer erfüllen musste. Heiß fiel ihm das Ultimatum ein. Wie spät war es? Das Zifferblatt seiner Armbanduhr zeigte kurz nach Mitternacht an. Es konnte also kaum mehr als eine Stunde seit dem Überfall im Park vergangen sein. Der Park! *Magali …*

Ihr Aussehen, juwelengeschmückt an der Seite der van Kampen, hatte ihn tief erschüttert. Magali hatte auf ihn wie eine Fremde gewirkt. Wer war seine Frau? Was spielte sie für ein Spiel? Was wusste er überhaupt von ihr? Im Grunde hatte sie nur vage Angaben über die Zeit gemacht, bevor er sie kennengelernt hatte. Magalis Verrat war für ihn nicht greifbar. Doch jetzt zählte vor allem sein kleiner Sohn. Der Gedanke, dass er ihm schon so nahe gewesen war, machte ihn wahnsinnig. Warum bloß hatte Jules ihn daran gehindert, Matti gleich mitzunehmen? Doch Jules konnte es ihm nicht mehr erklären, war vor seinen Augen erschossen worden. Doch er würde später um seinen Freund trauern müssen, jetzt zählte für ihn allein die Rettung seines Sohnes.

Unvermittelt wurde sein Blick von einem gefalteten Briefbogen auf dem Nachttisch angezogen. Er zögerte kurz, dann griff er danach und las ihn. Erneut geriet die Welt um ihn herum ins Wanken.

Die kurze Botschaft stammte von den Entführern. Sie enthielt ihre Forderung – eine neue und derart widersinnige Forderung, die alle Aktionen der vergangenen Stunden ad absurdum führte, eine Farce, die Jules das Leben gekostet hatte. Kurzum, die neue Forderung ergab keinen Sinn.

Urplötzlich verlangten die Entführer nicht mehr die Schriftrollen. Warum änderten die Entführer ihre Forderung von einem Tag auf den anderen? Waren die verrückt geworden? Lukas versuchte sich zu konzentrieren, was schwer war, wenn die Gedanken Karussell fuhren. Was würde Jules tun? Er würde sagen: Eines nach dem anderen. Gut, zuerst das Lösegeld, denn mit einem Mal verlangten die Entführer auch das. Zwei Millionen Euro.

Aber was hatte es mit dem zweiten Punkt auf sich, dieser Akte? Angeblich hatte Rabea sie ihm vor ihrem Tod überlassen. Er las die Forderung nochmals:

Wir fordern zwei Millionen Euro und die Akte,
die Sie von der Journalistin Rosenthal erhalten haben.
Übergabe Dienstag 12:00 Uhr in Nürnberg.
Weitere Instruktionen folgen.

Welche Akte? Lukas wusste von keiner Akte. *Oh, Rabea, was hast du mir da wieder eingebrockt,* stöhnte er innerlich auf. Lukas glaubte sich endgültig in einem surrealen Albtraum gefangen. Nichts passte zusammen, nichts ergab einen Sinn. Irgendetwas musste er übersehen. Er rekapitulierte in Gedanken die Fakten: Frau und Sohn wurden entführt – auch wenn er sich da inzwischen nicht mehr so sicher war –, und die Entführer hatten kurz hintereinander zwei unterschiedliche Forderungen an ihn gestellt. Die erste Forderung beinhaltete nur die Schriftrollen. Die zweite verlangte Lösegeld und eine ominöse Akte. Was jetzt? Galten beide Forderungen? Oder löste die zweite die erste ab?

Die zweite Forderung warf kaum weniger Rätsel auf, sowohl was ihre schiere Existenz wie ihren Inhalt betraf. Lukas kam sich vor, als würde er durch eine von Kafkas surrealen Erzählungen getrieben.

Plötzlich gesellte sich zum Reigen der Vermutungen ein neuer Gedanke: War es möglich, dass die Antwort auf alle Fragen ganz banal war: RACHE? Denn womit konnte man einen Menschen um den Verstand bringen? *Mit der Angst um sein Kind!* Trieb die van Kampen ein diabolisches Spiel mit dem Leben seiner Familie, um ihn in den Wahnsinn zu treiben? War das ihre Rache für Rom? Plötzlich war sich Lukas dessen sicher. Es machte ihn unbeschreiblich wütend. Aber wie er es drehte und wendete, die van Kampen hielt alle Trümpfe in der Hand.

Lukas merkte jetzt, dass er noch immer den Kittel der Gärtnerin trug. Bevor er irgendetwas unternahm, sollte er sich besser etwas anderes anziehen.

Im Bad erschrak er über sein Aussehen, der wilde Blick, das bleiche, blutverschmierte Gesicht. Nachdem er sich kaltes Wasser ins Gesicht gespritzt und das verkrustete Blut abgewaschen hatte, durchwühlte er Jules' Tasche. Er fand ein schwarzes Polohemd und tauschte es gegen sein Hemd. Mehr Wechselkleidung gab die Tasche nicht her. Unvermittelt gerieten die beiden großen Taschen von Kaschinski in sein Blickfeld. Lukas brauchte nicht lange zu überlegen. Nach dem, was mit Jules geschehen war, würde er über seinen Schatten springen und sich bewaffnen.

Bevor er sich von Waffen aller Art abgewandt hatte, war er in seiner Jugend aktives Mitglied im Schützenverein Nürnberger Land gewesen. Alles konnte er nicht verlernt haben. Tatsächlich fand sich in Kaschinskis Taschen genug, um eine Armee auszurüsten. Lukas verzog das Gesicht. Anscheinend hatte Kaschinski etwas Ähnliches wie den Sturm auf die Bastille geplant. Er zog eine großkalibrige Pistole hervor. Sie war aus mattschwarzem Stahl und reflektierte kein Licht. Die ideale Waffe in der Nacht. Am Griff trug sie das eingestanzte Gütezeichen der vST-Werke.

Kurz betrachtete er den stählernen schwarzen Tod in seiner Hand, sie schmiegte sich perfekt hinein. Jäh fragte er sich, was er getan hätte, wenn er sie heute dabeigehabt hätte, als auf Jules geschossen worden war. Hätte er sie benutzt? Vermutlich ja, aber er streifte die Überlegung ab. Er musste Lucie anrufen. Wenn er seine Familie zurückhatte – ein Scheitern kam für ihn nicht infrage –, benötigte er für den Rückflug nach Nürnberg einen Piloten.

Lucie war sofort nach dem ersten Klingeln am Apparat.

»Lukas, endlich. Mein Gott, ich bin beinahe verrückt vor Sorge geworden. Jules' Handy geht immer noch nicht. Ich habe ihm mindestens eine Trillion Nachrichten hinterlassen. Wo bist du, geht es dir gut? Was ist mit Matti und Magali?«

»Lucie, ich habe keine Zeit für Erklärungen.«

»Schon, aber …«

Lukas schnitt ihr das Wort ab. »Könntest du mir schnellstmöglich einen Piloten besorgen, der mich von Barcelona nach Nürnberg zurückbringt? Er sollte Stand-by sein. Ich weiß nicht, wann ich abfliegen kann.«

»Natürlich. Ich häng mich sofort ans Telefon. Wo kann ich dich erreichen?«

»Gar nicht. Schick den Piloten zum GAT von El Prat, er soll dort auf mich warten.«

»Okay, mach dir keine Sorgen, ich kümmere mich um alles.«

»Danke.«

Als sie aufgelegt hatte, kam Lucie zu Bewusstsein, dass ihr Bruder in der Ich-Form gesprochen hatte. Plötzlich hatte sie eine Gänsehaut.

Kapitel 14

Lukas hatte kaum das Gespräch beendet, als hinter ihm die Tür aufgerissen wurde. Erschrocken wirbelte er herum. Beinahe hätte er die Waffe fallen lassen. Polizei? Wenn sie ihn hier mit Kaschinskis Waffenarsenal erwischten …

Lukas brauchte zwei Schrecksekunden, bis er Kaschinski in seinem Smoking erkannte. Der Mann wirkte ramponiert, als hätte er eine unfreiwillige Nacht im Freien verbracht.

»Von Stetten, zum Teufel! Wie kommen Sie hierher?« Noch während er sprach, entledigte sich Kaschinski seiner lädierten Kleidung und warf sie achtlos zu Boden. Die schusssichere Weste folgte. Dann griff er sich eine seiner Taschen und zog aus einem Seitenfach frische Kleidung hervor.

»Sie wissen, dass Lafitte tot ist?«, sagte er wie beiläufig, während er auf das Badezimmer zusteuerte.

Lukas zuckte zusammen. »Ich habe es befürchtet.« Er war unschlüssig, wie er sich ihm gegenüber verhalten sollte. Er mochte den Mann nicht. Am liebsten hätte er Kaschinski gebeten zu gehen, und zwar mitsamt seinen zwei verdammten Taschen. Aber vielleicht wusste er noch mehr über Jules? Er wollte ihn gerade fragen, als Kaschinski sagte: »Später, von Stetten, ich muss duschen. Ich bin verdreckt, und außerdem hat mir jemand ein ziemliches Ding über den Schädel verpasst.« Er ließ Lukas stehen und verschwand im Bad.

Lukas fühlte sich ausgebremst. Was sollte er tun? Eigentlich hatte er vorgehabt, sofort aus dem Hotel zu verschwinden. Ratlos sah er um sich und erblickte Kaschinskis Smartphone auf dem Boden. Es musste aus seiner Jacke gerutscht sein. Plötzlich hatte er eine Idee: die Van-Kampen-Party mit vielen Gästen. *Reiche Gäste.* Es war erst kurz nach 23:00 Uhr, die Party im vollen Gange. Er hob Kaschinskis Handy auf, googelte kurz den Notruf der spanischen Polizei und trat auf die Terrasse hinaus. Er wählte die Nummer und meldete mit aufgeregter Stimme, dass in der Villa der van Kampen am Passeig de la Bonanova ein Überfall stattfand und mehrere Gäste verletzt worden seien. Er rief auch die Feuerwehr an und meldete gleich noch einen Brand.

Lukas hoffte, dass er sich in der allgemeinen Verwirrung an Magali heranschleichen konnte. Er hatte van Kampens Spielchen endgültig satt. Unter den Augen der Polizei würde er seinen Sohn einfordern. Das war sein Plan. Sein ganzer Plan. Einen besseren hatte er nicht, aber für seinen Sohn würde er alles riskieren. Er löschte seine Anrufe aus der Liste und legte Kaschinskis Smartphone dahin zurück, wo er es gefunden hatte. Kaschinski wäre sicherlich nicht erfreut, dass er sein Telefon benutzt hatte.

Im nächsten Augenblick tauchte Kaschinski wieder auf. Seine frisch geduschte Platzwunde leuchtete hellrot. Er kramte aus seiner Tasche ein Erste-Hilfe-Etui hervor und klebte ein Pflaster darüber. »Zunächst sollten wir eines klären, von Stetten«, sagte er, »Ihr Freund Lafitte, der mich angeheuert hat, ist tot. Wenn Sie möchten, können wir jetzt abrechnen und ich verschwinde.«

Lukas überlegte. Sollte er Kaschinski mitnehmen? Jules hatte ihn zwar angeheuert, aber alles in Lukas sträubte sich gegen gekaufte Loyalität. Doch Kaschinski hatte einen entscheidenden Vorteil: Der Mann war Pilot. Er könnte ihn und seine Familie nach Nürnberg fliegen, falls Lucie nicht rechtzeitig einen Piloten vor Ort auftreiben konnte.

»Tauschen wir unsere Informationen aus«, sagte Kaschinski jetzt. »Wie sind Sie denen entkommen?«

»Gar nicht. Ich bin hier aufgewacht. Und Sie, wie kommen Sie hierher?«

»Ich wurde wie Sie niedergeschlagen. Aufgewacht bin ich mit Handschellen im Keller der Villa. Aber ich war nicht allein. Die gesamte illustre Gesellschaft der van Kampen war dort versammelt. Ein furchtbares Gezeter. Ich konnte mich befreien, Wachen gab es keine. Es wird Sie interessieren, von Stetten, dass die van Kampen ebenfalls unter den Gefangenen war.«

»Was?«, rief Lukas, der Kaschinskis Bericht mit zunehmender Verwirrung gefolgt war. »Sie haben die van Kampen da gesehen? Gefesselt? Aber was soll das? Was ist mit meiner Frau und meinem Sohn?«

»Darum habe ich mich dort noch ein wenig umgesehen. Üble Nachrichten, von Stetten. Ihre Frau und Ihr Sohn waren in der Villa nicht aufzutreiben. Dafür wimmelte es plötzlich nur so von Polizei. Ich musste verschwinden. Tja«, Kaschinski grinste hämisch, »wie es aussieht, ist unsere Holländerin selbst das Opfer von Gaunern geworden. Die Kerle müssen die Diamanten kiloweise abgeschleppt haben. Schätze, die van Kampen hat sich die Leute mit dem Wachdienst selbst ins Haus geholt. Da wird sich die Yellow Press freuen.« Kaschinski nahm sich einen Apfel aus der Obstschale und biss herzhaft hinein.

Lukas wirkte, als hätte ihn ein Zug überrollt. Gerade erst hatte er einen erfundenen Überfall gemeldet. Was war das? Eine selbst erfüllende Prophezeiung? In der Ferne waren erste Polizeisirenen zu hören – was ihm jetzt auch nichts mehr nützte.

»Ich fasse es nicht, die van Kampen und ihre Gäste wurden von simplen Kriminellen überfallen? Aber was hat das mit meiner Frau und meinem Sohn zu tun? Wo sind sie? Und warum wurde ich ins Hotel zurückgebracht? Das ergibt doch alles keinen Sinn.« Lukas war außer sich. Noch vor wenigen Minuten hatte er einen Plan gehabt und neue Zuversicht gespürt. Und schon war alles wieder in sich zusammengefallen. Die Ereignisse überstürzten sich derart, dass er sich vorkam wie eine Kugel in einem Flipperautomaten.

Kaschinski zerkaute ein Stück Apfel und zuckte gleichmütig mit den Schultern. »Ich denke, einer der falschen Wachleute hat seinen Leuten gesteckt, dass Ihre Frau und der Kleine einen dicken Batzen Geld wert sind. Schätze, die Gauner haben sie mitgenommen. Im Keller habe ich einige Gäste davon reden hören, dass die Männer einen osteuropäischen Akzent hatten. Vermutlich Russen. Das ist die einzige Erklärung für das Verschwinden Ihrer Familie. Ich glaube kaum, dass ihnen die Flucht geglückt ist, sonst hätten Sie sicher schon von ihnen gehört. Das ist ein echter Witz. Die Gekidnappten werden gekidnappt! Der Teufel macht für Sie Überstunden, von Stetten. Geld zu besitzen kann auch ein Fluch sein.«

Lukas nickte. Er kämpfte gegen Wut und Verzweiflung. Der Teufel machte tatsächlich Überstunden. Immerhin löste sich dadurch ein Knoten auf: Die Beteiligung einer weiteren Gruppe erklärte die neue Forderung. Lukas holte das Schreiben mit der neuen Forderung. Wortlos reichte er es an Kaschinski weiter.

»Sieh an, die haben sich schon bei Ihnen gemeldet. Das ging aber fix.« Plötzlich stutzte der Söldner. »Aber woher konnten die wissen, in welchem Hotel Sie eingecheckt hatten?«

»Ich hatte die Schlüsselkarte in der Hosentasche. Obwohl ich mich nicht erinnern kann, dass ich sie eingesteckt hatte.«

»Was werden Sie jetzt tun? Zwei Millionen sind eine Menge Zaster. Was ist mit der zweiten Forderung, dieser Akte?« Kaschinski wedelte mit dem Blatt. »Haben Sie die? Wenn ja, brauchen Sie mich noch?«

Lukas hatte seine Entscheidung bereits gefällt.

»Ich würde Sie gerne noch weiter engagieren. Ich muss nach Hause. Sie haben doch ein Flugzeug in El Prat stehen. Fliegen Sie mich jetzt gleich nach Nürnberg.« Lukas nahm den Telefonhörer auf und wählte die Nummer seines Anschlusses.

Wieder war Lucie sofort am Apparat. »Lukas! Gibt es schon

etwas Neues?«, rief sie atemlos, kaum, dass sie seine Stimme erkannt hatte.

»Ja. Die Entführer verlangen jetzt zwei Millionen Euro in bar bis Dienstag, zwölf Uhr. Sprichst du mit Vater, damit er das Geld beschafft?«

»Ja, aber …«

Lukas schnitt ihr das Wort ab. »Den Piloten brauche ich nicht mehr. Wir kommen so schnell als möglich nach Nürnberg zurück.«

»Ist gut, ich rufe Papa gleich an.«

»Danke, Lucie.«

»Lukas, was ist mit …«

Doch Lukas hatte bereits aufgelegt. Immerhin, dachte Lucie erleichtert, hatte er wieder von *wir* gesprochen.

Kapitel 15

London, England

»Dein Kaffee wird kalt«, sagte Ryan und nahm einen Schluck aus seinem Becher. Seine Augen fixierten Rabea über den Rand hinweg. Sie verstand die stumme Botschaft: *Ich habe dir alles gesagt, was ich weiß. Jetzt bist du dran …*

Rabea schenkte Ryan ein schiefes Lächeln. »Also gut, Karten auf den Tisch.« Sie schälte sich aus ihrer Strickjacke und blieb mit dem Ärmel am Plastikarmband hängen. Lästiges Teil. Sie bräuchte …

Das Telefon klingelte und unterbrach ihren Gedankengang. Rabea sah, wie Ryan und Logan Blicke tauschten, aber keine Anstalten machten, das Gespräch entgegenzunehmen. »Was ist los? Wollt ihr nicht rangehen?«

»Geh du, Logan«, meinte Ryan zu ihm.

Logan, der wieder an der Theke lehnte, überwand die wenigen Schritte bis zum Schreibtisch. »Hallo?« Und noch einmal: »Hallo?« Dann legte er auf. »Niemand dran.«

»Hm …« Ryan rieb sich nachdenklich das Kinn.

»Sagt mal, Jungs«, meinte Rabea, während sie ihre Strickjacke über den Stuhl hängte, »hat jemand von euch beiden ein Messer da? Ich würde gerne dieses VIP-Bändchen hier loswerden.« Rabea hielt ihr Handgelenk hoch.

Logan zückte ein kleines Klappmesser und kam auf sie zu. Ryan hatte sich unwillkürlich versteift und starrte auf das Bändchen. Plötzlich schnellte er hoch. »Verdammte Scheiße! Packt sofort eure Sachen. Logan, hol Rabeas Tasche. Wir müssen sofort raus hier.«

»Was ist denn los?«, fragte Rabea verblüfft. Logan befreite sie bereits von dem Band, öffnete die Terrassentür und warf es aus dem Fenster.

»Es könnte ein GPS darin versteckt sein«, antwortete Logan, der sofort begriffen hatte. Er sprintete los und holte Rabeas Tasche aus dem Schlafzimmer. Die drei eilten zur Tür. Ryan riss sie auf, eine spöttische Stimme sagte: »Das nenne ich Timing!«, und schon taumelte Ryan, von einer Faust getroffen, rückwärts. Er prallte gegen Rabea. Sie verlor den Halt, versuchte sich an ihm festzuhalten, und beide gingen zu Boden. Rabea fluchte laut. Ryan war sofort wieder auf den Beinen und zog Rabea hoch. Vier Mann drängten jetzt in die Suite, einer hielt Logan mit einer Waffe in Schach. Sie hatten keine Chance.

»Ah, unsere Freunde von Biggin Hill«, begrüßte Logan die vier auf Englisch. »Haben sie euch doch noch laufen lassen?«

Der Mann, der Ryan niedergeschlagen hatte, baute sich vor ihm auf. »Jetzt sind wir quitt.« In der Tat zierte den Schläger ein nicht unerhebliches Veilchen.

Rabea sah zu Ryan. Sein linkes Auge schwoll bereits zu. Jetzt hatte er zwei Veilchen. »Ich nehme an, ein Kollege aus der Geheimdienstbranche? Ich muss sagen, ihr pflegt einen umwerfenden Umgangston. Sprichwörtlich …« Sie rieb sich ihren schmerzenden Ellenbogen.

Ryan nickte. »Darf ich vorstellen, Rabea? Diesen beiden Herren«, er zeigte auf den Schläger und einen Farbigen, »hast du deine unfreiwillige Reise von Tanger nach London zu verdanken.«

Rabea musterte alle vier reihum. »Aha, Gruppenausflug der CIA nach London?« Sie ließ es sich nicht anmerken, aber ihr war ziemlich flau im Magen. Mit Ryan und Logan hatte es sich verhandeln lassen. Diese vier waren ein anderes Kaliber. Sie hoffte nur, dass die Sache für Ryan und Logan glimpflich ausgehen würde. Immerhin redeten sie noch.

»Wie ich höre, duzt man sich bereits?« Der Wortführer mit

dem Veilchen sah Rabea mit einem eiskalten Blick an, als hätte er vor, sie zu sezieren.

Ryan drängte sich vor und brachte sich zwischen den Mann und Rabea. »Was soll dieser Auftritt, Lansky? Verschwinden Sie von hier. Sie haben hier keinerlei Verfügungsgewalt. Miss Kennedy befindet sich offiziell im Gewahrsam der DIA. Sie wird von uns befragt. Sie können das Protokoll später einsehen. Richten Sie Ihr Gesuch an den Director der DIA. Und jetzt raus hier.«

Sein Gegenüber lächelte eisig. »Sie sind wohl kaum in der Lage, mir Befehle zu erteilen, MacKenzie. Sie und Ihr Partner sind unbewaffnet. Im Gegensatz zu uns.« Drei Mündungen, auf denen Schalldämpfer angebracht waren, richteten sich auf sie. Rabea konnte sehen, wie Ryan die Muskeln anspannte. Er erinnerte sie an Jules. Um zu verhindern, dass er irgendetwas Agentenmäßiges à la 007 anstellte und dabei eine der drei Waffen losging, legte sie ihm die Hand auf den Arm. Sie schob sich wieder neben ihn. »Herr Lansky, nicht wahr? Warum sagen Sie uns nicht, was Sie wollen?«

»Ich will Sie. Und Ihre Informationen natürlich.«

»Und mit welchem Recht? Sie sind Amerikaner und befinden sich auf britischem Boden. Ich bin deutsche Staatsbürgerin.«

»Eine *tote* deutsche Staatsbürgerin.« Wieder dieses gemeine Grinsen.

Es machte Rabea wütend. »Ich kann Ihnen versichern, dass ich mich nicht sehr tot fühle. Sie hingegen stinken wie toter Fisch.« Ryan verzog unwillig das Gesicht. Rabeas Frechheit konnte sie Kopf und Kragen kosten. Doch sie hatte recht. Lanskys penetranter Körpergeruch war legendär in Washingtoner Agentenkreisen. Niemand wollte mit ihm in einem Wagen sitzen. Er hatte gehört, dass Lanskys Frau Chemikerin sei. Was rieb sie sich wohl unter die Nase? Chinaöl?

»Keine Zeit zum Duschen gehabt, Lansky?«, meinte er nun, um Rabea erneut aus Lanskys Schusslinie zu bringen. Sein Blick glitt hinüber zu Logan. Der blinzelte unmerklich. Rabea bemerkte es und hoffte, dass sie nicht die Du-zwei-ich-zwei-Variante austüftelten.

»Schluss jetzt mit dem Geplänkel. MacKenzie, Crow, geben Sie auf, Sie haben keine Chance.« Lansky hatte die Blicke ebenfalls bemerkt. »Wenn sich einer von euch rührt, dann hat er schneller eine Kugel im Knie, als ich Scheiße sagen kann. Wenn ihr also nicht mit zertrümmerter Kniescheibe Innendienst schieben wollt, haltet euch ruhig, dann könnt ihr am Stück heimfliegen. Los, setzt euch. Alle drei. Dort, an den Tisch.« Die Mündungen scheuchten sie vor sich her.

Lansky hatte Ryans Unterlagen auf dem Tisch entdeckt, rührte sie aber nicht an. Stattdessen schlenderte er zur Theke und schenkte sich einen Kaffee aus der noch halb vollen Kanne ein. Mit der Tasse in der Hand setzte er sich auf die Couch. Die anderen drei blieben stehen und ließen Ryan und Logan nicht aus den Augen.

»Ich habe gehört, hier soll es einen guten Zimmerservice geben.« Lansky zog eine Packung Zigaretten hervor und zündete sich eine an. Rabea verfolgte seine Bewegungen.

»Auch eine?«, meinte Lansky zu ihr und hielt das Päckchen hoch. »Oh, Entschuldigung, das war die Letzte.« Er zerknüllte das Päckchen in seiner Faust und sah Rabea dabei unverwandt an.

Rabea ließ sich nicht beeindrucken. Lanskys Selbstgefälligkeit ging ihr auf die Nerven. Selten war ihr ein unsympathischerer Mensch begegnet. »Solange die Zigaretten Ihren Körpergeruch absorbieren, ist mir alles recht.« Sie schenkte ihm ein zuckersüßes Lächeln.

Lansky warf das leere Päckchen auf den Tisch. »Sie sollten den Mund halten, Miss Kennedy. Ich bin an weiteren Ergüssen Ihrerseits nicht interessiert. Das einzig Kluge, was je aus dem Mund einer Frau gekommen ist, war mein Schwanz«, erwiderte er süffisant.

»Sie widersprechen sich, Lansky. Eben wollten Sie doch noch Informationen von mir haben, und jetzt soll ich den Mund halten? Sie sollten sich mal entscheiden.«

Lansky starrte Rabea böse an.

Ryan entschied angesichts ihrer Lage, dass man Lansky nicht länger provozieren sollte. »Was jetzt, Lansky? Kaffeekränzchen?«

»Wir warten.«

»Auf was?«

»Nicht auf was, auf wen.« Lansky lächelte wieder verschlagen und lehnte sich zurück.

»Kann ich auf die Toilette gehen, Herr Lansky? Mir ist ein wenig übel«, meldete sich Rabea erneut. Sie hielt sich den Bauch.

Ryan sah zu Rabea. Er glaubte nicht, dass ihr schlecht war.

Lansky taxierte Rabea scharf. Dann winkte er einem seiner Agenten. »Sieh dir das Bad an.«

Er kam schnell zurück. »Alles klar. Ein Fenster, aber kein Balkon. Wenn sie kein Vogel ist, dann kann sie auch nicht ausfliegen.«

Lansky sah Rabea an. »Sie haben fünf Minuten.«

»Danke!« Rabea ging zum Bad und sperrte die Tür hinter sich ab. Sie schnappte sich den Stuhl und klemmte ihn unter die Klinke. Dann drehte sie den Wasserhahn voll auf.

Sie hatte den Lüftungsschacht der Klimaanlage über der Toilette schon vorhin entdeckt. Er war klein, aber sie würde durchpassen. Die Männer niemals. Sie stieg auf die Toilette. Mit Crows Klappmesser, das sie unauffällig eingesteckt hatte, löste sie flink die Schrauben. Sie sah auf die Uhr. Noch drei Minuten. Sie stieg auf den Spülkasten und hangelte sich in den Lüftungsschacht. Sie robbte nach rechts, weg vom Wohnzimmer. An der nächsten Abzweigung wieder nach rechts. Noch zwei Minuten, bis sie ihre Flucht bemerkten. Wenn sie ihr Orientierungssinn nicht täuschte, müsste sie in der Nähe der Aufzüge sein. Sie musste ein Zimmer finden, in dem sich niemand aufhielt. Sie robbte weiter, bis sie an einer Öffnung angelangt war. Scheiße, Kinderstimmen. Weiter. Noch eine Minute. Gut, vielleicht zwei. Sie würden klopfen und rufen, und dann mussten sie noch die Badezimmertür aufbrechen, weitere wertvolle Sekunden. Rabea robbte zum nächsten Lüftungsschlitz. Wieder Stimmen. Mist, war das verdammte Hotel ausgebucht? Sie kam an eine Stelle, die ziemlich steil abwärts führte. Was war das? Der Öffnungsschlitz sah anders aus. Plötzlich öffnete er sich und ein Berg Handtücher trat den Weg nach unten an. Rabea beschloss, ihm einfach zu folgen. Die Rutschpartie endete in einem großen Wäschekarren irgendwo in den Katakomben des Hotels. Zum Glück war er fast voll.

Rabea kämpfte sich aus dem ungewaschenen Wäscheberg, sprang aus dem Karren, rief den beiden verdatterten Wäscherinnen ein freundliches Hallo zu und sprintete davon. Ein grün beleuchtetes EXIT-Schild wies ihr den Weg. Unbehelligt erreichte sie über die Tiefgarage die Straße.

Sie sah über ihre Schulter. Niemand folgte ihr. Sie sprintete um die nächste Ecke. Geschafft. So weit, so gut.

Aber sie befand sich allein in London, ohne Geld, ohne Papiere und ohne Telefon. Wo würde sie Hilfe bekommen, damit sie Jules erreichen konnte? Ein roter Doppeldeckerbus fuhr eben an ihr vorüber. Die Werbung darauf zauberte ein Lächeln in ihr Gesicht.

Jetzt wusste sie, an wen sie sich wenden konnte.

Kapitel 16

Nürnberg, Deutschland

Kaschinskis Maschine, eine Cessna Citation CJ1, landete gegen drei Uhr morgens mit einer Spätlandegenehmigung in Nürnberg. Lukas' Vater hatte diese kurzfristig erwirkt.

Beim Aussteigen erwartete Lukas eine Überraschung: Lucie stürzte ihm auf dem Vorfeld entgegen und warf sich sofort in seine Arme. Kaschinski kletterte hinter ihm aus der Maschine, und Lukas stellte die beiden einander vor. »Saul Kaschinski. Lucie, meine Zwillingsschwester.« Saul musterte Lucie interessiert.

Doch Lucie reckte bereits den Kopf an ihm vorbei und beobachtete die Ausstiegsluke. »Lukas, wo ist Jules?«

Lukas' Augen wurden sofort eine Spur dunkler, und ein Schatten huschte über sein Gesicht. Lucie brauchte weniger als eine Sekunde, um die wortlose Botschaft ihres Bruders zu begreifen. Seine Traurigkeit traf sie wie eine heftige Windböe. Sie taumelte. Wenn Lukas seine Schwester nicht festgehalten hätte, sie wäre gefallen.

»Nein, nicht Jules«, flüsterte sie und ballte in einer abwehrenden Geste beide Fäuste. Lukas hielt seine Schwester eng umschlungen.

Erneut hatte sich der Tod in ihre Mitte geschlichen. Lucie löste sich nach einer Weile von ihm.

»Wie ist es passiert?« Ihre Stimme zitterte ein wenig.

»Er wurde von hinten erschossen«, erwiderte Lukas leise.

Lucie wich einen Schritt zurück. »Hast du ihn gesehen? Ich meine, hast du gesehen, dass Jules tot ist?« Sie weigerte sich, Jules' Tod als etwas unwiderruflich Geschehenes hinzunehmen. Wie sollte man etwas glauben, das man nicht glauben wollte?

»Ich habe ihn gesehen«, mischte sich Kaschinski ein. »Es tut mir leid, aber Ihr Freund ist tot.«

Lucie schluchzte auf, und Lukas nahm ihren Arm. »Ich weiß, wie schwer das für dich ist. Komm, wir sollten fahren, die Zeit drängt. Ich erzähle dir alles unterwegs. Der Albtraum ist noch nicht zu Ende.«

Neben der bereitstehenden Limousine wartete der Leiter des vST-Sicherheitsdienstes, James Fonton, persönlich. Gemeinsam fuhren sie zur Villa. Ihr Vater würde dann später mit den Geldkoffern zu ihnen stoßen, informierte Lucie ihren Bruder.

Lukas überließ es Saul Kaschinski, Lucie vom Ablauf der Geschehnisse in Barcelona zu berichten. Sein Report endete, noch bevor sie das Familiendomizil im noblen Nürnberger Stadtteil Lauf am Holz erreicht hatten. Bevor seine Schwester das Fahrzeug verließ, fragte Lukas: »Was ist mit Mutter? Weiß sie Bescheid?«

»Ja, wir konnten die Entführung nicht länger vor ihr geheim halten. Sie hat Papas Aktivitäten und Telefonate mitten in der Nacht natürlich mitbekommen. Und sie hat ihm angesehen, dass etwas Schreckliches geschehen ist, und ihn zur Rede gestellt. Sie hat eins und eins zusammengezählt, nachdem sie dich und Magali den ganzen Tag über nicht erreichen konnte. Eine Entführung war immer schon ihr Albtraum gewesen. Arme Mama, es war zu viel für sie. Sie ist zusammengebrochen, und wir haben Dr. Friedrich gerufen. Er hat ihr eine Beruhigungsspritze gegeben; sie wird die nächsten Stunden schlafen.«

Sie betraten die Villa. Es war ungewohnt für die Zwillinge, nicht mehr von der unermüdlichen Frau Gabler empfangen zu werden, die sie durch ihre Kindheit begleitet hatte.

Die neue Haushälterin kam ihnen forsch entgegen und verkündete, dass Kaffee und belegte Brote bereits im Wohnzimmer für sie bereitstünden. Nachdem niemand sonst einen

Wunsch hatte, schickte Lucie die Frau wieder zu Bett. Während Kaschinski sich sofort über Kaffee und Brote hermachte, versuchte Lucie, ihren Vater zu erreichen.

Unter dem Vorwand, dass er seine Kleidung wechseln wolle, begab sich Lukas in sein Jugendzimmer, um dort ungestört nach dem Päckchen zu suchen, das ihm Rabbi Rosenthal kurz nach Rabeas Tod übergeben hatte. Rabea hatte darauf vermerkt: *Für Lukas. Persönlich. Übergabe zum richtigen Zeitpunkt.* Typisch Rabea. Warum sich einfach ausdrücken, wenn es auch kryptisch ging?

Das Päckchen war ihm erst auf dem Heimflug von Barcelona wieder eingefallen. Zwei Stunden hatte er auf das Blatt mit der Forderung der Entführer gestarrt, bis die Buchstaben vor seinen Augen zu tanzen begonnen hatten. *Rabea!* So intensiv hatte er schon lange nicht mehr an sie gedacht. Ganz plötzlich hatte er sich wieder in jener Nacht in seinem Jugendzimmer in der Villa gesehen, kurz nach ihrem Tod.

Das Päckchen hatte mondbeschienen auf dem Schreibtisch unter dem Fenster gelegen. Er konnte sich auch wieder daran erinnern, wie er mit sich gehadert hatte, ob er es öffnen sollte. Schließlich hatte er sich dagegen entschieden, vielleicht aus Furcht, dass es etwas enthalten könnte, einen Hinweis, der Rabeas Tod hätte verhindern können. Natürlich waren das unsinnige Gedanken gewesen, er hätte nichts tun können, um Rabeas Schicksal abzuwenden. Heute wusste er das, aber damals hatte er sich mit Selbstvorwürfen gemartert. Rabea hatte sich damals in Rom ungefragt eingemischt, wie es ihre Art gewesen war. Nichts und niemand hätte sie daran hindern können, den damaligen Ereignissen auf den Grund zu gehen. Noch am allerwenigsten er, Lukas. Rabea hatte noch nie auf ihn gehört. Wie sehr er sie vermisste …

Es hatte auch all seinen Mut gebraucht, um Rabeas letzten Worten nachzugehen, die ihn nach Urnäsch geführt hatten. Dort hatte er Magali wiedergetroffen. Mit ihr hatte er vor über acht Jahren eine kurze Affäre gehabt, wenige Wochen, bevor er dem Jesuitenorden beigetreten war, und war prompt Vater geworden.

So viel war damals nach Rabeas Tod auf ihn eingestürzt, neben der Trauer die plötzliche Vaterschaft, sein Austritt aus dem Jesuitenorden, die berufliche Neuorientierung, dass das Päckchen gänzlich aus seinen Gedanken verschwunden war.

Er öffnete seinen Kleiderschrank. Seine Jugendkleidung hing noch immer darin. Da war der Anzug, den er zur Firmung getragen hatte. Er erinnerte sich an das Glück jenes Tages. Rabea und er hatten sich hinter der Kirche zum ersten Mal geküsst. Nicht in dem Forsthaus im Wald, wie Rabea immer behauptet hatte. Das waren nur Kinderküsse gewesen. Der Kuss hinter der Kirche hatte erstmalig nach etwas Verbotenem geschmeckt, nach Verheißung, einem Hunger, der vielleicht niemals ganz gestillt werden würde und sie deshalb umso mehr verlockte. Lukas schüttelte die kurze und süße Erinnerung ab, denn Matti drängte machtvoll zurück in seine Gedanken. *Für ihn gab es jetzt nichts Wichtigeres mehr als seinen Sohn, er war sein Leben.*

Hastig durchwühlte Lukas den Schrank. Er war sich sicher, dass er das Päckchen damals hier hineingelegt hatte. Die korrekte Frau Gabler hätte niemals etwas herausgenommen. Wenn, dann hätte sie ihn gefragt. Doch er fand es nicht. Das Päckchen war nicht da! Hektisch stellte Lukas sein gesamtes Zimmer auf den Kopf, durchsuchte seinen Schreibtisch, zerrte wahllos Schubladen heraus und durchwühlte sie. Nichts.

Am Ende sank er mit hängenden Schultern auf das Bett. Längst hatte er sich in die Überzeugung hineingesteigert, dass dieses Päckchen jene ominöse Akte enthielt, die er benötigte, um das Leben seines Sohnes und seiner Frau zu retten. Was sollte er tun? Ohne die Akte konnte er die Forderung der Entführer nicht erfüllen. Und diesmal würde kein Jules zur Tür hereinspazieren und mit einem Plan aufwarten.

»Was ist los, Bruderherz? Was machst du hier? Wie sieht es

hier überhaupt aus. Suchst du was?« Lucie stand im Türrahmen. Sie kam näher und setzte sich neben ihn aufs Bett.

Lukas lehnte den Kopf kraftlos an ihre Schulter. »Ach Lucie, es ist alles eine Katastrophe. Die Übergabe soll schon heute um zwölf Uhr stattfinden.« Er hatte ihr nur die Lösegeldforderung genannt, aber nichts über die Akte gesagt.

»Hab Vertrauen«, suchte sie ihm ihre Zuversicht mitzuteilen. »Papa wird das Geld rechtzeitig besorgen. Aber was anderes, Lukas, wegen dieses Saul Kaschinski ... also, ehrlich, er kommt mir nicht ganz echt vor.«

»Ich weiß, und ich bin auch nicht gerade von ihm begeistert«, pflichtete ihr Lukas bei. »Andererseits habe ich es ihm zu verdanken, dass ich so schnell nach Nürnberg zurückkehren konnte. Ohne ihn wüssten wir auch nicht, dass Magali und Matti aus dem Van-Kampen-Anwesen verschwunden sind. Und er ist auch Zeuge von ... Jules' Tod gewesen.« Lukas fiel es schwer, Jules' Namen auszusprechen, diese Wunde war noch viel zu frisch, als dass er sie richtig realisiert hatte.

»Das meine ich ja gerade! Ich habe versucht, Kaschinski wegen Jules auszufragen, aber irgendwie ist er vage geblieben. Er meinte nur, er habe dessen Tod festgestellt, und dann habe es plötzlich wegen des Überfalls von Polizei gewimmelt. Deshalb wäre er ins Hotel gefahren, wo er dich vorgefunden hat. Das bedeutet, dass er Jules im Park dieser Villa einfach liegen gelassen hat. Ich habe Fonton darauf angesetzt, mit den spanischen Behörden in Kontakt zu treten. Falls Jules tot ist, dann müssen die ihn ja wohl gefunden haben. Aber so lange weigere ich mich, den Worten dieses aalglatten Typen zu glauben. Sobald das mit Magali und Matti geklärt ist, Lukas, werde ich nach Barcelona fliegen. Jules war für mich immer unverwundbar. Ich muss mich einfach selbst vor Ort vergewissern, und wenn er wirklich tot ist, werde ich veranlassen, dass er nach München überführt wird. Und dann müssen wir uns auch um seine Mutter Daria kümmern. Das sind wir ihm schuldig.«

»Natürlich sind wir das. Ich werde mit dir kommen.«

Aneinandergelehnt überließen sich die Zwillinge eine Weile dem Gedenken an ihren Freund. Schließlich hob Lucie den Kopf und sah ihn an. »Und jetzt verrat mir, warum du dein Zimmer so verwüstet hast.«

Lukas zögerte nur kurz. »Ich habe ein Päckchen gesucht, das mir Rabea kurz vor ihrem Tod geschickt hat. Großvater Rosenthal hat es mir in ihrem Auftrag am Tag nach ihrer Beerdigung übergeben. Hier, lies das.« Er zog eine Kopie der Forderung der Entführer aus der Tasche. Das Original hatte sich Fonton von ihm geholt, um es forensisch untersuchen zu lassen.

Lucie las den Zettel laut vor. »Wir fordern zwei Millionen Euro und die Akte, die Sie von der Journalistin Rosenthal erhalten haben. Übergabe Dienstag, zwölf Uhr in Nürnberg. Weitere Instruktionen folgen.« Sie ließ den Zettel sinken. »Also das mit der Akte finde ich jetzt schon merkwürdig.« Verwirrt zupfte Lucie an ihrem Pferdeschwanz.

Lukas nickte. »Ich frage mich, wie die jetzt darauf kommen, zwei Jahre nach Rabeas Tod. Jedenfalls ist das Päckchen das Einzige, was mir überhaupt zu dieser kryptischen Forderung eingefallen ist. Ich meine mich daran zu erinnern, dass ich es damals hier in meinen Schrank gelegt habe, aber dort ist es nicht mehr.«

»Wie auch«, rief Lucie. »Ich habe es!«

Lukas starrte seine Schwester völlig entgeistert an. »Was? Du hast es genommen? Warum hast du mir nichts davon gesagt?«

»Weil Großvater Rosenthal mich darum gebeten hat. Das war letzte Weihnachten. Er meinte, dass er es dir damals auf Rabeas Wunsch hin gegeben hat. Und jetzt wollte er es gerne zurückhaben. Ich fand seine Bitte zwar ein wenig komisch, aber du kennst ihn ja, der Rabbi würde nie etwas ohne einen triftigen Grund tun. Außerdem war ich neugierig auf dieses Päckchen. Ich dachte mir, es könnte in deinem alten Zimmer sein, da du nach der Beerdigung mehrere Tage hier gewohnt hast. Et voilà, es war im Schrank! Und es war noch ungeöffnet. Leider. Ich hätte zu gerne gewusst, was drin ist. Meinst du, es …«

Lukas hatte ihr zunächst sprachlos zugehört, doch jetzt fiel er ihr ungeduldig ins Wort. »Und wo ist es jetzt? Ist es noch hier?« Vor Aufregung hatte er seine Schwester am Arm gepackt.

»Nein. Großvater Rosenthal bat mich, es in meinem Schließfach bei der Fürst Fugger Bank zu deponieren. Er wollte es nicht selbst aufbewahren. Ehrlich, er tat furchtbar geheimnisvoll. Und er wollte mir partout nicht sagen, was in dem Päckchen ist. Er hat extra betont, dass ich meine vorwitzige Nasenspitze nicht hineinstecken solle. Ich gebe zu, die Versuchung war sehr groß«, gestand Lucie freimütig. »Außerdem hat er mich mehrmals ermahnt, mit niemandem darüber zu sprechen, ganz besonders nicht mit dir. Er wollte selbst mit dir reden. Schon irgendwie komisch, dass er das bisher nicht getan hat«, schloss Lucie nachdenklich.

Lukas nickte. Er musste das Gehörte erst verdauen. Jetzt auch noch Großvater Rosenthal. Nahmen die Geheimnisse denn nie ein Ende? »Wir holen das Päckchen aus dem Schließfach, sobald die Bank geöffnet hat«, sagte er schließlich. Er sah auf die Uhr. Es war kurz nach vier Uhr morgens. Plötzlich sehnte er sich nach seinem Zuhause und den beiden Hunden. Er konnte ebenso gut dort warten, bis sein Vater mit dem Lösegeld zurückkehren würde. »Lucie, sag Vater, dass ich heimgefahren bin.«

»Eine gute Idee, ich komme mit dir. Ausgeschlossen, dass ich dich jetzt alleine lasse.«

Die Zwillinge kehrten ins Wohnzimmer zurück. Fonton hatte sich inzwischen zu Kaschinski gesellt.

»Und, gibt es etwas Neues?« Kaschinski war näher getreten.

»Nein«, log Lukas aus dem Stand. Er hatte nicht vor, dem Söldner Informationen zur Akte auf die Nase zu binden.

Kaschinski wirkte kurz, als wollte er sich nicht mit der Antwort zufriedengeben, wandte sich dann aber ab und griff sich noch ein Sandwich.

Lucie sah James Fonton an. »Wir fahren rüber zu Lukas und warten dort auf unseren Vater. Ich werde ihn vom Auto aus anrufen.«

»Gut. Soll ich Sie beide fahren?«

»Das übernehme ich«, mischte sich Kaschinski knapp ein. Lucie und Lukas tauschten einen Blick, er nickte seiner Schwester zu.

»Wenn es Ihnen nichts ausmacht, Saul«, sagte Lucie weich wie Samt, »dann würde ich unseren Sicherheitschef bitten, Sie auszuzahlen. Ab sofort übernehmen die Leute meines Vaters. Fonton wird dafür sorgen, dass Sie Ihr Geld erhalten. Sie erledigen das bitte?«, meinte sie an diesen gewandt. Fonton bestätigte.

Saul Kaschinski wirkte nicht unzufrieden mit der neuen Situation. Er griff nach seiner schwarzen Lederjacke und streckte Lukas die Hand hin. »Ich wünsche Ihnen Glück, Kamerad. Tut mir wirklich leid um Ihren Freund Lafitte. Scheint ein guter Mann gewesen zu sein.«

Kapitel 17

Lucie bestand darauf, ihn zu fahren.

Während der knapp fünfzehn Minuten Fahrt von der Villa zu seinem Haus versuchte Lukas zu beten, doch er konnte sich nicht richtig konzentrieren. Stattdessen wechselten sich in seinem Kopf Bilder in rasender Abfolge ab: Matti, wie er im Park der van Kampen mit dem Hund gespielt hatte, Magali, wie sie dem Torero ihre Hand gereicht hatte, und Jules' Gesicht, als die Kugel seinen Rücken getroffen hatte. Lukas merkte, dass ihm vor Anspannung schlecht wurde.

Und dann schlichen sich ungebeten die unverblümten Äußerungen Saul Kaschinskis in seine Gedanken. Der Söldner hatte auf dem Rückflug von Barcelona ziemlich brüsk seine Meinung über Magali geäußert. In seinen Augen war sie eine skrupellose Kriminelle.

Lukas hatte Kaschinskis Bemerkungen zunächst als absurd abgetan. Doch was wäre, wenn er recht hatte?

Welche Erklärung konnte es noch für ihr Verhalten geben? Er hatte fast zwei Jahre mit Magali zusammengelebt. Er war sich sicher, dass die Liebe zu ihrem Sohn aufrichtig war. Dann übernahm wieder eine teuflische leise Stimme und flüsterte, dass es Magali auch gelungen war, ihn die ganze Zeit zum Narren zu halten.

Kaschinski jedenfalls war der Meinung, dass Magali ihren Sohn für zwei Millionen Euro verkauft hatte. »Ist doch logisch, von Stetten. Ihre Frau ist eine Goldgräberin. Sie dachte, mit Ihnen habe sie das große Los gezogen. Stattdessen musste sie mit einem Reihenhaus vorliebnehmen. Keine Villa, kein Schmuck, kein gesellschaftliches Leben. Glauben Sie mir, diese Frau liebt den Luxus! Als sie kapiert hat, dass bei Ihnen nichts zu holen ist, hat sie sich die Entführung ausgedacht, um doch noch etwas vom fetten Von-Stetten-Kuchen einzuheimsen. Ich weiß nicht, wie weit die kriminelle Energie Ihrer Frau reicht. Sie sollten froh sein, dass Ihr Vater reich ist und nicht Sie. Sonst hätte Ihre Frau womöglich bald beschlossen, dass es sich als Ihre Witwe besser lebt. Wäre nicht das erste Mal, dass …« Kaschinski erging sich noch eine ganze Weile über die feigen Machenschaften und Tricks, die Frauen anwandten, um ihre Ehemänner auszuplündern oder um die Ecke zu bringen. Es klang nach einschlägigen Erfahrungen.

Lukas hatte bei Kaschinskis harschen Anschuldigungen schlucken müssen. Er schüttelte den Kopf, weigerte sich, ihm zu glauben. »Welche Motive sollte meine Frau haben, um ausgerechnet gemeinsame Sache mit der van Kampen zu machen? Das ergibt doch keinen Sinn.«

»Wieso? Ein kleines Vögelchen hat mir gezwitschert, dass Sie und die van Kampen noch eine böse Rechnung offen haben. Sie hat sich die Holländerin gezielt als Komplizin ausgesucht. Clever von Ihrer Frau, sich mit Ihrer Feindin zu verbünden.«

Was Kaschinski gesagt hatte, hatte durchaus plausibel geklungen. Vor allem aber war es verstörend. Trotzdem zwang sich Lukas, an Jules' Worte zu denken, die letzten, die er in diesem Leben an ihn gerichtet hatte. Sie nisteten als stumme Mahnung zwischen seinen Zweifeln und der Gewissheit um Magalis Verrat: *Es gibt für alles im Leben eine Erklärung, Lukas.*

Aber da war noch mehr, das an Lukas nagte. Kaschinski hatte einen weiteren Keim der Zwietracht gesät. »Und wenn wir schon dabei sind, von Stetten: Ihr Freund Jules ist auch nicht gerade das gewesen, was er vorgegeben hat zu sein.«

»Das müssen Sie mir nicht sagen. Das weiß ich selbst«, hatte Lukas abgewunken. Er wollte jetzt nicht über Jules sprechen.

Aber Kaschinski hatte sich nicht abbringen lassen, weiterzureden. »Sie wissen, dass er ein schlafender Agent ist?«

»Schlafender Agent? Was wollen Sie andeuten?«

»Dass Lafitte weiter für den libanesischen Geheimdienst Informationen beschafft hat. Oder meinen Sie etwa, die haben einen ihrer Topagenten im Rang eines Majors mit einem Händedruck ziehen lassen, damit er in München feinen Damen Locken dreht? Warum wohl hat Lafitte die Nähe zu Ihrer Familie gesucht? Ich sage nur vST und ihre neueste Hawk-Eye-Serie. An der Untergrundbörse werden die Softwarecodes für fünfzig Millionen Dollar gehandelt! Aber nicht nur der Libanon, auch die Syrer und Iraner sind ganz scharf darauf. Die Saudis und Katarer nicht zu vergessen. Sogar der Aserbaidschaner soll mitbieten. Ich vermute, im Auftrag der Chinesen.«

Lukas hatte Kaschinski entgeistert angestarrt und dabei die Fäuste geballt. *Nein, nicht Jules! Unmöglich.* Plötzlich hatte er das Bedürfnis verspürt, Kaschinski eine zu verpassen, nur damit dieser endlich den Mund hielt. Er riss sich zusammen. »Ich glaube Ihnen nicht, Kaschinski. Außerdem haben sich die Verhältnisse im Libanon geändert.«

»Das spielt keine Rolle. Hinter jeder Regierung steht eine Schattenmacht, Männer, die zu klug sind, um sich in der Öffentlichkeit sehen zu lassen. Die Männer im Vordergrund mögen wechseln, aber die, die tatsächlich die Fäden in der Hand halten, sind dieselben. Lafitte hielten sie weiter in ihrem Netz gefangen. Er musste liefern, wenn er überleben wollte. Aber was soll's, Ihr Freund ist tot. Vielleicht helfen Ihnen ja diese Erkenntnisse über seinen Tod hinweg.«

Danach hatte Kaschinski geschwiegen. Wenigstens das.

Nichts wächst so schnell wie der Keim des Misstrauens, und Lukas kultivierte jetzt gleich zwei davon: Magali und Jules. War denn gar nichts so, wie es schien? Es war zum Verrücktwerden. Wie sollte man da noch einen klaren Gedanken fassen können, wenn sie wie in einer Schneekugel umherwirbelten? Doch das schleichende Gift des Zweifels wirkte, sickerte in seine Gedanken, vergiftete sie.

Kurz nach vier Uhr morgens erreichten die Geschwister Lukas' Haus. Ihr Vater hatte versprochen, dass er spätestens gegen 9:30 Uhr mit dem Lösegeld bei ihnen eintreffen würde.

Als Lucie und Lukas, von den Hunden stürmisch begrüßt, das Haus betraten, konnten sie nicht ahnen, dass ihre Ankunft aufmerksam beobachtet wurde.

Kapitel 18

Am frühen Sonntagabend hatte die Polizei endlich Jeanettes Mutter erreicht und sie über die kriminellen Aktivitäten ihrer Tochter ins Bild gesetzt. In der darauffolgenden Szene zwischen Mutter und Tochter hatte Jeanette Hausarrest erhalten, mit der strikten Auflage, sofort nach der Schule nach Hause zu kommen.

Ihr Smartphone hatte die Polizei bereits konfisziert, nun nahm ihr die Mutter auch noch den Schlüssel ihres Motorrollers weg – ein Schlechtes-Gewissen-Geschenk des geschiedenen Vaters, weil er wegen seiner neuen Familie zu wenig Zeit für seine Tochter aufbrachte.

Jeanette hatte geschrien, getobt und gebettelt. Der Roller war ihr ein und alles, das Pfand ihrer Unabhängigkeit. Ihre Mutter war hart geblieben. Jeanette war wutentbrannt in ihr Zimmer gestürmt, hatte die Tür mit voller Wucht zugeknallt und sich darin verbarrikadiert.

Ihre anfängliche Schwärmerei für ihren Lehrer Lukas von Stetten hatte sich mit der Zeit zu einer Form der Besessenheit entwickelt, und Jeanette hatte sich längst ihre eigene Wahrheit zusammengesponnen. Sie existierte nur noch innerhalb dieser selbst geschaffenen Wirklichkeit, ihr gesamtes Denken und Handeln kreiste ausschließlich um ihren jungen Lehrer.

Gegen halb vier Uhr morgens stand sie auf und zog sich an. Sie schlüpfte in Jeans und ein T-Shirt mit Totenkopfemblem, schnappte sich Jacke und Helm und verließ ihr Zimmer durch das Fenster. Ihre Mutter wusste nicht, dass sie einen Ersatzschlüssel für ihr Mofa besaß. Und sie wusste auch nicht, dass Jeanettes älterer Bruder das Moped frisiert hatte. Der kleine Japaner schaffte locker 90 Stundenkilometer.

Jeanette schlich sich in den Schuppen neben der Garage. Sie schob den Roller bis zur Straße und startete. Sie wollte zu Lukas. Noch immer fraß eine unbändige Wut an ihr. Die Wut auf ihre Mutter, die Wut auf die Polizei und die Wut auf diese scheinheilige Zwillingsschwester, die versucht hatte, sie mit ihrem falschen Lächeln zu täuschen und ihr eine Schuld einzureden. Wie kamen die alle dazu, sie zu verurteilen, sie zu bestrafen? Was konnte sie für die Entführung der Familie ihres Lehrers?

Sie musste unbedingt mit Lukas sprechen, er würde sie verstehen. Und falls die Entführer ihre Drohung wahr machen würden und seine Familie töteten, dann wäre sie mit ihrer Liebe zur Stelle, würde für ihn da sein, um ihn in seinem Kummer zu trösten.

Wenig später langte Jeanette in der kleinen Reihenhaussiedlung im Dürerweg an.

Die Dämmerung war noch fern. Im Haus schien alles dunkel, doch Lukas' blauer Passat parkte vor der Garage. War Lukas zu Hause? Jeanette stellte sich auf ein längeres Warten ein.

Doch bereits wenige Minuten später näherte sich ein Wagen und parkte direkt hinter dem VW. Jeanette hatte ihren Roller in einem Gebüsch im kleinen Park gegenüber abgestellt. Sie selbst hatte sich hinter einem Auto verschanzt, von dort hatte sie eine gute Sicht auf das Haus. Ihr Herz schlug sofort höher, als sie sah, wie Lukas dem Wagen entstieg.

Kack! Er war nicht allein, er hatte seine blöde Schwester dabei. Wegen ihr konnte sie jetzt nicht zu Lukas und ihm Beistand leisten. Nur wenige Minuten später sah sie Lukas und seine Schwester mit den beiden Hunden das Haus verlassen. Jeanette verschlang Lukas so lange mit ihren Blicken, bis er in dem kleinen Park verschwunden war. Eine Viertelstunde später kehrte die kleine Gruppe ins Haus zurück. Danach sah sie Lukas lange nicht mehr.

Erst gegen 7:30 Uhr tat sich wieder etwas. Die lästige Tussi von Schwester wurde von einer Limousine abgeholt. Jeanette überlegte, ob sie jetzt gleich bei Lukas klingeln sollte. Aber was war, wenn die Schwester zurückkäme? Aus irgendeinem Grund zögerte sie. Gerade als sie sich entschlossen hatte, doch rüberzugehen, fuhr ein Polizeiwagen langsam durch die Straße. *Kack!* Jeanette duckte sich und wagte es minutenlang nicht, sich zu bewegen. Tatsächlich kehrte der Polizeiwagen auf seiner Patrouille kurz darauf noch einmal zurück.

Und dann war auch die Limousine mit der Zwillingsschwester wieder da. Die Tussi stieg aus, und von ihrer Schulter hing wieder die riesige Basttasche, die sie ständig mit sich herumschleppte. Was für ein hässliches Teil, fand Jeanette. Die Limousine parkte neben dem Passat, doch die Männer blieben im Wagen sitzen. Jeanette ärgerte sich. Lukas allein sprechen zu können, konnte sie vorerst getrost vergessen. Trotzdem blieb sie auf ihrem Posten. Liebe verlangt Opfer.

Dann fuhr eine weitere Limousine vor. Der Fahrer stieg aus und riss den Wagenschlag für einen großen, hageren Mann mit grau meliertem Haar auf. Jeanette erkannte Lukas' Vater von Fotos her.

Zwei weitere Männer, mit jeweils einem Aluminiumkoffer in der Hand, kletterten aus dem Wagen und sahen sich aufmerksam um.

Lukas' Vater betrat das Haus, ihm folgten die beiden Kofferträger.

Der Ältere drehte sich unerwartet nochmals um und sandte einen forschenden Rundblick in die Umgebung. Jeanette fürchtete schon, dass er sie bemerkt hatte. Sie stellte kurzfristig das Atmen ein und wagte nicht, sich zu bewegen. Sie hatte genug Krimis gesehen, um zu wissen, dass hier eine Geldübergabe vorbereitet wurde. Die Aluminiumkoffer enthielten sicher das Lösegeld für Frau und Sohn.

Das war schlecht. Ehrlich, sie hatte nichts dagegen, wenn das Kind freikam. Sie stellte sich vor, wie sie dem Jungen eine gute Mutter sein würde, viel besser, als ihre eigene Mutter es für sie war, die ihr ständig Vorschriften machte. Aber zuvor musste sie Lukas' Frau loswerden. Plötzlich hatte sie eine Idee. Sie wusste, wie sie diese Magali loswerden konnte.

Kapitel 19

London, England

Rabea trat durch die Drehtür des *London Chronicle*. Zielstrebig ging sie auf die Empfangsdame zu, die hinter einem futuristischen Tresen aus Glas und Marmor thronte.

»Guten Tag«, sagte sie auf Englisch. »Ich bin eine Journalistin aus Deutschland. Ich würde gerne mit Ihrem Chefredakteur sprechen. Ich verfüge über wichtige Informationen, die für ihn von Interesse sein dürften.« Ihren Namen verschwieg sie vorerst.

Die gepflegte Empfangsdame sah von ihrer Hochglanzillustrierten auf. Sie musterte Rabea, als sei sie eine Spinne in ihrer Schublade. Rabea ahnte, wie ramponiert sie aussehen musste. Der Lüftungsschacht war eine ziemlich staubige Angelegenheit gewesen.

»Hören Sie«, meinte Rabea nochmals eindringlich. »Ich weiß, wie ich aussehe. Aber ich wurde entführt und konnte entkommen. Es ist wirklich wichtig, dass ich mit Ihrem Chefredakteur spreche.«

»Was ist denn los, Amelia?« Ein Wachmann war interessiert näher gekommen, die Finger in den Hosenbund gehakt.

»Diese Frau hier … sie behauptet, entführt worden zu sein, und will mit dem Chefredakteur sprechen«, erklärte die Empfangsdame mit schriller Stimme, als hätte Rabea ihr gerade erklärt, ein Alien zu sein. Rabea zwang sich weiterhin zu einem freundlichen Gesichtsausdruck.

»Entführt?« Der Wachmann taxierte Rabea nun ebenfalls misstrauisch. »Warum kommen Sie dann zu uns und gehen nicht zur Polizei?«

»Weil die mir nicht helfen kann.« Rabea überlegte, wie viel sie preisgeben konnte, ohne für verrückt erklärt zu werden. »Ich bin Journalistin und habe etwas Wichtiges herausgefunden. Die Männer, die mich entführt haben, sind mächtig und haben Freunde bei der Polizei. Darum bin ich hier. Ich möchte Ihrer Zeitung meine Geschichte erzählen.« Rabea wurde langsam ungeduldig. Sie stand in der gläsernen Lobby wie auf einem Präsentierteller. Bis zum Halston Hotel waren es nur drei Straßen. Sicher suchten die Männer bereits nach ihr.

»Wer ist entführt worden?« Eine ältere Dame war auf ihrem Weg zum Aufzug stehen geblieben und gesellte sich nun zu ihnen. Sie musterte Rabea eindringlich über ihren Brillenrand hinweg. »Kenne ich Sie?«

»Dr. Grant, Madam. Sie müssen sich nicht darum kümmern. Ich werde die Frau bitten zu gehen«, meinte der Wachmann wichtig.

Noch immer sah Dr. Grant Rabea an.

»Ich bin eine Journalistin aus Deutschland«, beeilte sie sich zu sagen. »Man hat mich …«

»Moment«, wurde sie von Dr. Grant unterbrochen. »Jetzt weiß ich es wieder. Natürlich kenne ich Sie. Ich vergesse nie ein Gesicht. Sie sind diese deutsche Journalistin, die im Irak verhaftet wurde. Dürfte so zwei Jahre her sein. Ich habe die Aufnahmen gesehen. Interessant. Was machen Sie hier in diesem Aufzug?«

»Ich sagte doch, dass ich …«

»Kommen Sie mit!«, sagte die Dame energisch und steuerte auf den Aufzug zu.

Oben angekommen marschierte sie zielstrebig in ihr Büro, wehrte ihre Sekretärin mit einem »Jetzt nicht, Marge« ab, ergänzt von einem »Keine Anrufe durchstellen und zwei Tee, bitte«. Ohne Umstände bugsierte sie Rabea in ihr Büro. »Hier, setzen Sie sich, Miss Rosenthal. Das war doch Ihr Name, oder? Ich bin Dr. Grant, die stellvertretende Chefredakteurin.« Sie nahm hinter ihrem Schreibtisch Platz, und ihr Kinn in die Hände gestützt, unterzog sie Rabea einer weiteren Begutachtung.

Marge, die Sekretärin, stieß die Tür mit ihrem imposanten Hinterteil auf und balancierte auf einem Tablett eine geblümte Teekanne mit passenden Tassen. Neugierig sah sie Rabea an. Ein strenger Blick ihrer Chefin scheuchte sie sofort wieder hinaus.

»Dann legen Sie mal los. Was ist das für eine Entführungsgeschichte?«

Und Rabea legte los.

Am Ende ihres Berichts saß Dr. Grant noch genauso da wie vorher, das Kinn in die Hände gestützt, einzig ihre Augen hatten sich etwas verengt. »Ich fasse zusammen: Sie haben Ihren Tod vorgetäuscht, sich zwei Jahre lang versteckt gehalten und wurden gestern aus Marokko von amerikanischen Geheimagenten nach London entführt, mithilfe unseres britischen MI6. Anschließend flohen sie mit zwei Agenten der militärischen Defence Intelligence Agency und versteckten sich mit ihnen im Halston Hotel, bis andere Agenten, wieder Amerikaner, sie überfielen. Dabei konnten sie entkommen. Ich für meinen Teil weiß nicht, wie sie hier noch Freund und Feind auseinanderhalten können. Aber ich habe verstanden, dass sie verfolgt werden, weil Sie etwas entdeckt haben, von dem Sie mir aber weder sagen können, wo Sie es entdeckt haben, noch, was es genau ist. Das klingt ebenso abenteuerlich wie dürftig, finden Sie nicht? Ohne Beweise kann ich hier keine Story stricken. Als Journalistin sollte Ihnen das bewusst sein. Da brauche ich schon ein bisschen mehr.«

Bevor Rabea noch etwas darauf erwidern oder sich verteidigen konnte, fuhr Dr. Grant fort. »Mal sehen … Sie waren mehrmals im Irak. Dann wurden Sie in Bagdad während einer Aufsehen erregenden Reportage verhaftet und verschwanden für einige Zeit von der Bildfläche. Irgendwann hörte ich dann von einem Kollegen, Sie seien in Rom einem Gewaltverbrechen zum Opfer gefallen. Und jetzt sitzen Sie quicklebendig vor mir, angeblich verfolgt von gleich mehreren Geheimdiensten. Wenn es stimmt, was Sie behaupten, und sich der Ami tatsächlich für Sie interessiert, würde ich sagen, Sie haben etwas im Irak entdeckt, das den Amis schadet. Was ist es? Geht es um amerikanische Kriegsverbrechen, Folterungen, ein Skandal wie Abu Ghraib? Damit eines klar ist«, betonte sie forsch, »über Folterungen berichte ich nicht. Zu heiß. Da ist Mord und Totschlag vorprogrammiert, da könnte ich gleich Propheten-Karikaturen veröffentlichen. Die machen da unten keinen Unterschied zwischen amerikanischen und britischen Soldaten. Und ich riskiere ganz sicher nicht das Leben britischer Soldaten.«

Rabea hatte eine Fotografie hinter Dr. Grant im Regal entdeckt. »Ihr Sohn?« Sie deutete mit dem Kopf darauf. Ein junger britischer Soldat war darauf abgebildet.

Dr. Grant drehte sich nicht um. »Richtig, zurzeit in Afghanistan stationiert. Und, was machen wir beiden Hübschen jetzt?«

»Zunächst, gewähren Sie mir hier beim *Chronicle* Asyl?«

Dr. Grant ließ sie mehrere Sekunden zappeln. Dann drückte sie einen Knopf auf ihrem Telefon. »Marge, schick mir Buster und Andy rein.«

»Niemand sollte wissen, dass ich hier bin«, warf Rabea ein.

»Keine Sorge«, sagte Dr. Grant. »Buster ist mein Chefredakteur und Andy der Justiziar des *Chronicle*. Die beiden sind absolut vertrauenswürdig. Wenn ich Ihre Story bringe, muss ich mich absichern.«

»Ach, ich dachte, Sie seien die stellvertretende Chefredakteurin?«

»Nein, Schätzchen, ich bin die Herausgeberin. Der *London Chronicle* gehört mir. Die letzte unabhängige Bastion Londons.« Rabea entging nicht der Sarkasmus in ihrer Stimme.

»Sie scheinen nicht unbedingt glücklich über Ihre Unabhängigkeit zu sein.«

»Nein, denn Unabhängigkeit bedeutet, dass ich den Leuten selten nach dem Mund schreibe. Das bedeutet auch, dass ich weniger Anzeigenkunden habe, was wiederum bedeutet, dass der *Chronicle* fast pleite ist. Ich hoffe, Ihre Story ist so gut, wie mein Instinkt es mir sagt.«

Kurz darauf betraten ein nachlässig gekleideter Mittfünfziger und ein großer, in einem dreiteiligen Anzug steckender Vorzeigebrite das Büro. Ein neugieriger und ein blasierter Blick trafen Rabea. »Buster, Andy, darf ich euch vorstellen: Rabea Rosenthal, eine deutsche Kollegin.«

»Rosenthal, Rosenthal ... junge Frau, rote Haare«, murmelte der Mann namens Buster. Plötzlich tippte er sich mit dem Zeigefinger an den Kopf. »Ich hab's! Irak, vor zwei Jahren. Freche Reportage. Verunglimpfung des amerikanischen Präsidenten, verhaftet. He, sollten Sie nicht eigentlich tot sein?«

Rabea strahlte ihn an. Ihr gefiel Buster. »Ja und nein.«

»Was macht sie quicklebendig in London, Helen?«, richtete er seine Frage direkt an Dr. Grant.

»Das ist die Frage, Buster. Andy?«, wandte sie sich zunächst an den Justiziar. »Diese junge Frau ist Deutsche und hat keine Ausweispapiere bei sich ... Sie haben doch keine Ausweispapiere bei sich, oder, Rabea?«

Rabea schüttelte den Kopf.

»Das heißt«, fuhr Dr. Grant fort, »Sie gilt momentan als illegal eingereist, da sie behauptet, nach London verschleppt worden zu sein. Machen wir uns strafbar, wenn wir sie hierbehalten, ohne die Behörden zu informieren?«

»Das kann ich dir nicht wahrheitsgemäß beantworten, dazu weiß ich zu wenig über den Fall.«

Dr. Grant rollte mit den Augen. »Verdammter Anwaltsquatsch. Hosen runter, Andy. Machen wir uns strafbar, wenn wir eine illegale deutsche Journalistin *hier* behalten, ohne die Behörden zu informieren?«

Andy blinzelte. »Nein. Wir sind weder autorisiert noch verpflichtet, unsere Besucher auf legale oder illegale Anwesenheit in unserem Land zu überprüfen. Außer besagte Behörden kriegen Wind davon, dass sie hier ist. Dann müssen wir sie ihnen übergeben.«

»He, was soll das heißen, sie wurde hierher verschleppt? Aus Deutschland nach London?«, mischte sich Buster ein. Er wirkte freudig erregt. Auch er hatte die Witterung für eine gute Story aufgenommen.

»Nein, aus Marokko, Tanger. Durch Amerikaner, CIA und DIA. Und der MI6 hängt auch mit drin. Behauptet sie.«

Buster klopfte auf den Tisch. »Wunderbar, sensationell, fantastisch«, jubelte er. »Vorausgesetzt, es ist wahr. Los, Rabea, erzählen Sie.«

»Immer langsam, Buster. Ich habe ein paar Rechercheaufträge für dich. Andy, du kannst gehen. Und kein Wort zu niemandem über unseren Gast.«

»Ich bin Anwalt!«, entrüstete sich Andy.

»Eben …«, murmelte Dr. Grant. Dann sagte sie zu Buster: »Hör dich bei deinen Freunden um, ob sie etwas über ein amerikanisches Flugzeug gehört haben, das gestern in Biggin Hill gelandet ist. Und checke auch das Halston Hotel. Die junge Dame behauptet, in der Excalibur-Suite seien sich DIA und CIA gegenseitig auf die Füße getreten. Sie sagt, sie sei von dort geflohen. Wenn, muss das ja irgendeinen Wirbel ausgelöst haben. Wir brauchen ein paar Quellenbestätigungen.«

Sie erteilte ihm noch weitere Instruktionen und ermahnte ihn zum Schluss: »Mach es selbst. Zieh niemanden hinzu. Und nun zu Ihnen, junge Dame. Wenn das was mit uns werden soll, dann müssen Sie mir jetzt Rede und Antwort stehen.«

Rabea nickte. Sie verstand Dr. Grant. Das Dilemma war nur, sie konnte ihre Behauptungen schwer belegen. Noch nicht.

»Also, Schätzchen. Können Sie beweisen, dass Sie verfolgt werden? Haben Sie Dokumente, Fotos, Filme, was auch immer? Namen und Orte?«

»Dr. Grant?« Die Sekretärin steckte den Kopf zur Tür herein.

»Jetzt nicht, Marge«, sagte Dr. Grant streng, ohne zu ihr hinzusehen.

»Aber der Empfang hat angerufen. Da sind zwei Herren von Scotland Yard und wollen Sie sprechen.«

Dr. Grant schoss hoch wie eine Sprungfeder. »Rufen Sie unten an. Dieses dumme Ding soll sie aufhalten. Notfalls soll sie strippen. Ich komme hinunter. Los, Rabea, raus aus meinem Büro.« Sie strebten auf Marge zu, die ihnen mit ihrer körperlichen Fülle die Tür versperrte.

»Aber, die Herren sind schon nach oben gefahren«, stotterte Marge.

»Nein, die Herren sind schon da.« Marge wurde von einer großen Hand zur Seite geschoben. »Scotland Yard.« Beide Männer hoben ihnen ihre Marken entgegen. Zielstrebig wandte sich der eine an Rabea. »Sie sind die deutsche Journalistin Rabea Kennedy?« Es hörte sich mehr nach einer Feststellung als nach einer Frage an.

Dr. Grant schob sich zwischen sie. »Was wollen Sie von ihr? Und ich hätte gerne Ihre Marken nochmals gesehen. Ich will mir Ihre Namen notieren.« Sie hielt bereits Stift und Block in der Hand.

»Halten Sie sich da raus, Dr. Grant. Wir haben einen internationalen Haftbefehl für Miss Kennedy. Miss Kennedy, Sie sind festgenommen. Kommen Sie.« Er packte Rabea am Arm.

»Kann ich den Haftbefehl sehen?«, blieb Dr. Grant hartnäckig. Und zu Marge: »Holen Sie Andy, sofort.« Marge trippelte davon.

Dr. Grant überflog das gereichte Papier. »Scheint mir in Ordnung zu sein. Tut mir leid, Rabea. Für den Moment kann ich nichts für Sie tun. Ich werde Andy sagen, sich darum zu kümmern.«

Rabea wurde abgeführt. Auf dem Weg nach unten versuchte sie den beiden Beamten Informationen zu entlocken. Sie blieben stumm wie Fische. Sie verließen das gläserne Gebäude des *Chronicle*, und die Gefangene wurde zu einem schwarzen Wagen bugsiert. Einer der Beamten riss die hintere Tür auf.

»Hier ist sie, Sir«, sagte er in den Fond, schob Rabea in den Wagen und schloss die Tür. Zu ihrer Verblüffung entfernten sich die beiden Beamten vom Fahrzeug.

Auf dem Rücksitz saß ein einzelner Mann.

»Willkommen, Miss Kennedy«, begrüßte sie dieser. »Sehen Sie mich nicht so an, ich beiße nicht.« Er lachte dröhnend. Rabea besah ihn sich genauer. Sie schätzte ihn auf Mitte fünfzig. Er hatte wache Augen hinter einem unmöglichen Brillengestell, und er roch stark nach Zigarre.

»Wer sind Sie?«, fragte Rabea verblüfft. Der Mann hatte kein britisches Englisch gesprochen. Ein weiterer verdammter Ami in London. Hier musste irgendwo ein Nest sein.

»Mein Name ist Adam B. Clayton, und ich bin der Director der DIA«, stellte er sich ihr nun vor. »Ich muss schon sagen, Sie halten meine Jungs ganz hübsch auf Trab. Wir zwei haben einiges zu besprechen.«

Er fuhr die Glasscheibe herunter, die den Fond vom Fahrer trennte. »Zurück zum Halston Hotel, Curt.«

Kapitel 20

Nürnberg, Deutschland

Jeanettes Geduld wurde auf eine harte Probe gestellt. In den folgenden Morgenstunden tat sich nichts.

Endlich erschien Lukas' Vater, gefolgt von einem seiner Männer. Sie fuhren davon.

Damit entschwanden sie aus Jeanettes Mikrokosmos, der allein um Lukas von Stetten kreiste. Sie vergaß sie augenblicklich. Denn in der offenen Tür hatte sie Lukas entdeckt! Lukas sah so gut aus, wie er da im Türrahmen stand, in Jeans und einem hellblauen Hemd, das exakt die Farbe seiner Augen hatte. Er war der schönste Mann der Welt! Er wirkte allerdings ein wenig ernster als sonst. Aber Jeanette gefiel seine Aura von düsterer Traurigkeit. Ihre lebhafte Fantasie gaukelte ihr vor, dass allein ihre Liebe imstande wäre, diese Düsternis zu vertreiben. *Ihr* würde er sehr bald wieder sein Lachen schenken. In drei Monaten würde sie siebzehn sein, die Schule verlassen, und dann würde ihr Erwachsenenleben beginnen. Dann müssten sie und Lukas sich nicht länger vor den anderen verstecken. Jeder von Lukas' verborgenen Blicken, während er ihr etwas erklärte, und jede einzelne Geste hatten ihr seine Liebe zu ihr verraten.

Jetzt drängte auch seine nervige Schwester nach vorn auf den Treppenabsatz vor dem Haus. Sie umarmten sich. Na gut, Lukas schien seine Schwester zu mögen. Sie würde sich also Mühe geben, auch zu ihr nett zu sein. Der Mann, den Lukas' Vater mitgebracht hatte, erschien dahinter mit einer Sporttasche. Er und Lukas stiegen nach einem kurzen Wortwechsel in den Passat und fuhren davon.

Jeanette hatte längst reagiert. Ihr war jetzt egal, ob Lucie sie sehen konnte. Sie lief zu ihrem Roller und schob ihn an den am Straßenrand geparkten Fahrzeugen entlang und dann quer durch den kleinen Park.

Lukas' Haus stand am Rande einer Ringstraße. Der Wagen musste gleich auf der anderen Seite des Parks vorbeikommen. Sie würde ihm folgen.

Kapitel 21

Lukas hielt sich genau an die Anweisungen der Entführer. Sie hatten seine Geduld auf eine harte Probe gestellt und sich erst gegen 11:20 Uhr mit einer elektronisch verzerrten Bandansage bei ihm zurückgemeldet. Die Instruktionen lauteten, die zwei Millionen in eine Sporttasche zu packen und in Richtung Innenstadt zu fahren. Sein Handy solle er mitnehmen.

Dass James Fonton fuhr, machte Lukas nervös. Aber alle hatten darauf bestanden: sein Vater, Lucie und Fonton natürlich auch. Lukas hatte Fonton das Versprechen abgenommen, sich aus allem herauszuhalten und ihm lediglich als Chauffeur zu dienen.

Um zur Altstadt zu gelangen, überquerten sie zunächst die Pegnitz. Eine Viertelstunde vor der geplanten Übergabe hatten sie den Randbezirk der Altstadt erreicht. Der Verkehr war hier wie immer sehr dicht. Lukas konnte bereits die Türme der Frauenkirche und der Sebalduskirche erkennen, die den Nürnberger Hauptmarkt überragten, als sein Handy klingelte. Das Display zeigte 11:46 Uhr.

Erneut klang eine verzerrte Stimme vom Band. »Steigen Sie aus dem Wagen und gehen Sie zu Fuß weiter, in Richtung Hauptmarkt. Beeilen Sie sich. Sobald wir merken, dass Sie nicht allein sind, ist Ihre Frau tot. Wir melden uns in exakt fünf Minuten wieder.«

Fonton fasste nach hinten und zog die Sporttasche nach vorn. »Viel Glück, Herr von Stetten«, sagte er.

Sofort nachdem Lukas den Wagen verlassen hatte, griff Fonton zum Telefon und instruierte seine Männer. Dann verließ der ehemalige SAS-Commander den Wagen und lief ebenfalls in Richtung Nürnberger Hauptmarkt. Er hatte sein Jackett ausgezogen, eine Kappe aufgesetzt, und um seinen Hals baumelte jetzt eine kleine Kamera.

Fontons Vorteil war seine jahrzehntelange Erfahrung. Wenn er nicht gesehen werden wollte, dann wurde er auch nicht gesehen.

Kapitel 22

Lukas steuerte direkt auf den Hauptmarkt zu. Die Türme der beiden Kirchen und die gotische Fassade des Rathauses ragten bereits vor ihm auf.

Er hatte eben den Rand des trapezförmigen Platzes erreicht, als sein Handy erneut klingelte. Die Übergabe sollte beim Schönen Brunnen, einem der Wahrzeichen Nürnbergs, stattfinden. Neben Rathaus und Frauenkirche bildete er das Herzstück des Hauptmarktes. Da der Brunnen ständig von Touristen mit Fotoapparaten umlagert und der Hauptmarkt gut besucht war, gab es in ganz Nürnberg keinen besseren Ort, an dem man mit zwei Millionen Euro ungestörter untertauchen konnte.

Lukas sah erneut auf seine Uhr, 11:54 Uhr. Er stellte die Tasche, wie es der Entführer verlangt hatte, hinter sich ab und wartete. Eine Stunde sollte er sich nicht vom Fleck rühren. Bei erfolgreicher Übergabe würden seine Frau und sein Sohn um Punkt 13:00 Uhr in der Frauenkirche auf ihn warten.

Lukas spürte sein Herz schmerzhaft in der Brust hämmern. Er hatte alle Auflagen der Entführer erfüllt. Warum sollte er nicht hoffen, dass sein Albtraum in einer Stunde ein Ende fand? Er sehnte sich danach, den kleinen warmen Körper seines Sohnes an sich zu drücken.

Das dichte Treiben auf dem Marktplatz nahm er nur am Rande wahr. Er hatte sich so positioniert, dass sich die Frauenkirche genau in seinem Blickfeld befand. Warteten Magali und Matti vielleicht schon dort auf ihn? Nur mit Mühe unterdrückte er den Drang, sofort loszurennen und nachzusehen.

Jetzt, um zwölf Uhr mittags, fanden sich besonders viele Menschen auf dem Hauptmarkt ein. Dann setzte das berühmte Männleinlaufen der Frauenkirche ein. Es war 1356 von Kaiser Karl IV. zur Erinnerung an die Goldene Bulle gestiftet worden.

Schlag zwölf öffnete sich an der Uhr ein Tor, und das Männleinlaufen wurde mit Glöckchengeläut eröffnet. Es folgten ein Ordner und eine Reihe Musiker, dann die sieben Kurfürsten mit den Reichskleinodien. Am Ende schlugen zwei Männer auf eine Glocke, anschließend verschwand der ganze Zug wieder im Inneren.

Um Lukas herum stießen die Touristen begeisterte Laute aus, schossen unentwegt Fotos und filmten das Schauspiel mit Kameras und Smartphones. Lukas achtete nicht weiter auf sie.

Eine Gruppe junger Rucksacktouristen drängte nun an das Brunnengitter heran. Sie unterhielten sich in einer slawisch klingenden Sprache. Lukas identifizierte es als Polnisch, die Sprache des verstorbenen Papstes Johannes Paul II.

Lukas sah schon wieder auf die Uhr. Gerade einmal sieben Minuten waren vergangen. Er fragte sich, ob die Tasche noch hinter ihm stand.

»Herr von Stetten! Ach wie schön, Sie wieder einmal zu treffen«, trällerte es plötzlich neben ihm. *Mist!* Fast hätte er einen Fluch ausgestoßen. Sieglinde Meister, Gastseelsorgerin der Frauenkirche. Ausgerechnet! Er musste sie loswerden. Aber wie? Sie war für ihre Hartnäckigkeit berüchtigt. Sie kümmerte sich um die Touristenführungen in der Frauenkirche, vor allem aber trieb sie die Spenden für die Kirche ein.

Jetzt maß Sieglinde Meister Lukas wie ein Metzger seinen besten Braten. Zweifellos hatte sie ihn als Opfer für die nächste Spende auserkoren. Sie linste an ihm vorbei und rief: »Oh, Sie kommen gerade vom Sport? Sehr löblich, das hält Geist und Körper zusammen!« Eifrig wippten ihre kurzen grauen Löckchen im Rhythmus ihrer Worte mit.

Vielen Dank, Frau Meister! Immerhin wusste Lukas jetzt, dass sich seine Tasche noch an Ort und Stelle befand.

So viel zur Theorie, dass es keinen besseren Ort für die Übergabe geben konnte als den Schönen Brunnen, seufzte Lukas im Stillen. Leider machte die Frau keine Anstalten, zu gehen. Unruhig wechselte er von einem Bein auf das andere, im Bewusstsein, dass der Entführer ihn beobachtete.

Frau Meister setzte eben zu ihrer üblichen Spendenrede an, als sie plötzlich die Hände vor den Mund schlug. »Ja ist denn das die Möglichkeit!«, rief sie aus. »Ja, hat man so was schon einmal gesehen? Ist der denn verrückt geworden?«

Lukas konnte nun auch ein rasch näher kommendes Motorengeräusch ausmachen. Er stand wie erstarrt und durfte sich auf keinen Fall umdrehen. Der Entführer! Er preschte über den Marktplatz!

Frau Meister stieß plötzlich einen schrillen Schrei aus und machte einen Satz auf den Brunnen zu, als wollte sie über das Geländer hüpfen. Dann war das Gefährt da, der Fahrer schnappte sich die Sporttasche und raste in die entgegengesetzte Richtung davon.

Ein Moped! Natürlich! Die Menge teilte sich vor ihm wie das Rote Meer, Menschen kreischten und sprangen zur Seite. Frau Meister selbst schrie noch immer, steckte damit einige ältere Damen an, und irgendein Idiot kam auf die unheilvolle Idee und brüllte: »Eine Bombe, eine Bombe!« Ein Hauch von Wahnsinn machte sich breit und pflügte wie eine unheilvolle Welle quer durch den Hauptmarkt.

Noch mehr Menschen schrien, wussten nicht, was eigentlich los war und wohin sie fliehen sollten, und stoben deshalb einfach wild in alle Richtungen davon. Schlagartig fand sich Lukas inmitten einer menschlichen Stampede wieder. Er drückte sich eng gegen das Brunnengitter. Immerhin hatte die Menge Frau Meister verschluckt.

Wie aus dem Nichts tauchte James Fonton neben Lukas auf

und packte ihn am Arm. »Kommen Sie, Herr von Stetten. Es ist vorbei.«

»Was fällt Ihnen ein, Fonton?«, fuhr ihn Lukas an und entriss ihm seinen Arm. »Sie sollten doch beim Wagen bleiben.«

»Ihr Vater hat mich beauftragt, auf Sie aufzupassen. Genau das tue ich.«

»Ich komme alleine klar«, rief Lukas aufgebracht. »Die Anweisung lautete, mich eine Stunde lang nicht zu rühren. Genau das werde ich tun. Ich gefährde doch nicht das Leben meiner Familie. Verschwinden Sie, Fonton.«

»Der Entführer wird nicht kommen.«

»Was soll das jetzt? Er hat das Lösegeld längst.«

»Irrtum. Das Geld wurde soeben gestohlen.«

»Was? Sind Sie verrückt geworden?«

»Glauben Sie mir, es ist so. Die Übergabe ist geplatzt.«

Um sie herum begann sich der Platz langsam zu lichten. Polizeisirenen waren zu hören.

»Und was macht Sie da so sicher?« Lukas weigerte sich weiter, Fonton zu glauben.

»Ich habe den Dieb erkannt.«

Am Rande des Platzes stieß jemand einen lauten Fluch aus, steckte sein Fernglas weg und verließ die Szene.

Kapitel 23

Knapp zwei Stunden später hatte sich in der Bibliothek der Villa des Industriellen Heinrich von Stetten eine größere Runde versammelt.

Anwesend waren die beiden Kriminalbeamten Kreitmeier und Rath, die das Mädchen Jeanette erneut begleitet hatten, diesmal zusammen mit ihrer Mutter, sowie Lukas' Vater, Lukas, Lucie und James Fonton.

Lukas war ganz schlecht vor Angst um seinen Sohn und Magali. Lucie spürte seine Verzweiflung. Sie saß dicht neben ihm, griff nach seiner Hand und drückte sie fest.

Jeanette war noch am Rande des Hauptmarktes durch einen von James Fonton dort postierten Mann abgefangen worden.

Die Sporttasche mit dem Lösegeld und der Akte parkte sicher zwischen Fontons Füßen.

Lukas starrte die Tasche böse an. Die fehlgeschlagene Übergabe lag wie eine unheilvolle Prophezeiung über ihm. Das Mädchen hatte erneut alles vermasselt. Er wollte nicht an die Konsequenzen für seine Familie denken, doch die Drohung des Entführers, dass seine Frau Magali sterben würde, bohrte sich in sein Ohr. Dabei hatte er alles getan, was die Entführer verlangt hatten! Alles schien sich gegen ihn verschworen zu haben.

Sein Vater Heinrich hatte aufgrund der jüngsten Ereignisse darauf gepocht, dass sie die Polizei nicht weiter außen vor lassen konnten. Die Diskussion darüber war in vollem Gange. Darüber hinaus hatten sie keine Verfügungsgewalt über den minderjährigen Teenager, konnten Jeanette nicht gegen ihren

Willen festhalten. Aus diesem Grund hatte James Fonton sie noch am Marktplatz der örtlichen Polizei übergeben.

Nachdem man Lukas über Jeanettes Rolle in dem Entführungsdrama aufgeklärt hatte, hatte er sich nur mit Mühe zurückhalten können, sie nicht anzuschreien. Sie war nichts weiter als ein verblendetes Kind, das sich darin verrannt hatte, ihn zu verehren wie einen Popstar.

Auf einen Wink Kreitmeiers hin wurde sie nun von ihrer Mutter hinausgeführt. Das Mädchen schien viel zu verwirrt, als dass es begreifen konnte, was es angerichtet hatte. Sie sandte flehentliche Blicke in Lukas' Richtung, doch er sah sie nicht an.

Lukas war auch über seinen Vater verärgert. Er hatte ihn entgegen ihrer Vereinbarung weiter durch Fonton und seine Leute observieren lassen.

So viel stand fest: Jeanette hatte nichts mit der Entführung zu tun. Sie hatte sich nur ein zweites Mal zur falschen Zeit am falschen Ort eingemischt. Andererseits, überlegte Lukas weiter, wenn Fontons Mann sich das Mädchen mit dem Lösegeld nicht geschnappt hätte, dann wäre sie womöglich dem Entführer in die Hände gefallen. Dann hätte die Angelegenheit für den Teenager weit weniger glimpflich ausgehen können.

Er erhob sich abrupt und griff nach der Sporttasche. Sofort versiegten alle Wortgefechte, als hätte jemand den Ton abgestellt. Alle Köpfe wandten sich dem jungen Vater zu.

»Was hast du vor, Lukas?«, fragte Heinrich von Stetten in die entstandene Stille hinein.

»Ich gehe nach Hause. Meine einzige Hoffnung ist, dass der Entführer sich nochmals bei mir meldet und mir glaubt, dass ich mit der Aktion auf dem Hauptmarkt nichts zu tun hatte. Ab sofort handele ich allein. Und mit *allein* meine ich allein. Ich verbitte mir jegliche Einmischung, weder durch dich, Vater, noch durch deine Leute oder die Polizei. Sie haben bisher nichts erreicht, außer die Situation verschlimmert.« Lukas sah jeden der

Anwesenden, bis auf Lucie, der Reihe nach streng an. »Guten Tag.« Er stürmte aus dem Raum.

Fonton suchte den Blick seines Arbeitgebers. Heinrich von Stetten nickte ihm ernst zu. »Folgen Sie ihm und bewachen Sie das Geld, aber greifen Sie nicht aktiv in die Übergabe ein. Ich will meinen Enkel lebend zurück. Vielleicht hat mein Sohn damit recht, wenn er die Sache allein zu Ende bringen will. Ich vertraue ihm.«

Kapitel 24

Das eigene Zuhause ist für jeden Menschen ein Hort der Sicherheit – das Unterpfand für Geborgenheit, Licht und Wärme. Seit 24 Stunden war es das für Lukas nicht mehr. Er betrat das kleine Reihenhaus beinahe widerstrebend. Seine Schwester hatte sich ihm unaufgefordert angeschlossen. Lucie war der einzige Mensch, dessen Nähe er im Moment ertragen konnte.

Lucie, selbst gefangen zwischen ihrer Sorge um Matti und Magali und der Trauer über den Tod ihres Freundes Jules, konnte die Wut und Verzweiflung ihres Bruders spüren.

Lukas verfügte im Grunde über kaum weniger Temperament als seine vor Energie und Lebendigkeit strotzende Schwester. Nur dass Lucie davon wie ein beschwingter Sprühregen umgeben war, den sie verschwenderisch verteilte. Lukas' Temperament hingegen lauerte tiefer auf seine Gelegenheiten, es ruhte unter seiner Oberfläche, gebändigt durch Disziplin und eine tiefere innere Ruhe, die er aus seinem nach wie vor starken Glauben zog. Es waren Situationen wie diese, sinnlos und unbegreiflich, die seine Beherrschung zum Einstürzen brachten. Dann brach sich seine Leidenschaftlichkeit Bahn.

Lukas saß vor dem Telefon, als wollte er es beschwören zu klingeln. Abwechselnd hob er den Hörer ab, um sich zu vergewissern, dass der Apparat funktionierte, oder prüfte das Display seines Handys auf Nachrichten. Lukas durchlebte die schlimmste aller Foltern: das Warten.

Ihn peinigte die Frage, wie skrupellose Kriminelle reagierten, wenn ihnen zum Greifen nahe zwei Millionen Euro durch die Lappen gegangen waren. Wenn die Bande alles mitverfolgt hatte, wovon auszugehen war, dann hatten sie auch registriert, dass er sich nicht an ihre Anweisung gehalten hatte, sondern Fonton zur Stelle gewesen war.

Wieder einmal hatte sich sein Vater über seinen Willen hinweggesetzt. So war er immer schon gewesen. Er plante und herrschte über seine Familie, genauso wie er über sein Firmenimperium herrschte.

Lukas war fast wahnsinnig vor Angst um Matti. Bilder suchten ihn heim, eines grausamer als das andere. Er sah Matti blutend in einem dunklen Raum liegen und nach seinem Vater rufen. Er sah, wie die Entführer seine Frau umbrachten und ihren Leichnam neben Matti liegen ließen. Fast wünschte er sich jetzt, dass Magali mit der van Kampen unter einer Decke steckte, dass sie und sein Sohn noch bei ihr in der Villa in Barcelona wären.

Das Telefon stand vor ihm, ein Apparat ohne Seele oder Urteil, weder gut noch böse, nur ein Ding aus Kunststoff.

Zwei Stunden blieb das Telefon stumm. Stunden, in denen Lukas von sämtlichen Dämonen heimgesucht wurde.

Als das Telefon endlich läutete, wurde Lukas so sehr von Panik übermannt, dass er paradoxerweise einige Sekunden zögerte. Ausgerechnet jetzt war er allein. Lucie hatte wenige Minuten zuvor beschlossen, mit den Hunden eine Runde spazieren zu gehen.

Lukas' Hand zitterte, als er das Gespräch entgegennahm.

Eine verzerrte Stimme sagte kalt: »Sie haben einen letzten Versuch, von Stetten. Ich warne Sie. Noch ein Fehlschlag, und Ihre Frau stirbt, und ich schicke Ihnen das Ohr Ihres Sohnes.« Der Anrufer ließ ein böses Lachen hören.

Die Drohung des Entführers ließ alles Blut aus Lukas' Gesicht weichen. Er hielt den Hörer mit beiden Händen umklammert. »Ich will mit meiner Frau sprechen, sonst halte ich die Akte zurück«, forderte er mit verzweifelter Entschlossenheit.

Der Mann lachte schallend, als hätte ihm Lukas einen guten Witz erzählt. »Machen Sie sich nicht lächerlich«, sagte er dann gefährlich ruhig. Auf jedem einzelnen Wort schien eine weitere Drohung zu liegen.

Lukas versuchte zu insistieren, doch der Mann fiel ihm ins Wort, nannte Zeit und Ort der Übergabe und wies ihn an, sein Mobiltelefon zurückzulassen. Dann brach er das Gespräch ab.

Lukas blieb weniger als eine Stunde. Er musste sofort los. Er nahm sich nicht einmal mehr die Zeit, Lucie eine Nachricht zu hinterlassen. Er zog die Sporttasche unter dem Küchentisch hervor und verließ das Haus.

Er fuhr direkt an der zurückkehrenden Lucie vorbei, ohne auf ihr Winken zu reagieren. Er nahm sie nicht einmal wahr.

Plötzlich schreckte ihn das Klingeln eines Mobiltelefons auf. Seines konnte es nicht sein, er hatte es, wie befohlen, zu Hause gelassen. Das Erste, was ihm durch den Kopf schoss, war, dass Fonton ihm eines in die Tasche geschmuggelt haben könnte, um ihn jederzeit orten zu können. Er biss die Zähne zusammen, um einen Fluch zu unterdrücken. Dann merkte er selbst, wie unsinnig der Gedanke war. Warum sollte Fonton ihn dann anrufen? Außerdem klang der Ton nicht gedämpft, wie es der Fall gewesen wäre, wenn das Handy sich in der Tasche befunden hätte. Das Klingeln hörte sich an, als befände sich das Telefon unter seinem Sitz. Weiter auf den dichten Feierabendverkehr achtend, tastete Lukas hektisch mit der Hand unter seinem Sitz herum. Schließlich konnte er es greifen.

»Hallo?«, schrie er atemlos hinein.

»Kleine Planänderung, von Stetten«, drang die Stimme des Entführers an sein Ohr. Er oder ein Komplize musste ihm das Handy in seinen Passat geschmuggelt haben. »Ich will keine weiteren Überraschungen erleben«, fuhr er fort und nannte Lukas einen neuen Treffpunkt: einen verlassenen Schrottplatz im Nürnberger Westen.

Lukas besaß kein Navi, und die Adresse war ihm unbekannt.

Er fuhr an den Straßenrand und kramte einen zerfledderten Stadtplan aus dem Handschuhfach. Wie ursprünglich gefordert, war er an der Anschlussstelle Nürnberg-Zollhaus auf die Südwesttangente aufgefahren. Das bedeutete, er musste umkehren.

Vor Aufregung hätte er beinahe die Ausfahrt Königshof verpasst. Er schlidderte mit quietschenden Reifen vor einem Lkw auf die rechte Spur, fuhr eine Schleife und setzte seine Fahrt in der entgegengesetzten Richtung fort.

Auf der gegenüberliegenden Fahrbahn fluchte Fonton laut. Er hatte Lukas' abruptem Manöver in dem dichten Verkehr nicht rechtzeitig folgen können und verlor ihn aus den Augen.

Es war kurz vor 17:00 Uhr; der Nürnberger Berufsverkehr kam immer mehr in Fahrt und mit ihm Lukas' Befürchtung, dass er es nicht rechtzeitig zur Übergabe um 17:30 Uhr schaffen würde. Rote Ampeln, in zweiter Reihe parkende Lieferwagen und Baustellen, die jedes Frühjahr wie Pilze aus dem Boden schossen, zerrten zusätzlich an seinen Nerven.

Seine Uhr zeigte 17:33 Uhr an, als er endlich an dem Schrottplatz anlangte. Er schien verlassen. Das Tor, auf dem ein verrostetes Schild die Öffnungszeiten verkündete, stand offen.

Lukas fuhr in den Hof und hielt in der Mitte des weitläufigen Platzes an. An dessen Rändern türmten sich ausgeschlachtete Autoskelette in den Himmel, wie nach einem apokalyptischen Krieg. Ihm gegenüber, am Ende der kurzen Zufahrtstraße, befand sich eine baufällige Baracke, auf die jemand mit Farbe hochtrabend BÜRO geschrieben hatte. Direkt daneben stand eine Hundehütte. Sie war erschreckend groß. Lukas konnte nur hoffen, dass sie genauso verlassen war wie der Schrottplatz.

Das Adrenalin rauschte in seinen Adern, während er sich umsah, unschlüssig, was als Nächstes von ihm erwartet wurde. Er hatte das Mobiltelefon auf der Mittelkonsole abgelegt und starrte auf das Display. Inzwischen zeigte es 17:36 Uhr an.

Sollte er aussteigen oder im Wagen sitzen bleiben? Mit Sicherheit beobachteten ihn die Entführer aus ihrem Versteck irgendwo hinter den Autowracks.

Ob sie zuerst das Lösegeld sehen wollten, bevor sie selbst in Erscheinung traten?, fragte er sich. Lukas öffnete langsam die Fahrertür, griff sich die Sporttasche und stieg aus.

Die Tasche platzierte er einige Meter weit vom Fahrzeug entfernt. Er zögerte kurz, dann zog er den Reißverschluss ganz auf, sodass mit einem Fernglas die gebündelten Banknoten für die Entführer gut erkennbar sein würden. Lukas griff nach dem Päckchen mit Rabeas Akte. Er hatte das Päckchen wohl oder übel vor der ersten Übergabe geöffnet, um sich zu vergewissern, dass es sich tatsächlich um die geforderten Unterlagen handelte. Der Inhalt der Akte, ein Micro-SD-Chip, ein Dutzend verschwommene Wüstenfotos und ungefähr zwanzig Seiten verschlüsselter Papiere, hatten letzte Zweifel ausgeräumt. Er hob den grünen Aktendeckel mit gestreckten Armen über seinen Kopf und drehte sich einmal um seine eigene Achse. Danach legte er sie sichtbar oben auf der Tasche ab. Er kehrte zu seinem Wagen zurück und setzte sich wieder hinein. Die Tür ließ er offen stehen.

Er wartete. Nichts geschah. Eine Viertelstunde verstrich, alles blieb ruhig. Lukas rief sich nochmals die Koordinaten des Schrottplatzes in Erinnerung. Er war am richtigen Ort. Er hielt das Handy der Entführer in der Hand und checkte fortlaufend, ob eine neue Nachricht mit Anweisungen eingetroffen war. Vermutlich gingen sie auf Nummer sicher und wollten sich vergewissern, dass ihm diesmal kein weiterer verliebter Teenager auf den Fersen war, überlegte Lukas grimmig.

Schließlich hielt er es vor Nervosität nicht mehr im Wagen aus. Er beschloss, sich wenigstens kurz die Beine zu vertreten.

Er war kaum ausgestiegen, als um ihn herum die Hölle ausbrach. Schüsse peitschten, Querschläger pfiffen, und mehrere der ausgeschlachteten Fahrzeuge gingen in einer ohrenbetäubenden Explosion gleichzeitig in Flammen auf.

Lukas verharrte wie paralysiert inmitten des Geschehens. Er registrierte nicht einmal den Schuss, der direkt neben ihm in die Hintertür seines Wagens einschlug. Fassungslos fragte er sich, was hier gerade geschah.

Hinter ihm sprintete jemand heran und brüllte: »Steig in den verdammten Wagen, Lukas.« Doch Lukas war unfähig, sich zu rühren. *Diese Stimme!*

Jules?!

Plötzlich wurde Lukas mit voller Wucht umgestoßen, während weitere Kugeln unmittelbar neben ihm einschlugen. Kies spritzte auf und traf ihn wie kleine Nadeln. Er wurde hochgezerrt und auf den Beifahrersitz seines Wagen bugsiert, die Tasche flog hinterher, sein Retter hechtete auf den Fahrersitz und raste mit quietschenden Reifen davon. Erst als der Fahrer nach einigen Minuten wilder Fahrt sicher sein konnte, dass niemand sie verfolgte, hielt er in einer ruhigen Seitenstraße an.

»Bei Allah, Lukas! Habe ich dir nicht beigebracht, dass man auch einmal den Kopf einziehen muss?«, fuhr Jules ihn an.

Keine Reaktion. Lukas saß reglos auf dem Beifahrersitz und starrte wie in Trance vor sich hin.

»Lukas, bist du verletzt? Wenn ja, sag's mir, damit ich dir helfen kann.« Jules packte ihn an der Schulter und tastete seinen Freund auf Schusswunden ab. *Merde, Blut.* Lukas' linker Arm war von einer Kugel getroffen. Jules beugte sich über ihn und inspizierte die Wunde näher. Nichts Bedrohliches, ein Streifschuss.

Lukas hatte die Untersuchung ohne Reaktion über sich ergehen lassen. Ein einziger Gedanke beherrschte ihn: *Gescheitert, er war wieder gescheitert! Sein Sohn und seine Frau waren so gut wie tot, tot, tot …*

Jules überschüttete ihn mit einem Wortschwall. Erst als er mehrmals hintereinander gesagt hatte: »Hörst du, Lukas, Matti geht es gut. Matti geht es gut, okay?«, sickerten die Worte in sein Bewusstsein und kehrte Bewegung in den Erstarrten zurück.

Widerstrebend wandte er sich der Stimme zu. Es war wirklich Jules. *Aber Jules war doch tot?* War er auch tot? Irgendwie fühlte er sich erleichtert, er war nun ohne Bürde und ohne Schuld, er war frei. Unwillkürlich trat ein verklärtes Lächeln auf sein Gesicht.

Jules sah es und ärgerte sich. *Sieht diesem Expfaffen ähnlich, ausgerechnet jetzt in andere Gefilde abzudriften!* Er sagte »Entschuldige das jetzt bitte, Lukas«, und verpasste seinem Freund eine schallende Ohrfeige.

Was sämtliche Trompeten Jerichos nicht vermocht hätten, der Ohrfeige gelang es: Sie ließ seinen Freund wie einen Stein aus himmlischen Verheißungen in die Wirklichkeit zurückplumpsen.

»Was …?«, japste Lukas und rieb sich die schmerzende Wange, aber seine Augen belebten sich sichtlich. »Jules … aber … du warst doch tot …?«, stammelte er.

»Ich hoffe sehr, du bist froh, dass ich es nicht bin«, erwiderte Jules trocken.

Lukas rang damit, die Bilder der letzten Stunden in die richtige Reihenfolge zu bringen. Dabei war es nicht hilfreich, dass sein Kopf summte wie ein Bienenkorb.

»Du hast einen Schock erlitten, Lukas. Ich musste dich ins rechte Lot rücken.«

Das hatte Jules' Vater immer zu ihm gesagt, wenn er ihn verprügelt hatte, wenn er etwas angestellt hatte. Jules war von ihm oft ins rechte Lot gerückt worden.

»Was ist passiert?«, fragte Lukas und bewegte den Mund, um zu prüfen, ob sein Kiefer noch intakt war.

»Woran kannst du dich denn erinnern?«

Lukas kniff die Augen zusammen. Die gedankliche Rückkehr zum Schrottplatz-Desaster bohrte sich in ihn wie die Lanze des Longinus in Jesus' Brust. Es fachte seine Wut erneut an.

»Warum hast du mich daran gehindert, meine Familie freizukaufen?«, fuhr er seinen Freund an.

»Lukas, hör mir zu. Es ist nicht so …«

»Nein, du hörst mir jetzt zu«, unterbrach ihn Lukas aufgebracht. »Irgendwo da draußen sind mein Sohn und meine Frau, und sie haben Todesangst. Sie verlassen sich auf mich, dass ich sie aus den Händen dieser geldgierigen Mistkerle rette. Aber das kann ich nicht tun, weil mir ständig jemand dazwischenfunkt. Erst dieses Mädchen und nun du. Wieso lebst du überhaupt noch?«

Wenigstens hat Lukas keinen Filmriss. »Wirklich schön zu sehen, wie du dich freust, mich zu sehen. Hast du nicht verstanden, was ich gesagt habe?«

»Was denn?«, brüllte Lukas, am Ende seiner Geduld.

»Ich sagte dir, dass es Matti gut geht!«

Der Sinn der Worte schien sich nur langsam bei Lukas durchzusetzen. »Was soll das heißen, Matti geht es gut?« Eine ungeheuerliche Hoffnung, dass sein Freund Matti und Magali bereits befreit hatte, überkam ihn. Jules wäre das durchaus zuzutrauen. Doch dessen nächste Worte machten diese Hoffnung sofort wieder zunichte.

»Das heißt, dass du beinahe Lösegeld an einen Betrüger bezahlt hättest. Deine Familie befindet sich weiter bei der van Kampen in Barcelona. Los, verschwinden wir von hier. Die sind weiter hinter uns her.«

Während der Fahrt blickte Jules immer wieder prüfend in den Rückspiegel. Er bog mehrmals ab und parkte minutenlang in einer Nebenstraße eines gleichförmigen Wohngebietes, um etwaige Verfolger abzuschütteln. Dort setzte er eine Nachricht per Smartphone ab.

»Was tust du? Wem schreibst du? Geht dein Handy wieder?«

»Nein, ist Kaschinskis. Ich gebe der Polizei die Adresse des Schrottplatzes durch. Ich habe da ein wenig Abfall hinterlassen.«

»Abfall?«

»Gleich.« Jules startete erneut den Wagen. Dann berichtete er dem fassungslosen Lukas, was sich seit dem Vorfall im Garten der van Kampen ereignet hatte. »Du wolltest wissen, Lukas, ob ich Kaschinski traue. Ich sagte Nein, aber dass gekaufte Loyalität genügen muss. Leider tat es nicht einmal das. Er hat uns gelinkt.«

»Was hat er genau getan?«, fragte Lukas gepresst.

»Erinnerst du dich an die kugelsicheren Westen, die er dabeihatte? Als er mir eine anbot, habe ich, meinem Instinkt gehorchend, behauptet, dass ich diese grundsätzlich ablehne. Tatsächlich hatte ich meine eigene Weste dabei. Sie hat mir das Leben gerettet. Aber ein Schuss in den Rücken fühlt sich trotzdem an, als hätte dich ein Kamel getreten. Wieder wach wurde ich, weil es um mich knallte wie auf den Golanhöhen. Dabei war es nur ein Feuerwerk. Die Van-Kampen-Party war noch im vollen Gange, aber Kaschinski und du, ihr wart spurlos verschwunden. Ich schlich mich an Magali heran, aber sie hatte nichts mitbekommen. Wir konnten nur kurz sprechen, weil wir von Van-Kampen-Gorillas gestört wurden. Magali hat mir jedoch versichert, dass sie und Matti bald nach Hause kämen. Ich vertraue ihr, mein Freund. Und das solltest du auch«, ergänzte Jules.

Lukas wollte etwas Heftiges erwidern, doch Jules schnitt ihm das Wort sofort ab. »Merde, deine unchristliche Vorverurteilung steht dir wie ein Bibelvers ins Gesicht geschrieben! Warte damit, ich bin noch nicht zu Ende. Nach dem Gespräch mit Magali bin ich zum Eingang, wo noch der Blumenlieferwagen stand, und fuhr zum Hotel zurück.«

»Moment«, fiel ihm Lukas trotzdem ins Wort. »Wenn du uns gestern schon gesucht hast, warum bist du dann nicht gleich nach Nürnberg zurückgeflogen? Das Flugzeug meines Vaters stand noch am GAT. Überhaupt, warum hast du nicht Lucie angerufen?«

»Weil ich Pech hatte. Als ich das Hotel wieder verließ, wartete schon die Polizei auf mich. Unsere temperamentvolle Gärtnerin war befreit worden und hatte ihr Fahrzeug als gestohlen gemeldet. Ich hatte keine Chance, die haben mich mit gezogenen Waffen einkassiert, und eine Schießerei wollte ich nicht riskieren. Richtig brenzlig wurde es, als sie die Waffe bei mir entdeckt haben. Gut, dass ich falsche Papiere dabeihatte, sonst würde ich jetzt richtig in der Tinte sitzen. Heute Vormittag sollte ich dem Haftrichter vorgeführt werden, und da gelang es mir zu türmen. Ich habe ein Auto geknackt und bin sofort zum Flughafen. Wer rechnet damit, dass ein Autodieb über einen Firmenjet verfügt.« Jules gönnte sich ein Grinsen.

»Ich verstehe es trotzdem nicht«, meinte Lukas verwirrt. »Wenn du schon heute zurück in Nürnberg warst, wieso bist du dann nicht sofort zu mir gekommen, sondern platzt stattdessen mitten in die Lösegeldübergabe? Und wie konntest du überhaupt von diesem Ort wissen?«

»Immer der Reihe nach. Nachdem ich wusste, dass Kaschinski uns hereingelegt hatte, wollte ich den Vorteil nutzen, als tot zu gelten. Alles, was der Mann dir erzählt hat, war gelogen. Es gibt keine neuen Entführer. Kaschinski ist ein Trittbrettfahrer, er wollte selbst die zwei Millionen abkassieren. Er ist das, was man einen Doppelagenten nennt, mit dem Arsch immer da, wo das Toilettenpapier am weichsten ist. Deshalb hatte ich mich an seine Fersen gehängt. Ich wollte herausfinden, wer seine Hintermänner sind. Das Geld ist für Kaschinski nur ein Zubrot, es geht hier primär um Rabeas …«

»Halt! Verstehe ich dich richtig? Magali und Matti sind nach wie vor in Barcelona, und Kaschinski hat den Überfall auf uns beide nur vorgetäuscht, um an die zwei Millionen zu kommen?«

»Schon, aber nicht nur deshalb.«

»Heißt das, er hat auch den Überfall auf die van Kampen erfunden?«

»Welchen Überfall?«

»Kaschinski hat behauptet, eine Bande Russen hätte das Anwesen der Holländerin überfallen, alle Gäste bestohlen und anschließend in den Keller gesperrt.«

»Merde, das war schlau von ihm. Damit hat er verhindert, dass du nochmals in die Villa zurückkehrst und Kontakt mit der van Kampen aufnimmst. Dann wäre sein doppeltes Spiel aufgeflogen. Stattdessen hat er dich nach Nürnberg gelockt, weil er wusste, dass du das Geld von deinem Vater bekommen würdest.«

»Er hat das Ganze also nur inszeniert, um selbst abzukassieren. Dieser verdammte Scheißkerl!«, entfuhr es Lukas heftig.

»Es geht um mehr als nur um das Geld, Lukas. Deshalb musste ich die Übergabe um jeden Preis verhindern. Kaschinskis Komplizen habe ich erwischt, er selbst ist mir leider entwischt, und zwar, weil *du* auf dem Platz standest wie eine Zielscheibe! Ich hatte die Wahl zwischen dir und ihm.«

Lukas brütete kurz über das Gehörte nach und zog die richtigen Schlüsse. »Ich verstehe, es geht also um Rabeas Akte. Was ist daran so …«

»Nicht jetzt, Lukas«, wiegelte Jules ab. »Wenn wir bei dir sind, erzähle ich dir alles, was du wissen musst. Aber zuvor sollten wir die Tasche an einen sicheren Ort bringen.« Jules' Kopf vollzog dabei eine Bewegung, einer Schildkröte nicht unähnlich, die sich bei Gefahr in den Panzer zurückzog.

Die Beobachtung ließ Lukas stutzen. Er kannte Jules zwar erst seit zwei Jahren, aber sie hatten gemeinsam schon einige Extremsituationen durchgestanden. Unsicherheit war etwas, das er mit seinem Freund bisher nicht in Zusammenhang gebracht hätte. Verschwieg er ihm etwas? Ging es um Magali? Wusste er mehr über ihren Betrug? Oder ging es ihm um die Akte? Plötzlich fielen ihm Kaschinskis Andeutungen über Jules ein. Enthielten sie womöglich ein Körnchen Wahrheit? Spielte auch Jules ein falsches Spiel? Nein! Lukas schüttelte seine Zweifel ab. Was war nur in ihn gefahren? Allein der Gedanke daran war absurd. Verlegen tastete er nach seiner geschwollenen Wange. Dabei schoss ein heißer Schmerz durch seinen rechten Arm. Verwundert starrte er auf seinen blutigen Ärmel.

»Ah, auch schon gemerkt? Keine Sorge, ist nur ein Streifschuss«, meinte Jules mit einem Seitenblick.

Er fuhr zügig, ließ aber den Rückspiegel dabei selten aus den Augen. Erst als er sich sicher war, nicht verfolgt zu werden, steuerte er die kleine Synagoge an, der Rabbi Rosenthal früher vorgestanden hatte. Lukas kannte sie gut. Er runzelte die Stirn. »Was machen wir hier?«, fragte er verständnislos.

»Rabbi Silbermann ist ein Freund. Rabeas Akte ist hier sicher. Ich möchte mit den Unterlagen keineswegs im Dürerweg antanzen.«

»Du denkst, Kaschinskis Komplizen könnten dort auf uns warten?« Plötzlich wurde Lukas aschfahl. Er packte Jules am Arm: »Mein Gott, Lucie ist dort allein! Sie könnten ihr etwas antun! Wir müssen sofort ...«

»Ruhig Blut, Lukas«, unterbrach ihn Jules. »Lucie ist in Sicherheit. Ich habe vor der Schrottplatzaktion deinen Vater informiert. Fonton und seine Leute sind bei ihr und die Polizei vermutlich auch. Ich glaube kaum, dass Kaschinski dort auftaucht, um sich schnappen zu lassen.« Jules öffnete die Wagentür. »Warte hier, Lukas. Ich bin gleich zurück.« Er zog die Akte aus der Sporttasche, barg sie unter seiner Jacke und verschwand in der Synagoge.

Lukas sah ihm nach. Dass Jules die Akte ausgerechnet in einer Synagoge versteckte, hätte Rabea sicher gefallen.

Wenige Minuten später kehrte sein Freund zurück. In der Tür zur Synagoge tauchte ein runder Mittvierziger mit Nickelbrille auf. Er nickte Lukas von Weitem ernst zu.

Jules stieg ein.

»Woher kennst du Rabbi Silbermann so gut?«, empfing ihn Lukas entgeistert.

»Durch Rabeas Großvater.« Jules startete den Wagen und fuhr los.

»Was ist mit dieser Akte? Was weißt du über sie?«

»Nicht hier. Ich sagte doch, lass uns bei dir reden.«

Kapitel 25

Keine fünfzehn Minuten später erreichten sie den Dürerweg. Jules fuhr den Wagen sofort in die Garage. Mit den Einschusslöchern wollte ihn Lukas keineswegs in der Auffahrt belassen. Es reichte schon, dass hier alles von Polizei wimmelte. Lukas' Vater wie auch die Polizei überließen nichts mehr dem Zufall; die Straße war abgeriegelt worden. Fonton selbst hatte seine halbe Mannschaft aufgeboten, um jeden Winkel zu überwachen. Lukas hatte bei seiner Ankunft kurz mit ihm gesprochen, die neue Situation erklärt und ihn gebeten, ihm zunächst die Polizei vom Leib zu halten. Fonton informierte ihn im Gegenzug, dass sein Vater kurz in die Villa gefahren war, um nach seiner Frau zu sehen, jedoch seine Schwester nach wie vor bei ihm wartete.

Lukas und Jules eilten ins Haus. Weder ihr Vater noch die Polizei hatten Lucie gesagt, wem sie den martialischen Aufmarsch vor der Tür zu verdanken hatte.

Als Lucie hinter Lukas ihren vermeintlich toten Freund erspähte, stürzte sie sich mit dem Aufschrei »Ha, ich wusste es!« auf den Libanesen und warf ihn dabei fast um. Schluchzend hing sie an seinem Hals. Doch sie löste sich bald von ihm. »Was ist mit Matti und Magali?«, wandte sie sich schniefend an Lukas.

Der schüttelte den Kopf. Trotzdem, fand Lucie, machte ihr Bruder alles in allem einen gefassteren Eindruck auf sie als noch vor zwei Stunden. Sie trocknete ihre Tränen. »Was ist passiert? Und warum habt ihr die Tasche wieder dabei?« Lucie hatte sie in Jules' Hand erspäht.

Hinter ihnen waren leise Schritte zu hören. Jules fuhr herum.

Rabeas Großvater erschien im Türrahmen der Küche. Er hatte die Stille in seinem Haus nicht mehr ertragen und sich erneut zu Lucie geflüchtet.

Der Rabbi sah elend aus. Bleich und eingeschrumpft, als zehre eine schlimme Krankheit an ihm. Jules erschrak. Als er ihn vor zwei Wochen zuletzt gesehen hatte, war es ihm noch gut gegangen. Jules dachte sofort an Rabea. War ihr etwas passiert? Er begrüßte seinen väterlichen Freund mit einer festen Umarmung. Der Rabbi flüsterte ihm dabei hastig zu: »Ich muss dich dringend sprechen, Jules.«

Durch die Vielzahl der parallel ablaufenden Ereignisse hatte Jules nicht mehr an Rabeas Großvater gedacht. Eigentlich hätte er sich gestern bei ihm melden sollen, aber sein verdammtes Handy hatte die Besenkammer am Flughafen nicht überlebt.

Jules wandte sich zunächst Lukas zu. »Ich gehe davon aus, dass du noch heute nach Barcelona zurückwillst, um mit der van Kampen zu sprechen?«

»Natürlich, es ist gerade halb acht.«

»Gut, ich kümmere mich gleich um den Slot in El Prat. Aber Lukas, Freund, du siehst schlecht aus. Lucie sollte sich deinen Arm ansehen.«

»Es ist doch nur ein Kratzer«, wehrte Lukas ab. »Ich spüre ihn kaum.«

»Was ist mit deinem Arm?« Lucie war besorgt näher getreten. Im dunklen Flur und in ihrer Aufregung um Jules' Wiederkehr hatte sie die Verletzung nicht gleich bemerkt. »Heilige Scheiße, du blutest ja!«

»Ich sagte doch, es ist nichts.«

»Von wegen. Komm mit ins Bad.« Lucie zerrte ihren Bruder bereits mit sich fort in Richtung Treppe. Widerstrebend fügte sich Lukas der schwesterlichen Gewalt.

Jules nutzte die Gelegenheit, schob den Rabbi ins Wohnzimmer und schloss die Tür. Endlich allein, platzte Rabeas Großvater mit der Hiobsbotschaft heraus. »Die Friedhofsverwaltung hat sich gestern Morgen gemeldet. Rabeas Grab wurde geschändet. Sie vermuten jetzt, dass ihre sterblichen Überreste gestohlen worden sind, aber sie haben sich natürlich auch gewundert, weil der Sarg nicht leer war, sondern mit Steinen beschwert. Was hat das alles zu bedeuten, Jules?« Der Rabbi rang die Hände.

»Merde«, entfuhr es Jules und schlug die Faust in seine linke Handfläche. »Wer immer das war, weiß jetzt, dass wir nicht Rabea beerdigt haben.«

»Mir ist ganz elend. Was können wir tun? Kannst du meine Enkeltochter nicht irgendwie anders erreichen als zum vereinbarten Zeitpunkt?« Ängstlich sah der Rabbi ihn an, er stand vor Sorge sichtlich kurz vor dem Zusammenbruch.

Jules gab sich Mühe, sich seinen eigenen Schrecken nicht anmerken zu lassen. Erst die Entführung von Lukas' Familie, dann Kaschinskis Verrat, und jetzt auch noch das! Das konnte kein Zufall sein, alle Ereignisse hingen zusammen, waren miteinander verknüpft. Der Feind war ihnen auf der Spur! Er musste wohl oder übel seinen Informanten in Marokko anrufen und dazu würde er Kaschinskis Smartphone nutzen. Falls es abgehört wurde, würde das zumindest weitere Rätsel aufgeben, schon wegen der Codenamen, die sein Kontakt und er nutzten. Er musste Rabea unbedingt warnen. Schon tippte er die Nummer ein.

Verflixt, sein Kontakt war nicht erreichbar, und er konnte ihm mangels Mailbox keine verschlüsselte Nachricht hinterlassen.

»Rabea geht es doch gut, oder? Sie können sie doch nicht so leicht finden?« Der Rabbi sah ihn an, seine Augen bettelten förmlich um eine Bestätigung.

Jules legte ihm die Hände auf die Schulter. »Nein, Rabbi. Kein Grund, vom Schlimmsten auszugehen. Ich kümmere mich darum.« Jules tippte auf die Wahlwiederholung. Auch der zweite Versuch schlug fehl.

Der Rabbi sank entmutigt auf die Couch. »Meinst du, dass das irgendwie zusammenhängt?«, fragte er nun genau das, was Jules zuvor selbst überlegt hatte. »Ich meine, das kommt mir gar nicht koscher vor, dass jetzt alles gleichzeitig geschieht, oder? Zwei Jahre ist alles ruhig. Und jetzt diese Entführung, all die Einbrüche und Rabeas Grab wird geöffnet. Ich weiß nicht, ich weiß nicht ...«

»Was hast du gesagt? Mehrere Einbrüche? Wo denn noch, außer bei Lukas' Eltern? Ist hier etwa auch eingebrochen worden?«

»Ja, das ist überhaupt eine komische Sache. Lucie und ich sind gestern darauf gekommen. Ich habe ihr erzählt, dass ich vorgestern das Gefühl hatte, dass jemand in meinem Haus war, aber fehlen tat nichts. Dann hat sie mir erzählt, dass Magali das gleiche Gefühl gehabt hatte, dass jemand Fremdes in ihrem Haus gewesen ist. Aber auch bei ihr wurde nichts gestohlen. Eigenartig, eigenartig ...« Der Rabbi schüttelte den Kopf.

»Jemand ist bei dir und bei allen von Stettens eingebrochen, hat nichts gestohlen, sondern nach etwas gesucht, und das ohne sichtbare Spuren zu hinterlassen?«

»So ist es, und ich denke, ich weiß, was sie gesucht haben, Jules. Rabeas Päckchen, das sie mir vor zwei Jahren für Lukas geschickt hat.« Der Rabbi blinzelte und sah angemessen verlegen und noch mehr schuldbewusst aus. Spätestens jetzt war ihm aufgegangen, dass er Jules viel früher hätte einweihen sollen.

So ist das, dachte Jules grimmig. Das verstand Rabea also unter »sicher verwahrt«. Damit löste sich für ihn das Rätsel, wie Lukas überhaupt zu der Akte gekommen war. Aber hatte sein Freund auch über den explosiven Inhalt Bescheid gewusst? Was er jedoch nicht verstand, wieso Rabeas Großvater es jetzt ins Spiel brachte. »Was lässt dich vermuten, den Einbrechern ging es darum?«, fragte er nach. Dabei hegte er keinen Zweifel an deren Motiv, es ging ihm vielmehr darum, zu ergründen, was genau die Ereignisse in Gang gesetzt hatte.

»Weil Rabea mich an Weihnachten gebeten hat, das Päckchen an mich zu bringen, aber möglichst, ohne Lukas mit ihrem Anliegen zu behelligen. Das war ihr wichtig.« Der Rabbi sprach hastig, als galoppiere das schlechte Gewissen hinter ihm her. »Dir sollte ich auch nichts sagen.« Verlegenes Hüsteln.

»Kein Wunder«, machte Jules seinem Ärger Luft. »Ich hätte ihr den Kopf gewaschen, aber wie. Und? Solltest du dich für sie als Einbrecher betätigen und Lukas' Schubladen durchwühlen?«

»Aber ich wusste doch, wo das Päckchen war!«, verteidigte sich der Rabbi. »Lukas hat es mir selbst erzählt und sogar, dass er es nie geöffnet hat! Das war kurz nachdem er aus Urnäsch mit Magali und Matti zurückkehrte. Rabea meinte deshalb, ich solle Lucie um Hilfe bitten. Herrje, sieh mich nicht so streng an, Jules. Mir ist jetzt klar, dass ich dir besser davon erzählt hätte. Ach, ich bin zu alt für diese Geheimniskrämerei. Obwohl ich ahnte, dass sich Rabea damit den nächsten Zores einbrocken wird, habe ich Rabea versprochen zu schweigen. Ich bin nicht nur alt, mein lieber Jules, sondern auch schwach. Ich brachte nicht die Kraft auf, mit ihr zu streiten. Im Grunde hat ein Satz genügt, um mich zu überzeugen, ihr zu helfen. Sie sagte, das Päckchen sei die Eintrittskarte in ihr altes Leben und ich solle ihr vertrauen. Ich wollte doch nur meine Rabea zurück ...« Der Rabbi war immer leiser und verzagter geworden, saß am Ende zusammengesunken da wie das letzte Häuflein Elend.

Jules stieß ein bitteres Lachen aus. »Rabea vertrauen ...! Ha, allein der Satz hätte dich stutzig machen sollen, Rabbi Rosenthal!« Nun wurde Jules einiges klar, die Puzzlestücke rückten näher zusammen. Rabea hatte die schlafenden Hunde selbst geweckt. Irgendetwas, was sie zwischen Weihnachten und heute getan hatte, hatte den Gegner auf ihre Spur gebracht.

»Ja, das kannst du mir zum Vorwurf machen, Jules: dass ich alter Narr zu schwach gewesen bin. Um ehrlich zu sein, kurz hatte ich auch gehofft, dass Lucie das Päckchen nicht finden würde. Aber es war da. Sie verwahrt es jetzt in einem Bankschließfach.« Der Rabbi konnte nicht wissen, dass die Akte Bestandteil der Forderung Kaschinskis gewesen war, und Jules verzichtete darauf, ihn aufzuklären. Stattdessen stieß er einen zischenden Laut aus. »Du hättest es mir sagen sollen! Dann wäre ich vorbereitet gewesen. Rabea versucht sich erneut an einem Rachefeldzug gegen das Böse in der Welt und merkt nicht, dass sie dem Teufel dabei in die Hände spielt. Luzifer ist ein Chorknabe gegen sie, und du hilfst ihr auch noch dabei!«, schimpfte Jules. Der Rabbi zog die Schultern ein und versank noch tiefer im Sofa.

»Ich muss meinen Kontakt erreichen. Was ist mit dem Prepaidhandy, das ich dir gegeben habe? Hast du es bei dir?«

Bei diesen Worten war der Rabbi noch blasser geworden, falls dies überhaupt möglich war. Entsetzt schlug er sich auf die Stirn. »Beim Moses, jetzt habe ich das Ding doch glatt zu Hause liegen lassen! Was bin ich nur für ein Schmock. Furchtbar, einfach furchtbar, wie alt und schusselig ich geworden bin. Herrje, herrje, jetzt kann mich Rabea ja gar nicht erreichen!«

»Rabea? Welche Rabea soll dich denn erreichen?« Lucie stand in der Wohnzimmertür. Sie hielt ein volles Tablett in Händen und war genauso blass wie der Rabbi. »Ihr habt gerade Rabeas Namen genannt. Ich habe es genau gehört. Ich will jetzt sofort wissen, was hier los ist.« Sie blitzte Jules an und es reichte auch noch für einen strengen Blick an die Adresse des alten Rabbis. *Sie hatte es gewusst! Rabeas Großvater hatte ihr die ganze Zeit etwas verschwiegen!* Deshalb war er auch so verdammt nervös gewesen. Von wegen, es ging ihm gar nicht um den angeblichen Einbruch, ihn beunruhigte etwas völlig anderes! Und die heimliche Päckchen-Aktion an Weihnachten hatte sicher auch etwas damit zu tun. Das nagte schon die ganze Zeit an ihr. Ab sofort würde sie sich von den beiden nicht mehr so einfach abspeisen lassen. Jetzt war Schluss mit Geheimnissen!

Jules sah Lucie verdrossen an, ihre Fragen hatten ihm gerade noch gefehlt. Er wandte sich zunächst an den Rabbi. »Du solltest sofort nach Hause gehen. Ich rufe dich später an.« Besser,

Rabeas Großvater war in seinem labilen Zustand aus dem Weg, er würde sich sonst noch verplappern.

»Natürlich, natürlich.« Der Rabbi hatte sich bereits erhoben und strebte auf die Wohnzimmertür zu, wo ihm Lucie im Weg stand und nicht aussah, als wollte sie ihn vorbeilassen. Er blinzelte sie wie eine Eule an. »Ich gehe besser nach Hause, Kind.« Und dann legte er Jules noch ein Ei. »Unser Freund Jules wird dir alles erklären.«

Vielen Dank, Rabbi Rosenthal. Jules schnaubte, sagte aber nichts. Lucie schnaubte auch. »Also gut, aber du …«, sie fixierte Jules, »bist mir eine Erklärung schuldig.« Sie machte Platz und stellte das Tablett mit den Kaffeebechern und den Resten von Magalis Apfelkuchen auf dem Wohnzimmertisch ab.

»Welche Erklärung bist du ihr schuldig?« Lukas kam den Flur entlang und hatte Lucies letzte Worte mitbekommen. »Oh, du willst schon gehen?«, sagte er zu Rabeas Großvater.

»Ja, ich muss nach Hause. Ich störe euch nur. Ruf mich unbedingt an, wenn es etwas Neues gibt, ja, Lukas? Schalom.«

»Warte, Großvater Rosenthal!« Lucie lief ihm hinterher. Sie öffnete die Haustür und wandte sich dort an den von Fonton postierten Bewacher. »Könnten Sie bitte dafür sorgen, dass jemand den Rabbi nach Hause fährt?«

»Natürlich, Frau von Stetten.« Er winkte jemanden heran.

»Wäre es nicht besser, du bleibst hier? Zu Hause bist du doch nur allein«, unternahm Lucie einen letzten Versuch, den Rabbi zum Bleiben zu bewegen.

»Ach, ihr habt genug Sorgen, da muss ich nicht auch noch mit meinem trübsinnigen alten Gesicht auf dem Sofa herumhocken.«

»Wenn du meinst …«, sagte Lucie gedehnt. »Aber so leicht kommt ihr zwei Geheimniskrämer mir nicht davon. Ich lass mir von euch doch keinen Storch braten!« Lucie entging nicht, dass die Augen des Rabbi kurz aufflackerten. *Hab ich dich!* Der Rabbi und Jules kungelten gemeinsam etwas aus. *Na warte, Jules! Ich werde dich auskratzen wie einen Joghurtbecher, denn jetzt bin ich so richtig sauer!*

Der Wagen fuhr vor, die beiden umarmten sich zum Abschied, und der Rabbi verließ sie mit einem letzten Winken. Lucie kehrte ins Haus zurück, wo sie Jules schon im Flur fluchen hörte. »Was ist denn los?«, erkundigte sie sich.

»Nichts, ich versuche, nur einen Freund zu erreichen.«

»Welchen Freund?«

»Nicht so wichtig.«

»O doch, Jules. Ich will jetzt sofort wissen, was du und der Rabbi miteinander zu munkeln habt!«

»Jules und Großvater Rosenthal? Was soll das jetzt wieder heißen, Lucie?«, mischte sich Lukas ein.

»Das soll heißen, dass Jules aus Großvater Rosenthal eine Art Geheimagenten in seinen Diensten gemacht hat. Irgendeine alte Rabea-Sache. Du hast ihn doch gerade gesehen, Lukas! Der Arme stirbt fast vor Angst. Ganz grau war der. In was für eine verdammte Sache hast du ihn da reingezogen, Jules? Musste das wirklich sein? Hat der Mann keinen Frieden verdient? Raus mit der Sprache, was läuft da zwischen euch?« Lucie hatte sich mit in die Hüften gestemmten Händen vor Jules aufgebaut und ihre Augen sprühten vor Angriffslust.

»Was? Du hast neben Rabbi Silbermann auch Rabeas Großvater in diese Sache involviert?«, ereiferte sich nun auch Lukas. »Von Lucie ganz zu schweigen! Sie hat mir erzählt, wie Rabeas Päckchen aus meinem Schrank verschwunden ist. Das ist doch auch auf deinem Mist gewachsen, oder? Lucie hat recht. Musstest du ihn auch noch mit reinziehen? Hat der alte Rabbi nicht schon genug durchgemacht?«

Jules rollte mit den Augen. Das hatte ihm gerade noch gefehlt, zwei furiose Von-Stetten-Geschwister, die ihn in die Zange nahmen.

»Setzt euch, alle beide!«, sagte er laut. »Und Lucie, hör mit deinem Medusenblick auf. Wir reden später, versprochen. Jetzt geht es um Magali und Matti und wie wir sie zurückholen. Lukas sollte mir einen vollständigen Bericht darüber geben, was heute passiert ist, bevor wir uns gleich nach Barcelona auf den Weg machen.« Während er sprach, tippte Jules erneut auf die Wahlwiederholung. Doch sein Kontakt reagierte nicht. Wo steckte dieser verdammte Malik bloß? Wofür bezahlte er ihn? Jules hasste es, ohne Informationen zu sein. Er war es gewohnt, seine Einsätze im Voraus zu planen, mögliche Gefahren und Fallstricke einzukalkulieren, um entsprechend darauf zu reagieren. Er war gerne vorbereitet. Dieses Mal nicht. Er befand sich vielmehr im Zustand der Ratlosigkeit. Und das wiederum war er nicht gewohnt. Er sorgte sich um Rabea. Ihr Schweigen verhieß nichts Gutes, ebenso Maliks Unerreichbarkeit. Er würde selbst nach Tanger fliegen müssen. Aber er konnte hier nicht weg. Lukas, Magali und Matti brauchten ebenso seine Hilfe. Es ging nicht anders, zunächst musste er nach Barcelona und mit Lukas dessen Familie zurückholen, und danach erst konnte er sich um Rabea kümmern. Was für eine verfluchte Zwickmühle.

Er ließ sich seine Überlegungen jedoch nicht anmerken, als er Lukas aufforderte: »Schieß los. Wann und wo hast du Kaschinskis Forderung erhalten?«

Lukas begann seine Schilderung und hielt sie so knapp wie möglich. Als er bei der Episode mit dem Mädchen Jeanette angelangt war, stieß Lucie einen Fluch aus. »Unfassbar, was für eine miese kleine Kanaille sie ist! Dieser verrückte Teenager hat tatsächlich in Kauf genommen, dass deiner Familie etwas zustößt, Lukas!« Lucie ritt schon wieder auf einer Welle der Empörung.

»Ich glaube nicht, dass sie sich über die letztendlichen Konsequenzen Gedanken gemacht hat«, versuchte Lukas, das Verhalten des Mädchens zu relativieren.

»Meine Güte, Lukas, du würdest selbst noch den Teufel in der Hölle verteidigen! Nein, glaub mir, dieses Früchtchen hat genau gewusst, was es tat. Wahrscheinlich hat die Göre gehofft, dass sie dir die Frau ersetzen kann, wenn Magali etwas zustoßen sollte.« Womit Lucie unwissentlich den Nagel auf den Kopf getroffen hatte.

Lukas verzog das Gesicht. »Das ist jetzt aber doch zu quer gedacht, oder? Sie ist nicht mehr als ein verwirrter Teenager.«

»Immerhin«, mischte sich Jules jetzt ein, »hat sie mit ihrem Eingreifen verhindert, dass das Lösegeld und vor allem Rabeas Akte den falschen Leuten in die Hände geraten konnten. Im Grunde hat sie uns mit ihrer Klein-Mädchen-Dummheit einen Riesendienst erwiesen.«

»Das sehe ich auch so«, bestätigte Lukas.

Lucie sah mit verengten Augen von Jules zu Lukas. Dann sagte sie: »Gollum.«

»Schluckauf, Lucie?« Jules zog fragend die Augenbrauen hoch.

»Nein. Sie ist der Gollum!«

Jules blickte zu Lukas, als wolle er ihn fragen, ob seine Schwester plötzlich durchgedreht sei.

Lucies Bemerkung hingegen entlockte Lukas das erste Schmunzeln seit der Entführung. »Gollum ist eine Figur aus Tolkiens *Herr der Ringe*, Jules. Er funkt dem Helden der Geschichte mehrmals dazwischen. Er ist niederträchtig und lästig, aber am Ende erweist sich sein Tun als Segen für den Helden. Ohne Gollum hätte es Frodo nie bis zum Schicksalsberg geschafft und den Ring in den Feuerschlund werfen können.«

»Fantasy? Das ist nicht gerade meine Lektüre«, meinte Jules.

Lukas setzte nun seinen Bericht fort und beendete ihn mit den Worten: »So, jetzt weißt du alles. Du bist dran, Jules. Jetzt verrat du uns, wie du es rechtzeitig zum Schrottplatz geschafft hast.«

»Indem ich Kaschinskis Spur gefolgt bin. Ein Taxi brachte ihn von der Villa deiner Eltern in eine Pension beim Hauptbahnhof. Dort hat sich Kaschinski mit einem Komplizen getroffen. Ich konnte einen Teil ihres Gesprächs belauschen, ahnte also, was sie vorhatten, kannte aber weder die Zeit noch den Übergabeort. Am Nachmittag bin ich den beiden zum Schrottplatz gefolgt. Dort warteten zwei weitere Komplizen. Sie müssen den Ort vorher schon ausgekundschaftet haben, denn alle vier blieben in ihren Wagen sitzen. Ein Fahrzeug parkte versteckt in der Nähe der Einfahrt, das andere hinter der Schrottpresse. Für mich war das eine ungute Situation. Weder konnte ich die Männer aus den Augen lassen, noch wegen meines defekten Handys die Polizei informieren. Und ich wusste nicht, wann du genau auftauchen würdest, Lukas. Also beschloss ich, die Sache allein in die Hand zu nehmen und bereitete ein kleines Feuerwerk vor. So ein Schrottplatz ist eine Fundgrube. Um das Kräfteverhältnis auszugleichen, schlich ich mich an den Wagen hinter der Presse heran und schaltete die beiden Männer aus. Den Rest kennst du. So, und jetzt sollten wir aufbrechen.«

Jules stand auf, und Lukas folgte seinem Beispiel.

»Moment! Was ist mit meiner Erklärung?«, wandte Lucie ein. »Warum ist der Rabbi derart durch den Wind, Jules? Ihr beide habt vorhin von Rabea gesprochen. Geht es um ihr Päckchen?«

Jules bedankte sich für die Steilvorlage und nickte. Gleichzeitig tippte er auf die Wahlwiederholung von Kaschinskis Handy. Sobald er etwas Luft hatte, würde er sich mit den Daten auf dem Chip befassen. Er hoffte, darauf Hinweise auf Kaschinskis Auftraggeber zu finden.

»Wen versuchst du da eigentlich die ganze Zeit zu erreichen, Jules? Hättest du Kaschinskis Handy nicht der Polizei als Beweismittel überlassen müssen?«, meinte Lukas.

In dieser Sekunde klingelte Lukas' Festnetzanschluss. »Guten Abend, Rabbi Silbermann«, grüßte Lukas den Anrufer. »Ja, natürlich. Er ist hier. – Er will dich sprechen, Jules.« Lukas reichte den Apparat mit einem fragenden Blick an ihn weiter. Eine Weile lauschte der Exagent, dann schrieb er sich eine Telefonnummer auf. Lukas sah ihm über die Schulter. 0044? War das nicht die Vorwahl Großbritanniens?

»Es ist gut. Ich halte Sie auf dem Laufenden. Danke.« Er legte auf. »Es gibt ein Problem«, sagte Jules dann. »Ich muss sofort nach London.«

»Was? Aber was ist mit Barcelona?«, rief Lukas befremdet.

»Du musst allein dahin. Du schaffst das, Lukas. Es geht nicht anders. Eine alte Geschichte«, erwiderte Jules knapp.

»Kann das nicht bis morgen warten? Was kann wichtiger sein als Magali und Matti?« Lukas konnte nicht verstehen, wie ihn sein Freund ausgerechnet jetzt im Stich lassen konnte. Plötzlich hörte er wieder Kaschinskis Stimme: *Lafitte ist ein schlafender Agent, der sein Land weiterhin mit Informationen versorgt.* Als hätte Jules Lukas' Gedanken erraten, sagte er jetzt: »Du musst mir vertrauen, Lukas. Es geht um einen Freund. Er schwebt in tödlicher Gefahr und hat mich um Hilfe gebeten.«

»Ach ja? Und dazu ruft er Rabbi Silbermann an und gibt ihm eine Londoner Nummer durch? Was ist mit Magali und Matti? Schweben sie deiner Ansicht nach nicht in Gefahr?«, fuhr Lukas ihn mit wachsendem Zorn an.

»Sehr viel weniger als mein Freund«, sagte Jules ziemlich laut und etwas ungeduldig.

»Ach, und das weißt du so genau? Ich fasse es nicht, dass dir diese Londoner Sache wichtiger ist als mein Sohn! Verdammt, Matti ist dein Patensohn!« Jules entging nicht, dass neben Unverständnis und Wut nun auch Verachtung in Lukas' Stimme mitschwang.

In der Tat fiel es Lukas schwer, sein Misstrauen zu zügeln. Alle Bedenken kehrten zurück. Magali spielte falsch, und Jules schien ihm auch etwas zu verheimlichen. Kaschinskis Saat ging auf. Nichts flüstert so laut wie die Stimme des Misstrauens …

Lucie sah ziemlich perplex von Jules zu Lukas. »Heilige Scheiße! Was ist denn plötzlich mit euch beiden los? Jules, Lukas, ihr seid Freunde! Und Freunde vertrauen sich. Wenn Jules nicht mitkann, dann komme ich mit dir nach Barcelona, Lukas. Und wir nehmen Fonton mit. Wir …« An dieser Stelle klingelte es an der Tür. Da Lukas zögerte, meinte Lucie gedehnt: »Soll ich gehen, damit ihr zwei euch weiter anpöbeln könnt?«

Lukas blitzte seine Schwester an, was selten vorkam, und ging zur Tür. Sein Vater stand mit einem breiten Lächeln vor ihm. »Lukas«, sagte er, »es gibt gute Nachrichten! Magali und Matti geht es bestens, und es steht ihnen frei, nach Hause zurückzukehren.«

»Was?« Lukas starrte seinen Vater verblüfft an, glaubte, sich verhört zu haben.

»Willst du mich nicht hereinbitten, Sohn?« Lukas, der wie eine Statue verharrte, versperrte seinem Vater den Eingang.

»Komm herein, Papa«, sagte Lucie strahlend, die mitgehört hatte. Sie schob ihren Bruder ohne Umstände zur Seite. »Entschuldige, Papa, aber mein Bruder mutiert scheinbar immer mehr zum Rüpel. Komm ins Wohnzimmer und erzähl uns, wie du das bewerkstelligt hast.«

Es war kein langer Bericht. Heinrich von Stetten hatte ganz einfach seine politischen Beziehungen spielen lassen: Der deutsche Innenminister hatte seinen spanischen Amtskollegen angerufen, dieser wiederum den Bürgermeister von Barcelona und der seinen Polizeipräsidenten. Wie sich schnell herausgestellt hatte, waren sowohl der Bürgermeister als auch der Polizeipräsident am Abend zuvor Gäste auf der Party der van Kampen gewesen, wo sich beide persönlich davon hatten überzeugen können, dass sich die entzückende Señora Magali von Stetten als Hausgast von Señora van Kampen sehr wohlgefühlt habe. Heute am frühen Abend hatte der Polizeipräsident die Señora van Kampen auf Bitten seines Innenministers nochmals persönlich aufgesucht, und sowohl Señora van Kampen wie Señora Magali von Stetten hatten von einem freiwilligen Aufenthalt in Barcelona gesprochen und dass es sich bei der ganzen

Angelegenheit lediglich um ein bedauerliches Missverständnis handelte.

»Mit anderen Worten, mein Sohn«, führte sein Vater weiter aus, »Magali und Matti geht es gut, und die van Kampen steht jetzt im Fokus. Alles ist öffentlich, die Holländerin hat keinen Handlungsspielraum. Magali und Matti können sofort nach Hause fliegen. Auch wenn ich hinzufügen muss, dass die ganze Sache einen höchst seltsamen Beigeschmack hat und hier ein erheblicher Erklärungsbedarf besteht. Der Innenminister hat sogar angedeutet, es könne sich um einen simplen Streit unter Eheleuten handeln, und deine Frau sich abgesetzt hätte, um ein paar Tage ohne dich zu verbringen. Hättest du mich früher informiert, wäre uns allen einiges erspart geblieben …« Der alte Patriarch musterte seinen Sohn, als erwarte er von ihm auf der Stelle eine Erklärung. Lukas sagte nichts, sondern sah seinen Vater nur gequält an.

»Gut, ich verstehe«, meinte der daraufhin, obwohl sein Blick wenig Verständnis signalisierte. »Ich nehme an, du wirst das mit Magali selbst klären. Jetzt sollte die Freude überwiegen, dass die Angelegenheit so glimpflich ausgegangen ist. Eines noch, mein Sohn: Künftig werde ich dafür Sorge tragen, dass mein Enkelsohn besser bewacht wird. So etwas darf sich nie wiederholen!« Ausnahmsweise musste ihm Lukas beipflichten.

»Ich fliege sofort nach Barcelona und hole meine Frau und meinen Sohn ab.«

»Gut, genau das habe ich von dir erwartet. Die Maschine steht bereit. Fonton wird mitfliegen und zwei seiner Männer. Ab sofort gehen wir auf Nummer sicher. Wenn du möchtest, kann ich zusätzlich für eine Polizeieskorte vom Flughafen Barcelona bis zum Anwesen der van Kampen sorgen. Ich will nicht, dass du …« An dieser Stelle unterbrach ihn das erneute Läuten des Telefons und Lucie verdrehte die Augen wie jemand, dem langsam alles zu viel wird.

Lukas stürzte zum Telefon. Irgendwie hegte er nach dieser

neuesten Wendung in Barcelona die Vermutung, dass es Magali sein könnte. Und er täuschte sich nicht. Sie war es tatsächlich!

»Hallo, Lukas, hör …«

»Magali!« Lukas schrie förmlich in den Apparat. »Was ist mit Matti? Geht es ihm gut?«

»Matti geht es gut, er spielt mit einem kleinen Hund. Hör zu, Lukas, ich werde nicht lange sprechen können. Donna Consuela hat mir ihr Telefon überlassen. Du musst mir jetzt unbedingt vertrauen. Gib mir noch zwei Tage, dann komme ich mit Matti zurück. Ich werde dir alles erklären. Aber du darfst unter keinen Umständen nach Barcelona kommen, hörst du? Dein Leben wäre hier in Gefahr. Ich … oh, Mist, ich muss Schluss machen. Sie kommt … Vertrau mir, Lukas, bitte! Und sag Lucie, ich habe mein Armband verloren …« Lukas hörte gerade noch Matti aufgeregt im Hintergrund rufen: »Ich gehe zu einem Stierkampf mit echten …« Klick – die Verbindung war unterbrochen.

Lukas starrte die anderen im Flur an. »Das war Magali. Und ich habe Matti gehört …« Seine Stimme wackelte ein wenig. »Es geht ihm gut! Matti geht es gut …«, sagte er mehr zu sich selbst. Er schwankte sichtlich zwischen Überraschung, Freude und Fassungslosigkeit.

»Trotzdem siehst du aus, als hätte dir jemand die Bibel gestohlen«, meinte Jules.

»Magali will nicht, dass ich nach Barcelona komme. Sie sagt, mein Leben wäre dort in Gefahr. Wie kommt sie darauf?«

»Immerhin hat die Holländerin schon einmal versucht, dich zu töten. Vielleicht hält sie sich Magali mit der Drohung, dich zu töten, gefügig?«, lieferte Jules eine Erklärung.

»Mensch, Lukas!«, mischte sich Lucie ein. »Freu dich doch! Du hast mit Magali gesprochen, ihr und Matti geht es gut! Das ist doch genau das, was Papa auch gesagt hat.« Lucie umarmte ihren Bruder, als wollte sie ihn nie mehr loslassen.

Lukas löste sich von ihr und schob sie auf Armlänge von sich.

»Magali sagte, sie hätte ihr Armband verloren? Weißt du, was sie damit gemeint haben könnte?«

»Stimmt! Das hat sie mir schon in Barcelona gesagt.« Jules schlug sich gegen die Stirn. Er war sichtlich verärgert, weil er es selbst vergessen hatte.

Lucie wirkte plötzlich sehr aufgeregt. »Heilige Scheiße, aber ja! Das Armband ist ein Losungswort. Wenn Magali es erwähnt, soll ich dir einen Brief von ihr geben, Lukas. Wartet, ich hol ihn. Er ist gut versteckt.«

Lukas konnte nicht warten und folgte ihr, während Jules mit Heinrich von Stetten im Wohnzimmer zurückblieb. Jules versuchte inzwischen erneut erfolglos, seinen Kontakt zu erreichen.

Der alte Patriarch beobachtete Jules. Weder sein Sohn noch Lucie hatten ihm von Jules' früherer Agententätigkeit berichtet. Trotzdem wusste er Bescheid. Selbstverständlich hatte er Lafitte von Fonton durchleuchten lassen, spätestens als Lukas ihn zum Patenonkel seines Enkelsohns gemacht hatte. Auch wenn der ehemalige Agent eine gleichmütige Miene aufgesetzt hatte, konnte von Stetten senior trotzdem eine unterschwellige Spannung an ihm wahrnehmen. Das sagte ihm sein in Jahrzehnten geschärfter Instinkt aus Verhandlungen mit schwierigen Geschäftspartnern.

»Sie wirken besorgt, Herr Lafitte. Was sagen Sie zu all dem? Eine mysteriöse Sache, finden Sie nicht? Die van Kampen feiert ihre Rückkehr in die Gesellschaft, es folgt eine Entführung, die trotz verschiedener Forderungen irgendwie keine zu sein scheint, zwei Übergaben platzen, und zuletzt gibt auch meine Schwiegertochter Rätsel auf. Ich frage mich, ob es hier einen Zusammenhang mit den Ereignissen von Rom gibt? Oder hat sich mein Sohn hier in eine weitere unglückliche Sache verstrickt?« Lukas' Vater maß Jules, als wüsste er längst Bescheid und erwarte von ihm lediglich eine Bestätigung.

Jules steckte das Smartphone vorerst weg. »Gut, sprechen

wir offen. Anfänglich hatte ich zunächst den Vatikan im Verdacht, bei der Entführung die Hände im Spiel zu haben. Die Motive der van Kampen hingegen sind mir schleierhaft. Man könnte fast annehmen, ihr Spiel diene ausschließlich dazu, Ihren Sohn zu unüberlegten Handlungen hinzureißen und ihn langsam in den Wahnsinn zu treiben.« Erste Tendenzen waren ja schon erkennbar, dachte Jules. Anders konnte er sich Lukas' Ausbruch vorhin nicht erklären – fast, als würde er auf einmal seinem besten Freund misstrauen. Plötzlich durchfuhr es ihn heiß. *Merde!* Kaschinski! Dieser hinterhältige Skorpion! Irgendetwas musste er zu seinem Freund gesagt haben. *Na warte, mein leichtgläubiger Priesterfreund!*

»Auf jeden Fall«, fuhr er das angefangene Gespräch fort, »scheint Magalis Anruf darauf hinzudeuten, dass nicht alles eitel Sonnenschein ist, wie man Innenminister, Bürgermeister und Polizeipräsident von Barcelona hat weismachen wollen. Offenbar kann Magali nicht völlig frei telefonieren. Oder sie spielt uns tatsächlich etwas vor.«

Heinrich von Stetten nickte ernst. »Ich entnehme Ihren Worten, dass Sie nicht ganz frei von Misstrauen meiner Schwiegertochter gegenüber sind?«

»Das habe ich nicht gesagt. Ich neige vielmehr dazu, ihr zu trauen, solange ich nicht vom Gegenteil überzeugt worden bin. In meiner langen beruflichen Karriere ...« Jules legte eine Pause ein – er war überzeugt, dass der alte Patriarch über seine frühere Tätigkeit Bescheid wusste, »habe ich gelernt, dass nur wenig so ist, wie es auf den ersten Blick scheint. Aber ich habe hier auch mehr professionelle Distanz als Lukas. Magali ist seine Frau, und ich kann seine Zweifel verstehen. Was mich nachdenklich stimmt, ist, dass Magali auf keinen Fall will, dass Lukas nach Barcelona kommt. Ich glaube nicht, dass es ihr hier allein um eine mögliche Lebensgefahr für Lukas geht. Sie weiß etwas, und sie verbirgt auch etwas.«

Kapitel 26

»Hier ist er!« Lucie hielt triumphierend einen weißen Umschlag hoch. Lukas riss ihn ihr ungeduldig aus der Hand und las den Brief:

Lieber Lukas,

wenn Du diese Zeilen liest, dann nur, weil etwas höchst Ungewöhnliches geschehen ist, etwas, das Du nur schwer begreifen kannst. Dann hat mich meine Vergangenheit eingeholt. Es gibt etwas, das ich Dir nie erzählt habe. Aber dies soll kein Geständnis werden. Ich bitte Dich nur um eines, Lukas: Was immer Du jetzt denken magst, bitte urteile nicht aus dem Moment heraus.
Lass mich Dir alles persönlich erklären. Und bitte, versuch nicht, mich zu finden.
Ich komme zurück. Ich verspreche es.
Deine Magali
PS: Ich liebe Dich!!!

Fassungslos senkte Lukas den Brief. Seine Augen suchten die seiner Schwester. »Hast du ihn gelesen?«

»Nein. Soll ich?«

»Hier, vielleicht kannst du dir einen Reim darauf machen. Denn ich verstehe gar nichts.« Lukas fühlte sich durch Magalis Zeilen verwirrter denn je. Dazu trug auch Magalis Postskriptum bei. Magali hatte ihm nie zuvor gesagt, dass sie ihn liebe. Sie hatten das Thema Liebe untereinander immer vermieden, für sie zählte vor allem die gemeinsame Liebe zu ihrem Sohn. Er war das starke Band, das sie einte.

Seit Rabeas Tod hatte er sich mit seinen eigenen Gefühlen nicht mehr ehrlich auseinandergesetzt. Bisher hatte ihre Ehe doch gut funktioniert. Oder? Die Familie, ihre Arbeit und ihr gut organisierter Alltag waren ihre Konstanten. Ihre Gespräche drehten sich um Matti, sein Wohlbefinden, seine Fortschritte, manchmal auch um die Einmischung der Großeltern in ihre Erziehungsmethoden. Ihr ganzes Universum kreiste ausschließlich um ihren Sohn. Sie lebten miteinander, aber irgendwie lebte jeder auch sein Leben für sich, in die jeweilige Gefühlswelt des anderen waren sie nicht vorgedrungen. Plötzlich schämte sich Lukas, weil er sich selbst im Licht der Erkenntnis sah. Er war eine Scheinehe eingegangen, er und Magali waren glückliche Eltern, aber nicht mehr. Erstmals fragte er sich, ob sich Magali mehr erhofft hatte. Tatsächlich hatten sie bis vor wenigen Monaten gar nur wie Bruder und Schwester zusammengelebt. Ihre körperliche Beziehung hatte erst vor einem halben Jahr begonnen. Doch nicht er hatte damals die Initiative ergriffen, sondern Magali. Ihm selbst wäre es nie in den Sinn gekommen, Magali zu bedrängen.

Sie waren an jenem Abend mit einem frisch verheirateten Paar ausgegangen. Nach dem gemeinsamen Mahl hatten ihre Freunde vorgeschlagen, in eine Tanzbar zu gehen. Sie hatten ein wenig zu viel getrunken, dann getanzt, und plötzlich hatte Magali ihn geküsst und ihren warmen, geschmeidigen Körper an ihn gepresst. Auch er war erregt gewesen. Seitdem schliefen sie regelmäßig miteinander und stillten gegenseitig ihre Bedürfnisse. Mehr nicht. Mit Magali zusammen zu sein war ganz anders als mit Rabea. Nach dem Sex gab es weder Gespräche noch Streit wie einst mit seiner Jugendfreundin. Mit Magali war es irgendwie immer wie ein warmer Sommerregen, sanft und willkommen. Mit Rabea hatte er immer das Gefühl gehabt, eine Urgewalt zu zähmen.

Lukas gestand sich in genau dieser Sekunde ehrlich ein, dass selbst nach beinahe zwei Jahren Ehe und einem gemeinsamen Kind seine Beziehung zu Magali noch immer zerbrechlich war, wie ein loser Faden, dessen Ende er nicht sehen konnte, ihr Verhältnis … – er suchte nach dem richtigen Wort – ungeklärt. Die Wahrheit war, er hatte sich vor einer gemeinsamen Aussprache gedrückt. Was wusste er von ihr oder ihrer Vergangenheit? Hatte er sie je danach gefragt? Kannte er Magalis Gefühle, ihre Bedürfnisse, ihre Gedanken?

»Einen Penny für deine Gedanken«, sagte Lucie prompt.

Lukas zuckte zusammen, fühlte sich auf eigentümliche Weise ertappt. Natürlich ahnte Lucie, woran er gerade dachte. »Sag, verstehst du diese Zeilen?«

»Nein, aber ich habe ja auch Freude an Hieroglyphen.« Lucie zog die Stirn kraus. »Weißt du, ich habe Magali erst zweimal nervös erlebt. Das erste Mal, als sie mit mir über den Brief sprach, und nun bei ihrem Anruf. Magali hat sich sonst stets fest in der Hand. Das habe ich immer an ihr bewundert, ihre Haltung.« Lucie wirkte, als fühlte sie sich nicht ganz wohl in ihrer Haut.

»Warum hast du mir nichts von dem Brief erzählt?«

»Weil mir Magali das Versprechen abgenommen hat, es nicht zu tun. Sie ist meine Freundin.«

»Und ich bin dein Bruder. Wenn du damit gleich zu mir gekommen wärst, dann …«

»Was dann?«, fuhr ihm Lucie ins Wort. »Dann wären sie und Matti nicht entführt worden? Nein, ich lasse mir von dir ganz bestimmt kein schlechtes Gewissen einreden, nur weil du eines hast!«

»Schon gut.« Lukas strich sich fahrig durch die Haare. »Und jetzt?«

»Am besten, wir geben ihn Jules zu lesen, oder?«

Sie kehrten ins Wohnzimmer zurück. Stumm reichte Lukas den Brief an seinen Vater weiter. Nicht an Jules.

Was Lucie einen fragenden Blick mit Jules tauschen ließ. Der zuckte mit den Schultern. Sie flüsterte ihm zu: »Was ist mit euch? Hattet ihr Zoff in Barcelona?«

»Nur das Übliche.« Jules grinste schief. »Ab und zu ist es nötig, ihm den Kopf zurechtzurücken, wenn er wieder mal zu heilig unterwegs ist.«

Heinrich von Stetten räusperte sich und senkte den Brief. »Hm, eine höchst ungewöhnliche Botschaft. Kannst du dir einen Reim darauf machen, Lukas?«

»Nein«, antwortete Lucie an Lukas statt. »Falls Magali damit noch mehr Verwirrung stiften wollte, ist es ihr hervorragend gelungen.«

»Darf ich?« Jules streckte die Hand nach dem Brief aus. »Natürlich.« Nachdem Jules ihn gelesen hatte, fragte er Lukas: »Was wirst du jetzt tun?«

»Bist du noch immer fest entschlossen, nach London zu fliegen?«

»Ja, ich muss. Vielleicht kann ich dir danach alles erklären, aber nicht jetzt.«

»Gut, dann trennen sich hier unsere Wege«, sagte Lukas hart.

Jules konnte nicht sagen, dass ihm gefiel, was er in Lukas' Augen las. »Ich kann dir nur raten, Lukas, hör auf Magali und flieg nicht nach Barcelona. Wir können nicht ausschließen, dass das Ganze nur ein perfider Plan der van Kampen ist, um dich nach Barcelona zu locken. Ich bin morgen zurück. Dann holen wir Magali und Matti gemeinsam ab. Versprochen.«

»Danke für den Rat, aber so lange kann ich nicht warten. Es geht um meinen Sohn! Meinst du, es interessiert mich, was die van Kampen mit mir vorhat? Wenn sie mein Leben für Matti will, kann sie es haben.«

»Sei doch nicht so stur! Tot nützt du Matti gar nichts! Merde, mach doch, was du willst, ich habe jetzt keine Zeit für überflüssige Diskussionen.« Jules wandte sich ab. Er musste los. Immerhin würde Lukas Fonton und seine Leute an seiner Seite haben. Der Brite verstand sein Geschäft. Und er vertraute Heinrich von

Stetten. Es war klug von ihm gewesen, die Behörden vor Ort einzuschalten. Deshalb war er sicher, dass Magali und Matti keine unmittelbare Gefahr drohte. Das war auch das Signal, das er gestern auf der Party aufgefangen hatte, als er die beiden mit der van Kampen gesehen hatte. Wenn er nur den geringsten Zweifel gehegt hätte, dass sich Magali und Matti in Gefahr befanden, nichts hätte ihn davon abhalten können, sofort mit Lukas nach Barcelona aufzubrechen. Aber für ihn gab es noch einen Brandherd zu löschen, und soweit er es verstanden hatte, brannte es in London bereits lichterloh. Er hoffte, nicht zu spät zu kommen.

Gut, dass er die Maschine von Kaschinski zur Verfügung hatte. Dadurch würde er keine weitere Zeit verlieren. Jules verabschiedete sich von Lucie, und sie nahm ihm das Versprechen ab, dass er sich bei ihr schnellstmöglich zurückmeldete.

Sein Wagen, mit dem er gestern Morgen aus München gekommen war, parkte im Dürerweg, eingekeilt zwischen zwei Polizeiwagen. Lukas sah vom Fenster aus zu, wie sein Freund das Haus verließ und mit einem der Beamten diskutierte. Er fasste einen raschen Entschluss. »Vater?«

»Ja?«

»Könntest du Fonton bitten, dass er jemanden hinter Jules herschickt? Ich möchte wissen, ob er wirklich zum Flughafen fährt.«

»Wie bitte?«, fragte sein Vater.

»Hast du sie noch alle?«, meinte seine Schwester. Lukas spürte förmlich, wie sich ihr empörter Blick in seinen Rücken bohrte.

»Bitte, Vater. Tu es.«

Heinrich von Stetten sah seinen Sohn beinahe neugierig an. Dann nahm er sein Handy auf, wählte Fontons Nummer und gab ihm die Anweisung durch. Draußen stieg Jules in seinen Wagen, manövrierte sich – nachdem ein Polizeiauto Platz gemacht hatte – aus der Parklücke und fuhr davon. Lukas sah, dass Fonton persönlich ein Fahrzeug startete. Das war gut. Fonton war Jules ebenbürtig. Hoffte er zumindest.

»Sagst du mir, was los ist, Sohn?«

»Ja, die Erklärung würde ich auch gerne hören«, meinte Lucie spitz.

»Nichts, ich will nur sichergehen. Dieser Kaschinski hat da etwas gesagt, dass …«

»Heilige Scheiße! Du glaubst doch nicht etwa, was dir dieser Dunghaufen erzählt hat? Der Mann hat gelogen, sobald er nur den Mund aufgemacht hat. Bei dir piept's doch im Hirnstübchen.«

»Was hat er denn gesagt?«, erkundigte sich sein Vater, der plötzlich sehr interessiert klang.

»Dass Jules immer noch als Agent für den Libanon tätig ist und von Anfang an den Auftrag hatte, sich in unsere Familie einzuschleichen, um uns auszuspionieren. Kaschinski meinte, Jules sei hinter dem Hawk-Eye-Softwarecode von vST her«, gab Lukas bereitwillig Auskunft.

Lucie schnappte hörbar nach Luft. »Jetzt reicht es aber! Hast du sie noch alle? Das glaubst du doch selbst nicht!«

»Es ist nichts Falsches daran, sich Gewissheit zu verschaffen«, konterte Lukas.

»Irgendwie verhältst du dich heute nicht wie der Bruder, den ich kenne.« Lucie legte den Kopf schief. »Vermutlich liegt das daran, dass man dir in Barcelona eins über die Rübe gegeben hat. Mensch, Lukas, es ist Jules! Der Jules, der dir das Leben gerettet hat! Papa«, wandte sie sich an ihn, »du rufst jetzt bitte sofort Fonton an und bläst die Sache ab. Wir vertrauen unseren Freunden, oder, Lukas?« Der blinzelte verunsichert, doch dann trat ein trotziger Ausdruck auf sein Gesicht.

Es genügte Lucie als Antwort. »Mensch, du bist so was von borniert, du gemeiner …«

»Lucinda!«, sagte Heinrich von Stetten scharf und fuhr dann etwas sanfter fort: »Lass es gut sein. Dein Bruder hat die letzten

Stunden genug mitgemacht, findest du nicht?« Er erhob sich. »Lukas, wir können gleich zum Flughafen fahren. Meine Maschine ist startklar.«

Lukas nickte. Plötzlich wirkte er unsicher. Nicht nur Jules' Warnung wirkte nach, sondern auch Magalis Brief und ihr Anruf. Sie hatte nervös geklungen, und trotzdem schien sie ihrer Sache vollkommen sicher zu sein. Plötzlich hatte er wieder Mattis fröhliche Stimme aus dem Hintergrund im Ohr. So klang kein Junge, der sich fürchtete, im Gegenteil, Matti hatte sich auf seinen Ausflug gefreut, und er, als Vater, hatte gespürt, dass es seinem Sohn gut ging, er weder verängstigt noch auf andere Art aufgewühlt war. Was wäre, wenn Magali recht hatte und seine Anwesenheit in Barcelona die Angelegenheit nur verkomplizieren würde? Aber konnte er die Geduld aufbringen, die zwei Tage zu warten, um die Magali ihn gebeten hatte? Er sehnte sich nach seinem Sohn, fühlte sich aber gleichzeitig völlig durcheinander, war hin- und hergerissen zwischen Vernunft und Gefühlen, wusste nicht mehr, ob er wirklich das Richtige tat. »Du bist also auch der Meinung, wir sollten gleich nach Ba…«

»Nein, wir sollten nicht!«, mischte sich Lucie kategorisch ein. »Ich finde, wir sollten Magali wenigstens die Chance geben, um die sie gebeten hat. Was ist, wenn die van Kampen wirklich plant, sich an dir zu rächen, Lukas? Warte wenigstens bis morgen, bis Jules wieder da ist. Papas Leute in allen Ehren, aber mir wäre viel wohler, wenn er dabei wäre. Warum kannst du …«

Diesmal wurde Lucie vom Klingeln des Handys ihres Vaters ausgebremst. »Verdammt noch mal!«, sie stampfte mit dem Fuß auf. »Dieses ewige Klingeln kann einen ja verrückt machen!« Dennoch spitzte sie ihre Ohren, damit ihr ja nichts entging.

»Ja?«, meldete sich ihr Vater. Dann lauschte er kurz und sagte: »Ja. Aha, ist gut, danke. Folgen Sie ihm weiter und melden Sie sich wieder.«

»Was ist? War das Fonton?«, fragte Lukas.

»Ja. Er ist Jules bis zu einer Synagoge gefolgt. Jules ist hineingegangen. Während wir telefonierten, ist er aber schon wieder herausgekommen. Fonton glaubt, dass Lafitte etwas geholt hat und unter seiner Jacke versteckt hielt. Er fährt Lafitte weiter hinterher. Was macht Jules in einer Synagoge?« Er sah seinen Sohn fragend an.

»Hab ich's doch geahnt! Er hat sich Rabeas Akte besorgt!«, rief Lukas grimmig. Die Enttäuschung war für ihn wie ein Tritt in den Magen. »Vermutlich plant er, sie in London an den Meistbietenden zu verkaufen. Ich muss sofort zum Flughafen.« Er griff nach seiner Jacke und sprintete fast aus dem Haus. Lucie holte ihn erst in der Garage ein. »Bitte, Lukas, sei nicht so vorschnell mit deinem Urteil. Vielleicht ist alles ganz anders, als du denkst.«

»Ich weiß nicht mehr, was ich denken soll, Lucie. Aber ich werde es herausfinden. Ich kann keinesfalls zulassen, dass Jules die Akte verkauft. Das bin ich allein schon Rabeas Andenken schuldig.« Er stieg ein, schoss rückwärts aus der Garage, wendete mit quietschenden Reifen und war auf und davon.

»Heilige Scheiße«, entfuhr es Lucie.

»Da gebe ich dir ausnahmsweise recht«, seufzte ihr Vater neben ihr. »Die ganze Welt scheint am Durchdrehen zu sein.«

Kapitel 27

Jules raste weiter zum Flughafen und parkte am GAT.

Kaschinskis Cessna stand noch da, wo er sie abgestellt hatte. Den Auftrag, die Maschine aufzutanken, hatte er vorausschauend schon bei der Ankunft erteilt. Zwischendurch hatte er immer wieder versucht, seinen Kontakt in Marokko zu erreichen. *Wo steckte Malik?*

Er würde sich nun wohl oder übel an Yussuf wenden müssen. Was er nie wieder vorhatte zu tun. Es bedeutete, dass er sich damit erneut in eine Abhängigkeit begab, die er einst nur mit viel Mühe hatte abschütteln können. Aber er musste sich unbedingt Gewissheit verschaffen, was mit Malik passiert war, bevor er in London die Verhandlungen aufnahm. Niemand außer Yussuf verfügte über die Möglichkeiten, dies zeitnah herauszufinden. Falls Malik nur untergetaucht war, bedeutete es, dass ihre Sache noch eine Chance hatte. Wenn sie ihn geschnappt und gefoltert hatten, dann wären Rabea und er spätestens morgen tot. Dann war das die letzte Falle, in die er gehen würde. Er wählte die Nummer, die er nie mehr hatte anrufen wollen.

Yussuf war sofort am Apparat. »Ich hatte mich schon gefragt, wann du dich melden würdest, *Landesverräter.*« Die Stimme klang gefährlich freundlich.

»Ja, auch einen guten Abend, Yussuf, mein Freund. Ich …«

»Nenn du mich nicht Freund!«, fiel ihm Yussuf ins Wort. »Malik ist tot. *Er* war mein Freund. Und deiner. Sie haben ihn zerstückelt. Er hatte keine Finger, keine Nase, keine Augen und keine Ohren mehr. Nur die Zunge haben sie ihm gelassen. Die Tatsache, dass du noch lebst, bedeutet, dass er dich nicht verraten hat. Du hättest ihn niemals auf diese Judenhure in Tanger ansetzen sollen. Sie hat die falschen Leute auf seine Fährte gelockt. Ruf mich nie wieder an, du Hund. Wir melden uns bei dir. Du wirst bezahlen. Sehr bald. Du weißt, was wir wollen. Besorg uns die Codes.« Die Leitung war tot.

Jules fühlte eine ungeheure Wut, doch in weniger als einer Sekunde hatte er sich wieder im Griff. Er musste sich jetzt erst um die Sache in London kümmern. Yussuf konnte warten. Eines nach dem anderen … Er sah sich nochmals um. Er wusste, dass ihm ein Wagen gefolgt war, und er hatte Fonton darin erkannt. Doch im Moment war von diesem nichts zu sehen. Umso besser.

Jules kletterte in die Maschine und startete sofort die Pre-Flight-Check-Routine. Einen Flugplan hatte er bereits telefonisch auf der Fahrt beim Flight Service bestellt. Seine dort gespeicherten Daten waren schon an den englischen Zoll weitergeleitet worden. Er hatte angegeben, für die Von-Stetten-Werke unterwegs zu sein, um eine Spätlandegenehmigung für London Biggin Hill zu erhalten.

Jules schloss seine Vorbereitungen ab und warf die Maschinen an. Er wollte eben die Kopfhörer aufsetzen, als er eine Bewegung hinter sich spürte. Er war nicht mehr allein im Cockpit. Unauffällig löste er den Gurt. Dann spannte er alle Muskeln an, schnellte aus seinem Sitz und warf sich auf den Schatten hinter ihm. Ein Mann kam unter ihm zu liegen.

»Beim Barte des Propheten!«, entfuhr es Jules. »Lukas! Was machst du hier?« Sein Freund antwortete nicht. Und er rührte sich auch nicht. Lukas musste sich beim Aufprall den Kopf in dem engen Cockpit gestoßen haben. Jules rüttelte ihn. Nichts zu machen. Lukas war fürs Erste ausgeknockt.

Jules erwog seine Möglichkeiten. Die Zeit drängte. Wenn er Lukas aus dem Flugzeug warf, hätte er im null Komma nichts

Fonton und seine Meute am Hals. Keine Option. Er brauchte in London Bewegungsspielraum. Blieb also nur, seinen Freund mit nach London zu nehmen. Er zog Lukas in den Passagierraum, setzte ihn auf den vordersten rechten Sitz der für vier Passagiere ausgerichteten Maschine und schnallte ihn an.

Bevor er endgültig startete, meldete er Lukas noch als Passagier bei FSI an, damit sie seine Daten übermittelten. Fehlte noch, dass er wegen eines unangemeldeten Passagiers in Biggin Hill festsaß. Dann rollte er an, erreichte die zugeteilte Landebahn und startete durch. Als er die gewünschte Flughöhe erreicht hatte, stellte Jules auf Autopilot, setzte die Kopfhörer ab und sah nach seinem Freund. Lukas hatte sich bisher nicht gerührt. Jules fand eine Flasche Wasser und spritzte etwas davon in Lukas' Gesicht. Endlich blinzelte sein Freund. Er stöhnte und hob seine Hand, um die Tropfen aus seinem Gesicht zu wischen. »Was ist passiert?«

»Du hast dich gestoßen und warst kurz wegtreten.«

»Wo bin ich?«

»Auf dem Weg nach London.«

»London? Wie …?« Lukas brach ab, und ein wütender Ausdruck löste die kurzzeitige Verwirrung ab. »Du Schuft! Kehr sofort um. Ich muss nach Barcelona.« Lukas griff nach dem Gurt und wollte sich losmachen. Jules hielt seine Hände mit festem Griff davon ab.

»Warum bist du mir gefolgt, Lukas?«

»Um dich zur Rede zu stellen. Ich weiß, dass du Rabeas Akte geholt hast. Was hast du damit vor? Sie zu verkaufen?«

Jules schüttelte den Kopf. »Du ziehst die falschen Schlüsse, Lukas.«

»Ach ja? Welche Schlüsse sollte ich denn sonst ziehen? Wenn du eine Erklärung für den Diebstahl der Akte hast, bitte, lass hören.«

Jules seufzte und murmelte etwas höchst Unfeines auf Französisch. Doch er ließ Lukas los, machte sich aber gleichzeitig darauf gefasst, dass sich Lukas erneut auf ihn stürzen könnte. Sein Freund kämpfte sichtlich mit dieser Möglichkeit. Doch er blieb sitzen. Gut. Jules entspannte sich wieder. Die Kabine der Cessna war eindeutig zu niedrig zum Stehen, geschweige denn geeignet für ein Handgemenge.

»Ich warte auf deine Erklärung, Jules.« Verachtung lag in Lukas' Stimme.

Die Blicke der beiden Männer prallten wie Klingen aufeinander. Jules begriff, dass er bei Lukas nicht mit Ausflüchten weiterkommen würde. Das Misstrauen zersetzte sein Vertrauen, sein Freund würde keine Ruhe geben. Entweder er setzte ihn außer Gefecht und fesselte ihn, oder er sagte ihm die Wahrheit. Wenn die Sache in London gut ausging, überlegte Jules, dann würde sowieso alles bald ans Licht kommen. Wenn die Sache allerdings schiefging, dann wären er, Rabea und alle, die von der Akte gewusst hatten, in kürzester Zeit tot.

Trotzdem zögerte Jules. Er war damals von Rabea genötigt worden, einen heiligen Eid auf den Koran zu schwören. Er hatte damals geahnt, dass er diesen Schwur irgendwann würde brechen müssen. Nun war es so weit. Jules war ein weltoffener Muslim, aber er war nicht derart abgeklärt, dass er einem heiligen Eid zuwiderhandeln konnte, ohne sich vor der ewigen Verdammnis zu fürchten. Heute würde er einen heiligen Schwur gegen das Gebot der Notwendigkeit eintauschen. Er hoffte, dass wenigstens der Allmächtige ein Einsehen mit ihm haben würde.

Das Schweigen zwischen den beiden Männern dehnte sich aus. Jules' Zögern bestätigte nur Lukas' Verdacht. Sein Freund verheimlichte ihm etwas. Er wusste, dass Jules ein Mann der Geheimnisse war, und Geheimnisse konnten alles sein: fürchterlich und erschreckend, tragisch und lange nachwirkend. Niemand konnte mehr darüber wissen als ein Mitglied der Familie von Stetten, deren düsteres Familiengeheimnis das Schicksal unzähliger Generationen bestimmt hatte.

»Was ist los, Jules?«, durchbrach er die Schweigefront. »Fällt es dir so schwer, mir die Wahrheit zu sagen?«

»Es ist gut, Lukas. Ich werde dir alles erklären, aber ich werde auf keinen Fall umkehren. Du wirst also wohl oder übel mit nach London kommen müssen. Setzen wir uns vor ins Cockpit.«

Lukas folgte ihm misstrauisch. Während Jules kurz die Instrumente prüfte und mit dem Tower sprach, starrte er düster vor sich hin. Längst war es dunkel geworden.

Jules setzte die Kopfhörer ab und wandte sich halb seinem Freund zu. »Hör zu, Lukas, es ist nicht so, wie du denkst.«

»Ach, was denke ich denn?« Lukas wusste, dass er sich wie ein kleiner Junge anhörte, aber er hatte seit über 36 Stunden nicht geschlafen, war körperlich und geistig erschöpft, hatte Angst um seinen Sohn, und vor allem war er immer noch extrem wütend. Im Grunde hielt ihn nur noch die Wut auf den Beinen.

»Kannst du dich an die Wochen nach Rabeas Beerdigung erinnern und wie schlecht es ihrem Großvater ging?«

»Natürlich! Viel hat nicht gefehlt, und wir hätten ihn auch noch verloren. Was soll das jetzt? Lenk nicht vom Thema ab.«

»Das ist nicht meine Absicht. Auf jeden Fall hat er sich nach einigen Wochen überraschend gut erholt. Das hatte seinen Grund.«

»Ach ja? Ich dachte, es läge vielleicht daran, dass wir alle uns um ihn gekümmert und ihm das Gefühl gegeben haben, dass er nicht alleine ist und er trotz allem noch eine Familie hat.«

»Sicher, aber es lag vor allem an einer Information. Nämlich die, dass Rabea noch lebt. Sie ist es, die jetzt dringend meine Hilfe braucht. Darum fliege ich nach London.« Jules fand, dass es keine schonende Methode gab, um jemandem mitzuteilen, dass die Liebe seines Lebens gar nicht tot war, sondern in London weilte. Und vielleicht wirklich bald tot war, wenn er die Angelegenheit nicht für sie in Ordnung bringen konnte.

Angespannt wartete Jules auf Lukas' Reaktion. Die nicht erfolgte. Jedenfalls nicht gleich. Lukas starrte Jules erst einmal sekundenlang an. »Ungeheuerlich«, brach es endlich aus ihm heraus. »Was erzählst du da für einen Schwachsinn? Für wie blöd hältst du mich eigentlich?«

»Wenn du mir nicht glaubst, dann vielleicht Rabbi Rosenthal. Wir können ihn anrufen. Hier, nimm das Satellitentelefon.« Jules hatte keine Lust, lange mit Lukas zu diskutieren.

»Bist du verrückt? Ich rufe doch nicht Großvater Rosenthal an und stelle ihm eine solche Frage«, entrüstete sich sein Freund.

Jules seufzte. »Es würde die Sache aber abkürzen. Also gut. Dann meine Variante. Hörst du mir zu?« Lukas stierte in die Nacht hinaus und sah aus wie ein Mann, der die Grenzen dessen, was man ertragen kann, erreicht hatte.

»Ja, ich bin ganz Ohr«, knurrte er.

»Gut. Alles dreht sich um diese Akte.« Jules klopfte auf seinen Sitz. Lukas bemerkte jetzt, dass eine dunkle Aktentasche halb daruntergeschoben war. »Rabea hat vor zwei Jahren im Irak ein gefährliches Geheimnis entdeckt. Eine Menge Leute sind dahinter her. Als sie mir davon erzählte, habe ich ihr dringend geraten, die Akte zu vernichten oder unterzutauchen, wenn ihr ihr Leben lieb sei. Rate mal, wofür sich unsere Freundin entschieden hat. Die Idee, ihren Tod vorzutäuschen, stammt von mir. Etwas Besseres, um sie aus der Schusslinie zu bringen, fiel mir auf die Schnelle nicht ein. Sie waren ihr auf der Spur. Rabea hat sich die letzten Jahre an wechselnden Orten versteckt. Aber sie hat nicht auf mich gehört, sondern weiter im Schlamm gewühlt. Warum sollte sie auch, es ging ja nur um ihr Leben«, genehmigte sich Jules einen Schuss Sarkasmus. »Jetzt haben sie sie in Tanger geschnappt und nach London entführt. Die Akte, die ich bei Rabbi Silbermann abgeholt habe, ist ihre Lebensversicherung. Sie selbst hat heute beim Rabbi angerufen und mich gebeten, nach London zu kommen. Sie benötigt die Akte, um verhandeln zu können. Reicht das als Erklärung, du bornierter Expfaffe?«

Lukas saß wie erstarrt, die Fäuste an die Schläfen gedrückt. Jules baute darauf, dass Lukas Rabea jede Verrücktheit zutraute, deshalb würde er ihm am Ende glauben. Sicher half auch, dass sich Lukas' Unterbewusstsein wohl nichts sehnlicher wünschte, als Rabea am Leben zu wissen. Lukas' Stimme bebte, als er fragte: »Wer sind *sie*?«

»Ein Syndikat, das sich selbst *die Sieben* nennt. Die Unterlagen sind verschlüsselt, und mir blieb keine Zeit, sie mir anzusehen. Laut Rabea ist sie einem geheimen Wirtschaftskonsortium unter amerikanischer Führung auf der Spur gewesen, das Saddam Hussein trotz Totalembargos mit allem beliefert hat, was Diktatoren zur Machterhaltung so brauchen. Das Ganze mit Wissen der CIA.«

»Ich verstehe. Rabea hat Beweise gesammelt, dass Amerikaner illegal Waffen in den Irak geschmuggelt haben, während ihr eigenes Land den Einmarsch vorbereitet hat? Und dieses Konsortium oder Syndikat jagt sie jetzt?«

»Nicht nur die. Auch die CIA hat verständlicherweise ein Interesse daran, dass nichts über ihre Beteiligung bekannt wird. Ihr Ruf ist nicht der allerbeste.« Jules erlaubte sich einen süffisanten Unterton. »Dazu die versammelten Amerikahasser des Mittleren Ostens, inklusive diverser Terrororganisationen, die den heiligen Krieg gegen Amerika ausgerufen haben. Die üblichen Verdächtigen. Kurzum, die halbe Welt ist aus den verschiedensten Gründen hinter Rabea und der Akte her.«

»Und wie kommt Rabbi Silbermann hier ins Spiel?«, erkundigte sich Lukas, der noch immer mit seinem Misstrauen kämpfte. Das, was Jules ihm hier erzählte, war zu abenteuerlich, einfach ungeheuerlich. Ein Spiel mit dem Feuer. Und gerade deshalb Rabea zuzutrauen.

»Durch Rabbi Rosenthal natürlich. Rabbi Silbermann fungierte manchmal als Mittelsmann, allerdings ohne von Rabea zu wissen. Apropos, Fonton hat mich verfolgt?«

»Ja. Er hat am Flughafen auf mich gewartet und mir die Einstiegsluke geöffnet.«

»Warum ist er nicht mit dir mitgekommen?«

»Weil ich ihn weggeschickt habe. Ich wollte das alleine mit dir klären.«

Jules grinste. »Ich verstehe. Du hattest mich also noch nicht so verteufelt, um mich dem finsteren SAS-Commander auszuliefern. Obwohl ich sagen muss, dass Kaschinskis Einflüsterungen gute Arbeit bei dir geleistet hatten, mein *Freund* …«

Lukas fand plötzlich seine Schuhspitzen von Interesse. »Du hast recht. Ich habe mich wie ein Idiot benommen. Lucie wird mich vierteilen.«

»Mindestens.« Jules grinste immer noch. Er war nicht nachtragend. »Wenn man bedenkt, dass die van Kampen, Kaschinski und dieser verrückte Teenager dich mit ihren Spielchen die letzten beiden Tage quer durch die Hölle gejagt haben, dazu Magalis rätselhaftes Verhalten, dann hast du dich nicht übel geschlagen.«

»Danke für die Absolution. Das war doch eine, oder?«

»Mindestens«, wiederholte Jules.

»Und wie geht es jetzt weiter?«

»Eines nach dem anderen.«

Lukas stöhnte auf. »Ich meinte, was machen wir als Nächstes?«

»Als Nächstes landen wir in Biggin Hill, schnappen uns ein Taxi und fahren in die Innenstadt.«

»Jules …«, stöhnte Lukas erneut.

»Dann red nicht um den Brei herum, mein Freund, sondern frag mich, ob wir Rabea in London treffen werden. Das ist es doch, was du wissen willst, oder?« Jules grinste schon wieder.

Lukas' Replik hörte sich an, als würde ein Stier schnauben.

»Sobald wir gelandet sind, soll ich die Prepaidnummer anrufen, die sie Rabbi Silbermann genannt hat. Und um deine Frage zu beantworten: Ja, ich denke, dass wir Rabea treffen werden.«

»Weißt du noch mehr über die Sache? Wie kommt sie ausgerechnet nach London?«

»Laut Rabbi Silbermann wurde sie nach London verschleppt.«

»Das heißt, sie befindet sich in der Gewalt dieser Leute? Aber sie hat selbst bei ihm angerufen und um die Akte gebeten?«

»Ja, das hat er gesagt. Und dass ich sie ihr nach London bringen soll. Weitere Instruktionen erhalte ich nach der Landung über diese Telefonnummer.«

»Das kommt mir bekannt vor. Rabea wurde entführt, und die Akte ist das Lösegeld. Instruktionen zur Übergabe per Telefon.«

»Ja, ich denke, das ist ein neuer Rekord, Lukas. Drei Übergaben an einem Tag!«

»Fein, dass du noch scherzen kannst.«

»Humor ist der Henker des Teufels.«

»Libanesisches Sprichwort?«

»Nein, ein echter Lafitte.«

Kapitel 28

London, England

Zwei Stunden später landeten sie in Biggin Hill. Ein Taxi erwartete sie bereits auf dem Vorfeld. Jules hatte kaum neben Lukas Platz genommen, als er bereits die Nummer in Kaschinskis Smartphone eingab.

»Sind Sie gelandet?«, fragte eine Männerstimme.

»Ja.« Jules hatte sofort registriert, dass der Mann kein britisches Englisch sprach. Amerikaner? Das gefiel ihm nicht.

Der Mann gab ihm die Adresse und den Namen der Suite durch. »Lassen Sie sich nicht direkt vor das Hotel fahren. In der Nähe ist ein Kino. Laufen Sie von dort aus zur Tiefgarage des Hotels und suchen Sie in Ebene 0 nach dem Angestellteneingang. Benutzen Sie den und sehen Sie zu, dass Ihnen niemand folgt.« Er legte auf.

»Und?« Lukas sah Jules erwartungsvoll an.

»Merkwürdig.« Jules senkte die Stimme, damit der Taxifahrer ihn nicht verstehen konnte.

»Was ist merkwürdig?«

»Der Mann und seine Instruktionen. Irgendwie klingt das Ganze weniger nach einer Übergabe, sondern vielmehr nach einem konspirativen Treffen«, flüsterte Jules.

»Ja, was? Ist das jetzt gut oder schlecht?«, zischte Lukas zurück.

»Schwer zu sagen, keine Ahnung.«

»Schön, diese Worte auch einmal aus deinem berufenen Mund zu hören. Wie lange dauert es, bis wir da sind?«

»Um diese Zeit höchstens eine Dreiviertelstunde.« Jules beschäftigte sich schon wieder mit den Daten auf Kaschinskis Handy. Die SMS- und E-Mail-Nachrichten waren alle verschlüsselt. Ein Telefonverzeichnis gab es nicht. Ein vorsichtiger Mann, dieser Kaschinski, dachte Jules, und fluchte innerlich. Ohne seinen Laptop, den er bei Lukas stehen gelassen hatte, würde er hier nicht weiterkommen.

Lukas lehnte sich erschöpft in das zerschrammte Lederpolster zurück und versuchte vergeblich, seiner Aufregung Herr zu werden. Erst Mattis und Magalis Entführung und jetzt eine lebendige Rabea, die sich derart kolossale Schwierigkeiten eingebrockt hatte, dass scheinbar die halbe Erdkugel die Jagd auf sie eröffnet hatte.

Er musste wohl einen Seufzer ausgestoßen haben, denn Jules fragte ihn: »Was ist los, Lukas? Ich kann dich laut denken hören.«

»Dieses ganze fürchterliche Durcheinander. Nichts passt zusammen, und alles passiert gleichzeitig. Eigentlich wollte ich längst auf dem Weg nach Barcelona sein, obwohl Magali mich nicht dort haben will. Ich habe das Gefühl, dass mein Kopf gleich platzt.«

»Warum vertraust du deiner Frau nicht einfach? Aber ich kann mir vorstellen, wie du dich fühlst. Als wärst du zwischen Baum und Borke eingekeilt, und von allen Seiten rücken die Holzfäller an. Jetzt lass uns erst einmal Rabea retten oder besser die Welt, denn darunter scheint es unsere Freundin ja nicht zu machen. Von London aus fliegen wir dann gleich weiter nach Barcelona und gehen Magalis Rätsel auf den Grund. Einverstanden?«

Lukas nickte widerstrebend, und Jules widmete sich wieder seinen eigenen Überlegungen. Er dachte über das eben geführte Telefonat nach. Bisher war er davon ausgegangen, dass seiner Freundin brutale Folter und der sichere Tod drohten. Er hatte sie in der Hand von Männern gewähnt, die zu allem entschlossen waren und deren Vorgehensweise ihm bestens vertraut war. Einst war er einer von ihnen gewesen. Rabea galt offiziell als tot. Sie konnten ihr alles antun, ohne fürchten zu müssen, dafür zur Verantwortung gezogen zu werden.

Zwangsläufig führten ihn diese Gedanken zu seinem Telefonat mit Yussuf. Er würde für Maliks Tod bezahlen müssen. Sehr bald, hatte Yussuf ihm gedroht. War es schon so weit? War es Yussuf selbst, der Rabea in seiner Gewalt hatte? Steckte er hinter diesem Anruf und wollte er ihn damit in die Falle locken? Wenn ja, war er so gut wie tot. Und Rabea auch. Und sein Freund Lukas. Verstohlen sah er zu ihm. Lukas hielt die Augen geschlossen, doch seine Körperhaltung verriet seine Anspannung.

»Lukas?«

Sein Freund öffnete die Augen. »Ja?«

»Hör zu, ich muss alleine zu dem Treffen gehen. Aber ich lasse die eine Hälfte der Akte bei dir, als Pfand, falls das eine Falle ist.«

»Was für eine Falle?«

»Wenn ich das wüsste, wäre es ja keine Falle. Einverstanden?«

»Okay, und wie sieht dein Plan aus?«

»Du versteckst dich in der Tiefgarage. Wenn alles in Ordnung ist, komme ich dich innerhalb einer Stunde holen.« Jules hatte die Aktentasche bereits geöffnet und teilte den Packen Papiere in der Mitte. Die Fotos behielt er. Den Mikro-SD-Chip, der auf dem Innendeckel der Akte klebte, gab er Lukas. Für alle Fälle. Lukas faltete die Papiere und steckte alles in die Innentasche seiner Jacke.

»Was mache ich, wenn die Stunde vorbei ist?«

»Dann ist etwas schiefgegangen. Du rufst dann am besten die Marines.«

»Ausgerechnet die Amerikaner?« Lukas lächelte gequält.

Den Rest der Fahrt schwiegen sie.

Kapitel 29

»We have arrived«, sagte der Taxifahrer und hielt vor dem Queens Cinema. »98 pounds, please.« Jules und Lukas sahen sich an. Beide hatten keine Pfundnoten dabei. Jules fischte zwei 100-Euro-Scheine aus seiner Brieftasche und gab sie dem Taxifahrer. Der Mann sah die beiden grünen Scheine an, als seien sie Schleim. »Keep the rest«, sagte Jules und stieg einfach aus. Lukas folgte seinem Beispiel.

Keine zehn Minuten später trennten sie sich in der Tiefgarage.

»Es gilt, Lukas. Gib mir eine Stunde. Wenn ich bis dahin nicht zurück bin, dann ruf Fonton an und berichte ihm, was passiert ist. Er hat Beziehungen hier und wird die Londoner Polizei in Marsch setzen. Warte auf das Eintreffen der Polizei. Geh nicht auf eigene Faust los, hörst du, Lukas«, warnte ihn Jules. »Denk immer daran, dass du eine Familie hast, die dich noch braucht.«

Lukas ging hinter einem Mercedes Sprinter in Deckung, von dem aus er den Eingang, in dem Jules verschwunden war, gut im Blick hatte. Die Dokumente und der Chip in seiner Jacke brannten ihm auf der Brust wie einst in Rom der Schließfachschlüssel Bentivoglios.

Wieder musste er warten, während er von Angst, Zweifel und Hoffnung erfüllt war. Irgendwo in diesem Gebäude hielt sich Rabea auf! Wie würde es sein, sie wiederzusehen, fragte er sich mindestens das hundertste Mal. Er konnte es sich irgendwie nicht vorstellen. Freute er sich? Ja, er freute sich. Sie war am

Leben! Aber eine teuflische kleine Stimme in ihm flüsterte, dass dieser Umstand sein Leben ab sofort wieder sehr verkomplizieren würde. Es fing ja schon an. Statt jetzt in Barcelona zu sein und seinen Sohn wieder in die Arme zu schließen, kauerte er in einer Londoner Tiefgarage, atmete Abgase und Benzindämpfe ein und wälzte schwere Gedanken.

Nach Rabeas vermeintlichem Tod hatte er sein Leben neu geordnet und Magali geheiratet. Er hatte sich arrangiert. Seine Welt war erst durch Mattis und Magalis Entführung erneut aus den Fugen geraten.

Und jetzt auch noch Rabea. Immer wieder sah er auf seine Uhr. Die Minuten verrannen zäh, aber sie verrannen. Eine halbe Stunde, eine Dreiviertelstunde, fünfzig Minuten, fünfundfünfzig Minuten … beständig näherte sich der Zeiger den sechzig Minuten. Verdammt, Jules, wo bleibst du?

Dann sah er ihn! Lukas sprintete ihm entgegen.

»Alles klar«, sagte Jules. »Gib mir die restlichen Unterlagen und die SD.« Jules steckte die Unterlagen ein. »Tut mir leid, Lukas, aber du musst noch mal hier unten warten.«

»Was?« Lukas' freudige Erregung erlosch.

»Höchstens eine halbe Stunde, dann komme ich und hole dich endgültig, versprochen.« Jules wollte sich abwenden, aber Lukas hielt ihn am Arm fest. »Verdammt, speise mich nicht so ab. Was ist los? Wie geht es Rabea?«

»Gut, sie ist ganz die Alte. Die Verhandlungen sind fast abgeschlossen. Wenn die Männer die restlichen Unterlagen haben, werden sie gehen. Besser, sie sehen dich nicht. Bis gleich. Vertrau mir, okay?«

Jules hielt Wort. Eine halbe Stunde später war er zurück und führte Lukas durch einen endlos langen Gang zu einem Aufzug. »Und, wie ist es gelaufen? Wer waren die Männer, mit denen du verhandelt hast?«

»Amerikaner, Geheimdienst«, sagte Jules knapp und drückte den Aufzugsknopf. »Ich konnte allerdings noch nicht allein mit

Rabea sprechen. Zwei Typen sind bei ihr, die sie wie Zerberusse bewachen.«

»Ja, und was haben die mit der Sache zu tun?«

»Das fragst du am besten Rabea selbst. Wir sind da.« Jules lächelte. Der Aufzug öffnete sich.

Lukas folgte Jules bis vor eine Tür. Auf ihr war ein Schild angebracht, auf dem stand: *Excalibur-Suite*.

Na, wenn das nicht passt, dachte er.

Jules klopfte.

Kapitel 30

Es klopfte an der Tür. Rabea, die unruhig im Zimmer auf und ab getigert war, stürmte darauf zu und riss sie auf.

Da war Lukas! *Endlich* … Wie in alten Zeiten sprang Rabea sofort ungestüm in seine Arme und schlang ihre Beine um seine Hüften. Lukas fing sie auf und presste sie mit geschlossenen Augen an sich, stammelte Unverständliches. Rabea in diesem Leben noch einmal halten zu können, ihren besonderen Duft zu atmen, sie erneut spüren zu dürfen, war ein überwältigendes Gefühl. Sein Herz, seine Seele, sein Körper, alles reagierte sofort auf seine nie erloschene Liebe zu Rabea. Vergangenheit und Gegenwart verwischten, verloren jegliche Bedeutung, mühelos überbrückte ihre Liebe die fehlenden Jahre. Für sie beide war es das Natürlichste der Welt, sich in den Armen zu liegen, und ihre Münder fanden sich zu einem nicht enden wollenden Kuss.

Keiner der beiden bemerkte, wie Jules die beiden DIA-Agenten aus dem Zimmer winkte. Ryan zögerte sichtlich, wirkte konsterniert. Doch Jules zog ihn mit sich hinaus und schloss die Tür.

Lukas hatte alles um sich herum vergessen, wo er war und wer er war. Sein Universum schrumpfte auf einen einzigen Fixstern zusammen, ließ nur noch Raum für Rabea. Allein sie und dieser nicht mehr erhoffte Augenblick zählten für ihn. Wie von selbst fanden seine Finger den Weg unter ihr T-Shirt und strichen über ihren zarten Rücken. Rabea stöhnte auf, als Lukas' Finger über ihre Wirbelsäule nach unten glitten, bis seine

Hände ihren Po umfassten und sie an sich presste. Sie drängte sich ihm mit der gleichen Leidenschaft entgegen, wollte ihn überall gleichzeitig berühren, den Brand in ihrem Inneren löschen. Schon wollte Lukas sie mit sich auf den Teppich ziehen, doch plötzlich löste sie sich von ihm und schob ihn energisch von sich. Vorsichtshalber wich sie noch einen weiteren Schritt zurück. »Nicht, Lukas«, sagte sie völlig außer Atem. Sie zog ihr Shirt herunter, glättete ihre Haare und verschränkte dann die Arme vor der Brust. Auch wenn sie sich um ein Bild der Abwehr mühte, so verrieten sie ihr erhitztes Gesicht und ihrer schneller Atem.

»Rabea …« Lukas drängte ihr nach, versuchte, sie erneut in seine Arme zu ziehen.

Doch Rabea hielt ihn mit ausgestrecktem Arm auf Abstand. »Es geht nicht, Lukas, das können wir nicht tun. Wohin soll das führen? Du bist jetzt mit Magali verheiratet, und ihr habt einen Sohn.« Rabea fragte sich, woher sie die Kraft nahm, die Worte auszusprechen, die erneut eine Barriere zwischen sie und Lukas treiben würden. Dabei sehnte sie sich nach nichts mehr, als erneut seine Arme um sich zu spüren, ihr Ohr an seine Brust zu pressen und sich sicher und geborgen zu fühlen, weil sie wusste, dass dieses Herz für sie schlug. Doch das war früher. Und früher war vorbei. Heute musste sie sich Lukas aus dem Herzen reißen. Das war sie ihm schuldig. Ihre Liebe war zu zerstörerisch, noch nie war bisher etwas Gutes aus ihr für ihn erwachsen, stets hatte sie an seinen Seelenfrieden gerührt. Darum hatte sie an sein Pflichtgefühl appelliert, Lukas an seine Familie erinnert.

Aber Lukas reagierte anders als erwartet. »Ich weiß genau, was du damit erreichen willst. Es funktioniert nicht, Rabea. Ich weiß jetzt, was ich will. Ich will dich. Es hat ein wenig gedauert, bis ich es verinnerlicht habe. Das Schicksal hat uns heute eine zweite Chance gewährt, und ich werde sie nicht vorübergehen lassen! Wir sind hier, wir lieben uns, und wir gehören zusammen, für immer. Es ist noch nicht zu spät für uns, Rabea. Unsere Liebe ist ein Geschenk, und wir sollten es annehmen.« Wieder streckte Lukas die Arme nach ihr aus, und wieder entzog sich Rabea ihm, obwohl alles in ihr danach schrie, Lukas nachzugeben. Stattdessen sagte sie: »Du glaubst doch nach wie vor fest an Gott, Lukas, nicht wahr?«

»Natürlich, aber was hat das mit meiner Liebe zu dir zu tun?«

»Weil du damit auch an das gottgewollte Schicksal glaubst, eben nanntest du es unsere zweite Chance. Seit ich das Evangelium der Liebe lesen durfte, glaube auch ich daran, dass ein vorbestimmtes Schicksal existiert.«

»Aber das habe ich doch gerade gesagt?«, wunderte sich Lukas.

»Gerade nicht! Wenn Gott gewollt hätte, dass wir zusammen sind, Lukas, dann wären wir zusammen. Wir sind es nicht. Denn immer wieder haben sich uns Hindernisse in den Weg gestellt und …«

»Das waren doch nur falscher Stolz und Missverständnisse!«, ließ Lukas Rabea nicht ausreden.

»Nein, es gibt auch meinen Betrug an Matti, dem ich den Vater viele Jahre vorenthalten habe.«

»Das ist Vergangenheit, Rabea, lass sie ruhen! Ich rede von der Zukunft! Ich habe dir das mit dem unterschlagenen Brief schon lange verziehen. Du warst damals jung und völlig durcheinander, und du bereust es zutiefst. Ich glaube auch an einen Gott des Verzeihens. Lass uns endlich unsere Liebe leben. Wir gehören zusammen, für immer.«

»Nein!« Das zweite Nein schlug Lukas wie ein Peitschenhieb entgegen. Er zuckte zusammen, sah Rabea verständnislos an.

Rabea holte tief Luft und fuhr ruhiger fort: »Das ist genau der Punkt, Lukas. Du hast es mir verziehen, aber ich selbst kann es mir niemals verzeihen. Ich habe deine Liebe nicht verdient, selbst wenn das jetzt vielleicht allzu melodramatisch für dich klingen mag. Aber genauso empfinde ich es. Als würde ich jemandem anderen etwas stehlen. Matti und Magali. Das mit

Matti wird immer zwischen uns stehen, und irgendwann wirst du es auch so empfinden. Ich bin nicht gut für dich, Lukas, weil du viel zu gut für mich bist. Auch das wirst du eines Tages begreifen. Wir haben mit Freundschaft begonnen, dann haben wir uns für eine kurze Zeit geliebt, aber unsere Liebe hat nicht sein sollen. Es ist nicht unsere Bestimmung, zusammen zu sein, Lukas. Aber wir können wieder Freunde sein. Die Wahrheit ist, dass ich zu mehr nicht den Mut habe. Du bist jetzt ein verheirateter Mann, und Magali ist Mattis Mutter. Und ich werde Matti kein zweites Mal den Vater nehmen und ihn aus seiner Familie reißen.«

Lukas' Miene war am Ende dieser tapferen Rede immer verschlossener geworden. »Wer weiß, wie lange ich noch mit Magali verheiratet bin«, sagte er, und ein bitterer Zug lag jäh um seinen Mund.

Rabea erschrak über die Verachtung in seiner Stimme. »Ist etwas zwischen euch passiert? Habt ihr euch gestritten?«

Lukas sah plötzlich aus, als hätte ihn die Wirklichkeit wieder eingeholt, als wüsste er wieder, wo er war und wer er war. Er versuchte sichtlich, sich zu sammeln, und sah sich um. »Wo ist eigentlich Jules?«

»Er ist vorhin gegangen, zusammen mit meinen beiden Beschützern. Der Gute wollte uns etwas Wiedersehenszeit verschaffen.«

Lukas hatte sich endgültig wieder in der Hand und lächelte betreten. »Es tut mir leid, Rabea, ich weiß nicht, was da gerade in mich gefahren ist. Ich fürchte, ich kann derzeit vor lauter Sorgen nicht mehr klar denken oder handeln. Am besten, wir setzen uns, Rabea. Es ist etwas Furchtbares passiert. Magali und Matti wurden gestern entführt, und zwar von unserer gemeinsamen Feindin – Carlotta van Kampen.«

Rabea schlug entsetzt die Hände vor den Mund. »Dieses verdammte holländische Miststück! Hast du schon etwas gehört? Wie geht es ihnen? Was …« Rabea stockte, runzelte die Stirn.

»Wieso weißt du überhaupt, wer sie entführt hat? Konntest du sie schon auslösen?«

»Nein, noch nicht. Es ist kompliziert. Aber ich weiß, wo sie sind. In Barcelona, in der Van-Kampen-Villa. Ich bin gestern mit Jules dort gewesen und konnte dabei etwas Schockierendes beobachten. Das hat mich völlig aus der Bahn geworfen. Magali und dieses Höllenweib wirkten wie alte Bekannte.«

»Du meinst, sie kennen sich von früher?« Rabea sog scharf die Luft ein.

»Ja, es weist alles darauf hin, dass Magali mit der van Kampen unter einer Decke steckt«, bekannte Lukas düster.

Rabea zögerte kurz mit der Antwort, dachte nach. »Hm, ich kenne Magali zwar nicht, aber es klingt sowohl unwahrscheinlich als auch unlogisch. Warum sollte dich Magali erst heiraten, nur um sich zwei Jahre später mit der van Kampen zu verbünden und sich und Matti durch die Frau entführen zu lassen? Was will die Holländerin überhaupt von dir? Geld? Davon hat sie doch selbst reichlich! Für mich ergibt das keinen Sinn.«

»Weil es gar nicht um Lösegeld geht, Rabea! Die van Kampen will die Schriftrollen Bentivoglios.«

»Das Evangelium des Jesus?«, rief Rabea ungläubig.

»Ja. Wir gingen immer davon aus, dass die van Kampen die Schriftrollen damals aus der Wohnung von Simones Bruder gestohlen hat. Jules hingegen meint, dass auch der Vatikan die Dokumente entwendet haben könnte.«

»Ich verstehe. Der unbekannte Dritte. Du denkst, die van Kampen hat sie, und sie denkt, du hast sie. Du nimmst also an, dass die van Kampen und Magali alles inszeniert haben, sogar eine Heirat, um an die Schriftrollen zu kommen? Mensch Lukas, ehrlich, welcher Mensch verschwendet zwei Jahre für eine Schriftrolle, selbst wenn Jesus sie verfasst hat?«

»Na, die van Kampen sicherlich«, entrüstete sich Lukas.

»Hm«, Rabea bearbeitete ihre Unterlippe, »hat Magali je versucht, dich wegen der Schriftrollen auszufragen?«

»Nein, das nicht, aber mit Sicherheit hat sie unser Haus auf den Kopf gestellt und bei jeder Gelegenheit spioniert. Wenn du Magali in Barcelona gesehen hättest, Rabea, dann müsste ich dich nicht erst von ihrer Schuld überzeugen! Sie war von oben bis unten mit den Diamanten der Holländerin behängt. Dabei hat sie doch gerne beteuert, dass sie sich aus Schmuck nichts mache. Sie hat sich die ganze Zeit verstellt!«

Rabea schüttelte den Kopf. »Das passt trotzdem nicht zusammen, Lukas. Ich erinnere mich gut an Magalis Brief aus der Schweiz. Sie hat nur die ihr zustehenden Alimente angenommen, aber keinen Cent mehr verlangt, obwohl sie wusste, dass deine Familie reich ist. Darüber hinaus hat Magali nie versucht, mit dir in Kontakt zu treten, oder? Ich war es, die dich zu ihr nach Urnäsch geschickt hat! Nein, es muss eine andere Erklärung geben. Ich glaube, die van Kampen hält sich Magali mit Drohungen gefügig. Das Weib braucht doch nur zu behaupten, dass Matti auf Schritt und Tritt bewacht wird. Ein falsches Wort, eine falsche Bewegung von Magali, und peng, ist er tot!«

»Vielen Dank auch. Deine drastische Ausdrucksweise trägt sehr zu meiner Beruhigung bei. Jetzt geht es mir schon viel besser«, sagte Lukas grätig.

Rabea zuckte mit den Schultern. »Du brauchst das manchmal, ehrlich. Du kaust eine Angelegenheit so lange durch, bis sie zum Problem wird, über das du dich dann aufregen kannst. Glaub mir, Magali schützt durch ihr Verhalten allein ihren Sohn. Euren Sohn. Welche Mutter würde das nicht? Das ist die Erklärung, Lukas.«

»Möglich. Aber ich weiß, was ich gesehen habe. Jules konnte ganz kurz mit Magali sprechen. Sie hat behauptet, dass sie das Problem alleine lösen wird. Was meinte sie mit *Sie wird das Problem alleine lösen*? Die Entführung ist *ein Problem*?« Lukas spuckte die Worte geradezu aus.

Selten hatte Rabea Lukas so aufgebracht gesehen. »Jules hat mit ihr gesprochen? Was sagt er denn dazu?«

»Er glaubt ihr, wie du ja wohl auch. Aber etwas stimmt nicht mit ihr. Meine Frau ist nicht die, für die sie sich ausgegeben hat. Sie gibt es ja indirekt selbst in ihrem Brief zu.«

»Welchem Brief?«

Lukas zog ihn aus seiner Innentasche und gab ihn Rabea.

»Das klingt in der Tat ganz schön verworren«, sagte sie nach der Lektüre nachdenklich. »Ich kann verstehen, dass dich diese Zeilen aufwühlen. Besser, Magali hätte sie nicht geschrieben. Aber sie ging vermutlich davon aus, sie würde überstürzt abreisen müssen, und nicht, dass man sie und Matti entführen könnte.«

Lukas war aufgesprungen und lief unruhig im Hotelzimmer auf und ab. Rabea klopfte einladend neben sich auf das Sofa. »Du machst mich ganz schwindelig. Setz dich wieder und erzähl mir, wie Matti und Magali überhaupt entführt worden sind.«

»Es geschah während eines Picknicks im Park. Ich war nur kurz Eis holen, und als ich zurückkam, waren beide verschwunden. Die Entführer benutzten einen gestohlenen Reinigungswagen der Stadt. Von Nürnberg ging es mit dem Privatjet nach Barcelona.«

»Ein gestohlener Reinigungswagen? Eine Entführung am helllichten Tag aus einem Park? Was für ein Aufwand und was für ein Risiko! Das hätte Magali wirklich bequemer haben können, wenn sie eine Komplizin der van Kampen wäre. Sie hätte einfach abwarten müssen, bis du in der Schule bist, in ein Flugzeug steigen und wäre in Barcelona gelandet, bevor du deine letzte Stunde abgehalten hättest.«

Lukas starrte Rabea verblüfft an. Stimmt, auf diese Weise hatte er es noch gar nicht betrachtet. Magali hätte es tatsächlich einfacher haben können.

Rabea nahm seine Hand. »Warum bist du mit Jules nach London geflogen? Warum bist du nicht in Barcelona, wenn du weißt, wo Matti und Magali sind?«

Lukas wirkte mit einem Mal befangen. Es war offensichtlich, dass ihm die Frage unangenehm war. Er fuhr sich erneut durch die Haare und brachte sie dadurch noch mehr in Unordnung. »Na ja, Jules und ich hatten ein kleines Missverständnis. Ursprünglich wollte ich ja nach Barcelona fliegen.«

»Missverständnis? Aha. Was für eines?« Sie musterte ihn aufmerksam.

Lukas fühlte sich von ihr geröntgt. Es war wie früher, und ihm war klar, Rabea würde nicht lockerlassen. Wann war sie den Dingen nicht auf den Grund gegangen? Er beschloss, ihr die Wahrheit zu sagen. »Jules erhielt einen Anruf, dass er sofort nach London müsse. Ich war wütend, weil er von mir verlangte, erst morgen nach Barcelona zurückzufliegen. Den Grund wollte er mir jedoch partout nicht verraten. Als ich mitbekam, dass er deine Akte an sich genommen hat, bin ich ihm gefolgt. Im Flugzeug, vor dem Start, habe ich ihn zur Rede gestellt. Aufgewacht bin ich dann auf halbem Wege nach London. Jules hatte mich ausgeknockt.«

»Ihr habt euch geprügelt? Schon wieder?« Rabea grinste. Sie erinnerte sich an ein früheres Missverständnis. Damals hatte Lukas Jules die Nase gebrochen. Jules hatte sich später bei Lukas revanchiert und Gleiches mit Gleichem vergolten. Seitdem waren die beiden beste Freunde.

»Und was hast *du* angestellt?«, wechselte Lukas das Thema. »Wenn ich Jules Glauben schenken darf, hast du mal wieder ein brennendes Streichholz in ein Ölfass geworfen.«

Rabea antwortete nicht gleich. Sie war aufgestanden und schenkte sich und Lukas Kaffee ein. »Hier, er ist zwar nicht mit unserem italienischen vergleichbar, aber er ist heiß.« Sie gönnte sich einen Schluck und sah Lukas prüfend über den Tassenrand hinweg an. Lukas sah furchtbar aus. Es waren weniger die dunklen Augenringe und die fast graue Gesichtsfarbe, die sie schreckten. Es war die stille Resignation, die von ihm ausging. Er glaubte an Magalis Verrat und trug schwer daran. Es versetzte Rabea einen Stich. Es bedeutete, dass Lukas mehr an Magali lag, als er zugeben wollte. Vielleicht war er sich dessen selbst gar nicht bewusst, überlegte sie weiter.

»Jules übertreibt, aber mit dem Versteckspiel ist es jetzt Gott sei Dank vorbei!«, sagte sie lebhaft und etwas lauter als nötig. »Jules hat das für mich ausgehandelt, mit Unterstützung meiner neuen Freunde von der DIA. Der Director hat sich persönlich eingeschaltet. Er heißt Clayton. Ich finde ihn angenehm, aber zum Feind möchte ich ihn nicht haben. Er hat die Leute vom CIA richtig zur Schnecke gemacht. Ich kann dir sagen, das war ein Spaß.« Rabea wusste, dass sie plapperte. Aber das Gefühl, wieder ein richtiges Leben zu haben, stellte sich jetzt erst so richtig bei ihr ein. Plötzlich wollte sie einfach nur lachen und albern sein. Und Champagner trinken. Und Lukas lieben. Aber das durfte sie nicht mehr. Er gehörte ihr nicht mehr. Lukas gehörte jetzt Magali. Er wusste es nur noch nicht.

Rabea war mehr als nur erleichtert gewesen, als Jules plötzlich vor der Tür der Suite gestanden hatte. Bis zu seiner Ankunft hatte sie gezweifelt, dass ihr Plan gelingen konnte, den sie gemeinsam mit Director Clayton in der Limousine, quasi vor der Haustür des Londoner *Chronicle*, entworfen hatte.

Nach ihrem ungewöhnlichen Tête-à-tête mit Clayton war sie einfach in die Suite zurückmarschiert. Es ging nicht anders. Sie musste ihre mit Clayton vereinbarte Rolle spielen.

Rabea war mitten in eine Schlacht geplatzt, die sich Ryan und Logan mit den beiden sie bewachenden Agenten lieferten, während Lansky und der farbige Agent sich auf die Suche nach ihr gemacht hatten. Die beiden DIA-Agenten hatten den Kampf schon so gut wie für sich entschieden gehabt, als Rabea, für sie völlig überraschend, wieder aufgetaucht war. Leider hatte dadurch einer der CIA-Männer einen heftigen Treffer bei Logan landen können und seine Waffe zurückerobert. Die Situation war wieder ausgeglichen.

Rabea hatte ihre überraschende Rückkehr damit begründet, dass sie ungestört habe telefonieren müssen, um ihre Verhandlungsbasis zu stärken. Da wäre sie wieder! Bereit, die Sache zum Abschluss zu bringen. Sie hatte noch nie so verblüffte Mienen gesehen und das gleich vierfach. Die Männer hatten sie angestarrt wie eine Fata Morgana. Die CIA-Agenten hatten Lansky verständigt, und er und sein Partner waren in die Suite zurückgestürmt, wo sie das gemeinsame Warten fortgesetzt hatten.

Ihre Flucht und ihre unerwartete Rückkehr hatte ihren Bewachern schwer zu schaffen gemacht. Rabea hatte sich diebisch gefreut, dass die vier CIA-Agenten plötzlich sehr nervös gewirkt hatten. Sie hatte in den misstrauischen Blicken gebadet, die sie abwechselnd streiften, und dabei wie eine Sphinx gelächelt. Lansky schwitzte und stank und hatte die Couch für sich allein; der Farbige hatte das Fenster weit geöffnet.

Stunden vergingen. Es wurde Abend. Mehrmals hatte Ryan den Versuch unternommen, zu fragen, auf was oder wen sie eigentlich warten würden. Obwohl er natürlich eine bestimmte Vermutung hegte. Aber jede Frage und jedes Gespräch waren von Lansky sofort im Ansatz abgewürgt worden.

Gegen 22:30 Uhr hatte ein weiterer Mann die Szene betreten. An der Art, wie ihre vier Bewacher auf ihn reagiert hatten, hatte Rabea sofort deren Vorgesetzten erkannt. Ryan war bei dessen Anblick ein leiser Fluch entwichen. Seine Ahnung hatte sich bestätigt. »Shit, Robertson«, hatte er kaum hörbar geflüstert.

Grant Robertson, der Deputy Director der CIA, war sofort auf Rabea zumarschiert, hatte sich einen Stuhl herangezogen und sich ihr gegenübergesetzt. Ohne sich vorzustellen, hatte er gesagt: »Miss Kennedy, Sie haben etwas, das ich haben möchte. Je früher Sie es mir übereignen, umso früher ist die Angelegenheit für Sie erledigt. Es wird Sie freuen zu hören, dass ich im Gegenzug bereit bin, alle Anklagepunkte gegen Sie fallen zu lassen. Ihre Identitätsfälschung und ihr Einschleichen in ein amerikanisches Platoon bedeutet nichts anderes als Militärspionage.

Darauf stehen viele Jahre Gefängnis. Heute sind Sie eine junge Frau, aber danach …?«

Rabea hatte Robertson daraufhin freundlich angelächelt und ihm mitgeteilt, dass sie die Unterlagen nicht bei sich habe, sich diese jedoch mit einem Mann ihres Vertrauens bereits auf dem Weg nach London befänden. Er müsse sich nur noch ein wenig gedulden. Der CIA-Mann hatte höchst ungehalten darauf reagiert und ihre Worte als Hinhaltetaktik bezeichnet. Er erging sich erneut über ihre Vergehen und die Länge und Härte der Strafe, die sie zu erwarten hätte, falls sie nicht kooperierte, als es an der Tür geklopft hatte.

Jules! Die Begrüßung war rau und wenig herzlich gewesen, das übliche Prozedere: Jules wurde auf Waffen und Abhörgeräte untersucht. Robertson und Jules waren daraufhin nach nebenan verschwunden. Die nächste halbe Stunde hatte sie nichts mehr von den beiden gesehen oder gehört.

Plötzlich hatte es vor der Suite gepoltert, die Tür war aufgeflogen, und der CIA-Posten war rückwärts in den Raum gestolpert. Auftritt Director Clayton samt DIA-Verstärkung.

Robertson war sofort aus dem Schlafzimmer geschossen. Rabea hatte genüsslich das Schauspiel beobachtet, wie der CIA-Mann die Farbe vergorener Milch angenommen hatte. *»Sie?«*, hatte er nur gesagt, aber sich relativ schnell gefasst.

Director Clayton war auf Rabea zugegangen, hatte ihr die Hand geschüttelt und sich ein zweites Mal vorgestellt. Offiziell begegneten sie sich gerade zum ersten Mal. Dann war er mit Jules und Robertson nach nebenan verschwunden. Die nächste halbe Stunde war es dann sehr laut geworden.

Jules war danach allein ins Wohnzimmer zurückgekehrt, hatte Rabea zugezwinkert, war aus der Suite gestürmt und wenig später wieder aufgetaucht. Es folgten weitere Minuten in der Dreierkonstellation.

Endlich hatte Director Clayton das Schlafzimmer verlassen, mit einer Zigarre im Mund und federnden Schrittes, was komisch aussah, denn er war klein und rundlich und hinkte leicht.

Er hatte sich verabschiedet und zu Rabea gesagt: »Alles erledigt. Sie sind wieder Zivilperson. Wenn Sie in Washington sind, besuchen Sie mich, Miss Kennedy.«

Und sie hatte geantwortet: »Gerne, Mr Clayton, aber leider habe ich Einreiseverbot in die USA.«

Er hatte aufgelacht. »Ha, immer auf den Punkt! Was für eine Chuzpe … Das lassen Sie meine Sorge sein, Miss. Hier, meine Karte. Aber in den Irak lasse ich Sie nicht mehr. Und künftig verlegen Sie sich auf weniger explosive Themen. Ich möchte kein zweites Mal für Sie den Feuerwehrmann spielen. Verstanden?« Er hatte sie jovial angelächelt, aber in seinen Augen hatte etwas gestanden, das erklärte, warum sich Adam B. Clayton seit über einem Jahrzehnt als Director der mächtigen DIA behauptete. Dann hatte er noch gesagt: »MacKenzie, Crow, gute Arbeit. Drei Tage Sonderurlaub. Lasst es krachen, Jungs.« Er hatte dröhnend gelacht, dazu eine dicke Wolke Zigarrenqualm in den Raum geblasen und war davongerauscht. Ein Wink von ihm, und die anderen Agenten waren abgezogen. Der CIA-Mann hatte bereits vor Director Clayton mit hoch erhobenem Kopf die Suite verlassen. Trotzdem hatte sein Abgang etwas von einem geprügelten Hund gehabt.

Diese letzten Stunden hatte Rabea als geradezu unwirklich empfunden. Sie war sich dabei wie eine Zuschauerin im Parkett vorgekommen, degradiert und unwichtig, während andere den Preis unter sich ausgemacht hatten. Die Statistenrolle schmeckte ihr nicht.

Nach Director Claytons Abschied hatte sie die Geschehnisse der letzten Stunden durchdacht. Das soll es jetzt gewesen sein? Sie bekam ihr Leben zurück, einfach so?

Und genau das war Rabeas Problem: Es war *zu einfach* gewesen. Als hätte jeder genau die ihm zugedachte Rolle gespielt. Auch sie. Alles war logisch nachvollziehbar, alles passte, die

Rechnung ging auf. Trotzdem glaubte Rabea zu wissen, dass sich in der Gleichung noch ein unbekanntes X verbarg. Ihr Instinkt lief längst auf Hochtouren. Irgendetwas hatte sie übersehen. Nur was? Wo lag die Verbindung?

An diesem Punkt ihrer Überlegung hatte sich Jules breit lächelnd vor ihr aufgebaut. »Dann gehe ich jetzt mal Lukas holen. Er wartet unten.«

»Dir spukt die Akte im Kopf rum. Hattest du wirklich vor, sie zu veröffentlichen?«, holte Lukas sie in die unmittelbare Gegenwart zurück.

Rabea schreckte auf. Lukas kannte sie einfach zu gut. Verlegen strich sie sich die Haare hinter die Ohren. »Ich weiß, dass du mich für eine journalistische Nervensäge hältst, aber ich bin nicht blöd. Mir ist bewusst, dass die Lage im Irak und in der arabischen Welt insgesamt dafür zu instabil ist.«

»Warum hast du dann dein Leben für die Akte riskiert?« Der Vorwurf in Lukas' Stimme war unüberhörbar.

»Weil es mir um die Wahrheit ging. Patrick MacKenzie sollte nicht umsonst gestorben sein.«

»Wer ist Patrick MacKenzie?«

»Ein guter Freund. Ich bin ihm in Bagdad begegnet.«

Lukas sah sie an und nickte, als hätte er etwas verstanden, das sie nicht gesagt hatte. »Was hattest du dann mit der Akte vor?«

»Vermutlich wäre ich mit dem Material zu meinem früheren Chefredakteur in Berlin gegangen. Er ist ein vernünftiger Mann und seit der Schulzeit mit dem Regierungssprecher der Kanzlerin bekannt. Er hätte die Kanzlerin inoffiziell informieren können. Mit der Akte hätte sie ein politisches Druckmittel gegen den US-Präsidenten in der Hand gehabt. Ich habe nie einen Hehl daraus gemacht, dass ich es für einen Fehler halte, dass sich Deutschland an Amerikas Kriegen beteiligt. Wir sollten Kriege verhindern, anstatt sie zu unterstützen. Deutschland hätte sich nach und nach aus der Allianz mit den USA zurückziehen und unsere Soldaten zurückholen können.« Rabea stutzte. Etwas, das sie gerade selbst erwähnt hatte, hatte einen völlig neuen Gedankengang in ihr ausgelöst. Wieso kam sie jetzt erst darauf? Die Akte als politisches Druckmittel? *Was wäre, wenn …*

»Rabea?«, fragte Lukas gedehnt. »Was brütest du noch aus?«

Rabea riss sich zusammen, verschob ihre Überlegungen auf später und schenkte Lukas ein Lächeln. Auf dem Tisch lag der *London Chronicle*. Sie zeigte darauf. »Ich dachte gerade darüber nach, wie viel unabhängiger Journalismus in der heutigen Zeit noch wert ist.«

Lukas weitete etwas seine Augen. Er glaubte Rabea nicht. Irgendetwas heckte sie schon wieder aus. Wollte er das wissen? Nein. Doch er ging auf ihre Bemerkung ein. »Du spielst auf die zunehmend tendenziöse Berichterstattung an, befeuert durch die sozialen Medien, die entweder das Empörungsbedürfnis der Masse oder deren Spekulationslust bedient?« Er hatte dies weit heftiger gesagt als beabsichtigt. Aber er konnte die tagelange sensationsheischende Berichterstattung nach dem Tod seines Bruders und dem Mord an seinem Onkel nicht vergessen. Seine Familie hatte unter den unsensiblen und teilweise frei erfundenen Schlagzeilen gelitten. Zusätzlich hatten zahlreiche Reporter den Frieden ihrer Trauer gestört, indem sie ihr Haus belagert und während der Beerdigung des Bischofs sogar versucht hatten, über die Friedhofsmauer zu klettern. Ein unwürdiges Schauspiel. Durch diese persönlichen Erlebnisse hatte sein Verhältnis zur Presse sehr gelitten. Seither fragte er sich, ob sich unabhängiger Journalismus mit der Tatsache vertrug, dass die Mehrheit der Zeitungen und Fernsehsender inzwischen wenigen weltweit agierenden Medienkonzernen gehörten, und ob hier nicht der Profit an erster Stelle stand. Nur eine einträgliche Information war eine gute Information; Chefredakteure balancierten auf einem schmalen Grad zwischen Berufsethos und dem goldenen Kalb namens Shareholder Value.

Rabea nickte unbewusst bei Lukas' Worten. Ihr Freund

sprach einen inneren Konflikt an, dem sie selbst oft genug unterworfen war. Als Mensch und als Journalistin fühlte sie sich der Wahrheit verpflichtet, dafür recherchierte sie teilweise unter Lebensgefahr. Jedoch, wenn niemand ihre Artikel veröffentlichte, müsste sie entweder den Beruf wechseln oder verhungern. Entweder sie passte sich dem System an, oder das System schloss sie aus. Darum hatte auch sie es zulassen müssen, dass ihre Berichte von ihrer Redaktion nach kommerziell tauglichen Parametern abgeklopft und Informationen gefiltert wurden.

Gerade deshalb fand Rabea Gefallen an dem Gespräch, es knüpfte an ihre früheren Diskussionen mit Lukas an. Wie sie sie vermisst hatte! »Du findest also, die Presse ist zu geschmeidig geworden? Massentaugliche Berichterstattung ist jedoch wichtig, um die Massen überhaupt erreichen zu können, Lukas«, hielt sie ihm entgegen. Sie tat es, halb, um ihn herauszufordern, halb, um sich selbst zu relativieren, weil auch sie sich dem System angepasst hatte, nicht so unabhängig war, wie sie sich und ihre Arbeit gerne gesehen hätte. »Ich halte die Leser und Zuhörer für mündig genug, um sich selbst eine freie Meinung bilden zu können. Vielleicht braucht es nur eine neue Definition von Pressefreiheit? Nicht nur wir sind frei, sondern gerade auch der Medienkonsument, der selbst differenzieren soll und sich nicht blind von der Meinung anderer abhängig macht. Das ist gelebte Demokratie!«

»Dann sind wir ja einer Meinung, Pressefreiheit ist eine der Säulen, die unsere Demokratie trägt. Und gerade deshalb trägt sie auch eine große Verantwortung. Sie sollte objektiv berichten und weder beeinflussen noch bewerten.« Lukas stockte. Plötzlich fragte er sich, ob er diese Diskussion wirklich führen wollte.

»Nur zu, sprich weiter«, forderte Rabea ihn dazu auf. Sie hatte längst eine Vermutung, worauf Lukas hinauswollte. Es ging um die Akte und was sie damit vorgehabt hatte.

»Ich finde«, setzte Lukas an, »die Presse ist sehr kritisch, nur nicht gegenüber sich selbst. Du wetterst doch gerne gegen die amerikanische Regierung, dabei haben gerade Teile der freien Presse maßgeblich zur zweiten Amtszeit des Bush-Präsidenten beigetragen.« Lukas sah Rabea intensiv an, als wolle er sich vergewissern, dass sie ihm ernsthaft zuhörte, bevor er den Faden wieder aufnahm. »Regierung und Presse hatten nach dem Blitzkrieg im Irak ein Stillschweigeabkommen vereinbart, weil sie keine unnötigen Ängste in der Bevölkerung schüren wollten. Dann rückten 2004 die Wahlen näher, und die Bush-Berater fürchteten, dass Bush ohne eine akute Terrorbedrohung gegen Kerry verlieren könnte. Also startete die Bush-Regierung mithilfe von Presselobbyisten eine Kampagne, die der amerikanischen Bevölkerung nochmals die akute Bedrohung durch den islamischen Terrorismus vor Augen führen sollte. Sie, Presse und Regierung, haben den Leuten aus Kalkül und mit Vorsatz Angst gemacht, damit sie den kriegerischen Bush wählten und nicht Kerry.«

Rabea wusste, dass diese Informationen den Tatsachen entsprachen. Ähnlich hatte sie bei ihrem Liveinterview in Bagdad argumentiert, es allerdings etwas drastischer formuliert. Und war prompt verhaftet worden. Sie lachte plötzlich hell auf.

Lukas sah sie irritiert an. »Warum lachst du?«

»Weil wir schon wieder mitten in einer Diskussion stecken. Ganz wie in alten Zeiten. Ist das nicht herrlich?«

Ihr Lachen war ansteckend. Trotz der angespannten Situation stimmte Lukas ein. »Wir sind schon ein Paar, was?«, meinte er dann.

»Ja, aber ich glaube, wir haben endlich einen Punkt erreicht, um damit umzugehen.«

»Wie meinst du das?«

»Früher habe ich gedacht, dass ich nicht ohne dich leben kann, Lukas. Fern von dir habe ich eigentlich nur überlebt. Weil ich es musste. Heute weiß ich, dass ich ohne dich leben kann. Jetzt sieh mich nicht so an, als spräche ich Suaheli mit dir. Du hast mich schon verstanden. Wir kennen einander besser, als die meisten Menschen sich selbst kennen. Wir haben immer geglaubt, dass wir füreinander geschaffen sind. Sicher war das auch eine Weile so, aber nie zum selben Zeitpunkt, oder? Wir haben aneinander vorbeigeliebt, aus Stolz, aus Trotz und aus Dummheit.«

Lukas lauschte ihr mit zusammengekniffenen Augen, sagte jedoch nichts.

Rabea lächelte, eine neue Stärke ging von ihr aus. »Na ja, gut. Du vielleicht ein wenig dümmer als ich.«

Lukas quittierte dies mit einer Grimasse, konnte dieser Aussage jedoch nichts entgegensetzen. Dafür ergänzte Rabea leise: »Und ich dafür ein wenig stolzer …«

Und dann lag Rabea erneut in seinen Armen. Sie küssten sich, fühlten und schmeckten sich ein letztes Mal. Beide wussten, dass dies ein Abschied war.

Kapitel 31

Jules hatte Lucie vorsichtig auf die Bombe *Rabea lebt* vorbereitet und sich dafür erste heftige verbale Splitter eingefangen (»Sei friedlich, Lucie, es war ausnahmsweise meine Idee«), bevor er den Hörer an Rabea weitergereicht und sich dann diskret aus der Suite zurückgezogen hatte.

»Unglaublich! Als Freundin bist du eine echte Zumutung!«, waren die ersten Worte, die Rabea entgegenschallten. Dann war erst einmal Stille im Apparat – bis auf Lucies trockene Schluchzer, die ihren Freudentränen freien Lauf ließ.

Rabeas Gewissen machte sofort wieder Überstunden. »Ist ja gut, Lucie«, setzte sie zaghaft an.

»Nix ist gut«, schniefte Lucie. »Wegen dir habe ich mir die Augen ausgeheult. Das wirst du mir büßen, Freundin! Ich weiß auch schon, wie. Ab ins Flugzeug mit dir, die nächsten Tage gehörst du mir. Ich werde dir Vorwürfe machen und dich gründlich durch die Mangel drehen, und das alles zwischen Gesichtsmasken und Saunaaufgüssen. Strafe muss sein.«

»O nein, Gnade, Lucie«, stöhnte Rabea. Innerlich schüttelte sie den Kopf. *Typisch Lucie!* Auf eine solch schräge Idee konnte auch nur ihre Freundin kommen. Lucie hatte sie schon einmal vor Jahren zu einer Wochenend-Wellnesskur überredet. Rabea hatte dabei schnell festgestellt, dass sie sich dabei nicht sehr »well« gefühlt hatte. Im Gegenteil, sie hatte es gehasst, in einer Holzzelle zu schwitzen und dass anschließend jemand an ihr herumgezupft und ihr irgendetwas ins Gesicht geschmiert hatte. Vor allen Dingen aber bewahrte sie keine gute Erinnerung an den Programmpunkt »Körperenthaarung Bikinizone«. Natürlich wusste Lucie das. Rabea stieß ein unüberhörbares Stöhnen aus.

»O ja, das ganze Programm! Inklusive brasilianisches Waxing!«, sagte Lucie triumphierend durch den Hörer. »Wer weiß, wo du dich rumgetrieben hast und wie das Kraut gesprossen ist!«

Rabea war klar, dass sie ihrer Freundin nicht entkommen würde. »Also gut, das bin ich dir wohl schuldig«, fügte sie sich mit einem weiteren Stoßseufzer in ihr Schicksal.

»Gut, dass du es einsiehst. Und wann kommst du zurück, Bea? Ich kann es kaum erwarten, dich zu sehen.«

»Übermorgen. Ich habe in London noch etwas zu erledigen.«

»Gib mir unbedingt deine Flugdaten durch! Ich hol dich ab. Unglaublich, ich kann es immer noch nicht richtig fassen, aber ich bin soooo glücklich. Erst hieß es, dass es Jules erwischt hat, was ich sowieso nicht eine Sekunde geglaubt habe, und jetzt habe ich dich wieder! Das ist jetzt schon der zweite Lichtblick in diesem ganzen furchtbaren Entführungsschlamassel.« Lucies eben noch aufgeregte Stimme änderte sich, war nun mit Sorge erfüllt. »Aber Lukas geht es sehr schlecht, Rabea, die Angst um Matti und die ständige Anspannung machen ihn völlig fertig. Ich kann es spüren, er ist völlig durcheinander. Wir haben uns vor dem Abflug wegen Jules gestritten. Ich fürchte, Lukas kann vor lauter Sorgen nicht mehr klar denken.«

»Ja, Jules hat mir schon von dem Streit erzählt, und ich kann dich beruhigen, Lucie. Die beiden haben das Missverständnis längst untereinander geklärt.«

»Puh, noch ein Stein vom Herzen geplumpst. Wenn ich gewusst hätte, dass Lukas mit Jules nach London fliegt, wäre ich mitgekommen. Und jetzt erzähl mir von deinem Wiedersehen mit Lukas«, schwenkte Lucie urplötzlich im Thema um 180 Grad. Wie stets wollte sie gleich alles auf einmal wissen.

Rabea ahnte bereits, worauf ihre Freundin hinauswollte. »Du meinst, jetzt, da er mit Magali verheiratet ist?«

»Auch …«, kam es abwartend zurück.

»Für mich ist es ein weiterer Grund, ihn loszulassen. Durch Jules wusste ich längst über Lukas' Heirat Bescheid.« Jules hatte ihr nicht nur verraten, wie erstklassig sich Lucie mit ihrer Schwägerin Magali verstand, sondern auch, dass sich Lukas in seiner Ehe wohlzufühlen schien. Davon habe er sich beim vorangegangenen gemeinsamen Weihnachtsfest überzeugen können. Ihre Freundin Lucie war nicht zu unterschätzen. Nicht ohne Grund hatte sie erwähnt, wie sehr ihrem Bruder die Entführung zusetzte, dass er vor Sorge um seine Familie völlig durch den Wind sei. Sie und Lucie waren seit ihrer Kindheit die engsten Freundinnen, doch wenn Lucie wählen müsste, würde sie zuerst ihren Zwillingsbruder Lukas schützen. Er hatte nun eine Familie, und Rabea würde der Eindringling sein …

»Aber du liebst Lukas nach wie vor?« Es klang weniger wie eine Frage, sondern vielmehr wie eine Feststellung.

»Natürlich«, erwiderte Rabea ehrlich. Sie war froh, dass Lucie so schnell auf diesen Punkt zu sprechen kam. »Aber ich kann dich beruhigen, Lukas ist künftig vor mir sicher«, sagte sie mit Nachdruck. »Ich habe nicht vor, sein Leben erneut durcheinanderzuwirbeln. Die letzten beiden Jahre hatte ich viel Zeit zum Nachdenken. Auch über mich selbst. Die Wahrheit ist, ich habe vor acht Jahren aus Eifersucht absolut niederträchtig gehandelt, indem ich Magalis Brief an Lukas unterschlagen habe. Wie empathielos muss man sein, wenn man einem Sohn den Vater vorenthält? Ich habe das lange verdrängt. Weil ich feige war. Der Verzicht auf Lukas ist meine persönliche Konsequenz daraus. Sieh es so, ich strafe mich quasi damit selbst, weil Lukas es nicht tut. Denn er hat mir, großzügig wie er ist, verziehen. Ein weiterer Beweis, dass er viel zu gut für mich ist. Künftig werde ich mich aus Lukas' Leben heraushalten. Versprochen. Schon allein, weil immer schreckliche Dinge passieren, sobald sich unsere Wege kreuzen. Das letzte Mal ist sein bester Freund Simone gestorben. Auch das trage ich mit mir herum.«

Es folgten mehrere Sekunden nachdenklicher Stille, bis Lucie reagierte. »Weiß Lukas das auch? Ich meine, wird er deinen Verzicht verstehen und sich damit abfinden? Eure Liebe ist ja keine einseitige Sache, sie ist tief verwurzelt. Hoffnung war immer der Katalysator der Liebe. Du hättest ihn damals erleben sollen, Rabea. Die Nachricht von deinem Tod hat ihn völlig aus der Bahn geworden, obwohl er schon einige sinnlose Verluste erlebt hat, unseren Bruder Alexander, Onkel Franz, seinen Freund Simone. Auch für mich war dein Tod furchtbar, aber ich habe nie daran gezweifelt, dass das Leben weitergehen muss, irgendwie. Aber Lukas hatte einige sehr dunkle Momente. Die ersten Tage hatte ich Angst, dass er sich vielleicht etwas antun könnte. Ich will ehrlich zu dir sein, Bea. Lukas ist seit einiger Zeit in der Ehe mit Magali angekommen. Sie tut ihm gut. Ich mag sie sehr, und sie liebt Lukas vielleicht genauso stark, wie du ihn liebst. Und sie ist mit seinem zweiten Kind schwanger.«

Ja, Lucie schützte ihren Bruder. Wie auch ihre Freundin Magali, Matti, und das weitere Kind, das sie bald miteinander verbinden würde. Rabea dachte an Lukas' Reaktion bei ihrem Wiedersehen. Die gegenseitige Anziehung, die nichts von ihrer Wirkung verloren hatte, die Verwirrung ihrer Sinne, ihren Kuss … vor allem, wie nahe sie selbst schon wieder dran gewesen war, ihren festen Vorsatz über Bord zu werfen. Nein, sie musste sich von Lukas fernhalten, durfte ihn nicht mehr sehen. Das war sie ihm schuldig. Sie waren nur noch Freunde. Dass Lukas zum zweiten Mal Vater wurde, war ein weiterer Stein in der Mauer, die sie erbaute, um Lukas aus ihrem Herzen auszusperren. Rabea atmete einmal tief durch, bevor sie antwortete. »Lukas und ich hatten heute ein gutes Gespräch, Lucie. Er hat mir alles erzählt, auch von Magali und seinen Zweifeln ihr gegenüber, seit er sie mit der van Kampen im Park gesehen hat.

Noch einmal, Lucie: Ganz egal, wie die Sache in Barcelona ausgehen wird, ich werde mich künftig von deinem Bruder fernhalten und mich mit der Schwester begnügen. Lukas ist vor mir sicher. Versprochen!«

Kapitel 32

Barcelona, Spanien

Jules und Lukas landeten gegen 13:30 Uhr von London aus kommend in El Prat. Sie waren bei Nebel und Sprühregen aufgebrochen; Barcelona empfing sie mit wolkenlos blauem Himmel und in flirrender Mittagshitze.

Sie hatten Carlotta van Kampen ihren Besuch offiziell angekündigt, und dieses Mal begleiteten sie auch Fonton und zwei seiner Männer. Noch spät in der Nacht hatte Lukas deshalb mit seinem Vater telefoniert, und sie hatten entsprechende Arrangements getroffen, um nichts mehr dem Zufall zu überlassen.

Noch vor Sonnenaufgang hatte Heinrich von Stetten seine Leute mit der Beechcraft von Nürnberg nach London geschickt, um Lukas und Jules in Biggin Hill abzuholen. Kaschinskis kleine Cessna blieb am dortigen Flughafen zurück.

Lukas, Jules und Fonton hatten auf dem Flug nur wenige Worte gewechselt. Fonton sprach in der Regel sowieso nur das Nötigste, und Jules wirkte ungewöhnlich schweigsam.

Lukas kam das sehr entgegen. Er hing seiner Begegnung mit Rabea nach. Sie war so anders als sonst gewesen und doch wieder nicht. Die Liebe und die Vertrautheit zwischen ihnen war von der ersten Sekunde an wieder spürbar da gewesen. Egal, wie lange sie getrennt waren, es entstand nie ein Abstand. Auf seine erstaunte Frage, warum das so war, hatte Rabea ihm geantwortet: »Weil unsere Beziehung nicht davon lebt, was wir tun, sondern darauf basiert, wie wir denken und fühlen und die Welt betrachten, Lukas.« Und natürlich war da auch die körperliche Anziehungskraft. Pode und Antipode. Starke, leidenschaftliche Gefühle trieben sie einander in die Arme, nur damit sie danach umso leidenschaftlicher miteinander stritten – denn sie hatten noch sehr viel gestritten in dieser Nacht. Über Rabeas Unvernunft, ihre Sturheit, ihren Leichtsinn. *Wann waren sie sich je einmal einig gewesen?*

Gestern, gestand sich Lukas ein. Oder eigentlich heute Morgen. Sie waren die ganze Nacht aufgeblieben und hatten mit ungewohnter Offenheit über sich, ihre Gefühle und ihr Leben gesprochen. Und am Ende hatten sie sich ehrlich eingestanden, dass sich ihre Ziele und Wünsche, aber vor allem ihr Anspruch an das Leben verschoben hatten.

Ja, sie waren Freunde, hatten endlich ihren Frieden miteinander gemacht. Nun konnte er sich ganz darauf konzentrieren, seinen Sohn nach Hause zu holen und das Rätsel um Magalis Rolle in dieser Angelegenheit zu ergründen. Immer wieder holte ihn das Bild von Magali ein, dieser ihm plötzlich fremden, juwelengeschmückten Frau, die neben der van Kampen stand, lächelnd deren Gäste begrüßte und sich von diesem Torero hatte hofieren lassen, als hätte sie nie etwas anderes getan – als sei es ihre Bestimmung, diese Art von Leben zu führen. Jedes Mal, wenn er an sie dachte, fuhr ihm ein heißer Stich ins Herz, fühlte er sich verraten und betrogen. Wut und Leere wechselten sich in ihm ab, und er zweifelte zunehmend an seinem Verstand, da er sich das Gesehene einfach nicht zu erklären vermochte. Bis zur Landung kreisten seine Gedanken um die immer selbe Frage: Wer war seine Frau?

Vor Ort erwartete sie eine Überraschung. Auf dem Vorfeld parkte eine Stretchlimousine mit verdunkelten Scheiben neben dem Van, den Fonton angefordert hatte. Dem Luxusgefährt entstieg ein uniformierter Chauffeur und begrüßte die fünf Männer überschwänglich mit »Bienvenido en Barcelona en nombre de la Señora van Kampen«. Sie hatten nur umsteigen müssen, die Ankunftsformalitäten waren bereits erledigt. Jules,

Lukas und Fonton nahmen das Angebot der Limo an, Fontons Männer folgten im Van.

»Netter Service«, meinte Jules und begutachtete den bulligen Chauffeur, dessen Anzugstoff sich um ausgeprägte Muskeln spannte. Auch das darunter liegende Schulterhalfter war nicht zu übersehen. Er sollte sich einen besseren Schneider zulegen, dachte Jules und vergewisserte sich, dass seine eigene Waffe griffbereit im Hosenbund steckte. Er wechselte mit Fonton einen raschen Blick. Der senkte kurz die Lider, zum Zeichen, dass auch ihm die Waffe des Gorillas nicht entgangen war.

»Sie trainieren wohl viel, oder?«, meinte Jules, der vorn zu ihm eingestiegen war.

»No comprendo«, brummte der Mann, allerdings nicht unfreundlich. Jules gab nach einer weiteren Frage zum Wetter (»no comprendo«) seinen Versuch auf, eine Konversation mit dem Mann anzustrengen. Stattdessen konzentrierte er sich auf die Fahrt. Das Fahrzeug war soeben auf die B-22 in Richtung Ronda de Dalt/Tarragona abgebogen. Straßen und Industriekomplexe zogen in grauer Autobahneintönigkeit an ihm vorbei.

Auch ihn beschäftigte die Auflösung des Rätsels um Magali. Er hatte in dieser Nacht bereits Anstrengungen unternommen, um mehr über ihr früheres Leben herauszufinden, und intensiv recherchiert. Jeder Mensch hinterließ Spuren, im Leben und im Internet. Es war ungewöhnlich, aber er hatte trotz seiner Routine und Möglichkeiten nichts über Magali in Erfahrung bringen können. Sie schien tatsächlich ein vollkommen unbeschriebenes Blatt zu sein, ein Phantom. Eine Frau mit einem Geheimnis. Durch Lukas war ihm bekannt, wann sich er und Magali in Mallorca begegnet waren, aber er hatte sie auf keiner Passagierliste, soweit überhaupt noch vorhanden, ausfindig machen können. Nach Mallorca war Magali erneut spurlos von der Bildfläche verschwunden und erst fünf Jahre später in Urnäsch wieder aufgetaucht. Sie hatte dort drei Jahre unter dem

Namen Magali Frank gelebt. Wo hatte sie sich in der Zwischenzeit und wo vor Mallorca aufgehalten? Magali hatte stets so getan, als habe sie ständig in der Schweiz gelebt. Eine bewusste Täuschung.

Doch er hütete sich, seine raren Erkenntnisse mit Lukas zu teilen oder seine Rückschlüsse daraus, solange er nicht selbst mit Magali gesprochen hatte. So oder so hatte ihnen Lukas' Frau einiges zu erklären. Nach dem höchst unbefriedigenden Ergebnis zu Magalis Vorleben hatte er sich Matti zugewendet. Es war ihm tatsächlich gelungen, an eine Kopie der Geburtsurkunde seines Patensohns zu gelangen, die Magali der Gemeinde Urnäsch vorgelegt hatte. Doch dieser Teilerfolg seiner Nachforschungen warf mehr Fragen auf, als er klärte. Merkwürdigerweise war Matti in Rio de Janeiro geboren worden. Brasilien, oder dass sie dort mit Matti gelebt hatte, hatte Magali ebenfalls mit keiner Silbe erwähnt, Magalis Existenz war ein einziges Fragezeichen. Jules kannte nur zwei Personengattungen, auf die eine solch nebulöse Vita zutreffen könnte: entweder auf einen schlafenden Agenten oder eine Person, die in einem Zeugenschutzprogramm untergebracht war. Letzteres ergab allein schon deshalb keinen Sinn, weil Magali durch die Einheirat in die Von-Stetten-Familie in die Öffentlichkeit getreten war. Außer, alle Beteiligten, vor denen Magali hatte geschützt werden müssen, waren inzwischen tot und konnten ihr nichts mehr anhaben. Dass es sich bei Magali um eine schlafende Agentin handeln könnte, erschien ihm genauso unvorstellbar. Magali, eine ausländische Spionin, die die Hawk-Eye-Serie im Visier hatte? Nein, diesem Gedanken gestattete er nicht, Blüten zu treiben, er war zu absurd.

Selten hatten sich seine Überlegungen derart in einem Labyrinth aus Fragen, Vermutungen und Täuschung verlaufen. Er hoffte nur, dass die Auflösung für seinen Freund nicht zu hart werden würde. Lukas hatte wirklich ruhigere Gewässer verdient und sollte seinen Sohn in Frieden großziehen können.

Der Wagen verlangsamte sich nun, sie hatten den Passeig de la Bonanova erreicht. Lautlos öffnete sich das Tor zur Van-Kampen-Villa vor ihnen, ebenso die Schranke. Unbehindert fuhr der Wagen über den Kiesweg und kam am Rondell mit dem Brunnen zum Stehen. Der Van mit Fontons Männern parkte direkt hinter ihnen.

Niemand erwartete sie vor der Tür, und auch sonst war weit und breit keine menschliche Seele zu sehen. Die Villa wirkte wie ausgestorben in der gleißenden Mittagssonne.

Ihr Fahrer stieg aus, um ihnen die Türen zu öffnen, aber die drei Männer waren schneller. Fonton befahl seinen Leuten, sich auf dem Grundstück umzusehen. Lukas strebte bereits ungeduldig zur Eingangstür. Er fand keine Glocke, nur einen bronzenen Türklopfer. Energisch hämmerte er damit gegen den Hauseingang. Hinter ihm fuhr der Chauffeur vom Hof.

Eine Weile tat sich gar nichts. Endlich schwang unendlich langsam das Portal zur Seite, und Lukas fand sich einer hageren, vollkommen in Schwarz gekleideten Dame gegenüber. Ihr dunkles Haar, in das sich nur wenige graue Strähnen verirrt hatten, war streng aus dem Gesicht gekämmt und zu einem festen Knoten im Nacken gesteckt. Sie überragte Lukas um einige Zentimeter und sah ihn an, als wolle sie ihn sofort wieder fortschicken.

»Buenos díaz, Señora. Wir möchten zu Señora van Kampen«, sagte Lukas. Ton und Haltung waren die eines Mannes, der sich nicht abweisen lassen würde.

»Ich weiß«, erwiderte sie auf Deutsch, drehte sich um und ließ ihn vor der Tür stehen.

»Merde, das nenne ich Haare auf den Zähnen. Diese Señora hat einen Blick wie Eissplitter.« Jules war neben Lukas getreten, und sie sahen der Frau nach, die die weitläufige Halle durchquerte, ohne sich weiter um die drei Männer vor der Tür zu kümmern.

»Ich nehme an, das heißt, wir sollen ihr folgen«, sagte Jules und setzte sich in Bewegung. Ihr Weg führte sie quer durchs Haus auf eine kleine Terrasse.

Dort erwarteten sie ein leerer Tisch, sechs Stühle und glühende Hitze. Weder Schirm noch Markise, die Schatten spendeten. Die Señora deutete mit einer unwirschen Handbewegung auf das ungastliche Arrangement, dann verschwand sie wortlos wieder im Haus.

»So viel zur berühmten spanischen Gastfreundlichkeit! Jetzt fühle ich mich irgendwie, als hätte uns die schwarze Madonna in der Wüste ausgesetzt. Also gut, Selbstbedienung. Ich habe da drinnen eine Bar erspäht. Wer hat noch Durst?«, meinte Jules, der sich gar nicht erst gesetzt hatte.

Ebenso wie Lukas. »Was soll das?«, meinte er aufgebracht. »Ist das ein Geisterhaus? Wo sind Magali und Matti? Und wo ist die van Kampen?«

»Sie ist hier.«

Lukas wirbelte herum. Da stand sie. Die Holländerin hatte sich wenig verändert, sie wirkte jedoch schlanker als noch vor zwei Jahren. Das Essen im Exil scheint ihr nicht sonderlich geschmeckt zu haben, dachte Lukas böse. Der beinahe tödliche Hass, der ihn beim Anblick dieser Frau überkam, der Drang, sie zu packen und zu würgen, erschreckte ihn selbst.

»Wo sind mein Sohn und meine Frau?«, fuhr er sie an.

»Wo ist das Jesus-Evangelium?«, fragte die van Kampen lässig zurück, während sie auf einen Stuhl zuschlenderte und sich in aller Ruhe setzte.

Lukas starrte sie an. »Haben Sie Ihren Verstand verloren? Sie wissen genau, dass ich es nicht habe, nicht haben kann! Weil *Sie* es in Rom gestohlen haben!«

»Schon gut, kommen Sie wieder von Ihrem hohen Ross herunter. Wut und Hitze vertragen sich nicht. Sie sind zu jung für einen Schlaganfall. Buenos díaz, die Herren.« Sie nickte Fonton und Jules zu, wobei ihr Blick jeweils eine Sekunde zu lange auf den Männern ruhte. Er glich mehr einer Lageeinschätzung.

»Consuela!«, schrie sie unvermittelt laut. Die schwarze Señora erschien fast sofort.

»Wo bleibt deine Gastfreundschaft? Erfrischungen für die Herren, rapido!« Die schwarze Frau schnaubte wie ein Stier und durchbohrte Lukas erneut mit ihrem Medusenblick, bevor sie sich mit langen Schritten entfernte.

Die van Kampen hatte sich indessen erhoben und auf einen Knopf neben dem Fenster gedrückt. Eine Schatten spendende Markise fuhr leise summend aus.

»Wo ist meine Familie, ich will sie sofort sehen«, beharrte Lukas und musterte die Holländerin scharf.

»Oh, aber sie sind im Moment nicht hier. Magali ist mit Matti an den Strand gefahren«, erklärte sie leichthin.

»Was? Ans Meer? Aber Sie wussten doch, dass wir heute kommen!« Lukas glaubte der Frau kein Wort und machte einen drohenden Schritt auf sie zu.

»Ich dachte, es wäre schön, wenn wir erst einmal unter uns plaudern könnten.«

Jetzt schnaubte Lukas wie ein Stier. Wut und Enttäuschung übermannten ihn. Er ballte die Fäuste, kämpfte gegen das Bedürfnis an, der Frau vor ihm wirklich an die Gurgel zu gehen. »Sie lügen! Wo haben Sie sie hingeschafft? Wir haben die Polizei über Ihre Machenschaften informiert, Sie haben keine Chance. Ihre politischen Freunde werden Sie nur bis zu einem gewissen Grad decken. Mir reicht es jetzt mit Ihren Spielchen. Ich rufe die Polizei an.« Lukas hielt sein Handy bereits in der Hand.

»Meine Güte, warum denn gleich so dramatisch, mein Lieber, Sie stehen doch nicht auf der Kanzel! Da kommt wohl der ehemalige Jesuit bei Ihnen durch. Ich sagte Ihnen doch, die beiden sind am Meer, irgendwo am Icària-Strand. Mein Chauffeur wird sie nach unserem Gespräch sofort zu Ihnen bringen.«

»Nicht nötig. Ich bin hier!«, erklang plötzlich Magalis Stimme in ihrem Rücken. Lukas notierte mit neu erwachtem Interesse das Missfallen, das sich schlagartig auf dem Gesicht der Holländerin abzeichnete. Entweder hatte Magali ihr gerade einen Strich durch die sorgfältig orchestrierte Planung gemacht, oder dies war ein neuerlicher Beweis van Kampen'scher Schauspielkunst, die sie bereits in Rom unter Beweis gestellt hatte. Aber wenn Magalis Auftritt Teil der Inszenierung war, stellte sich die Frage nach dem Warum. Er betrachtete Magali eingehend, allein seine Frau konnte alle seine Fragen beantworten. Nur irgendwie war das nicht die Frau, mit der er seit zwei Jahren zusammenlebte. Er kannte diese schöne Fremde nicht. Es war ihm schleierhaft, wie Magali angesichts der Umstände derart hübsch und frisch aussehen konnte, die letzten Tage schienen völlig spurlos an ihr vorübergegangen zu sein. Oder nicht ganz, korrigierte er sich grimmig angesichts ihrer tiefen Bräune. Während er vor Sorge beinahe verrückt geworden war, zwischen den Ländern hin- und hergehetzt war, auf der verzweifelten Mission, seine Familie zu retten, hatte sie die Zeit gehabt, sich in die Sonne zu legen! Ihre gebräunte Haut kam durch das weiße Sommerkleid gut zur Geltung. In der Hand hielt sie einen passenden breitkrempigen Hut, und an ihren Füßen funkelten strassbesetzte Zehensandaletten. Seine Frau sah aus wie aus einem Modejournal!

»Wo ist Matti?«, fragte er sie schroff und versuchte, hinter ihr im Halbdunkel der Wohnhalle etwas zu erkennen.

»Ich habe ihn mit einer Angestellten nach oben geschickt. Wir sollten zuerst einige Dinge untereinander klären«, sagte Magali, die sich vergeblich mühte, seinen Blick einzufangen. Sie ging auf Lukas zu, wollte ihn offenbar zur Begrüßung umarmen. Er wich vor ihr zurück wie vor einer Gefahr. Magali maß ihn mit traurigen Augen, die verräterisch glänzten, als hielte sie nur mit Mühe die Tränen darin zurück. Plötzlich spürte Lukas Jules neben sich, dessen Hand legte sich auf seinen Arm. »Hör ihr wenigstens zu, Lukas. Egal, was heute hier geschieht, sie ist Mattis Mutter.«

»Warum bist du schon zurück, Magali?«, mischte sich die van

Kampen an dieser Stelle ein, nicht gewohnt, an den Rand der Ereignissse verdrängt zu werden.

Lukas entging weder das vertraute Du noch der vorwurfsvolle Ton, der in der Stimme der Holländerin mitschwang. Es war eine Vertrautheit zwischen seiner Frau und ihrer *angeblichen* Entführerin, die ihn verstörte und seine schlimmsten Befürchtungen bestätigte. Die verschiedensten Empfindungen suchten ihn heim, Wut und Abscheu gegenüber der van Kampen, Enttäuschung über Magalis Verrat, aber auch Erleichterung, dass ihm seine Frau sichtlich unversehrt gegenüberstand. »Ich bin sehr gespannt auf deine *Erklärung*«, sagte er schneidend zu ihr. »Ich gebe dir exakt zwei Minuten, dann will ich meinen Sohn sehen.«

Magali nickte. Sie wandte sich an seine Begleiter. »Jules, Mr Fonton, würden Sie uns drei bitte kurz alleine lassen?« Fonton sah Lukas fragend an. Dieser nickte.

In diesem Moment kehrte Consuela würdevoll wie eine Königin mit einem Tablett zurück. Ihr Blick glitt zu Magali und umfing sie mit einer Wärme, die Lukas diesem schwarzen Drachen niemals zugetraut hätte. Noch ein Indiz dafür, dass Magali an diesem Ort alles andere als eine Gefangene war!

Jules' Augen verschlangen derweil sehnsuchtsvoll die einladend mit Zitronenscheiben dekorierte Karaffe mit Wasser, in der Eiswürfel verlockend aneinanderklirrten. Nur widerstrebend folgte er Fonton, der Magalis Bitte bereits nachgekommen war und in Richtung Park davonschlenderte. Jules hatte sich mit Fonton in einem stummen Austausch darauf verständigt, dass sie von dort aus das Geschehen auf der Terrasse besser im Auge behalten konnten, als wenn sie ins Haus zurückgekehrt wären.

»Ich höre!« Lukas hatte sich mit verschränkten Armen vor seiner Frau aufgebaut und sah sie an wie ein Inquisitor, der ein Geständnis erwartet.

Consuela, die zunächst ein Tischtuch ausgebreitet hatte,

machte sich nun daran, die Gläser zu füllen. Doch die van Kampen winkte die Bedienstete herrisch davon. Zufällig fing Lukas den hasserfüllten Blick auf, den die Frau ihrer Herrin zuwarf, und wunderte sich. Die mürrische Spanierin schien ein weiteres Mysterium.

Währenddessen hatte Magali nur Augen für ihn, sah ihn flehend an und sagte: »Ich weiß, wie das für dich aussehen muss, Lukas.« Sie machte eine vage Geste, die sowohl das Haus als auch die van Kampen einschließen sollte. »Aber die Erklärung ist einfach, Lukas, sie …«

»Um Gottes willen, was tun Sie denn da?«, unterbrach Lukas Magali und fixierte ungläubig einen Punkt hinter ihrer Schulter. Magali wirbelte herum, und ihre Augen weiteten sich vor Entsetzen. Die Spanierin stand da wie eine Rachegöttin. Mit zitternden Händen hielt sie eine Pistole umklammert und zielte aus kaum drei Metern Entfernung auf sie. Lukas reagierte instinktiv, packte Magali und schob sie energisch hinter sich.

Magali versuchte, sich seinem Griff zu entwinden. »Nein, Consuela! Bist du verrückt geworden? Nimm sofort die Waffe herunter«, rief sie schreckensbleich.

»Du wirst mein Lämmchen nicht weiter unglücklich machen!«, kreischte die Frau. Sie war wie von Sinnen.

Mit der seltsamen Klarheit, die einem oft angesichts einer drohenden Katastrophe zuteilwurde, registrierte Lukas, dass Jules und Fonton hinter ihm heransprinteten, Jules etwas rief, dass er jedoch nicht verstehen konnte, weil Magali weiter Consuela anschrie. Er reagierte. Er schnellte herum, warf sich auf seine Frau, stürzte mit ihr zu Boden und schützte sie mit seinem Körper. Im gleichen Augenblick schoss Consuela.

Dann waren Jules und Fonton heran und entwanden Consuela die Waffe. Die hochgewachsene Frau wehrte sich nicht, sie stand mit aufgerissenen Augen da, Tränen rannen über ihre bleichen Wangen. »Dios mío, was habe ich getan, was habe ich getan?«, murmelte sie und sank zwischen den Männern auf die Knie.

Lukas und Magali lagen noch am Boden. »Bist du verletzt?«, fragte Lukas sie. Magali schüttelte den Kopf, und er half ihr auf.

Jules sicherte Consuelas Waffe, während Fonton die Frau am knochigen Arm packte, um sie zurück auf die Beine zu ziehen. Ein lautes Stöhnen ließ alle gleichzeitig herumfahren.

Niemand hatte in der Aufregung auf Carlotta van Kampen geachtet, und erst jetzt bemerkten sie, dass Consuelas Kugel ein tatsächliches Ziel gefunden hatte: Die Holländerin lag halb ausgestreckt im Stuhl, und der rote Fleck auf ihrer Brust vergrößerte sich rasch. Ihr Atem ging stoßweise, während ihre bleichen Hände die Lehnen des Stuhles umklammerten.

»Mutter!«, entfuhr es Magali entsetzt. Sie stürzte auf sie zu, riss das Tischtuch herunter und presste es auf die Wunde. »Schnell, tut doch was! Lukas, Jules, sie verblutet!«, schrie sie mit sich überschlagender Stimme.

Fonton hing bereits am Telefon, während Jules einem hinzugeeilten Bediensteten Befehle erteilte. Dann schob er Magali zur Seite und kniete sich neben die Holländerin. Er sah, dass alle Bemühungen vergebens sein würden. Das Gesicht der van Kampen nahm bereits einen wächsernen Ton an.

Lukas starrte wie gelähmt auf die unwirkliche Szenerie. Das viele Blut, sein unverwechselbarer Geruch ließen schmerzhafte Erinnerungen in ihm aufleben. Er konnte die Anwesenheit des Todes spüren, fühlte sich dadurch unvermittelt in die Katakomben der römischen Villa zurückversetzt, als er gezwungen war, seinem besten Freund, Pater Simone, hilflos beim Sterben zuzusehen. Auch die van Kampen würde sterben, und er wusste, er sollte für sie beten, doch er konnte sich nicht dazu durchringen. Der erste Schock ließ nach, Rom und Pater Simone rückten in den Hintergrund, und seine Gedanken wandten sich der Gegenwart zu. Hatte er gerade richtig gehört? *Mutter*? Magali war Carlotta van Kampens Tochter? Kraftlos sank er auf einen

Stuhl. Jules' und Rabeas Stimmen hallten in seinem Kopf wider. *Es gibt für alles eine Erklärung.* Ja, die gab es. Aber das bedeutete nicht zwingend, dass eine Erklärung Wogen glättete, Lügen zurückdrehte, Vertrauen wiederherstellte.

Sein Gefühl hatte ihn also von Anfang an nicht getrogen. Magali hatte tatsächlich die ganze Zeit über mit der van Kampen unter einer Decke gesteckt. *Mutter und Tochter!* Es war so unfassbar bizarr und aberwitzig, dass sein Verstand sich weigerte, es als Tatsache zu begreifen. Er war die ganze Zeit über mit van Kampens Tochter verheiratet? Die Enttäuschung über Magalis Verrat und seine eigene Dummheit schlugen wie eine Welle über ihm zusammen. Er flüchtete sich in die Wut, sie war allemal besser als die betäubte Leere in seinem Kopf. Er merkte, dass ihn jemand beobachtete. Es war Consuela. Sie wirkte plötzlich nicht mehr kalt und abweisend, vielmehr prägte eine tiefe Traurigkeit ihren Ausdruck, aber es lag auch Frieden darin. Warum, fragte er sich, hatte diese Frau gerade versucht, ihn zu töten? Was war es noch gleich gewesen, das sie unmittelbar vor dem Schuss zu ihm gesagt hatte? *Er würde ihr Lämmchen nicht weiter unglücklich machen?*

Jäh fiel ihm Matti ein. Adrenalin flutete sein Blut. Er sprang auf, sprintete los, durch das riesige Wohnzimmer und durch die Eingangshalle die breite Treppe hinauf, und während er rannte, rief Lukas mehrmals laut seinen Namen.

Hundegebell antwortete ihm, dann wurde eine Tür am Ende des Ganges aufgerissen, und sein Sohn stürmte heraus, gefolgt von einer jungen Frau, die vergeblich versuchte, ihn aufzuhalten.

»Papa, Papa!«, rief Matti und sprang seinem Vater förmlich in die Arme. »Endlich. Wo warst du denn so lange? Guck mal, das ist Pepe. Der gehört jetzt mir.« Er zeigte auf den kleinen Retriever, der sie fiepend umsprang. Lukas lachte und herzte seinen Sohn, schwang ihn im Kreis und fand Trost darin, den kleinen warmen Körper seines Sohnes an sich zu pressen. Die

Erleichterung, dass es Matti gut ging, löschte alles andere aus. Er bemerkte die Tränen nicht, die ihm die Wangen nässten, und erst als er Mattis Hand in seinem Gesicht spürte, nahm er seine Worte wahr.

»*Schon gut*, Papa, du kannst mich jetzt wieder herunterlassen. Wirklich.«

»Nein«, sagte Lukas, »ich lass dich nie wieder los!«

Kapitel 33

Jemand betrat hinter Lukas das Zimmer, das Matti bewohnt hatte. Der Raum ähnelte einem Spielwarenlager. Es war der einzige Ort, an dem er etwas Ruhe gefunden hatte.

Fast gleichzeitig mit der Polizei, die sie gerufen hatten, war überraschend die spanische Steuerfahndung in der Villa aufgetaucht und hatte einen Durchsuchungsbeschluss präsentiert. Zu ihrer nicht geringen Überraschung wurden die Beamten der neu hinzugekommenen Finanzpolizei von der den Tatort gerade absperrenden Kriminalpolizei darüber in Kenntnis gesetzt, dass ihre Zielperson soeben einem Mordanschlag zum Opfer gefallen war. Nichtsdestotrotz wollten die Steuerbeamten ihren Auftrag ausführen. Beschluss war Beschluss. Beide Behörden befanden sich noch immer im Kompetenzgerangel. Die hitzig geführte Diskussion drang bis nach oben zu Lukas.

»Was willst du?«, fragte er abweisend. Er wusste, dass Magali gekommen war, um mit ihm zu reden. Er hatte vom Fenster aus zugesehen, wie sie der Limousine entstiegen war.

Seine Frau hatte ihre Mutter ins Krankenhaus begleitet und war eben erst von dort zurückgekehrt. Noch vor dem Eintreffen von Krankenwagen und Polizei hatte Lukas Jules gebeten, irgendetwas mit Matti zu unternehmen, egal was, Hauptsache, sein Sohn verschwand aus der Villa und bekam nicht mit, was mit seiner Großmutter geschehen war.

Allein der Gedanke, dass die verhasste Holländerin Mattis Großmutter war, verursachte Lukas beinahe physische Schmerzen.

»Sie ist gestorben.« Magali trat zögerlich näher. »Wir sollten miteinander sprechen, Lukas«, sagte sie leise. »Je früher, desto besser. Um Mattis willen.«

Lukas wusste, dass er ihr in irgendeiner Form sein Mitgefühl hätte ausdrücken sollen – immerhin war die van Kampen Magalis Mutter gewesen –, aber er brachte die Worte nicht über die Lippen. Wut und Enttäuschung hielten ihn gefangen. Er blieb am Fenster stehen und wandte seiner Frau weiter den Rücken zu. »Was gibt es da noch groß zu bereden? Du bist eine Betrügerin und hast mein Vertrauen jahrelang missbraucht, Magali. Herrgott, wenn ich daran denke, dass du die Tochter dieser Mörderin bist!« Er spuckte die Worte förmlich aus. »Geh, geh um sie trauern. Ich habe kein Gebet für sie übrig.«

Magali starrte auf Lukas' Rücken. Seine Weigerung, sie anzusehen, verletzte sie mehr als seine Worte. Sie machte eine Bewegung, als wollte sie gehen, doch sie überlegte es sich anders. Nein, sie würde sich nicht auf diese Weise von ihm abweisen lassen! Sie musste das jetzt und hier mit ihm klären, sonst würden sie sich noch weiter voneinander entfernen. Sie straffte sich unbewusst. »Du hast jedes Recht, auf mich wütend zu sein, Lukas«, begann sie. »Aber ich habe dich niemals vorsätzlich belogen. Denkst du denn, es sei für mich all die Jahre einfach gewesen? Hast du überhaupt eine Vorstellung davon, wie es ist, *ihre* Tochter zu sein? Du solltest mich wenigstens anhören. Wir waren immerhin zwei Jahre verheiratet, und wir haben einen Sohn. Wenn du mir nicht zuhören willst, dann tu es wenigstens um seinetwillen.«

»Ach ja? Vielleicht hättest du früher an ihn denken sollen, bevor du ihn in deine schmutzigen Machenschaften hineingezogen hast! Und jetzt benutzt du unseren Sohn als Vorwand, damit ich mir noch mehr von deinen Lügen anhöre?« Lukas merkte selbst, wie bitter sich seine Worte anhörten. Die Enttäuschung über Magalis Verrat fraß sich wie ein böses Geschwür durch seinen Körper. Gleichzeitig war ihm bewusst, dass er sich kindisch benahm. Weil Magali recht hatte. Sie mussten reden. Besser, sie brachten diese Angelegenheit rasch hinter sich. Umso früher konnte er seinen Sohn nehmen, diesen verfluchten Ort verlassen und nach Hause fliegen. Magali konnte gerne in der Villa bleiben. Sie schien ihr jetzt ja sowieso zu gehören.

Er wandte sich ihr endlich zu. Zum ersten Mal, seit sie sich auf der Terrasse wiederbegegnet waren, sah er sie richtig an. »Also gut. Sag, was du zu sagen hast, aber danach werden sich unsere Wege trennen. Ich werde mich scheiden lassen. Ohne Vertrauen sehe ich keine Basis für ein weiteres Zusammenleben. Matti bleibt selbstverständlich bei mir. Bei deinem Vorleben und dem, was du getan hast, wird dir kein Richter das Sorgerecht übertragen«, sagte er bissig. Mit seinem Schlusssatz hatte er Magali absichtlich treffen wollen. Und er hatte Erfolg damit. Allerdings anders, als er gedacht hatte.

Magali schoss das Blut ins Gesicht. »So weit bist du also schon? Du verdammter, selbstgerechter Priester! Was weißt du über mein Leben? Nichts!«, schrie sie ihn an.

»Ich weiß, dass du mich von Anfang an nach Strich und Faden belogen und betrogen hast!« Auch Lukas brüllte jetzt. »Du bist die Komplizin deiner Mutter! Du hast meinen Sohn in Gefahr gebracht und dieser Mörderin geholfen, ihn zu entführen! Du bist genauso wie sie, berechnend und skrupellos!«

Beide hielten inne und starrten sich verstört an, von der Heftigkeit ihrer Reaktionen selbst überrascht.

Magali wandte sich kurz von ihm ab, damit er die Tränen nicht bemerkte, die ihr in die Augen gestiegen waren. Sie sammelte sich und sah ihn wieder an.

»So führt das zu nichts«, sagte sie. »Vielleicht sollten wir uns beide beruhigen. Ich werde dir alles erzählen. Danach kannst du über mich urteilen, wie du es für richtig hältst. Und wenn du die Scheidung willst, gut. Aber eines sage ich dir, Lukas. Ich werde um Matti kämpfen! Ich werde auf keinen Fall aus seinem Leben verschwinden oder ihn dir alleine überlassen, dass das gleich klar ist!« Magali blitzte ihren Mann herausfordernd an.

So stark und entschlossen hatte Lukas seine Frau erst einmal erlebt, damals in Urnäsch bei ihrer Wiederbegegnung nach sechs Jahren. Magali erinnerte ihn in diesem Moment an Rabea, sie stellte sich ihm genauso entgegen, wenn sie stritten. »Also gut, ich höre dir zu. Wir setzen uns am besten.« Mangels einer anderen Gelegenheit nahmen sie auf Mattis Bett Platz, nachdem sie das Plüschtierheer zusammengeschoben hatten.

Jetzt, da Lukas bereit war, ihr zuzuhören, fiel es Magali schwer, den Einstieg zu finden. »Es stimmt«, setzte sie an. »Ich bin Carlottas Tochter, aber das habe ich mir nicht ausgesucht, Lukas. Kein Kind kann das. Meinen Vater habe ich nie kennengelernt, aber ich weiß, dass er ein pädophiler alter Priester war, der sowohl meine als auch ihre Mutter missbraucht hat, als beide jeweils noch ganz junge Mädchen waren. Meine Großmutter war eine Waise, die mit sechzehn zu diesem Priester geschickt wurde, um ihm den Haushalt zu führen. Sie war körperlich leicht behindert und froh über die Anstellung. Sie wurde von dem Priester schwanger, das Kind war meine Mutter Carlotta. Sie wuchs dort auf, und später verging sich der Priester auch an ihr. Meine Großmutter hatte bis dahin ihr Schicksal still ertragen, aber nun setzte sie alles daran, ihr Kind, Carlotta, zu retten. Bevor sie zusammen fliehen konnten, hat der Priester meine Großmutter mit Gift ermordet. Seine Tat kam nie ans Licht, und er sperrte meine Mutter Carlotta bei sich ein, missbrauchte sie, bis auch sie von ihm schwanger wurde. Sie war damals gerade fünfzehn. Als ich geboren war, hat der Priester mich ihr weggenommen und in ein Waisenhaus abgeschoben. Wenig später war er selbst tot. Ich vermute, Mutter hat ihn getötet, so wie er ihre Mutter getötet hat. Nachdem meine Mutter sehr jung meinen Stiefvater Jaap geheiratet hatte, suchte sie nach mir und hat mich zu sich geholt. Damals war ich sechs. Vom ersten Tag an hat sie mich indoktriniert, sie lehrte mich, die Kirche und ihre Priester zu hassen. Als Kind habe ich Mutters Fanatismus nie begriffen, für mich war es völlig normal, zu hassen, was sie hasste. Ich war jung, ich liebte und bewunderte meine Mutter. Als sie mich damals vor gut neun Jahren gebeten hat, nach Mallorca zu fliegen und zu versuchen, dein Vertrauen zu gewinnen, war ich sofort dazu bereit.«

»Ich verstehe das nicht«, Lukas schüttelte unwillig den Kopf. »Was sollte das bringen? Das war doch lange, bevor ich in die Angelegenheiten meines Pater General Bentivoglio verwickelt worden bin. Es kann deiner Mutter unmöglich zu diesem Zeitpunkt bereits um die Schriftrollen gegangen sein.«

»O doch! Es ging ihr immer nur darum, auch damals schon. Sie war von diesen Schriftrollen besessen. Heute ist mir das bewusst, aber damals war ich zu verblendet. Mutter hatte recherchiert, dass es sich bei deiner Familie um die Nachfahren der italienischen Grafen di Stefano handelt. Hattest du mir gegenüber nicht einmal das Tagebuch deines Vorfahren Alexander von Stetten erwähnt? Mutter hatte jedenfalls herausgefunden, dass ein Emanuele di Stefano 1773 dem letzten Jesuitengeneral Ricci als Sekretär gedient hat. Sie fand auch einen Hinweis, dass Ricci seinem Sekretär wichtige Geheimdokumente übergeben hat, um sie für den Orden in Sicherheit zu bringen. Mutter war davon überzeugt, dass sich auch eine Schatzkarte der Inkas darunter befunden hat. Die Spur deines Vorfahren Emanuele hat sich in der Geschichte verloren. Sie spürte jedoch seine Zwillingsschwester Emilia auf, die nach Amerika emigriert ist. Und sie hat einen weiteren deiner Vorfahren aufgestöbert: Piero di Stefano, Emanueles älteren Bruder alias Alexander von Stetten. Dieser tauchte nicht lange nach dem Verbot des Jesuitenordens sagenhaft reich in Nürnberg auf. Mutter behauptete immer, dass er seinem Bruder Emanuele die Schatzkarte der Jesuiten gestohlen haben muss. Sie glaubte fest daran, dass sich die Karte immer noch in eurem Besitz befindet, auch wegen dieser Schatzlegende. So, wie sie glaubte, dass da, wo die Schatzkarte ist, sich auch das Vermächtnis von Jesus befinden muss.«

»Ich verstehe. Schon damals hat dich deine Mutter auf mich angesetzt, um mich auszuspionieren.«

Magali senkte den Kopf. »Ja, aber wie du gemerkt hast, konnte ich das nicht. Denn der Abend und die Nacht mit dir haben alles verändert. Als meine Mutter mich vor meinem Abflug briefte, all diese gehässigen Dinge über dich und deine Familie sagte, fühlte ich erstmalig Zweifel, ob ich das Richtige tat. Ich glaube, es lag auch an den Bildern, die sie mir von dir zeigte. Ich weiß nicht, ob so etwas möglich ist, aber ich habe mich, glaube ich, allein schon ihretwegen ein wenig in dich verliebt gehabt. Du hattest so gute Augen.« Magali sah Lukas nun direkt an. Er erwiderte ihren Blick. Nicht nur ihre Worte, auch die Bandbreite der Gefühle, die in ihrem Gesicht lag, bestätigten ihm ihr Geständnis. Aber er war noch weit entfernt davon, ihr Glauben zu schenken. Die Ereignisse der letzten Tage hatten ihn viel zu sehr erschüttert, und er konnte seine Gefühle nicht einfach wie eine Lampe an- und ausknipsen.

Magali fuhr in ihrer Erklärung fort. »Ich kehrte nach Rom in den Palazzo meiner Mutter zurück und behauptete, dass ich bei dir keinen Erfolg gehabt, du mich abgewiesen hättest. Aber sie wusste, dass ich log. Mutter hat nie etwas dem Zufall überlassen, sich immer doppelt abgesichert und uns beide auf Mallorca beobachten lassen. Ich habe mich fürchterlich mit ihr gestritten. Das erste Mal überhaupt. Sie wollte, dass ich sofort nach Nürnberg fahre und an dir dranbleibe. Aber ich wollte das nicht mehr. Sie hat mich wochenlang bearbeitet, und als sie merkte, dass es nichts nützte, warf sie mich aus dem Haus und entzog mir jegliche Unterstützung. Sie verbot auch Consuela, die wie eine Mutter für mich war, jeglichen Kontakt zu mir. Aber Consuela widersetzte sich ihr und hat mich heimlich besucht. Und dann entdeckte ich, dass ich von dir schwanger war. Ein paar Tage lang war ich völlig verzweifelt. Aber eines Morgens wachte ich auf und wusste, dass ich dieses Kind haben wollte. Aber wie sollte es weitergehen? Ich hatte kein eigenes Geld, keine Berufsausbildung, studierte noch. Eine Mitstudentin hatte mich kurzfristig bei sich aufgenommen, zu zweit hausten wir auf achtzehn Quadratmetern. Keine Bleibe für eine werdende Mutter. Zwei Tage später tauchte Mutter plötzlich bei mir auf. Mir war klar, dass sie von der Schwangerschaft nichts erfahren durfte, weil sie das Kind als Druckmittel einsetzen würde, um Zugang zu deiner Familie zu erhalten. Doch wie konnte ich meiner Mutter entkommen? In meiner Verzweiflung vertraute ich mich Consuela an. Sie sprach mit ihrem Mann Eduardo, und der schlug vor, dass ich Italien heimlich verlassen sollte und nach Brasilien gehen, ihr Heimatland. Beide haben bereits für meinen Stiefvater, Jaap Leysieffer, gearbeitet. Eduardo war seit Langem Jaaps Sicherheitschef, und Mutter hatte ihn übernommen. Die Ironie war, dass Eduardo den Auftrag von Mutter erhielt, nach mir zu suchen. Stattdessen hat er mir mit falschen Papieren zur Flucht nach Brasilien verholfen und meine Spuren verwischt. Ursprünglich hatte ich begonnen, Kunstgeschichte zu studieren, doch daran war jetzt nicht mehr zu denken. Mutter unterhielt gute Kontakte sowohl zu den Universitäten Europas wie auch in den Staaten. Darum habe ich in Rio eine Ausbildung zur Kindergärtnerin absolviert. Jahre später wollte ich gerne nach Europa zurück, auch wegen Matti. Wo, war mir eigentlich egal. Ich habe mich für die Schweiz entschieden, weil ich relativ gut Deutsch sprach. Eduardo besorgte mir auch die Schweizer Papiere. Erneut wechselte ich meinen Namen und wurde zu Magali Frank. Kurz nach Mattis Geburt habe ich es riskiert, dir zu schreiben. Consuelas Adresse und die Daten eines von Eduardo eingerichteten Kontos lagen bei. Aber du hast dich nie gemeldet.« Es lag keine Spur von Vorwurf in Magalis Stimme, sie übermittelte lediglich eine Tatsache.

Trotzdem fühlte sich Lukas jäh in die Defensive gedrängt. »Ja, weil meine Freundin Rabea den Brief bei mir zu Hause abgefangen hat. Also gut, ich kann verstehen, dass du lange unter dem Einfluss deiner Mutter gestanden haben musst, Magali«, sagte Lukas, um einen ruhigen Ton bemüht. Dennoch konnte er seine Erregung nicht völlig unterdrücken, als er ergänzte: »Das erklärt aber noch lange nicht die Entführung meines Sohnes, und wieso du es zugelassen hast!«

»Weil ich keine andere Wahl hatte! Versteh doch! Als ich dich vor knapp zwei Jahren geheiratet habe, kam ich damit aus meiner Deckung. Bis dahin hatte ich ein vollkommen anonymes Leben geführt, verborgen vor meiner Mutter. Aber Mutter hat dich und deine Familie nie aus den Augen gelassen und sich über alles auf dem Laufenden gehalten. Sie war sehr überrascht zu erfahren, dass ich jetzt mit dir verheiratet bin und wir einen gemeinsamen Sohn haben. Ihren Enkel! Kurz nach der Hochzeit hat sie heimlich mit mir Kontakt aufgenommen. Ich hatte bereits damit gerechnet und lebte deshalb in ständiger Angst davor. Aber es ging ihr nicht um mich, ihre Tochter. Mutter hatte lediglich eine neuerliche Chance gewittert, an die Jesus-Schriftrollen zu kommen.«

»Was?«, rief Lukas brüsk. »Sie hatte sie doch längst!«

Magali sah, dass Lukas ihr nicht glaubte. Es gab ihr einen neuerlichen Stich. »Du irrst dich, Lukas. Sie hatte sie wirklich nicht in ihrem Besitz. Sie selbst war von der fixen Idee besessen, dass du sie in Rom behalten hast, Lukas. Sie hat mich ständig damit unter Druck gesetzt. Sie drohte mir, *unser kleines Familienglück*, wie sie es nannte, auffliegen zu lassen. Um Zeit zu gewinnen, habe ich ihr gesagt, was sie hören wollte. Und hier mache ich mir selbst die schlimmsten Vorwürfe, Lukas. Damals hätte ich mich dir anvertrauen müssen, aber ich fürchtete, du hättest mich und Matti dann nicht mehr haben wollen, weil ich wusste, wie sehr du meine Mutter verabscheut hast. Ich machte mir keinerlei Illusionen darüber, warum du mich geheiratet hast: aus dem Pflichtgefühl heraus, Matti ein richtiges Heim mit beiden Eltern zu bieten.« Magali hielt inne. Sie starrte auf den kleinen blauen Plüschelefanten, der irgendwie in ihre Hände geraten war. Dann hob sie den Kopf und suchte Lukas' Augen. »Ich war schwach, weil ich dich liebte, Lukas, und ich wollte dich nicht verlieren«, sagte sie fest. »Ich fürchtete mich davor, dass sich dein Hass auf Mutter auf mich übertragen könnte. Lügen stehen auf schwachen Beinen. Spätestens nach dem Einbruch in eure Villa und dem tragischen Tod von Frau Gabler wusste ich, dass meine Zeit ablief, dass ich Mutter nicht mehr länger würde hinhalten können. Jeden Tag kam ich mir mehr wie ein Zug vor, der auf einen Abgrund zurast. Doch irgendwie konnte ich nicht mehr zurück. Das ist die Wahrheit, und die kannst du mir gerne zum Vorwurf machen. Gerade du müsstest wissen, wie viele dumme, verrückte und unverzeihliche Dinge man tut, nur um der Liebe willen.«

Lukas verscheuchte achtlos eine Fliege, die sich auf seinem Arm niedergelassen hatte. Es war Magalis Recht, auf Rabea anzuspielen. Indem sie Magalis Brief unterschlagen hatte, hatte sie einen Anteil an dem heutigen Drama. Dadurch hatte er erst von Matti erfahren, als dieser fast schon sechs Jahre alt gewesen war. Und doch hatte er Rabea auch das verziehen wie so vieles zuvor. Magali hatte Rabeas Tat nie zuvor erwähnt oder ihm einen Vorwurf daraus gemacht – obwohl sie sich die letzten zwei Jahre wie seine zweite Wahl vorgekommen sein musste. Ehrlicherweise war es ja auch so gewesen, wie er sich eingestand. Verlegen senkte er seinen Blick auf seine Schuhspitzen, wo sich die freche Fliege nun niedergelassen hatte. Er beachtete sie nicht weiter.

Magali fuhr in ihrer Erklärung fort: »Fast zwei Jahre ist es mir gelungen, mir meine Mutter vom Leib zu halten. Aber jetzt, da sie wieder in das Licht der Öffentlichkeit zurückkehren konnte, hat sie nicht länger warten wollen. Sie drohte mir damit, die Dinge selbst in die Hand zu nehmen, aber nie im Traum habe ich dabei an eine Entführung gedacht. Letzten Donnerstag, drei Tage vor dem Picknick im Park, tauchte sie plötzlich persönlich vor meinem Kindergarten auf. Der Haftbefehl, der sie am freien Reisen gehindert hatte, war aufgehoben worden. Zuvor hatten wir unsere Botschaften stets durch einen Mittelsmann ausgetauscht. Mutter machte mir nochmals massiv Druck. Sie behauptete, sie wolle endlich ihren Enkel kennenlernen, den sie nur von Aufnahmen her kannte. Aber natürlich tarnte sie damit nur ihre wahren Absichten. Um sie auf Abstand zu halten, habe ich ihr gesagt, dass wir am Sonntag bei schönem Wetter ein Picknick im Park planen würden, und ihr angeboten, dass sie Matti von Weitem beobachten könnte, wenn sie wollte. Sie hat sofort eingewilligt, fast zu schnell. Anfangs war ich erleichtert, dass ich ihr nochmals etwas Zeit abgerungen hatte. Dann überkam mich ein merkwürdiges Gefühl wie eine stille Warnung, dass ich mein Glück zu lange herausgefordert habe. Mir war klar, dass ich endlich mit dir reden, dir alles erzählen musste, es nicht länger vor mir herschieben konnte. Zuvor aber wollte ich reinen Tisch mit meiner Mutter machen und verabredete mich für den Montag mit ihr. Sie bestand jedoch darauf, dass ich mit ihr nach Barcelona kommen müsse, und versprach, dass ich schon am Abend zurück in Nürnberg sein würde. Ich war froh um jede Stunde, die sie nicht in deiner Nähe in Nürnberg verbrachte, und sagte zu. Ich schrieb daher noch am Donnerstag den Brief für dich. Am folgenden Morgen rief ich Lucie an, verriet ihr, wo ich ihn versteckt habe, und vereinbarte den Armbandcode mit ihr. Doch ich habe zu lange gewartet, und Mutter hatte längst unsere Entführung geplant. Um Mattis willen habe ich zunächst kooperiert, ich wollte nicht, dass der Kleine sich unnötig ängstigt. Darum sagte ich ihm, dass die Reise ein heimliches Abenteuer wäre.

Mutter hat uns am Flughafen München erwartet. Sie hat sich Matti sofort als seine Großmutter vorgestellt, überhäufte ihn mit Geschenken, unter anderem einem Hundewelpen. Matti war begeistert! Vor Matti konnte ich Mutter keine Szene machen, aber als ich mich weigerte, mit ihm in das Flugzeug zu steigen, hat sie mir mit deinem Tod gedroht. Sie sagte, dass dich jemand im Auge habe und ich dich sicher unversehrt zurückhaben wolle. Das war der Moment, in dem ich endgültig begriff, warum du sie immer als Monster bezeichnet hast, Lukas. Meine Mutter ist keinen Deut besser gewesen als das Monster, das sie gezeugt hat. Jetzt weißt du alles. Egal, wie du über mich urteilst, vergiss dabei nicht, dass ich unseren Sohn liebe. Niemals hätte ich zugelassen, dass er irgendeinen Schaden nimmt.« Magali versuchte Lukas' Blick einzufangen, doch er sah weiterhin stumm zu Boden.

»Eines verstehe ich nicht«, setzte er schließlich an. »Warum hat Consuela versucht, mich zu töten?«

Magalis Augen verschleierten sich. Eine tiefe Traurigkeit stand jetzt darin zu lesen. »Consuela hat nicht versucht, dich zu töten, Lukas. Erinnerst du dich noch an ihre letzten Worte? *Du wirst meinem Lämmchen nicht weiter wehtun*. Sie meinte nicht dich, sondern Mutter damit.«

Lukas sah Magali ungläubig an. »Soll das heißen, sie hat deine Mutter erschossen, um dich vor ihr zu schützen?«

»Ja, sie sah sich beinahe selbst als meine Mutter an, sie hat mich, seit ich mit sechs in das Haus meines Stiefvaters Jaap gekommen war, aufgezogen. Und sie hat es auch aus Rache für ihren Mann Eduardo getan. Irgendwie muss Mutter vor zwei Jahren herausgefunden haben, dass Eduardo und sie mir damals geholfen haben, abzutauchen. Eduardo ist seitdem spurlos verschwunden. Consuela war davon überzeugt, dass Mutter ihn hat töten lassen. Die Ungewissheit, was aus ihrem Mann geworden ist, ist Mutters Abrechnung mit Consuela gewesen. Aber Consuela ist Brasilianerin durch und durch. Sie glaubt an Blutrache. Mit ihrer Tat hat sie gleichzeitig Revanche genommen und mir die Freiheit geschenkt.«

»Aber warum erst jetzt?«

»Ich denke, sie hat heute Morgen meinen Streit mit Mutter belauscht. Ich habe ihr den Mord an Eduardo auf den Kopf zugesagt, und Mutter hat es einfach so zugegeben, als sei der Mord eine Lappalie. Consuela hatte wohl bis zuletzt gehofft, dass ihr Eduardo noch am Leben ist.«

»Unfassbar«, Lukas schüttelte den Kopf. »Deine Ziehmutter hat sich selbst geopfert, damit du endlich frei bist? Aber sie wird ihr restliches Leben dafür im Gefängnis verbringen müssen!«

»So etwas tun Mütter, Lukas«, erwiderte Magali leise. »Ich hätte mich für Matti ebenso geopfert. Meine Mutter hat verlangt, dass ich dich verlasse und wieder bei ihr lebe. Nur dann wollte sie dich und Matti künftig in Ruhe lassen. Ich habe zugestimmt. Das war der Deal, den ich mit ihr ausgehandelt hatte.« Sie zögerte kurz und fügte mit brüchiger Stimme hinzu: »Es tut mir leid.«

»Was tut dir leid?«

»Alles. Dass ich ihre Tochter bin, dass ich nach einer Nacht schwanger geworden bin, dass ich nicht stark genug war, dir die Wahrheit zu sagen, und dass ich dich so sehr liebe …« Die letzten Worte gingen in einem trockenen Schluchzen unter. Zu lange hatte Magali unter einer unmenschlichen Anspannung gelebt. Die letzten Tage hatte sie nur funktioniert, weil sie für Matti die Fassade hatte aufrechterhalten wollen. Jetzt waren ihre Kräfte erschöpft, sie fiel in sich zusammen wie eine leblose Puppe, der man die Füllung geraubt hat.

Lukas sah sie hilflos an. Er hatte Frauentränen noch nie etwas entgegenzusetzen gehabt. Plötzlich hatte er ein Déjà-vu und glaubte sich nach Mallorca zurückversetzt. Blitzartig spulte sich der Abend vor neun Jahren in seinem Kopf ab.

Er hatte am nächtlichen Strand gesessen, als er das Schluchzen einer jungen Frau gehört hatte. Er war dem Laut gefolgt und war auf das Mädchen Magali getroffen. Plötzlich wurde er von Mitgefühl für seine Frau überwältigt; er begriff, dass Magali nur ein weiteres Opfer der Holländerin gewesen war. Die eigene Mutter hatte die Tochter für ihre Zwecke missbraucht und ihre Seele zu vergiften versucht, seit sie ein kleines Mädchen war.

Magali hatte recht. Anstatt ihren Mut und ihre Standhaftigkeit zu bewundern, führte er sich tatsächlich wie ein verdammter selbstgerechter Bastard auf! *Ist Verzeihen nicht der christlichste Grundwert überhaupt?*

Er legte den Arm um seine Frau und zog sie fest an sich. Er spürte, wie sich ihr Kopf an seine Schulter schmiegte und ihr weiches Haar seine Wange kitzelte. Das Zittern ihres Körpers machte ihn hilflos. Er wollte sie trösten und beschützen, nicht der Grund sein, dass sie weinte. »Schhh, ist ja gut. Alles wird gut. Lass uns nach Hause fliegen, Magali. Zusammen.«

Kapitel 34

London, England

Ryan kehrte mit einem Stapel Zeitungen, die er sich in der Lobby besorgt hatte, in die Suite zurück. Es war bereits kurz nach Mittag. Nach den letzten beiden ereignisreichen Tagen hatten er und Logan sich gründlich ausgeschlafen, danach ausgiebig gefrühstückt, und dank Director Clayton hatten sie nun drei freie Tage vor sich. Er fühlte sich frisch und unternehmungslustig.

Logan fläzte auf dem Sofa und trank seine vierte Tasse Kaffee. Mindestens. »Willst du auch noch eine?«, bot er seinem Freund an und deutete auf die Kanne.

»Nein, danke. Wo steckt Rabea?« Ryan setzte sich neben ihn und faltete die erste Zeitung auseinander.

»Sie ist gerade erst im Bad verschwunden. Bei ihr wurde es gestern sehr spät …«

Ryan war klar, worauf sein Freund abzielte. Logan hatte sein Interesse an Rabea wahrgenommen, doch er hatte nicht vor, sich auf ein Gespräch mit ihm über die junge Frau einzulassen oder sich gar deswegen von ihm aufziehen zu lassen. Natürlich hatte Logan seinen Bruder Patrick gekannt und war darüber im Bilde, dass er es gewesen war, der Rabea im Irak verhaftet und verhört hatte. Was Logan allerdings nicht wusste, und so sollte es auch bleiben, war, dass sich sein Bruder in Rabea verliebt hatte. Das war der einzige Grund, warum er auf Rabea reagierte, und kein anderer. Sie hatte seinem toten Bruder nahegestanden, und das stellte zwangsläufig eine Verbindung zwischen ihnen her.

»Du meinst wohl eher früh«, sagte er mit aller Beiläufigkeit, derer er imstande war. In der Tat war Rabea erst gegen 05:30 Uhr in die Suite zurückgekehrt.

»Ein echt schräger Typ, dieser Expriester. Die Tatsache, dass ihm gerade erst Frau und Kind abhandengekommen sind, scheint ihn nicht davon abgehalten zu haben, zu seiner Geliebten nach London zu jetten«, warf sein Freund die Angel weiter aus. Doch sein Freund biss nicht an.

»Geht uns nichts an«, erwiderte Ryan nur äußerlich gelassen und versenkte seine Nase vorsichtshalber noch tiefer im *London Chronicle*. Die Tatsache, dass Rabea die ganze Nacht mit dem Deutschen verbracht hatte, rumorte in ihm – auch wegen seines Bruders, der sich offenbar in der Frau getäuscht hatte. Doch er würde einen Teufel tun, sich das anmerken zu lassen. »Interessant«, sagte er deshalb als Nächstes, als hätte er etwas wirklich Wichtiges entdeckt, über das es sich zu reden lohnte. »Senator Whitewolf kommt morgen nach London!«

»Was treibt unser Lieblingssenator in London?«, ging Logan auf den Themenwechsel ein. Ryan hatte den Politiker absichtlich ins Spiel gebracht, weil er wusste, dass sein Freund, im Gegensatz zu ihm, nicht viel für den Mann übrig hatte.

»Er hält morgen Abend eine Rede vor der Londoner Handelskammer.«

»Na, da können sich die Briten aber freuen.« Logan schenkte sich noch eine Tasse Kaffee ein.

»Vielleicht gehe ich hin.«

Logan stieß einen kleinen Unmutslaut aus. »Warum willst du dir Amerikas größten Umweltaktivisten anhören, der nebenbei auch noch Amerika entwaffnen will? Sollen wir die bösen Jungs künftig mit Pfeil und Bogen jagen oder was?«

»Das sagt ausgerechnet der Mann, dessen Vorfahren mit Pfeil und Bogen ganz gut gefahren sind.«

»Genau, bis der weiße Mann mit seinen Feuerwaffen kam.« Logan stellte die leere Tasse ab, stand auf und streckte genüsslich die langen Glieder. »Was stellen wir heute noch an?«, wechselte er nun seinerseits das Thema.

Doch nun war es an Ryan, sich nicht so leicht vom Thema abbringen zu lassen: »Ich finde, dass Whitewolfs Ideen ganz vernünftig klingen. Außerdem will er nicht die Polizeikräfte entwaffnen, sondern den Bürger, der meint, sogar schon kleine Kinder bewaffnen zu müssen. Die Frage, wo das am Ende hinführt, sollte sich jeder stel…«

»Ja, ja, deine alte Leier«, fiel ihm Logan leicht genervt ins Wort. »280 Millionen registrierte Waffen für 300 Millionen Amerikaner. Amerika ist überbewaffnet, bla bla bla.«

»Wenigstens hast du dir die Zahlen gemerkt. Das Argument der Selbstverteidigung ist die Heuchelei der Feigen! Die Gewalt richtet sich primär gegen die eigene Familie, in 35 Prozent aller Tötungsdelikte ist die Ehefrau das Opfer! Von Amokläufen wie in Newton ganz zu schweigen. 20 kleine Kinder tot, erschossen mit einem halbautomatischen Sturmgewehr – einer Waffe, die Clinton verboten und Bush 2004 wieder erlaubt hat. Ich wette, nur weil dieses verdammte Teil *Bushmaster* heißt. Ich …«

»Schon gut«, unterbrach ihn Logan abermals. »Entspann dich, Ryan. Und trink das.« Er streckte ihm ein Glas Whisky entgegen, als handelte es sich um eine Friedenspfeife. »Wenn du unbedingt deinen Senator reden hören willst, dann komme ich eben mit. Was tut man nicht alles für seine Freunde.« Logan seufzte ergeben.

»Alles klar mit euch, Jungs?« Rabea war, nur mit einem Handtuch bekleidet, in der Badezimmertür erschienen. Ihre gelösten Haare lockten sich feucht auf ihren nackten Schultern, und ihr ging ein leichter Duft nach Pfirsich voraus.

»Alles klar. Wir überlegen nur, was wir mit dem angebrochenen Tag machen sollen.« Logans Blick klebte ungeniert an Rabeas Beinen, die das Handtuch nur spärlich bedeckte.

»Ich finde, wir sollten heute feiern! Mir ist heute nach Champagner zumute. Was sagt ihr dazu? Vorher muss ich allerdings noch ein wenig einkaufen gehen. Ich brauche dringend etwas zum Anziehen.«

Logan grinste Rabea breit an. »Für mich tut es auch das Handtuch«, sagte er anzüglich.

Rabea schnitt ihm eine Grimasse, aber sie lachte ebenfalls.

»Ryan?«, wandte Logan sich an seinen Partner. »Unsere Freundin hat recht. Lass uns feiern! Hier ist deine Carte blanche gefragt. Du hast gehört, was Director Clayton gesagt hat: Wir sollen es krachen lassen! Immerhin haben wir gerade so etwas wie den dritten Weltkrieg verhindert, oder? Wenn die Dame Champagner wünscht, dann soll sie ihn auch bekommen.«

Rabea warf Logan eine Kusshand zu und verschwand wieder im Bad. Zwanzig Minuten später war sie bereit für ihre Einkaufstour. »Bis nachher, Jungs!«

Kapitel 35

Es war acht Uhr, Ryan und Logan warteten im Wohnzimmer auf sie. Rabea hörte ihr leises Gemurmel, hier und da stieg Gelächter auf. Die Männer hatten sich schon mit dem einen oder anderen Whisky vorgewärmt. Sie warf einen letzten prüfenden Blick in den Spiegel. Das Ergebnis ihrer Bemühungen konnte sich sehen lassen. Das schlichte schwarze Neckholderkleid betonte ihre feingliedrige Figur, dazu hatte sie goldene Schnürsandaletten erworben. Ihre ersten Lustkäufe seit Jahren. Sie war auch beim Friseur gewesen. Mit dem Ernst des Künstlers hatte der Mann nach dem Waschen noch allerlei Dinge in ihr Haar geschmiert, unter anderem etwas, das er Proteinpackung nannte und Wunder wirken sollte. Er schien nicht zu viel versprochen zu haben. Ihre weichen Locken glänzten wie frisch poliertes Kupfer. Da sie ihrem Haar an Aufmerksamkeit nicht hatte nachstehen wollen, hatte sie sich noch Wimperntusche, Lippenstift und Rouge besorgt und sich dezent geschminkt.

Ryan entdeckte Rabea als Erster in der Tür. »Wow«, entschlüpfte es ihm anerkennend. »Du siehst hinreißend aus! Du solltest öfters ein Kleid tragen.« Auch Logan machte ihr ein entsprechendes Kompliment, und Rabea erwiderte lachend: »Ja, besonders auf der Flucht!« Sie fühlte sich heute einfach nur glücklich, als sei sie von einer Woge erfasst worden, die sie aus dunklen Abgründen in ein helles Licht getragen hatte. Der Albtraum war überstanden, und ihre neue Freiheit fühlte sich wundervoll an, gleichzeitig hatte sie eine Stärke gewonnen, die sie voller Zuversicht in die Zukunft blicken ließ. Denn endlich,

endlich hatte sie ihren Frieden mit Lukas gemacht. Spätestens übermorgen würde sie nach Nürnberg fliegen und ihren Großvater wiedersehen. Und Lucie! Ja, sie war glücklich, denn die Zeit des Versteckens war vorbei. Sie konnte gehen, wohin sie wollte, tun, wonach immer ihr der Sinn stand. Und heute würde sie feiern!

Es wurde ein sehr fröhlicher Abend, wozu etliche Cocktails und der Konsum von zwei Flaschen Champagner nicht unerheblich beitrugen. Doch Rabea war vor allem davon berauscht, noch am Leben zu sein – am Leben und endlich wieder frei!

Nach dem Abendessen zogen sie weiter in eine Bar mit kleiner Tanzfläche. Eine farbige Sängerin hauchte stimmungsvolle Lieder ins Mikrofon. Rabea tanzte abwechselnd mit Ryan und mit Logan. Sie tranken weitere klebrige Cocktails mit bunten Schirmchen, und je betrunkener sie wurden, umso enger tanzten sie. Irgendwann küsste Logan sie, und Rabea küsste Ryan beim nächsten Tanz. Es fühlte sich absolut natürlich an, und Rabea genoss die festen Männerlippen, die nichts forderten, kein Versprechen waren und keine Entscheidung von ihr verlangten, die einfach nur den Augenblick mit ihr genossen. So wie sie es genoss, heute Abend nicht allein zu sein.

Ausgelassen und Arm in Arm kehrten die drei erst am frühen Morgen ins Hotel zurück. Rabea kicherte beschwipst, löste sich von Logan, der sie festhalten wollte, und schleuderte ihre Sandaletten von den Füßen. Dann verschwand sie im Bad.

»Schade, der Abend scheint zu Ende zu sein«, meinte Logan bedauernd. Er steuerte die kleine Bar an und genehmigte sich noch einen Drink.

»Hast du noch immer nicht genug?« Ryan war ihm gefolgt. Er fuhr sich durch sein erhitztes Gesicht, fühlte sich leicht schwindelig. Er fragte sich, ob das nur vom Alkohol kam oder auch von Rabeas Küssen. Er betastete seine leicht geschwollene Lippe. Hatte er sich das nur eingebildet, oder hatte das kleine Biest ihn gebissen?

Logan hatte ein weiteres Glas gefüllt und schob es ihm zu. Ryan nippte daran und verzog das Gesicht. Plötzlich schmeckte ihm der Alkohol nicht mehr.

Logans Blick war auf die Badezimmertür gerichtet. Sie stand einen Spaltbreit offen, und sie konnten deutlich Wasser rauschen hören. »Ich wette, die Frau ist eine Granate im Bett! Wer legt sie flach? Du oder ich?«

Trotz seiner Trunkenheit brachte es Ryan fertig, seinen Freund strafend anzusehen.

»Du bist ein verdammter Moralist, weißt du das?« Logan verschüttete seinen Whisky und kicherte albern. »Ich muss wohl betrunken sein.« Und füllte sein Glas auf.

»Ryan, Logan, kommt ihr nicht mit ins Bad?«, hörten sie Rabea rufen.

»Was?« Ryan und Logan tauschten einen verwirrten Blick. Logan begriff als Erster. Er stellte sein Glas abrupt ab, erreichte mit wenigen langen Schritten das Bad und stieß die Tür auf.

Rabea rekelte sich nackt im Whirlpool. Jedenfalls hoffte Logan, dass sie nackt war, er sah nur ihre Schultern bis zum Brustansatz aus dem Wasser ragen. Im Bad herrschte nur spärliches Licht, Rabea hatte den Dimmer auf die kleinste Stufe herabgedreht. Irgendwo hatte sie auch eine Kerze aufgetrieben und auf den Boden gestellt.

Ryan erschien nun neben ihm. Bei Rabeas Anblick im Wasser riss er die Augen auf. Spielte ihm seine Trunkenheit einen Streich?

»Na los, Jungs!«, forderte sie Rabea mit einem frechen Grinsen auf. »Worauf wartet ihr noch? Springt rein. Hier ist Platz für drei! Wir wollten doch heute feiern!«

Logan spürte das Zögern seines Freundes und rempelte ihn an.

»Komm schon! Wirf deine amerikanische Prüderie über Bord! Das hier ist Swinging London!« Logan schlüpfte bereits aus den Schuhen und knüpfte sein Hemd auf. So schnell hatte er sich noch nie ausgezogen. Nackt stieg er zu Rabea in die Wanne und winkte Ryan, es ihm gleichzutun.

»Ach, was soll's.« Ryan grinste breit und riss sich ebenfalls die Kleider vom Leib. Es kam nicht infrage, dass er Logan das Feld alleine überließ.

»Dann macht mal Platz …«

Kapitel 36

Vier Stunden und zwei Amerikaner später rekelte sich Rabea im Bett. Das heißt, sie hätte sich gerne gerekelt – leider fand sie sich zwischen Ryan und Logan eingeklemmt. Ryan hatte den Arm um sie geschlungen und Logan ein Bein. *Ganz schön schräge Sache, die sie sich da geleistet hatte …* Rabea staunte immer noch über sich selbst. Sie hätte niemals von sich geglaubt, dass sie einmal bei einem flotten Dreier mitmachen würde. Bereute sie es? Nein. Es war eine Ausnahmesituation gewesen. Sie hatte als gesunde junge Frau viel zu lange isoliert gelebt, und außerdem war sie auch ziemlich beschwipst gewesen. Und, gestand sie sich ehrlich ein, es hatte sie von Lukas abgelenkt. Je mehr Abstand sie zu ihm fand, umso besser. Therapie à la Rabea. Sie konnte es kaum abwarten, Lucie von diesem verrückten Abenteuer zu erzählen.

Vermutlich würde ihre Freundin ihr erst gründlich den Kopf waschen, dann behaupten, bei ihr hätte es mindestens drei »Verdrängungs-Männer« gebraucht, und dann würde sie von ihr verlangen, ihr brühwarm alle Einzelheiten zu berichten. Rabea lächelte. Sie fühlte sich noch immer leicht beschwipst. Der Kater würde fürchterlich sein, sie spürte bereits die ersten dumpfen Kopfschmerzen im Anmarsch, doch sie bereute diese Nacht nicht – auch wenn sie künftig ihre Finger lieber von der explosiven Mischung Cocktails plus Champagner lassen würde. Aber warum sollte ehrlich genossener Sex nicht ein guter Start in ihr neues Leben sein? Sie grinste wie eine zufriedene Katze und gönnte sich einen ausgiebigen Blick auf ihre beiden Liebhaber.

Logans gesamter Oberkörper wies merkwürdige Narben auf. Es war kein Muster, trotzdem hatte sie das Gefühl, als folgten die verblassten weißen Linien einer unbekannten Symmetrie. Sie hatte noch in der Wanne eine von Logans Narben angetippt und ihn lachend gefragt, ob er im Zirkus Opfer eines betrunkenen Messerwerfers geworden sei. Logan hatte darauf irgendwie seltsam reagiert, als seien ihm seine Narben unangenehm. Das hatte sie neugierig gemacht. Logan schien ihr mehr der Typ Mann zu sein, der gerne mit seinen Narben prahlte. Vermutlich aber wollte er einfach nicht daran erinnert werden, wie sie ihm zugefügt worden waren.

Keiner der beiden Männer hatte sich bisher gerührt, sie schliefen wie Steine. Nur Logan ließ ein sonores Schnarchen hören. Rabea überlegte, wie viel sie insgesamt getrunken hatten. Logan hatte festgestellt, dass Zimmerservice eine feine Sache war: Man bekam auch um fünf Uhr morgens so viel Champagner, wie man wollte! Also hatte er für ihre Whirlpoolparty noch zwei Flaschen bestellt. Aber das meiste davon hatten sie, soweit sie sich erinnern konnte, sowieso im Wasser verschüttet. Trotzdem wünschte sie sich nicht Ryans und Logans Kopfschmerzen, wenn die beiden aufwachen würden. Ob es beim Zimmerservice auch Aspirin gab? *Zimmerservice?* Plötzlich verspürte Rabea Lust auf einen heißen starken Kaffee.

Sie schlängelte sich aus der doppelten Umklammerung. Beide Männer rührten sich kurz, brummten wie unwillige Bären, wachten jedoch nicht auf. Logan seufzte kurz und schlang sein Bein jetzt um Ryan. Auch recht, dachte Rabea und unterdrückte ein Kichern. Sie war wirklich noch nicht besonders nüchtern.

Nackt tappte sie nach nebenan und belastete Claytons Carte-Blanche-Kreditkarte mit einem üppigen Frühstück für drei. Bis es geliefert wurde, ging sie ins Bad. Nach der Whirlpool-Orgie, gefolgt von einer Bett-Orgie und diversen Champagnerduschen, hatte sie jetzt dringend eine echte Dusche nötig.

Im Bademantel, das feuchte Haar unter einem Handtuch geborgen, kehrte sie gerade rechtzeitig in den Wohnraum zurück, als es klopfte. Rabea öffnete, und der Etagenkellner rollte den Wagen herein. Er hatte auch zwei Zeitungen dabei. Rabea schenkte sich eine Tasse Kaffee ein, knabberte ein Hörnchen an, schnappte sich die Zeitungen und verzog sich auf die Couch. Sie hatte die Wahl zwischen der *Times* und einem Boulevardblatt. Normalerweise hätte sie sich für die *Times* entschieden, doch da beide Titelseiten das Bild ein und desselben Mannes feilboten, blätterte sie zunächst das Boulevardblatt durch. Im Inneren entdeckte sie ein weiteres Foto des Mannes, das fast die halbe Seite einnahm. Es zeigte ihn sehr viel jünger, in bester Putin-Propagandamanier mit nacktem Oberkörper beim Angeln irgendwo in der amerikanischen Wildnis.

Sekundenlang starrte Rabea es an, während sich ihre Gedanken überschlugen. Wie blind sie gewesen war! Das Bild hatte eine Kettenreaktion in ihr in Gang gesetzt. Die ganze Zeit hatte sie die unbekannten Faktoren X und Y immer getrennt voneinander betrachtet. Nun griffen ihre Schlussfolgerungen wie Zahnräder ineinander, rasteten ein, und die Einzelteile sprangen plötzlich an den richtigen Platz, ergaben ein Ganzes. Sie hatte den großen Zusammenhang erkannt. Nichts, was geschehen war, war Zufall gewesen! Hinter allem steckte ein Masterplan.

Dabei hatte die Lösung die ganze Zeit direkt vor ihrer Nase gelegen. Um der Wahrheit Genüge zu tun, sie hatte heute Nacht sogar neben ihr gelegen …

Es war noch nicht zu Ende. Ausgerechnet ihr als Journalistin musste das passieren! Rabea war stinksauer, sie ärgerte sich über sich selbst. Sie hatte die wichtigste Frage überhaupt außer Acht gelassen: *Wer profitiert?*

Kapitel 37

Als Ryan eine Stunde später aufwachte, weckte er kurz darauf auch Logan. »Rabea ist verschwunden!«

»Nicht so laut!«, stöhnte dieser, rollte sich auf den Bauch und zog sich das Kissen über den Kopf.

Ryan nahm es ihm weg. »Hörst du nicht? Rabea ist weg!«

Logan stöhnte erneut zum Gotterbarmen. Er hatte Ryan und Rabea gestern mit Abstand in Grund und Boden getrunken. Das rächte sich jetzt. Mit rot umränderten Augen sah er zu seinem Freund auf. »Hast du ein Aspirin?«, blinzelte er ihn an.

»Nein, aber ein merkwürdiges Gefühl. Sie hat Frühstück bestellt, aber bis auf eine Tasse Kaffee und ein angebissenes Hörnchen hat sie nichts davon angerührt. Neben ihrem Bademantel lag die Zeitung auf dem Boden. Sie muss sehr in Eile gewesen sein.« Ryan hielt das Boulevardblatt hoch und raschelte damit.

»Vielleicht ist sie als Frau einfach nur schlampig?« Logan gähnte ausgiebig, und sein Blick verfing sich auf der Titelseite. »Shit«, entfuhr es ihm.

»Was ist? Musst du kotzen?« Ryan war die jähe Blässe seines Freundes nicht entgangen.

»Nichts, Scheiße, mein Schädel zerspringt. Ich geh duschen.« Unbemerkt sammelte Logan sein Telefon ein, nahm es mit ins Bad, setzte sich auf den Thron und tippte eine Nummer ein.

»Ihr bekommt wahrscheinlich Besuch.«

»Der Besuch ist längst da.« Der Teilnehmer legte auf.

Logan Crow umklammerte sein Handy. »Shit, shit, shit.« Er

war so wütend, dass er am liebsten etwas zerstört hätte, aber das hätte Ryan auf den Plan gerufen. Stattdessen ballte er die Fäuste und hämmerte sich selbst damit gegen die Schläfen.

Er hatte gepatzt. Er war so gut wie tot.

Kapitel 38

»Senator Whitewolf, Sir, hier ist eine Frau, die Sie sprechen möchte.«

Ungehalten über die Unterbrechung sah der Senator von seinem Redemanuskript auf. »Hatte ich Sie nicht ausdrücklich angewiesen, dass ich keine Störungen wünsche? Verweisen Sie sie auf mein Büro. Sie soll dort einen Termin vereinbaren.«

Der Referent knetete seine Hände. Whitewolf mochte diese Angewohnheit nicht, es zeugte von Nervosität, Unsicherheit. Trotzdem, es sah dem Mann nicht ähnlich, ihm irgendwelche Besucher aufzudrängen.

»Ihre Mutter hat vorhin kurz angerufen und gesagt, dass Sie die Frau erwarten würden, Sir.«

»Und wer soll das sein?«, fragte Whitewolf, plötzlich wachsam.

»Ihr Name ist Rabea Rosenthal.«

Whitewolf erhob sich langsam. Seine Augen hatten sich verengt wie bei einem Panther, der kurz davor ist, seine Beute anzuspringen. Der Referent kannte diesen Blick. Es lief ihm kalt den Rücken hinunter. Die Frau tat ihm jetzt schon leid.

»Schicken Sie sie herein. Ich werde sie auf der Terrasse empfangen. Sorgen Sie dafür, dass wir ungestört bleiben.«

Whitewolf nahm eine Flasche Wasser aus der Bar und zwei Gläser, dann betrat er die Terrasse des Penthouse des Savoy. Von hier oben hatte man einen eindrucksvollen Blick über London. Doch die Aussicht ließ ihn kalt. Stattdessen schloss er die Augen. *Mutter,* dachte er intensiv und spürte ihre Präsenz. Warum hatte sie ihm die Journalistin angekündigt? Was genau erwartete sie, das er tat?

Hinter sich hörte er leichte Schritte und drehte sich um. Da stand sie. Klein und rothaarig – eine zarte Frau. Auf den ersten Blick. Er jedoch wusste um ihre grimmige Entschlossenheit, kannte ihren Mut und die Zähigkeit, die in ihr steckten. Sie hatte alle seine Erwartungen erfüllt, hatte sich als seine mächtigste Waffe erwiesen. Sie waren sich nie zuvor begegnet, dennoch waren ihre Pfade seit über zwei Jahren eng verknüpft. Heute kreuzten sie sich erstmalig, war sie in seine Spur getreten. Die junge Frau war hier, um mit ihm abzurechnen. Die üblichen Begrüßungsfloskeln konnte er sich bei ihr getrost schenken. »Setzen Sie sich, Litonya Meoquanee. Ich nehme nicht an, dass Sie wegen eines Interviews hier sind.« Er reichte ihr ein Glas Wasser.

Rabea nahm es entgegen. »Warum nennen Sie mich so: Litonya Meoquanee?«

»Weil es der Name ist, der zu Ihnen gehört. Es bedeutet so viel wie *Losstürzender Kolibri, der rot trägt*. Und, was führt Sie zu mir?« Whitewolf nahm ihr gegenüber Platz, schlug die Beine lässig übereinander und nippte an seinem Wasser.

Auch Rabea kam ohne Umschweife zur Sache: »Ihr Jugendfoto im *Chronicle*. Es zeigt Sie mit nacktem Oberkörper beim Fischen. Logan Crow weist die gleichen Narben auf. Crow ist indianischer Abstammung, ein Irokese. Wie Sie …«

»Ich bevorzuge die Bezeichnung Mohawk. Sie sind also mit unseren Ritualen vertraut, kleine Frau?«

»Ja. Solche Narben entstehen beim Sonnentanz, und der ist seit 1910 offiziell verboten, weil es dabei zu regelrechten Selbstzerfleischungen kam. Junge Krieger beweisen damit ihre Tapferkeit. Sie lassen sich mit Riemen, in denen angespitzte Holzstifte stecken, an den Marterpfahl binden. Die Stifte werden dabei in die Brust getrieben. Die Männer harren stundenlang so aus, bevor sie sich die Stifte schließlich selbst herausziehen. Es sind unvorstellbare Qualen, und viele sind an den Verletzungen gestorben. Der höchste Preis der Tapferkeit ist der Tod. Heißt es nicht so?«

»Und wissen Sie auch, warum sich diese Männer das selbst antaten?«

»Ja, weil sie glaubten, dass ihre Qualen die Geister gnädig stimmen und ihrem Volk im Folgejahr große Büffelherden schicken würden.«

»Sehen Sie, kleine Frau Litonya, das ist die Erklärung. Menschen nehmen mitunter die grausamsten Qualen auf sich für die Dinge, an die sie glauben. In anderen Kulturen nennt man sie Märtyrer.«

»Ja, aber der Sonnentanz dürfte heute an Bedeutung verloren haben. Ich nehme nicht an, dass Sie Ausschau nach Büffelherden halten, Senator?« In Rabeas Augen glomm ein Funke.

Whitewolfs undurchdringliche Maske hielt stand. Doch er musste zugeben, dass die Unverfrorenheit der kleinen Frau ihm imponierte. Natürlich wusste er, warum sie heute zu ihm gekommen war. Sie hatte verloren. Sie hasste es, zu verlieren. Doch selbst in der Niederlage musste sie dem Gegner noch die Stirn bieten. An ihrer Stelle hätte er nicht anders gehandelt. Er würde sie testen. Nur wenige außerhalb seines Volkes kannten noch die wahre Bedeutung des Sonnentanzes. Das ursprüngliche Ritual war den Weißen zu barbarisch gewesen. Aber sein Volk auszurotten, war den Weißen offenbar nicht zu barbarisch gewesen. Seit Christoph Kolumbus waren innerhalb eines Jahrhunderts an die 100 Millionen Ureinwohner der Gier, den Morden und den Seuchen der sogenannten *zivilisierten* Welt zum Opfer gefallen. Opferten sich jedoch Männer, um eine Vision zu erlangen, um ihrem Volk das Überleben zu sichern, dann wurde es als *barbarisch* bezeichnet. Whitewolf verabscheute es, wenn er sich, wie jetzt, in innere Monologe verstrickte. Seine gesamte Existenz beruhte auf eiserner Disziplin, und er verlangte von sich, auch seine Emotionen zu kontrollieren. Dennoch trug er die Verbitterung des Schicksals seines Volkes in sich – aber er würde es niemals zulassen, dass sie die Oberhand errang, sondern nutzte sie, um Kraft aus ihr zu schöpfen. »Was wissen Sie noch über mein Volk?«, fragte er mit wachsamem Interesse.

»Zum Beispiel, dass die Mohawk ihre Feinde in tagelangen Marterungen gern zu Hackfleisch verarbeitet haben.«

»Ja, und bevorzugt Priester. Am zähesten erwiesen sich die Jesuiten. Sie waren bei meinem Volk als Gefangene hochbegehrt. Je länger sie durchhielten, umso höher die Ehre für Opfer und Krieger.« Er grinste wie der Wolf, der er war. Natürlich wusste er über Rabeas Biografie Bescheid, kannte ihre Verbindung zu Lukas von Stetten.

»Ich weiß«, erwiderte Rabea ungerührt. »Ich hege viel Sympathie für Ihr Volk, auch, aber nicht nur wegen des Unrechts, das ihm widerfahren ist, Mr Whitewolf.«

»Vermutlich, weil Ihr Volk seit Moses' Auszug aus Ägypten ebenso sein Land verlor, verfolgt, bekämpft und zuletzt vergast wurde? Kommt jetzt die Ansprache, *mein Leid ist euer Leid*?« Whitewolf lehnte Mitleid in jeglicher Form ab. Mitleid war die Schwester von Schwäche. Mitleid bremste, ließ die Leute zurückblicken, er jedoch drängte vorwärts, setzte auf die Zukunft, auf die Vision eines neuen Amerika.

Rabea sah ihn forschend an. Ihm entging nicht das überraschte Aufblitzen in ihren Augen. Offenbar hatte sie eine andere Reaktion von ihm erwartet. »Sicher nicht«, sagte sie jetzt. »Ich habe das Volk der Mohawk aus einem anderen Grund studiert. Ich bewundere sie wahrhaftig, sie sind ein erstaunliches Volk. Mich fasziniert, dass die Frauen als Verkörperung des lebensspendenden Prinzips den Mittelpunkt ihrer Gemeinschaft bilden. Ein Prinzip, das in der westlichen, ›aufgeklärten‹ Welt und vor allem bei den drei monotheistischen Weltreligionen bis heute mehrheitlich verpönt ist.«

Whitewolfs Augen verengten sich zu schmalen Schlitzen. Kurz fragte sich Rabea, ob er glaubte, sie wolle sich damit bei ihm einschmeicheln. Nichts lag ihr ferner. Sie hielt seinem durchdringenden Blick stand, und er ließ sich auf das Thema ein: »Mein Volk war seiner Zeit gesellschaftlich und zivilisatorisch weit voraus, und das wurde uns zum Verhängnis«, bestätigte er. »Wenn Sie unsere Geschichte studiert haben, kleine Frau, dürfte Ihnen auch bekannt sein, dass die europäischen Einwanderer uns, den Ureinwohnern, nicht nur unser Land gestohlen und unsere Büffelherden vernichtet haben – nicht wegen des Fleisches, sondern wegen ihres Fells, sodass wir zu Hunderttausenden verhungerten, sondern auch unsere politischen Errungenschaften übernommen haben. Die Amerikaner haben sich bei der Formulierung ihrer Verfassung und Unabhängigkeitserklärung an uns Irokesen orientiert.«

Rabea konnte nicht umhin, Whitewolfs Beherrschung Respekt zu zollen. Der Senator sprach ruhig, wie ein Dozent vor seinen Geschichtsstudenten, und brachte das Kunststück fertig, das, was wie eine bittere Anklage hätte klingen können, wie die nüchterne Aufzählung von Fakten darzustellen. Und das, obwohl er »wir« und »uns« sagte, sich mit einbezog, als wären diese Dinge gerade erst gestern geschehen.

»Mir sind die Fakten durch die Aufzeichnungen der Zusammenkunft 1744 in Pennsylvania bekannt. Die Vertreter der britischen Kolonialherren und die Häuptlinge der sechs Nationen der Irokesen kamen dort zusammen.«

Whitewolf nickte. »Die Mohawk, Onondaga, Oneida, Cayuga, Seneca und Tuscarora. Es ging um die Abtretung von noch mehr Land. Canasatego, ein Onondaga, hielt damals eine mitreißende Rede und empfahl den Kolonialherren eine Union nach dem Vorbild seines eigenen Volkes, eine Konföderation, die ihm zu politischer Kraft verholfen hat. Wissen Sie, wer sich damals auch unter den Gesandten der Kolonialherren befand?«

»Ja. Benjamin Franklin. Er hat sich von der Rede Canasategos Notizen gemacht, die man heute noch einsehen kann.«

Wieder nickte Whitewolf und zitierte: *»Sechs Nationen unwis-*

sender Wilder waren offenbar fähig, die richtige Staatsform zu finden und sie zudem in einer solchen Weise zu praktizieren, dass sie Jahrhunderte überdauert und absolut unzerstörbar erscheint. Da wäre es doch seltsam, wenn eine solche Union nicht auch für zehn oder zwölf englische Kolonien anwendbar wäre, für die es außerdem weit notwendiger ist.«

Rabea nahm den Ball auf. »Jahrzehnte später ging jener Benjamin Franklin gemeinsam mit Thomas Jefferson als Hauptverfasser der amerikanischen Verfassung in die Geschichte ein.«

»Damit hat sich Benjamin Franklin für etwas feiern lassen, das er, wie er selbst schreibt, bei *unwissenden Wilden* kopiert hat. Ein Widerspruch in sich«, lachte Whitewolf trocken auf. »Die Gründerväter der USA haben sich noch weiter bei uns bedient: Der Weißkopf-Seeadler, der das Staatswappen der USA ziert, ist ursprünglich auf eine Legende der Irokesen zurückzuführen.«

»Ich kenne auch diese Legende.«

Whitewolf trank einen weiteren Schluck Wasser und forderte sie dann mit einer Geste auf, dass er sie gerne von ihr hören wollte.

Rabea kam Whitewolfs Aufforderung nach. »Die Irokesen waren ein kriegerisches Volk, doch am Ende siegte der Wunsch nach Frieden. Sie begruben ihre Kriegswaffen feierlich unter einer Kiefer. In diesem Moment erschien ihnen der Prophet Deganawidah und sprach: *Dies ist der Baum des Friedens. Über diesem Baum wird zu allen Zeiten der Adler schweben und über das Wohl der Konföderation wachen.* Und so gründeten die Irokesen den Völkerbund.«

Whitewolf lehnte sich zurück. »Dann dürfte Ihnen auch bekannt sein, dass George Washington, unser erster Präsident, schon 1794 die Souveränität der sechs Nationen der Irokesen anerkannt hat? Als sich 1920 der Völkerbund formierte, sandten die Irokesen einen Vertreter, Desgaheh, nach Genf. Er sollte seinen Sitz im Gremium beanspruchen.« Er hielt ihren Blick gefangen.

Rabea hatte kurz das Gefühl, als müsste sie sich schütteln, um einen Bann abzuwehren. Etwas Ungewöhnliches ging hier gerade vor sich, und sie fragte sich, wie ihr die Situation derart hatte entgleiten können. Sie war nach ihrer Entdeckung voll rechtschaffenem Zorn zu Whitewolfs Hotel geeilt, um ihm ihre Anklage entgegenzuschleudern. Stattdessen saß sie ihm nun gegenüber, war in eine anregende Diskussion verstrickt und ertappte sich bei der Erkenntnis, dass sie den Mann, den sie unter anderem für einen skrupellosen Kriegsgewinnler, Heuchler und Massenmörder hielt, nicht einmal unsympathisch fand. Sie fragte sich, wie es so weit hatte kommen können? Sie hatte sich bisher kaum mit dem amerikanischen Politiker Whitewolf beschäftigt, erinnerte sich aber an einen Artikel, in dem er als geschickter Manipulator beschrieben wurde, der eine beinahe hypnotische Kraft auf seine Anhänger ausübte. War es das? Stand er im Begriff, sie zu hypnotisieren? Ihr war zuvor schon aufgefallen, dass seine Augen unterschiedliche Farben aufwiesen. Das eine war blau, das andere sienafarben, fast golden, wie bei einem Wolf. *Sein Wappentier ist ein Wolf,* dachte sie. *Nein, er ist ein Wolf, ein großer weißer, gefährlicher Wolf,* korrigierte sie sich selbst. Sie riss sich zusammen, wünschte, sie hätte vergangene Nacht weniger getrunken, dann würde sich ihr Kopf jetzt weniger wie ein schmerzender großer Ballon anfühlen, den man ihr übergestülpt hatte. Dennoch nahm sie den Faden des Gesprächs wieder auf, knüpfte an Whitewolfs letzte Worte an. Denn sie hatte gerade eine Eingebung, wusste, wie sie das Gespräch nach ihren Wünschen lenken konnte. »Desgaheh scheiterte. Man wies ihn in Genf ab. Wieder wurde Ihr Volk um sein Recht auf Freiheit und Mitbestimmung betrogen – wie all die Jahrhunderte zuvor«, fasste Rabea den Ausgang dieser Geschichte zusammen. »Wieder hatten die Weißen nicht ihr Wort gehalten.«

»Doch trotz aller Bemühungen des weißen Mannes, die indianischen Völker auszulöschen, besteht der Irokesenstaat bis heute«, spann auch Whitewolf den Faden weiter. »Das Land der Onondaga liegt südlich der Stadt Syracuse, New York. Die Souveränität wird von sämtlichen US-Behörden respektiert.«

»Ich weiß.« Rabea lächelte so unschuldig wie ein Lamm, während sie mit leiser Stimme sagte: »Aber das genügt Ihnen nicht, Senator, nicht wahr? Sie wollen das ganze Land zurück. Nach dem ersten afroamerikanischen Präsidenten streben Sie an, der erste indianische Präsident zu werden, ein Mann aus dem Urvolk Amerikas.« Sie wartete auf seine Reaktion, aber Whitewolfs Ausdruck blieb unverändert gleichmütig. Nichts an ihm deutete darauf hin, dass sie einen Nerv getroffen hatte. Ärger wallte in ihr auf. Schärfer als beabsichtigt fuhr sie fort.

»Ich habe einmal einen Iraker zitiert, der behauptete: *Die einzige Massenvernichtungswaffe im Irak ist der Amerikaner.* Er hatte recht! Es hat eine Weile gedauert, bis ich mir die richtige Frage gestellt habe. Wer profitiert? Sie, Senator Whitewolf!« Konnte dieses eiskalte Arschloch nicht wenigstens einmal mit der Wimper zucken, fragte sie sich wütend und attackierte ihn weiter. »*Sie* waren der Stratege *der Sieben* und haben die Operation *Zwei Flüsse* bereits 1999 eingefädelt! Das Ziel: Amerika in naher Zukunft einen Grund zu liefern, in den Irak einzumarschieren. Sie wollten das Erdöl. Aber davor wollten Sie Saddam Hussein abzocken. Es war ein genialer Plan. Phase 1: Sie bauen dem irakischen Diktator seine Anlage zur Produktion von angereichertem, spaltfähigem Uran – ein Klassiker, bei dem sich danach alle die Hände in Unschuld waschen können. Es ist wie bei dem Witz mit dem Senfgas. Der eine verkauft Senf, der andere Gas, huch, Euer Ehren, wie sollten wir denn wissen, dass die daraus Giftgas machen? Genauso verhält es sich mit dem gelieferten Uran: Niemand weiß beziehungsweise niemand will es wissen, was danach mit dem Material weiter geschieht. Harmloses Atomkraftwerk oder Produktionsstätte von Massenvernichtungswaffen? Für diesen Dienst haben Sie und Ihre Freunde mehrere Milliarden Diktatoren-Dollar abkassiert. Phase 2: Genau diese Anlage wird Saddam zum Verhängnis, denn sie lieferte Amerika den Grund für die Invasion in den Irak. Darum haben Sie von Anfang an die CIA an Bord geholt. Krieg ist der Nährboden aller Geheimdienste. Und Ihr Plan ging auf. Allein das Gespenst, Saddam habe Massenvernichtungswaffen, hat der Bush-Regierung nach dem 11. September gereicht, die amerikanischen Bürger davon zu überzeugen, dass ein Einmarsch unumgänglich sei. Andernfalls drohe mehr oder weniger der dritte Weltkrieg. *Sie* haben ein Klima der Angst geschaffen. *Sie*, Senator, haben die USA in einen weiteren sinnlosen Krieg getrieben, der auch die Sicherheit Israels gefährdet.« Rabea glühte jetzt vor Zorn, wurde mitgerissen von den eigenen Worten. Endlich konnte sie dem Mann ihre ganze Verachtung entgegenschleudern. Sie fiel umso heftiger aus, da sie kurz davor gestanden hatte, seiner Ausstrahlung zu erliegen. Ihre grünen Augen brannten sich förmlich in seine merkwürdig zweifarbigen.

Doch die perfekte Maske des Mohawk hielt, wenn überhaupt, zeigte er sich eher amüsiert, als er erwiderte: »Als Nächstes werden Sie mir vorwerfen, dass ich die Flugzeugpiloten angeheuert habe, die das World Trade Center und das Pentagon angegriffen haben.«

»Warum nicht?«, sagte Rabea kalt. »Kommen wir zu Phase 3 Ihres Masterplans: Präsident der USA zu werden. Dafür haben Sie nichts dem Zufall überlassen. Der angebliche Informant, der Linda Farraday Ende 2011 brisante Unterlagen über geheime Konten Saddam Husseins zugespielt hat, das waren Sie! *Sie wollten*, dass Linda der Spur des Geldes folgte. Sie fand tatsächlich heraus, dass Saddams Milliarden 1999 dazu dienten, sie in die Nasdaq zu investieren. Das Ergebnis: Die Aktien Hunderter Start-ups schossen plötzlich in die Höhe. Damals fand Linda ihren ersten Hinweis auf ein geheimes, politisch einflussreiches Wirtschaftskonsortium, *die Sieben*. Linda und ich nannten sie die Hedgefond-Mafia. Doch Ihr Name tauchte in dem Zusammenhang nirgends auf. Sie persönlich haben kein Geld von Saddam genommen, denn finanzielle Bereicherung war nicht Ihr primäres Ziel. Im Jahr 2000 streuten Sie dann ein paar Gerüchte, und die künstliche Nasdaq-Blase platzte. Zu diesem Zeitpunkt hatten *die Sieben* längst alle Anteile verkauft. *Sie* köderten sie damals mit Insidergeschäften, um sie anschließend damit zu erpressen. Ich nehme an, Sie haben nicht nur die Unterlagen, sondern auch die Treffen und die Gespräche mit dem Konsortium gut dokumentiert.« Rabea hielt inne, um ihm die Gelegenheit zu geben, etwas dazu zu sagen, doch Whitewolf zog es vor, zu schweigen. *Scheiß Polarwolf*, dachte Rabea grob und fuhr fort: »Es war nachlässig von *den Sieben*, sich nicht mit den Motiven des Mannes auseinanderzusetzen, der sich so nachhaltig für ihre Zwecke einsetzte. Ein typischer Fall von Hedgefond-Gier. Als Ihre Biografie erschien, war es zu spät.« *Da!* Der Anflug eines Lächelns – hab ich dich, du selbstgefälliger Hund! »In Ihrer Biografie propagieren Sie republikanisch unpopuläre Themen wie die Verschärfung der Waffengesetze und den Umweltschutz. Die erwartungsgemäß empörte Reaktion Ihrer Verbündeten parierten Sie damit, Patrick MacKenzie ins Spiel zu bringen. Genau wie zuvor bei Linda Farraday ließen *Sie* ihm 2012 eine Akte über eine geheime Anlage in der Wüste zukommen, zusammen mit dem Beweis, dass diese bereits 1999 existiert hat. Die Akte enthielt Bilder, Ortsangaben, detaillierte Frachtpapiere, sogar die Analyse einer Bodenprobe, die eine erhöhte Radioaktivität nachwies. Sie inszenierten MacKenzie als neue Bedrohung dafür, dass der Regierungsbetrug zum Irak-Einmarsch von 2003 auffliegen könnte. Die Existenz der Akte machte *die Sieben* handzahm, sie brauchten *Sie*. Und um zu demonstrieren, dass Sie alles im Griff haben, ließen Sie MacKenzie ermorden.« Sie fixierte ihn, während sie die nächste Frage abschoss. »Warum haben Sie mich nicht auch gleich aus dem Weg geräumt?«

Diesmal ging er auf ihre Frage ein: »Das war eine Option«, sagte er in einem Ton, der ihr einen Schauer über den Rücken jagte und ihren Nacken davon kribbeln ließ. »Ihre Entdeckung in der Wüste war Zufall. Auch, dass MacKenzie und Sie zusammentreffen. Aber nichts geschieht ohne Grund. Darum habe ich gewartet.«

»Ich verstehe ..., *die Wege des großen Geistes sind unergründlich?* Kommt mir irgendwie bekannt vor. Sie dachten also, ich könnte Ihnen noch von Nutzen sein?«

»Vielleicht. Aber wenige Tage später hieß es, Sie seien in Rom getötet worden.«

»Aber dann haben Sie erfahren, dass ich noch lebe. Woher? Waren es meine Nachforschungen in Tanger?«

»Auch. Ich hatte allerdings schon früher meine Zweifel, ob Sie tatsächlich tot sind.«

»Dann waren Sie es, der CIA *und* DIA den Wink gegeben hat, wo ich mich aufhalte?«

Whitewolf antwortete nicht, sondern sah sie nur an.

»Ich verstehe. In Kürze werden die Republikaner Ihre Nominierung als Präsidentschaftskandidat bekanntgeben. Darum haben Sie mich wieder ins Spiel gebracht. Sie erneuerten die Bedrohung. Wieder gab es einen Mitwisser, eine weitere gefährliche Akte. Und wieder produzierten Sie sich als der große Retter, indem Sie auch mich aus dem Verkehr ziehen ließen. Und weil ich Ihr letztes Ass im Ärmel bin, lebe ich überhaupt noch. Ich und meine Akte dienen Ihnen weiter als Drohkulisse, mit der Sie *die Sieben* auf Linie halten können«, ereiferte sich Rabea. »Darum haben Sie mich den Geheimdiensten zum Fraß vorgeworfen, die sich dadurch unwissentlich zu Ihren Komplizen gemacht haben. *Sie* haben der DIA den anonymen Tanger-Tipp zugespielt, weil Sie *wollten*, dass die DIA einen Teil der Drecksarbeit für die CIA erledigt. Warum? Damit die DIA auch mit drinhängt! Im Falle eines Falles könnten sich die Geheimdienste dann gegenseitig die Schuld zuweisen, und zum Schluss ist es dann wieder keiner gewesen. Die üblichen Unschuldslämmer in Aktion.« Atemlos hielt Rabea kurz inne; die Ungeheuerlichkeit ihrer Anschuldigung und die Tatsache, dass Whitewolf nach wie vor ungerührt schien, selbst, als sie ihm den Mord an Patrick auf den Kopf zusagte, schnürten ihr die Luft ab. Hatte der Mann denn gar keine Gefühle, keine Skrupel? Doch sie war noch lange nicht fertig mit ihm. Was er danach mit ihr tun würde, daran verschwendete sie wie immer keinen Gedanken. »Zurück zu Ihrem Masterplan, Senator. Ich weiß nicht, ob die Bush-Regierung 2003 etwas geahnt hat, aber aus irgendeinem Grund blieben der damalige Außenminister Powell und sein Präsident in ihren Erklärungen ziemlich vage. Sie präsentierten lediglich einen windigen arabischen Physiker, der behauptete, er habe in Saddam Husseins geheimer Anlage für Massenvernichtungswaffen gearbeitet. Damals dachten alle, der Mann sei gekauft und habe gelogen. Dabei existierte diese Anlage tatsächlich! Saublöd war nur, dass man sie der Öffentlichkeit nicht präsentieren konnte. Denn nachdem Sie MacKenzie mit allen Informationen zu dieser Anlage versorgt hatten, war nicht auszuschließen, dass die Wahrheit ans Licht käme: dass die Amerikaner sie 1999 selbst gebaut hatten, um sich an Saddams Öl-Milliarden zu bereichern. Wenn das publik geworden wäre, scheiße, den Aufschrei auf unserem Globus hätte man bis zum Mond gehört. Und die Alliierten der USA wären sich zu Recht verarscht vorgekommen. Ich vermute, Bush und Co. haben geahnt, dass die Sache nicht ganz koscher ist. Aber Bush jr. hätte sowieso jedes Märchen geglaubt. Hauptsache Krieg. Sein Vater hat seinen Krieg gehabt, er wollte seinen eigenen. Vor allem aber wollten die Männer im Dunstkreis des Präsidenten einen Krieg – denn sie alle standen mit einem Fuß in der Regierung und mit dem anderen in den Aufsichtsräten jener Konzerne, die sich am Irak-Krieg eine goldene Nase verdient haben! Sie haben alle manipuliert: die Regierung, das amerikanische Volk, das geheime Wirtschaftskonsortium und mich. Zug um Zug sind wir Ihnen ins Netz gegangen.«

Whitewolf nickte beinahe anerkennend. »Kluge kleine Frau. Sie haben mit allem recht, jedoch hätte ich nie eine echte Bedrohung für die amerikanische Bevölkerung herbeigeführt. Ich bin Patriot.«

»Patriotismus ist die letzte Zuflucht des Schurken.«

»Ah, Sie zitieren den von mir geschätzten Samuel Johnson, einen Engländer.«

»Ich weiß, dass Sie ihn mögen. Ich habe Ihre Biografie gelesen.«

»Dann müssten Sie auch wissen, dass ich vorhabe, die Kompetenzen der CIA stark zu beschneiden.«

»Das hat Kennedy auch vorgehabt. Dann war er tot.«

»Die Zeiten haben sich geändert. Und ich habe nicht vor, zu sterben. Jedenfalls nicht in naher Zukunft.« Er bedachte Rabea mit einem wölfischen Grinsen. »Die CIA wird mir keine Schwierigkeiten bereiten.«

Rabea glaubte ihm aufs Wort. Dieser Mann bluffte nicht. Der Mann hatte eine Vision, sie umgab ihn wie eine Aura. Aber für sie war es eine dunkle Aura.

»Ich werde ein guter Präsident sein, kleine Frau. Ich habe vor, ein friedliches Amerika zu schaffen, und ein friedliches Amerika benötigt keine Waffen.«

Das jedoch fiel Rabea schwer zu glauben. »Tatsächlich bin ich die Letzte, die etwas gegen einen Mann im Weißen Haus einzuwenden hätte, der das Waffenrecht einschränken will«, erwiderte sie und sah ihm fest in die Augen. »Mir passt nur der Weg nicht, den Sie dafür eingeschlagen haben. Sie haben eine Grenze überschritten, als Sie Patrick MacKenzie haben töten lassen.«

»Sie irren sich, kleine Litonya, ich bin nicht für seinen Tod verantwortlich. Tatsächlich habe ich ihm eine Warnung zukommen lassen. Patrick MacKenzie war ein guter und vernünftiger Mann, und ich bedauere seinen Tod.«

Rabea bedachte ihn mit einem giftigen Blick. »Ach ja? Und

das soll ich Ihnen glauben? Ich weiß, dass Sie Uriah Lightfood mit den Morden an Linda Farraday und dem Suchtrupp beauftragt haben.«

Whitewolf machte eine wegwerfende Geste. »Lightfood hatte nichts damit zu tun. Er war allerdings, genau wie Hunter, schlau genug, rechtzeitig zu verschwinden. Ich hatte Lightfood auf Linda Farraday angesetzt, um mich über ihre Recherchen zu *den Sieben* auf dem Laufenden zu halten. Lightfood wusste übrigens schon damals, dass Sie sich für die Farraday ausgaben. Er hat Ihre Aufnahmen heimlich kopiert. Ich wusste also immer über Ihre Aktivitäten Bescheid. Darum waren Sie nie eine Bedrohung für mich.« Er hielt inne, schien auf eine Reaktion ihrerseits zu warten, doch Rabea sah ihn nur fragend an. Sie wollte Antworten.

Er deutete ihr Schweigen richtig und fuhr fort. »Kehren wir zurück zu Ihrer kleinen Rede. Sie haben recht, ich habe tatsächlich dafür gesorgt, dass sich Saddam Hussein in seinem Größenwahn kurz in den Möglichkeiten einer atomaren Bedrohung sonnen konnte.«

»Ich nehme an, es war nicht sonderlich schwer, ihn zu täuschen?«

»Kaum. Und sein Sohn war ein ausgemachter Idiot. Aber er hat ja auch den Geheimdienst geleitet.« Whitewolfs undurchdringliche Maske verzog sich gerade so weit, dass es fast als ein Lächeln gelten konnte. »Ich habe ihm eine Kernspaltungsanlage hingestellt. Sie hatte allerdings einen kleinen Makel: Sie war nicht funktionsfähig. Ein bisschen angereichertes Uran und ein Geigerzähler haben ausgereicht. Im Irak gab es nicht einen fähigen Kernphysiker, zumindest keinen, der bereit gewesen wäre, für das Regime zu arbeiten. Es war beinahe grotesk, wie leicht sich alle täuschen ließen.«

»Und einige Jahre später hatten Sie, die CIA und Ihre verbündete Hedgefond-Mafia ihren Irak-Krieg. Für die einen das große Sterben, für Sie und Ihresgleichen das große Geld! Ihre Doppelmoral widert mich an«, stieß Rabea voller Abscheu hervor. »Und bis heute halten Sie alle Fäden in der Hand!«

Doch der Senator ging nicht darauf ein, weder bestätigte er es, noch wies er es von sich. »Das Dilemma der Bush-Regierung war nach 2003, dass sie nicht beweisen konnte, von alledem nichts gewusst zu haben«, sagte er stattdessen. Er musterte nun seinerseits Rabea. Rabea entzog sich ihm nur mit Mühe, doch sie verstand, was er ihr damit suggerierte.

»Damit können Sie die Republikaner, falls Sie wirklich Präsident werden sollten, erpressen. Die Mehrheit der Stimmen im Repräsentantenhaus und im Senat dürfte Ihnen bei Abstimmungen sicher sein. Das ist der einzig positive Aspekt. Damit sind die Republikaner so gut wie im Arsch«, konstatierte sie grob.

Sie ärgerte sich über sich selbst. Sie wollte Whitewolf hassen für das, was er getan hatte, doch der Teil in ihr, der sie stets in Schwierigkeiten brachte, war auf widerwillige Art von ihm fasziniert. Er hatte die Menschen manipuliert, ihre Gier nach Macht und Reichtum kanalisiert und seinem Willen unterworfen, damit sie unbewusst den Weg für ihn ebneten. Sie alle waren dem Leitwolf blind gefolgt. Auch sie.

Whitewolf schien ihren inneren Zwiespalt zu spüren. Rabea ballte die Fäuste und rief sich das Bild ihres Freundes Patrick MacKenzie vor Augen, den Whitewolf so kaltblütig geopfert hatte, als handelte es sich um einen Bauern auf dem Schachbrett. Ihr Zorn gewann schnell wieder die Oberhand.

Ihre widerstreitenden Gefühle entlockten ihrem Gegenüber ein sardonisches Lächeln. »Wie ich sehe, verfügen Sie über ein gewisses politisches Gespür. Es stimmt, mit einer verlässlichen Mehrheit kann ich innenpolitisch all das vorantreiben, woran Clinton, Obama und Co. all die Jahre immer gescheitert sind.« Er stand auf und trat an die Brüstung. »Was soll ich nun mit Ihnen machen, Litonya Meoquanee?«, fragte er fast beiläufig.

Rabea erhob sich ebenfalls und stellte sich neben ihn. Äußerlich ruhig, obwohl ihr Puls sich jäh beschleunigt hatte, sagte sie: »Ich vermute, Sie überlegen jetzt, ob Sie mich töten sollen?«

»Wie dramatisch Sie sind, kleiner Kolibri. Es gibt andere effektive Möglichkeiten, um jemanden zu vernichten. Zum Beispiel, indem man ihn als unglaubwürdig brandmarkt. Als Journalistin dürfte Ihnen diese Methodik nicht ganz unvertraut sein. Darf ich davon ausgehen, dass Sie sich abgesichert haben, bevor Sie hierherkamen?«

»Selbstverständlich.«

»Jetzt bluffen Sie. Es gibt keine Absicherung. Denn Sie, kleine Frau, haben nicht den geringsten Beweis, der zu mir führt. Nur ein paar identische Narben, die Legende vom Sonnentanz und Ihren schlauen kleinen Kopf.« Er tippte Rabea an die Stirn. »Und da Sie mich so oder so für einen Mörder halten, was könnte mich im Falle eines Falles davon abhalten, Ihre Freunde, die Zwillinge, zu töten?« Er machte eine kleine Pause, bevor er hinzufügte: »Und da wäre auch noch Ihr Großvater, der alte Rabbi. Mit dem eigenen Tod kann man leben, aber nicht mit dem Tod derer, die man liebt.«

Rabea hielt seiner Herausforderung stand. »Und genau das ist meine Absicherung. Sie und ich wissen, dass ich weder den Tod meines Großvaters noch den meiner Freunde riskieren würde. Daher wissen wir beide, dass ich den Mund halten werde.«

Sein Raubtierlächeln hatte etwas Anziehendes, und Rabea bekam eine Ahnung davon, wie es sein musste, sich diesem Mann auf dem politischen Parkett zu stellen.

»Sie gefallen mir«, sagte Whitewolf. »Als Journalistin sind Sie zwar so lästig wie eine Analfistel, aber Sie haben Mut. Unsere Völker sind sich in ihrer Geschichte ähnlich – unsere Seelen und die unserer Vorfahren sind mit Leid getränkt. Ich mache Ihnen ein Angebot, kleine Frau. Kommen Sie mit an Bord. Ich hätte in meinem Team Verwendung für einen so klugen Kopf wie Sie.«

»Ach, Sie meinen die weiblichen und die jüdischen Wählerstimmen?«

Whitewolfs rechte Augenbraue stieg eine Nuance nach oben. »Eine strategische Bemerkung. Sehr gut, aber nein. Das ist nicht meine Intention. Ich mag Ihren Biss und Ihren Idealismus, Litonya Meoquanee. Warum unterstützen Sie mich nicht dabei, aus dieser Welt eine bessere zu machen? An meiner Seite könnten Sie etwas bewirken. Wenn Sie meine Biografie kennen, dann kennen Sie auch meine Meinung zur amerikanischen Außenpolitik. Sie fördert den Terrorismus und nicht die Demokratie. Sie schürt den Hass gegen Amerika und isoliert Israel. Ich kann viel für die Juden und ihr Land tun. Die Lage im Mittleren Osten muss entschärft werden.«

»Eine passende Metapher, finden Sie nicht? Erst setzen Sie die Welt in Flammen, um sie dann im richtigen Moment zu löschen – und Ihre Mitverschwörer mit ihrer eigenen Dummheit zu erpressen. Dabei haben Sie noch ein weiteres Ass im Ärmel …«

»Noch eine Theorie? Ich bin ganz Ohr.« Er betrachtete sie aufmerksam. »Doch ich warne Sie, kleine Frau. Überlegen Sie es sich gut, was Sie mir jetzt sagen wollen. Überschreiten Sie jetzt nicht selbst eine Grenze.«

Rabea neigte den Kopf zum Zeichen, dass sie verstanden hatte. Whitewolf hatte ihr soeben eine goldene Brücke gebaut. Doch sie konnte nicht anders. Das Selbstzerstörerische in ihr, das sie ihr Leben lang angetrieben hatte, blieb stärker. Sie hatte sich noch nie Gedanken über das Danach gemacht. Sie musste jetzt Gewissheit haben, ihr Mut lebte für den Augenblick.

Sie wich ihm nicht aus, als sie sagte: »Seit Wochen warnen Sie vor einer neuen Immobilienblase, wobei Sie behaupten, dass ein Börsencrash unvermeidlich sei. Ihre Rede heute Abend vor der Londoner Handelskammer hat genau das zum Thema. Sie und ich wissen, dass es Ihnen mithilfe Ihres geheimen Konsortiums möglich ist, einen weiteren ›schwarzen Freitag‹ künstlich herbeizuführen. Ich kann es Ihnen nicht beweisen, aber mein Instinkt sagt mir, dass ich richtig liege. Weil Sie es schon einmal getan haben, 2000, als der Neue Markt zusammenbrach. Am Ende werden Sie als der große Prophet dastehen, der alle gewarnt hat. Amerika hat seinen neuen Helden.«

Wieder zuckte Whitewolf nicht mit der Wimper. »Ich zolle Ihrem Scharfsinn Beifall, kleine Frau, aber Sie bringen mich in einen echten Konflikt, denn ich mag Sie. Dass Sie und MacKenzie mit der Akte manipuliert worden sind, können Sie nicht nachweisen. Die Börsensache ist ein anderes Kaliber. Hier könnte der eine oder andere, der sein Vermögen verloren hat, geneigt sein, Ihnen zuzuhören.« Er hob bedauernd die Hände. »Was soll ich jetzt mit Ihnen machen?«

»Du wirst sie nicht anrühren«, erklang unvermittelt eine Stimme hinter ihnen. Rabea wirbelte herum. Eine sehr alte und sehr winzige Frau war in der Tür zur Terrasse aufgetaucht.

»Mutter!« Whitewolf neigte ehrerbietig den Kopf und ging ihr mit langen Schritten entgegen. Er zog einen Stuhl für sie heran und ließ sie darauf Platz nehmen.

Es schien ihn nicht zu wundern, sie hier zu sehen. Er hatte seiner Mutter ein eigenes Flugzeug zur Verfügung gestellt, und sie kam und ging, wie es ihr beliebte. Und manchmal überbrückte sie eben einen Ozean.

Rabea fragte sich, wie lange sie ihnen bereits zugehört haben mochte. Sie starrte die alte Frau fasziniert an. Sie hatte schon von Whitewolfs weit über achtzigjähriger Mutter gehört. Die graue Eminenz hinter dem politischen Raubtier. *Die Leitwölfin* … Trotz ihres Alters wirkte die Frau alles andere als zerbrechlich. Ihr Schritt war fest und ihr Rücken gerade. Das faltige Gesicht strahlte eine stille Würde aus, und ihre Züge waren von zeitloser Schönheit. Ihr weißes, noch immer dichtes Haar fiel ihr bis auf die Schultern herab. Um den Hals trug sie einen herrlichen Türkisstein, dessen blaues Leuchten sie wie ein unsichtbares Feuer umhüllte.

Die alte Frau versenkte ihren Blick in Rabeas. Sie besaß die zweifarbigen Augen ihres Sohnes. Eines blau, eines sienafarben. Die junge Frau fühlte eine jähe Wärme in sich aufsteigen.

»Die kleine Frau wird nichts unternehmen. Nicht wahr, Rabea?« Sie hatte eine angenehme, tiefe Stimme. Und sie sprach Rabeas Namen in perfektem Jiddisch aus.

Rabea empfand sofort etwas für die Frau, das über eine spontane Sympathie hinausging. Es war das Gefühl, dass ganz ohne ihr Zutun eine Verbindung zwischen ihnen entstanden war. Von dieser Frau ging eine besondere Kraft aus. Eine gute Kraft.

»Es gibt kein Gut oder Böse, Rabea«, sagte Whitewolfs Mutter sanft, als lese sie in Rabeas Gedanken. »Nur Leben und Tod. Einst hast du den Tod dem Leben vorgezogen, aber jetzt wählst du das Leben. Ich kenne deine Qual. Du fühlst dich der Wahrheit verpflichtet. Aber du kannst spüren, dass mein Sohn auf dem richtigen Weg ist. Amerika ist krank, es hat seine Seele verkauft. Wir brauchen Erneuerung. Amerika muss sich aus den alten Werten neu erschaffen, die Menschen müssen auf den ursprünglichen Weg zurückkehren. Die Amerikaner bedauern, dass ihre Kultur nicht älter ist als ihre Verfassung. Aber das stimmt nicht. Wir haben Kultur. *Wir sind ihre Kultur. Wir sind Mohawk* – die Ureinwohner Amerikas. Es ist noch immer unser Land. Denn obwohl sich die Europäer alle Mühe gegeben haben, uns auszurotten, gibt es uns noch. So wie dein Volk, die Israeliten, noch existieren, Rabea. Doch die Mohawk verfügen nicht über so mächtige Verbündete wie die Israeliten. Wir sind allein. Unsere Völker wurden mit falschen Versprechungen und ungültigen Verträgen betrogen, man hat unser Land gestohlen und die Menschen in Reservate gepfercht, die kaum Nahrung boten. Damit wir uns überhaupt ernähren konnten, haben die Weißen uns das Glücksspiel erlaubt.«

Rabea nickte. »Ich weiß. Die Kasinos Ihres Sohnes bilden den Grundstock für sein Vermögen.«

»Ja, wir haben uns arrangiert und die Weißen beobachtet.

Wir kennen ihre Schwächen. Noch immer treibt sie die Gier an: nach Land, Geld und Macht.«

»Was treibt Ihren Sohn anderes an? Greift nicht auch er nach der Macht?«, konterte Rabea.

»Mein Sohn, wie auch sein Vater und alle seine Vorfahren, ist Häuptling seines Volkes. Es muss immer einen Anführer geben, um die Geschicke eines Volkes zu leiten. Mein Sohn wird seine Aufgabe gut erfüllen und unser Land Amerika führen.«

»Ich habe gelesen, dass die Menschen gerne ihren Herrn wechseln in der Hoffnung, einen besseren zu bekommen. Die Geschichte zeigt, dass sich bisher alle darin getäuscht haben.«

Zum ersten Mal lächelte die alte Frau. »Mein Sohn wird führen, und ich werde meinen Sohn führen. Ich bin eine alte Frau, aber mein Tod liegt noch in weiter Ferne.«

Auch Rabea lächelte jetzt. Sie fragte sich, inwieweit hier Übereinkunft zwischen Mutter und Sohn herrschte. Sie streifte Whitewolf mit einem Blick. Der Senator verzog keine Miene.

»Mein Sohn weiß das. Es ist unsere Tradition, dass die Clanmütter regieren«, sagte die alte Frau mit Nachdruck. Wieder schien es, als hätte sie Rabeas Gedanken gelesen. »Wir wollen zurückkehren auf den alten Weg. Wir wollen unsere kulturelle Identität zurück. Sieh hin, Rabea, wie viele der Einwanderer sind aus ihrer alten Heimat geflohen, weil sie dort wegen ihrer Religion verfolgt worden sind. Und was taten diese Verfolgten nun? Sie brachten in die Neue Welt die Zwistigkeiten ihrer alten Welt mit. Statt Toleranz zu üben, versuchten sie, mein Volk mit allen Mitteln zu missionieren, wendeten nun selbst Gewalt und Zwang an. Sie zerstörten unsere jahrhundertealten heiligen Stätten und verboten unsere Rituale. War es nicht genauso bei den ersten Christen? Wurden sie nicht auch erbarmungslos verfolgt? Die Weißen lernen nicht aus ihrer Vergangenheit. Wirkt nicht die Zeit der Kreuzritter bis heute nach? Berufen sich nicht viele muslimische Hassprediger bis heute auf die Taten der Kreuzritter? Wir vermeiden diesen Fehler. Wir setzen auf

Aussöhnung und Vereinigung unserer Völker, nicht auf Vertreibung, Ausrottung oder Missionierung. Wir setzen auf die Zukunft und hängen nicht vergangenen Taten nach, weder guten noch schlechten. Man darf nicht stehen bleiben, sonst dreht man sich irgendwann im Kreis. Amerika tritt auf der Stelle, aber es ist noch nicht zu spät, den richtigen Weg einzuschlagen.« Erneut kam sie Rabeas Einwand zuvor. »Ich sehe deinen Zorn und ich verstehe ihn, Rabea. Du grollst uns wegen der Opfer, die der Irak-Krieg gefordert hat und noch fordern wird. Doch der Kampf für eine gute Sache erfordert immer Opfer. Wie viele Menschen sind in Abraham Lincolns Bürgerkrieg gefallen?«

»Lincoln hat im Gegensatz zu Ihrem Sohn diesen Krieg nicht aus Eigennutz provoziert!«

Die alte Frau lächelte traurig. »Du irrst, dieser Krieg hätte stattgefunden, selbst wenn mein Sohn nicht geboren wäre. Dieser Krieg stand schon lange im Feuer geschrieben. Wir haben die Zeichen gedeutet und für uns genutzt. Aber ich verstehe dich. Nicht immer rechtfertigt das Ziel den Weg. Doch rechtfertigt ein *falscher* Schritt, stehen zu bleiben? Das Ziel aus den Augen zu verlieren? Das ist meine Botschaft an dich: Wenn du meinem Sohn nicht vertraust, dann vertraue mir.« Mehrere Sekunden verstrichen, die Whitewolf völlig ausklammerten, während Rabea und seine Mutter in einem stummen Dialog verharrten.

Endlich nickte Whitewolfs Mutter Rabea zu, strich ihr mit dem Daumen über die Stirn, als würde sie sie segnen, erhob sich und verließ die Terrasse ohne ein weiteres Wort.

Kurz kam sich Rabea merkwürdig verlassen vor, beinahe, als hätte die alte Frau ihre Existenz vervollständigt.

Whitewolfs Stimme holte sie in die Gegenwart zurück. »Kleine Frau, bevor Sie gehen, haben wir noch zwei Punkte zu klären: Zum einen weiß ich von Ihrem kleinen Intermezzo mit der ehrenwerten Dr. Grant. Machen Sie sich keine Illusionen. Ich habe den *Chronicle* heute Morgen gekauft. Das andere betrifft die Unterlagen, die Sie vor knapp zwei Jahren aus dem

Schließfach des Jesuitengenerals geholt haben, das Vermächtnis Ihres Messias Jesus.«

»Was wissen Sie darüber?« Dieses Mal hatte er Rabea mehr als nur überrascht.

»Ich weiß, dass die Welt noch nicht bereit ist für eine Veröffentlichung. Unsere Welt ist, wie sie ist, und nicht, wie wir sie uns vielleicht wünschen. Sich mit der Realität auseinanderzusetzen erfordert Mut und Vernunft, sich eine Scheinrealität zu schaffen, damit sie mit unserem Wunschdenken korreliert, ist unverantwortlich und ideologisch verbrämt. Aber die harte Realität ist nun einmal, dass die Vereinigten Staaten auf eine stabile Kirche angewiesen sind. Sie ist das Fundament des konservativen Amerika, das unser Land zu dem gemacht hat, was es heute ist. Unsere Gesellschaft braucht eine stabile Kirche, und dies bezieht auch den Vatikan ein; die Stärke und Standhaftigkeit der christlichen Kirche ist ein Garant für die USA, sie sind ihre Konstante. Wird die Kirche geschwächt, entsteht ein Ungleichgewicht. Inzwischen leben in den Vereinigten Staaten mehr Muslime als Juden. Dennoch sind die christlichen Grundwerte nach wie vor die Grundwerte der Mehrheit der Amerikaner. Egal, ob sie sich Baptisten, Evangelisten oder Wiedererweckte nennen. Mit anderen Worten, mir, Amerika, liegt sehr daran, dass die Dokumente aus dem Schließfach nicht an die Öffentlichkeit gelangen. Wir leben in einer instabilen Welt, die noch lange um ihr Gleichgewicht ringen wird. Die Welt ist nicht bereit für die Wahrheit. Noch nicht.«

Rabea sah Whitewolf nachdenklich an, dann nickte sie. Sie hatte tatsächlich verstanden. Whitewolf hatte ihr soeben mitgeteilt, dass er wusste, wo sich die Originalschriftrolle des Evangeliums von Jesus befand. Und dass er alles daransetzen würde, um eine Veröffentlichung zu diesem Zeitpunkt zu verhindern.

Kapitel 39

Rabea verließ das Hotel. Sie fand sich in einer seltsamen Stimmung wieder, irgendwie erleichtert, aber gleichzeitig unbefriedigt. Das Gespräch mit Whitewolf und vor allem mit seiner Mutter wirkte in ihr nach.

Whitewolfs Mutter hatte ihr zu verstehen gegeben, dass es ein Handeln gab, das jenseits von Gut und Böse existierte. War das nicht angeblich auch Gottes Philosophie? Das Schicksal von Einzelnen auszuklammern und nur auf das Gemeinwohl abzuzielen? Aber wer bestimmte das Gemeinwohl?

Nein, sie verweigerte sich dieser Philosophie. Wie konnten sich Menschen anmaßen, sich selbst über das Schicksal anderer zu erheben und dieses zu besiegeln, im Namen und »zum Wohl der Allgemeinheit«? Diese Art der Moral entsprach nicht ihrer Ethik.

Whitewolf und seine Mutter waren nicht Gott, doch sie hatten Gott gespielt! Sie hatten nicht verhindert, dass Patrick MacKenzie ermordet wurde. Ebenso wie Linda Farraday und die Männer des Suchtrupps. Punkt. Und sie würde einen Weg finden, dass Whitewolf dafür zur Rechenschaft gezogen wurde. Er würde für seine Taten bezahlen.

Rabeas Kampf- und Lebensgeist reckte sich wieder zu voller Größe auf. Sie folgte einem Impuls, drehte sich nochmals um und blickte die Fassade des Savoy empor.

Sie war beinahe sicher, dass Whitewolf auf der Terrasse stand und auf sie hinuntersah. Er war tatsächlich ein Wolf im Maßanzug. Sozial im Rudel und gleichzeitig ein gnadenloser

Killer. Sie fröstelte und fragte sich unwillkürlich, ob er wohl nachts den Mond anheulte. Noch nie war sie einem derart eiskalt kalkulierenden und agierenden Mann begegnet. Wirtschaft und Militär waren ihm ins Netz gegangen, weil er ihre primitiven Bedürfnisse für sich genutzt hatte: die Gier nach Geld und Macht.

Doch das weit größere Rätsel für sie war Whitewolfs Mutter – die *Leitwölfin*. Von ihr ging eine ungewöhnliche, geradezu archaische Kraft aus. Wenn sie einen Raum betrat, wurde sie sofort zu seinem Zentrum. Rabea wollte mehr über diese ungewöhnliche Frau erfahren. Sie lächelte. Sie würde über die Clan-Mutter recherchieren.

Sie wandte sich der Straße zu. Bis zum Halston Hotel war es nur ein kurzer Spaziergang. Am Bürgersteig geriet eine schwarze Limousine mit verdunkelten Scheiben in ihr Blickfeld. *Ein Déjà-vu? Das war doch …?* Die hintere Tür wurde von innen aufgestoßen.

»So trifft man sich wieder«, ertönte eine ihr bekannte sonore Stimme aus dem Innenraum.

Rabea trat näher und beugte den Kopf in den Fond. »Director Clayton? Was machen Sie hier? Ich dachte, Sie befänden sich längst auf dem Weg zurück nach Washington?«

»Tja, das hätten Sie wohl gerne. So leicht lasse ich Sie nicht von der Leine, Rotfuchs. Steigen Sie ein.« Er klopfte auf den Platz neben sich.

Rabea warf einen beunruhigten Blick über ihre Schulter, wo sie Whitewolf wähnte. Für ihn musste es aussehen, als würde sie abgeholt werden. Nun war es ohnehin zu spät. Nach ihrem Gespräch mit Whitewolf war ihr sowieso klar, dass sie für lange Zeit keinen Schritt mehr tun konnte, den er nicht überwachte.

»Kommen Sie schon«, drängte Director Clayton sie einzusteigen.

Rabea kletterte in den Wagen und fragte sich, was der Director des DIA vor dem Hotel Whitewolfs zu suchen hatte. War er ihr gefolgt? Oder dem weißen Wolf?

Im Inneren roch es stark nach Zigarre. Der Wagen fuhr langsam an und fädelte sich in den dichten Londoner Verkehr ein. Sie fuhren Richtung St. James Park.

Clayton nahm seine Brille ab und fing an, sie umständlich mit einem Stofftaschentuch zu reinigen.

»Wie viele Leben hat eine Katze?«, fragte er scheinbar zusammenhanglos, während er die Brille hochhielt, ein Glas anhauchte und hingebungsvoll polierte.

Rabea blinzelte ihn irritiert von der Seite an. »Soweit ich weiß, sind es sieben.«

»Und? Sind Sie eine Katze?«

»Wer weiß …?«, sagte sie gedehnt.

»Sind dann noch genug Leben übrig, damit Sie Ihres schon wieder riskieren können? Eben erst habe ich Sie aus dem Schlamassel herausgeholt, und dann marschiert Rotkäppchen – Verzeihung, *Rotkätzchen* – geradewegs in die Höhle des bösen weißen Wolfes.« Er setzte seine Brille wieder auf und fixierte sie durch die dicken Gläser hindurch. »Nur so aus Neugierde … Woher wussten Sie es?«

»Woher wissen Sie es?«, fragte Rabea zurück.

Clayton stöhnte theatralisch. »Journalisten! Was sind hundert Journalisten auf dem Meeresboden?«, fragte er und beantwortete seine Frage gleich selbst: »Ein guter Anfang!« Er lachte schallend über seinen Witz, wurde aber umgehend wieder ernst. »Übertreiben Sie es nicht, Miss Kennedy. Wenn Sie Ihr Leben noch etwas genießen wollen, sollten Sie nicht länger in dieser Politkloake herumstochern, sondern die Sache besser mir überlassen. Whitewolf und die Leute in seinem Dunstkreis sind eine Nummer zu groß für Sie. Also, noch einmal. Woher wussten Sie es?« Alles Joviale war von ihm abgefallen. Jetzt sprach der Director des DIA.

Rabea bot ihm die Stirn. »Um im Märchenjargon zu bleiben:

Ich bin den Brotkrumen gefolgt, wie bei Hänsel und Gretel. Mit anderen Worten, Linda Farraday und ich sind der Spur des Geldes gefolgt. Vom Irak bis in die USA.«

Clayton nickte. »Genauso wie ich. Über die sogenannten Krumen sprechen wir noch. Ich gebe zu, Whitewolf hat auch mich eine Weile an der Nase herumgeführt.«

»Was werden Sie gegen ihn unternehmen?«

»Was soll ich denn Ihrer Meinung nach unternehmen? Sie haben am eigenen Leib erfahren, wie teuflisch geschickt Whitewolf jeden Schritt geplant und jede Transaktion eingefädelt hat – ohne sich dabei selbst die Hände schmutzig zu machen. Wie ein Schachgroßmeister hat er jeden Zug im Voraus geplant und nichts dem Zufall überlassen. Wir können dem Mann nichts nachweisen. Nicht, ohne uns selbst an den Pranger zu stellen.« Clayton atmete geräuschvoll ein. Er spürte, wie sich sein verdammter Blutdruck wieder gefährlichen Werten näherte. Diese ganze Angelegenheit brachte ihn in Rage, Whitewolf ebenso wie diese Schmeißfliege Robertson und seine Kumpane von der CIA, die ihm die ganze Suppe eingebrockt hatten – weil sie in der Politik mitmischen mussten, dem schmutzigsten Geschäft des Planeten. Natürlich waren sie allesamt geradewegs in Whitewolfs Falle getappt. Durch ihre Dummheit waren ihm jetzt die Hände gebunden. Und bei der ganzen Sache hatte diese kleine Journalistin neben ihm mehr Mumm in den Knochen bewiesen als die meisten Männer, die er kannte. Ein Jammer, wenn ihr etwas passieren sollte. Clayton fasste einen spontanen Entschluss.

»Ich verrate Ihnen was, Rotfuchs. Aber nur, weil wir beide die Wahrheit kennen und sie nicht beweisen können. Sie sollen wissen, warum Sie sich künftig von Whitewolf fernhalten sollten. Aber ich verrate Ihnen das nur unter zwei Bedingungen: Erstens, Sie legen alle Ihre Karten auf den Tisch – denn wir beide wissen, dass Sie noch etwas zurückhalten –, und zweitens auch nur, wenn Sie mir jetzt und hier in die Hand versprechen, nichts weiter in der Sache Whitewolf zu unternehmen, sondern mir die Angelegenheit zu überlassen. Haben wir einen Deal?«

Rabea konnte nicht anders. Sie lächelte Clayton zu. Sie fand den Mann unwiderstehlich. Er hielt ihr seine Rechte entgegen. Rabea schlug ein. »Sie haben Ihren Deal. Wer zuerst?«

Jetzt lächelte auch der Director. »Sie natürlich.«

»Gut. Was wissen Sie über das Konsortium *die Sieben*?«

»Dass es diese Geheimorganisation gibt und auch, wer ihre Mitglieder sind. Sie und die ermordete Journalistin Farraday haben diesbezüglich recherchiert.«

»Ja, aber ich habe einen Hinweis gefunden, dass es inoffiziell acht sind.«

»Whitewolf«, nickte Clayton.

»Dann wissen Sie, dass er *die Sieben* genauso manipuliert hat wie uns alle, Sie, mich, die CIA. Er hat die Operation *Zwei Flüsse* bereits 1999 geplant. Er hält im Hintergrund alle Fäden in der Hand.«

»Wo ist dieser Hinweis? Kann ich ihn sehen?«

»Er ist noch in Tanger in seinem Versteck, hoffe ich zumindest.«

»Was sind das für Papiere?«

»Unter anderem Schiffsfrachtpapiere und medizinische Unterlagen zweier Besatzungsmitglieder.«

»Wie sind Sie darangekommen?«

»Berufsgeheimnis.«

Clayton verzog das Gesicht, als hätte er sich auf die Zunge gebissen. »Und was macht Sie so sicher, dass die Papiere echt sind?«

»Weil große Schiffe Spuren hinterlassen. Erstens hat sich das Schiff nachweislich zu diesem Zeitpunkt am entgegengesetzten Ende der Welt befunden. Es wurde ein identisches Schiff angeheuert, Namen und Registrierung kopiert und mit einer verbotenen Ladung losgeschickt. Ich besitze die Frachtpapiere beider Schiffe.«

»Und was sind das für medizinische Unterlagen?«, hakte Clayton nach.

»Sie beweisen, dass zwei Mitglieder der Besatzung an der Strahlenkrankheit litten.«

Clayton saß plötzlich sehr aufrecht. »Sie meinen …?«

»Ja, sie sind definitiv im Jahr 1999 mit radioaktivem Material in Berührung gekommen.«

»Wie? Auf dem Schiff?«

»Ja. Von meinem Informanten weiß ich, dass sie damals versucht haben, das Material zu stehlen.«

»Wo sind die Männer jetzt?«

»Tot.«

»Das beantwortet nicht meine Frage.«

»Ich weiß nicht, wo sie begraben sind. Aber ganz sicher nicht in Tanger, falls Sie vorhaben, eine Hundertschaft mit einem Geigerzähler loszuschicken.«

»Wäre auch zu schön gewesen, um wahr zu sein«, seufzte Clayton. »Wer ist Ihr Informant?«

»Das fällt auch unter das Berufsgeheimnis.« Rabea lächelte verbindlich. Es war ihr gelungen, heimlich ein Foto ihres Informanten zu schießen. Sie hatte Jules gestern vor seiner Abreise nach Barcelona ins Vertrauen gezogen. Jules hatte den Mann sofort als Malik identifiziert und ihr mitgeteilt, dass er kürzlich ermordet worden sei. Malik habe für den libanesischen Geheimdienst und auch für die Syrer gearbeitet. Doch sie konnte weder den Mann noch Jules als Quelle preisgeben.

Clayton musterte sie über seine dicken Brillengläser hinweg. »Wie Sie wissen, Miss Kennedy, bin ich über Lafitte und seine diversen Aktivitäten durchaus im Bilde. Ein richtiger Tausendsassa, der Mann. Also ist *er* der Meinung, dass die Papiere echt sind. Warum?«

Rabea seufzte, da Clayton die Wahrheit erraten hatte. »Weil der Mann, von dem ich sie habe, kurz darauf ermordet worden ist. Laut Jules war sein Name Malik.«

»Lafitte hat ihn also gekannt. Was ich jedoch nicht verstehe, ist das Motiv des Mannes. Warum sollte er ausgerechnet Ihnen diese Beweise übergeben? Warum ist er damit nicht zu seinen eigenen Leuten gegangen?«, gab Clayton zu bedenken. Seine Augen hinter der altmodischen Brille hatten sich verengt.

»Er behauptete, seine Leute seien nicht daran interessiert gewesen, die Beweise zu veröffentlichen. Stattdessen wollten sie sie nutzen, um die Amerikaner damit zu erpressen. Sie wollten Geld. Maliks Motive hingegen waren persönlicher Natur. Er wollte Rache.«

»Rache? Wofür?«

»Einer der toten Matrosen war sein Bruder. Von ihm hatte Malik die Unterlagen. Sein Bruder hatte sie gestohlen, und er hat auch Fotos von der Fracht an Bord gemacht. Er hat ihm alles kurz vor seinem Tod übergeben. Darum wollte Malik, dass ich die Beweise veröffentliche.«

Der Director runzelte nachdenklich die Stirn. Offenbar behagte ihm diese Version der Geschichte nicht. »Ist das nicht ein Zufall zu viel? Lafitte identifiziert Malik als Doppelagenten, dieser hat zufällig einen Bruder, der im Jahr 1999 ausgerechnet auf einem Schiff Dienst tut, auf dem er radioaktiv verseucht wird. Und kurz vor seinem bedauerlichen Tod zaubert er Beweise hervor, die er seinem Bruder überlässt, der damit schnurstracks zu Ihnen marschiert, um mit Ihrer Hilfe einen Sturm gegen den Westen loszutreten? Das riecht!«

Er schwieg kurz, um Rabea die Gelegenheit zu geben, ihre eigenen Schlüsse zu ziehen, und fuhr dann fort: »Haben Sie einmal in Erwägung gezogen, dass Malik Sie über seine Motive belogen haben könnte? Dass eine weitere Mannschaft im Spiel ist, die uns Amerikanern an den Kragen will? Dass der politische Islam Sie womöglich instrumentalisieren wollte? Wer würde sich besser dazu eignen als die jüdische Journalistin Rabea Rosenthal, die es als offensive Bush-Kritikerin immerhin schon in ein amerikanisches Militärgefängnis geschafft hat?«

Rabea hatte sich bei seinen Worten unwillkürlich versteift. Sie konnte nicht umhin, sich einzugestehen, dass sie die Dinge bisher nie aus dieser Perspektive betrachtet hatte. *Warum hatte sie nie Maliks Motive infrage gestellt?* Ein unverzeihlicher Fehler!

Clayton nickte grimmig. »Was lag also näher, als *Sie* zu benutzen, um der Welt zu beweisen, was die Welt sowieso immer argwöhnte: dass Amerika in Bezug auf den Irak Dreck am Stecken hat. Ich habe ihn bereits vor Augen, den brüllenden Mob, wie er die Fäuste reckt und unsere Fahnen verbrennt.« Claytons Blick war genauso unmissverständlich, wie es seine Worte waren: »In der derzeitigen politischen Lage wäre eine Veröffentlichung doppelt unverantwortlich. Damit würden Sie auch Israels Lage verschärfen. Sie fischen in sehr dunklen Gewässern, Rotfuchs. Das sind gefährliche und kluge Strategen, mit denen Sie sich da anlegen. Agitatoren gegen den Westen. Geben Sie es zu, man hat Sie hereingelegt. Sie waren derart von Ihrem eigenen journalistischen Spürsinn gefangen, dass es Ihre Klugheit benebelt hat.«

Rabea sah ihn bestürzt an. »Sie meinen also, dass die Beweise gefälscht sind?«

»Nein, im Gegenteil. Ich glaube sogar, dass sie sehr echt sind. Sonst hätte man sie Ihnen nicht zugespielt. Darum sind Sie überhaupt noch am Leben, Miss Kennedy. Sie waren für beide Seiten von großem Nutzen.«

»Ja. Vor allem bin ich dem Senator nützlich gewesen.« Rabea ärgerte sich maßlos über sich selbst. Wie hatte sie nur so blind sein können?

»Nicht ärgern.« Die Art, wie Clayton sie nun anlächelte, ließ vermuten, dass er ihr längst nicht alles gesagt hatte. »Sehen Sie es so: Die ganze Sache hat etwas Gutes und entbehrt vor allem nicht einer gewissen Ironie. Aufgrund des Umstandes, dass Sie von beiden Parteien benutzt wurden, kann auch keine Seite für sich beanspruchen, erfolgreich gewesen zu sein – die Mitspieler haben sich im Prinzip gegenseitig behindert. Indem Whitewolf *Sie* an die DIA verraten hat, hat er verhindert, dass Sie Malik in die Falle gehen und die Papiere an die Öffentlichkeit gelangen konnten. Mit dem gleichen Zug hat unser Senator die gegnerische Seite ausgespielt. Maliks Leute waren ihre Beweise los, die Whitewolf und seinen Leuten zum Verhängnis hätten werden können.«

Jetzt lächelte auch Rabea. »Und wieder beißt sich die Schlange selbst in den Schwanz. Auch das Böse hat ein Eigenleben und folgt nicht immer dem Willen seines Schöpfers. Es frisst sich selbst.«

»Sie sagen es. Aber mehr auch nicht.« Claytons Lächeln war versickert. Er sah sie streng an. »Ich werde niemals zulassen, dass auch nur ein Wort über unsere gemeinsamen Aktivitäten nach außen dringt. Hiermit verpasse ich Ihnen offiziell einen Maulkorb, Miss Kennedy. Wir kennen uns nicht, haben uns nie gesehen, und in London sind Sie, um sich den Tower anzusehen. Und wenn ich auch nur irgendwo den Hauch eines Gerüchtes vernehme oder Sie irgendwo eine falsche Taste drücken, dann ziehe ich Sie höchstpersönlich aus dem Verkehr und sperre Sie in besagten Tower. *In Ketten*. Das schließt Recherchen zu Patrick MacKenzies Tod mit ein. Whitewolf ist für Sie ab sofort tabu. Finger weg von ihm. Er frisst Sie sonst mit Haut und Haaren. Haben wir uns verstanden?«

Rabea war selten beeindruckt. Doch jetzt war sie es. Er meinte es ernst. »Okay«, lenkte sie ein. »Sie haben gewonnen.«

»Dann sind wir uns also einig. Und jetzt will ich Maliks Papiere haben. Wo sind sie?«

Rabea holte tief Luft. Zwei Jahre ihres Lebens hatte sie für die Akte geopfert, und Patrick MacKenzie hatte dafür sein Leben verloren. War es das alles wert?

»Wir haben einen Deal, Rotfuchs«, fasste Director Clayton hart nach.

Rabea gab sich einen Ruck. »Ich habe die Unterlagen, das

heißt den eingeschweißten Microchip, im Katzenklo versteckt. Es steht in Tanger in der Wohnung meiner Nachbarin.«

Director Claytons buschige Augenbrauen fuhren steil nach oben. »Im … was?« Er starrte sie verständnislos an.

»Das ist ein Kasten, den man hinstellt, damit die Katze hineinkackt«, half ihm Rabea auf die Sprünge.

»Das ist mir klar.« Seine Frau hatte selbst eine Katze. *Das verdammte Vieh schlief sogar in ihrem Bett!* »Na, Sie sind mir ja ein Herzchen. Lassen Ihre Katze auf Ihren wichtigsten Beweis scheißen.« Aber er hatte in seinem Agentenleben schon zu viel erlebt, um sich noch groß über irgendetwas zu wundern. »Gut, ich lasse dieses Katzenklo gleich sicherstellen.« Er griff zum Telefon und hoffte, dass Mullers Leute ihm nicht zuvorgekommen waren und das Katzenklo ausgekippt hatten. Wenn ja, wusste er zumindest, dass Muller in der Sache mit drinhing. Erwähnt hatte er nichts. Dann wäre er fällig, dachte er grimmig.

»Director Clayton, ich hätte da noch einen Vorschlag.« Rabea hatte ihm die Hand auf den Arm gelegt.

»Was denn, Rotfuchs?«

»Meine Nachbarin würde sich sicher wundern, wenn Sie nur das Katzenklo abholen und die Katze nicht mitnehmen. Schlauer wäre es, Sie würden mit dem Katzenklo auch die Katze ausfliegen.«

Claytons Kopf, bereits ganz auf sein Smartphone konzentriert, ruckte hoch. Er blinzelte Rabea entgeistert an. »Was? Wie bitte?« *Hatte er sich da gerade verhört?*

Rabea blinzelte unschuldig zurück.

»Wie bitte?«, wiederholte Clayton, diesmal lauter. Nein, er hatte sich nicht verhört. Seine Augen verengten sich, sodass seine Augenbrauen sich über der Nasenwurzel trafen. »Ich soll also meine Agents bitten, Ihre Katze aus Nordafrika zu überführen?« Eine Sekunde verging, dann noch eine. Plötzlich lachte Clayton laut auf. »Ach, was soll es, ist mal was anderes. Wir evakuieren eine Katze samt Klo, haha, köstlich.« Er telefonierte und gab seine Anweisungen durch.

»Ich habe geliefert, jetzt sind Sie dran«, sagte Rabea, sobald er aufgelegt hatte. »Quid pro quo.«

»Stimmt. Whitewolfs Manipulationen, die zweite. Seit 9/11 sind eine Menge Verschwörungstheorien aufgekommen. Eine davon verdächtigt die CIA, an dem Terroranschlag auf das World Trade Center beteiligt gewesen zu sein. Ich bin einem Hinweis nachgegangen und habe eine mögliche Verbindung von einem der Attentäter zu Whitewolf entdeckt. Die Vita des Mannes war von Anfang bis Ende konstruiert. Man hatte eine Legende um ihn aufgebaut. Und diese Legende trug eindeutig die Handschrift der CIA.«

»Mohawk?«, fragte Rabea leise nach.

»Mohawk.«

»Aber das ist noch kein Beweis für eine Verbindung zu Whitewolf«, wandte Rabea ein.

»Nein. Aber es gab eine aufschlussreiche Aufnahme des Mannes, auf der genau jene Art von Narben erkennbar sind, die charakteristisch sind für die Rituale, von denen wir wissen, dass sie mit Whitewolf wieder auflebten. Sie zeigt ihn beim Sonnentanz.«

»Dann haben Sie ja einen Beweis!« Rabea war elektrisiert.

»Falsch, ich sagte, *es gab* … Ich hatte den Beweis.«

»Was soll das heißen?«

»Das soll heißen, dass die Fotos, die ich auf meinen Rechner gezogen hatte, am nächsten Morgen verschwunden waren. Jemand hat die Daten gelöscht. Auch das Archiv war über Nacht vernichtet worden.«

»Verdammt! Jemand von Ihren eigenen Leuten?«

»Vermutlich.« Clayton hatte seinen eigenen Stellvertreter, Muller, im Verdacht, aber das ging den Rotfuchs nichts an.

»Werden Sie Whitewolf das Handwerk legen? Ihn daran hindern, für die Präsidentschaft zu kandidieren?«

»Nein. Politiker vermehren sich wie die Schmeißfliegen. Ist einer weg, schlüpft schon der Nächste aus der Brut.«

»Aber Sie können doch unmöglich wollen, dass dieser Mann Ihr nächster Präsident wird?«, ereiferte sich Rabea.

»Mir ist ein Schurke, den ich kenne, lieber als ein Schurke, den ich nicht kenne. Politik ist manchmal die Entscheidung für das kleinere Übel, Rotfuchs.«

»Sie sehen Whitewolf als das kleinere Übel an?« Davon wurde Rabea übel. Clayton büßte rapide an Sympathiepunkten bei ihr ein.

»Ja und nein. Ich habe bereits eine Reihe von Maßnahmen eingeleitet. Eine davon sieht vor, dass Ihre elitären *Sieben* aufgrund anonym zugespielter Dateien dieser Tage Besuch von der Steuerbehörde ihres jeweiligen Landes erhalten. Es ist wie damals bei Al Capone. Er kam mit Mord und Totschlag davon, die Staatsanwaltschaft konnte ihm nichts nachweisen. Erst die Finanzbehörden haben ihn drangekriegt. Bei seinen Steuern kennt kein Land Gnade. Das dürfte diese Herren auf Jahre hinaus beschäftigen. Bei Whitewolf sind wir leider nicht fündig geworden. Zu meinem Verdruss zahlt er pünktlich seine Steuern. Aber seine Börsensuppe werde ich ihm gründlich versalzen. Darum bin ich hier. Ich werde ihm gleich einen Freundschaftsbesuch abstatten. Ich hoffe, er hat einen Plan B für seine Rede heute.«

»Sie wissen von einem geplanten Börsencrash?«, reagierte Rabea verblüfft. Die Karte hatte sie sich eigentlich für das Finale mit Clayton aufgespart.

»So schlau wie Sie bin ich allemal, Rotfuchs.« Clayton zwinkerte ihr zu. »Allerdings muss ich gestehen, dass mir ein glücklicher Zufall zu Hilfe kam. Der vermisste Private First Class William Hunter hat sich der DIA gestern gestellt. Er hatte sich versteckt, nachdem die anderen Mitglieder seines Suchtrupps systematisch liquidiert worden waren. Linda Farraday hatte ihm ihre Recherchen zu *den Sieben* anvertraut, nachdem er sie gewarnt hatte – in dem Glauben, Sie vor sich zu haben!«

»Dennoch ist sie tot«, sagte Rabea finster.

»Ja, leider. Die Sorge um ihr Kind wurde ihr zum Verhängnis. Um es zu holen, fuhr sie nochmals zu ihrem Haus, wo die Täter sie bereits erwarteten. Ihr Babysitter wurde ebenfalls ermordet.«

»Was ist mit dem zweiten Mann, Uriah Lightfood? Haben Sie ihn?«

»Noch nicht, und selbst wenn, er würde nicht reden.«

»Sie sagten vorhin, Whitewolf sei politisch das kleinere *Übel*. Dennoch jagen Sie ihn. Warum?«

»Weil ich noch eine persönliche Rechnung mit dem Senator offen habe.«

Rabea sah ihn gespannt an.

»Ein Freund von mir verunglückte am 16. Juli 1999. Aber ich bin sicher, es war kein Unglück. Es war Mord. Mein Freund war einflussreichen Leuten auf der politischen Bühne im Weg.«

»Sie meinen … *die Sieben*? Warten Sie …!« Etwas am Datum hatte sie stutzig gemacht. »Sie sprechen doch nicht etwa vom Flugzeugabsturz von John Kennedy jr.?«

Clayton lächelte bitter. »Ja, zusammen mit seiner Frau Caroline und deren Schwester Lauren. Wunderbare Mädchen. Sie waren auf dem Weg zur Hochzeit von Johns Cousine Rory auf Martha's Vineyard. Das Datum stand lange fest. Die Attentäter hatten genug Zeit, einen Sprengsatz an Johns Flugzeug anzubringen. Ich wusste es, die amerikanische Luftfahrtbehörde wusste es, und Präsident Clinton hat es auch gewusst. Das Wrack wurde ziemlich schnell gefunden, aber trotzdem verging ein Tag, bis man die Angehörigen informiert hat. Clinton rechtfertigte das später damit, dass er den Angehörigen nicht die Hoffnung hatte rauben wollen. In Wahrheit wurden währenddessen die Spuren des Attentats beseitigt. Ein weiterer Kennedy war ermordet worden! Doch diese Wahrheit sollte die Öffentlichkeit nicht erfahren. Stattdessen hat man das Unglück mit einem Pilotenfehler begründet. Alles Lügen!« Clayton atmete schwer. Allein darüber zu sprechen, riss alte Wunden auf.

»Ich habe irgendwo nachgelesen, dass John jr. seiner Mutter hatte versprechen müssen, nie in die Politik zu gehen.«

»Aus gutem Grund! Jackie fürchtete um sein Leben. Berühmt wurde 1968 ihr Ausspruch *Sie bringen alle Kennedys um,* nachdem man ihren Schwager Bobbie Kennedy ebenfalls ermordet hatte. Darum hatte sie Onassis geheiratet und war mit ihren Kindern auf eine griechische Insel geflohen. Onassis bedeutete für Jackie Schutz. Kurz nach ihrem Tod, 1994, hatte John jr. dann sein politisches Magazin *George* gegründet.«

»Und warum glauben Sie, dass er ermordet worden ist?«

»Weil er zu viel wusste. Jackie hat ihre Memoiren verfasst und verfügt, dass sie erst fünfzig Jahre nach ihrem Tod veröffentlicht werden sollten – wenn alle im Buch erwähnten Personen nicht mehr am Leben sein würden. Seine Mörder fürchteten wohl, dass John die Memoiren als politisches Mittel einsetzen und sie früher veröffentlichen würde. John hatte schon immer politische Ambitionen, und er wollte in die Fußstapfen seines Vaters treten. Aber es gab und gibt genug politische Kräfte in diesem Land, die keinen zweiten Kennedy als Präsidenten haben wollten. Vor allem wollten sie nicht, dass die Wahrheit über die Ermordung seines Vaters, JFK, an die Öffentlichkeit gelangte.«

»Ich nehme an, mit *politischen Kräften* ist der militärisch-industrielle Komplex gemeint, den Eisenhower bereits in seiner Abschiedsrede von 1961 angeprangert hat? Dass sich Militär, Wirtschaft und politische Eliten verbündet haben und als verlängerter Arm der Rüstungsindustrie fungieren?«

»Kluges Kind. Ja, es gibt diesen Staat im Staat. Und *die Sieben* sind darin verstrickt. Whitewolf hat eben erst bewiesen, dass dieses Prinzip funktioniert. Wirtschaft, Militär und Geheimdienst haben sich verbündet, um an das Öl im Irak zu gelangen. Spätestens seit Vietnam sind Demokratie und Freiheit im Treibsand von Interessen, Lobbyismus und Profiteuren versunken. Das Militär ist daraus gestärkt hervorgegangen. Demokratie und Freiheit sind zu leeren Phrasen verkommen«, sagte Clayton in ätzendem Ton.

»Und was hat Whitewolf mit dem Tod von John jr. zu tun?«

»Whitewolf ist ein Teil dieser Eliten. Diese hatten Johns politisches Potenzial früh erkannt. Ein *Kennedy* wäre die einzige echte Bedrohung auf Bushs Weg zum nächsten Präsidenten gewesen; der Mythos Kennedy hätte alles überstrahlt. Bush junior hätte niemals neben einem Kennedy bestehen können.«

»Was macht Sie so sicher, dass Kennedys Sohn wirklich in die Politik gehen wollte?«

Ein Schatten verdunkelte Claytons Gesicht. »Weil John es mir selbst gesagt hatte. Ich war auf der Brown-Universität sein Mentor, so begann unsere Freundschaft. Die Pressekonferenz, auf der er es offiziell bekannt geben wollte, stand unmittelbar bevor. Darum war es so wichtig, John jr. vorher zu töten.«

»Hm«, machte Rabea, »das beweist nicht, dass Whitewolf daran beteiligt war.«

»Sie verteidigen ihn? Interessant. Hat der Senator seinen berüchtigten Charme bei Ihnen spielen lassen?«

»Ich versuche nur, objektiv zu bleiben«, konterte Rabea.

»Ha! Und sie zuckt dabei nicht mit der Wimper! Vielleicht sollte ich Sie zur DIA holen?«, feixte Clayton und wurde sofort wieder ernst. »Fakt ist, Bush jr. ist der Wunschkandidat der Republikaner gewesen, und als seinen Nachfolger bauten sie Whitewolf auf – bevor er sich als verkappter Demokrat outete. Die Eliten, die beide protegierten, wollten um jeden Preis einen neuen Kennedy verhindern. Darum musste John jr. genauso sterben wie sein Vater vor ihm und später sein Onkel Robert Kennedy. Bobby war ein hartnäckiger Kämpfer gegen das organisierte Verbrechen. Auch er wollte die Rechte der CIA beschneiden. Für den Mord an John jr. werde ich diese Schweine jagen, bis ich sie alle zur Strecke gebracht habe.« Director Clayton hatte sein Taschentuch gezückt und fuhr sich damit über Augen und Stirn.

»Sie glauben, dass die CIA Robert Kennedy hat töten lassen?« Rabea musste einfach nachfragen. Eine solche Gelegenheit für Informationen aus erster Hand würde sie nie wieder bekommen.

»Ja, und diesmal mit Unterstützung des FBI. Hoover hasste die beiden Kennedys wie die Pest, und er wollte keinen, wie er sagte, *verdammten zweiten Kennedy als Präsidenten, der ihm auf der Nase herumtanzt*. Sagen Sie, stimmt es, dass Sie an einem Buch über JFK schreiben? Es gibt zwar schon genug Verschwörungstheorien zu seinem Tod, aber auf Ihre Version bin ich ehrlich gespannt. Schicken Sie mir eine Kopie, wenn Sie so weit sind. So, da wären wir, Rotfuchs. Raus mit Ihnen. Kann ich mich darauf verlassen, dass Sie keine Dummheiten mehr anstellen?«

Rabea hatte es im Eifer des Gesprächs nicht mitbekommen, aber der Wagen hielt vor dem Halston Hotel. Sie öffnete die Tür. »Ich werde mir Mühe geben.«

Sie war schon fast ausgestiegen, als sie sich noch einmal zu ihm umdrehte: »Sie denken an …«

»Ja, ja«, unterbrach sie Clayton. »Ihre Katze …« Er verdrehte die Augen. »Ich lasse Ihnen das verdammte Vieh ins Hotel bringen. Ach, noch etwas. Ich habe Logan Crow vorhin von meinen Leuten abholen lassen. Ryan MacKenzie ist aber noch da. Ich überlasse es Ihnen, ihn über die jüngsten Entwicklungen in Kenntnis zu setzen.« Mit diesen Worten schloss er die Tür.

Rabea klopfte gegen die Scheibe. Er fuhr sie herunter. »Was haben Sie nun noch auf dem Herzen?«, fragte er beinahe gequält.

»Eine einzige Frage noch. Nur aus Neugierde: Könnte es sein, dass Sie eine Kopie der Memoiren von Jackie Kennedy besitzen?«

Claytons Miene war unergründlich, als er die Scheibe wortlos wieder hochfahren ließ. Er winkte ihr zum Abschied und gab dem Fahrer ein Zeichen. Rabea sah dem Wagen nach, bis er aus ihrem Blickfeld verschwunden war.

Sie mochte Clayton gut leiden. Er hatte sie Rotfuchs genannt, dabei war er der Fuchs! Das Gespräch mit ihm hatte ihr gutgetan. Es fühlte sich für sie an, als hätte der Director eine Last von ihren Schultern genommen. Mit beschwingtem Schritt betrat sie die Lobby. Wann hatte sie sich zuletzt so unbeschwert gefühlt? Es war derart lange her, dass sie sich nicht mehr daran erinnern konnte. Wenn, dann musste das vor neun Jahren gewesen sein, in Malcesine am Gardasee. Ihrem ersten und einzigen Urlaub mit Lukas. *Lukas* ... Auch wenn der Gedanke an ihn nach wie vor schmerzte, so setzte er ihr nicht mehr so zu wie noch am gestrigen Tag. Es war richtig von ihr gewesen, ihn gehen zu lassen, ihre Liebe loszulassen. Ja, es fühlte sich gut an, das Richtige zu tun.

Als es zwei Tage später an der Tür zur Suite klopfte, drückte der davorstehende Page Ryan eine Transportbox in den Arm. »Eine Lieferung für Miss Kennedy, Sir.« Der Page streckte ihm die Box entgegen. Ryan starrte verdutzt darauf. Aus ihr klang ein klägliches Maunzen. *Eine Katze?*

»Das ist für mich!« Rabea war neben ihm aufgetaucht. Sie quittierte dem Pagen den Empfang, übernahm von ihm die Fracht und trug sie zum Tisch.

»Na, meine Süße, wie geht es dir?« Rabea hob die Katze aus ihrer Box. Das kleine Etwas zitterte und schmiegte sich sofort an ihre Brust. »Ist ja schon gut«, beruhigte sie das verschreckte Tier. Sie schmuste so lange mit der Katze, bis diese schließlich zufrieden auf ihrem Schoß schnurrte. Erst dann tastete sie vorsichtig nach dem Halsband. Der Chip war weg. Im Grunde hatte sie es nicht anders erwartet.

Ryan hatte ihr Treiben verständnislos verfolgt, hielt sich dennoch mit Fragen zurück. Der DIA-Agent hatte zwei harte Tage hinter sich. Die Erkenntnis, von seinem Partner und Freund

Logan jahrelang belogen und in seinem Vertrauen missbraucht worden zu sein, hatte ihn erschüttert.

»Lies mir doch bitte den Brief vor«, bat Rabea ihn.

»Welchen Brief?«

»Er liegt noch in der Box.«

Ryan zog ihn heraus, öffnete den Umschlag und las laut vor:

»Danke für den Chip, Rotfuchs! Ich denke, die Katze braucht ihn nicht mehr. Zwei Verstecke? Sehr schlau. C.«

Rabea lächelte leise in sich hinein. Weil es noch ein drittes Versteck gab …

Vor fünf Tagen hatte sie aus Tanger ein kleines Päckchen an ihre frühere Redaktionssekretärin in Berlin gesandt. Ohne Absender, denn schließlich galt sie offiziell immer noch als tot. Die gute Frau sammelte mit Leidenschaft kleine Enten aller Art. In der Redaktion hatte es sich eingebürgert, dass die Kollegen ihr aus allen Teilen der Welt neue Exemplare zukommen ließen. Entlang der Kante ihres Schreibtischs stand ihre Entenphalanx wie die Chinesische Mauer.

Und nur Rabea wusste, welche der kleinen Enten eine ganz besondere Ente war.

Kapitel 40

Nürnberg, Deutschland

Lukas' Handy klingelte. Der Unterricht war gerade zu Ende, und er befand sich auf dem Weg zu seinem Wagen auf dem Schulparkplatz. Er erkannte die Nummer auf Anhieb: *Rabea*.

Seit London hatte er nicht mehr mit ihr gesprochen. Inzwischen waren fast drei Wochen vergangen.

Rabea war zwar nach Nürnberg gekommen, um ihren Großvater und Lucie zu sehen, aber er war einen Tag nach ihrer Ankunft mit Magali nach Südtirol aufgebrochen.

Er und seine Frau hatten ein paar Tage nur für sich allein gebraucht, um ihre Beziehung zueinander zu klären. Vor allem wollten sie ergründen, wie es mit ihrer Ehe weitergehen sollte. Es war einfach zu viel auf einmal passiert, Täuschungen und falsche Anschuldigungen hatten bei ihnen beiden tiefe Wunden hinterlassen. Auch hatten ihn Rabeas Rückkehr und seine beschämende Reaktion auf sie zutiefst verunsichert. Er war in London über sie hergefallen wie ein wildes Tier! Er hätte mehr von sich selbst erwartet, schämte sich, weil er völlig die Kontrolle verloren hatte. Aber so war es immer schon zwischen ihnen beiden gewesen. Offenbar war es ihr Schicksal, gegenseitig sowohl die höchsten Gefühle wie die niedersten Instinkte hervorzurufen. Sosehr er sich auch mühte, seine Empfindungen spielten mit ihm, schickten ihn durch alle Täler zwischen Selbstzweifel, Enttäuschung und Hoffnung. Letztere erwies sich als hartnäckige Flamme, die sich weigerte, endgültig zu erlöschen. Er war sogar in der Kirche gewesen und hatte gebeichtet, doch selbst die Absolution und die folgende Buße änderten nichts an seinem schlechten Gewissen gegenüber Magali. Sie war vor Gott seine Frau, und viel hatte nicht gefehlt, und er hätte sie in London betrogen.

In seinen rationalen Momenten gab er jedoch Rabea recht: Sie beide mussten einen Weg in die Freundschaft finden. Er hatte einen Sohn und war in erster Linie seiner Familie verpflichtet.

Matti hingegen hatte die Entführung ohne das geringste Anzeichen eines Traumas überstanden. Ein Kinderpsychologe hatte mit Matti gesprochen und war zu dem Schluss gekommen, dass für ihn die mit der Entführung verbundenen Ereignisse ein einziges großes Abenteuer gewesen waren. Tagelang hatte Matti seinen Schulkameraden von seiner Begegnung mit Spiderman und dem Torero vorgeschwärmt. Sie hatten ihm nicht geglaubt, aber das hatte Matti nicht gestört. *Er wusste*, dass es stimmte, hatte er zu seinem Vater gesagt, sollten die anderen denken, was sie wollten.

Vielleicht sollte er sich ein wenig von der Leichtigkeit zu eigen machen, mit der sein Sohn durchs Leben ging, dachte Lukas, als er über die Fehler grübelte, die er begangen hatte. Dann fiel ihm ein, was Rabea in London zu ihm gesagt hatte: *»Du kaust eine Angelegenheit so lange breit, Lukas, bis sie zum Problem wird, über das du dich dann aufregen kannst.«* Vermutlich hatte Rabea auch damit recht. Er war so, er verkomplizierte lieber die Dinge, als dass er nach Lösungen suchte, meist, weil er niemanden verletzen oder benachteiligen wollte. Und blieb dabei selbst auf der Strecke.

An diesem Punkt seiner Überlegungen angelangt, auch um Abstand zu den vergangenen Ereignissen zu gewinnen, vielleicht auch, weil er einer neuerlichen Begegnung mit Rabea ausweichen wollte, hatte er Magali vorgeschlagen, gemeinsam für einige Tage wegzufahren – ohne Matti.

Sie hatte zugestimmt, und Matti und seine kleine Menagerie (ihr Haushalt war auf drei Hunde angewachsen, denn der kleine Golden Retriever hatte, natürlich, Einzug gehalten) zogen für einige Tage bei den entzückten Großeltern ein und waren somit bestens versorgt. Seine Schwester Lucie war inzwischen wieder zu ihren Ausgrabungsarbeiten in die Türkei zurückgekehrt. Erst gestern hatte sie angerufen. Angeblich war sie jetzt dem Grab Alexanders des Großen auf der Spur. Verrücktes Huhn.

Womit Lukas jedoch nicht gerechnet hatte, war, dass Magali, kaum, dass sie im Hotelzimmer angekommen waren, ihre Kleider abgeworfen und den Kurzurlaub mit leidenschaftlichem Sex eingeleitet hatte. Und danach hatten sie gestritten. Heftig. Und danach hatten sie Versöhnungssex. Und wieder gestritten. Und … genau.

Am Ende der vier Tage, in denen sie kaum aus dem Bett gekommen waren, hatte Magali ihn liebevoll geküsst und zu ihm gesagt: »Ich hoffe, ich habe dir den Priester nun endgültig ausgetrieben, Lukas.« Sie hatte dabei neben ihm im Bett gelegen, nackt und bezaubernd, und absolut anbetungswürdig ausgesehen.

Genau da hatte sein Herz einen jähen Satz gemacht. Der schützende Panzer, den er sich vor Jahren selbst zugelegt hatte, war zersprungen. Mit leisem Staunen hatte er erkannt, dass er sich tatsächlich in seine eigene Frau verliebt hatte! Und das bereits lange vor der Entführung. Seit Weihnachten hatten sie sich langsam, aber stetig aufeinander zubewegt. Das Schicksal hatte ihm längst eine zweite Chance gewährt, und er war die ganze Zeit über zu verblendet gewesen, um es zu erkennen. Lieber war er weiter einem vergangenen, unerfüllten Traum nachgejagt. Dabei hatte ihm Magali genau das geschenkt, wonach er sich nach Rabeas vermeintlichem Tod gesehnt hatte: ein friedvolles Zuhause voller Licht und Wärme, in dem er seinen Sohn großziehen konnte und in das er jeden Tag gerne heimkehrte. Das stille Glück. Er hatte es bekommen. Ob aus seiner Verliebtheit Liebe werden würde, das würde die Zeit bringen. Er war jedenfalls fest entschlossen, seine Chance mit Magali zu nutzen.

Die Erinnerung an Magalis entzückenden Anblick im Hotelbett, schamlos und frei, entlockte ihm ein Lächeln. Er nahm das Gespräch an. »Hallo, Rabea!«, meldete er sich.

»Hey, du klingst glücklich! So froh, von mir zu hören?«, zog sie ihn auf.

»Jederzeit. Wo bist du?«

»In Washington.« Was Lukas nicht sah, war, dass sich Rabea, wie Magali gerade noch in seinen Gedanken, ebenso nackt und bezaubernd im Bett rekelte, während Ryan ausgiebig an ihrem Hals knabberte.

»Ich habe eine gute und eine schlechte Nachricht für dich«, sagte sie. »Wie ich dich kenne, willst du zuerst die schlechte hören?«

»Schieß los.« Lukas spannte unwillkürlich die Muskeln an.

»Matti wird für einige Zeit auf seinen Patenonkel verzichten müssen.«

»Was soll das heißen? Was ist mit Jules?«

»Er muss für eine Weile untertauchen und einige Dinge klären.«

Lukas hatte sofort begriffen. »Ich nehme an, das hat mit seiner früheren Tätigkeit zu tun?«

»Ja, er hat Ärger mit einem Yussuf. Mehr wollte er mir nicht verraten. Er sagte, es könnte durchaus einige Monate dauern, bis er sich wieder meldet. Wir sollen uns aber keine Sorgen um ihn machen.«

»Unser Freund hat mal wieder leicht reden. Machst du dir denn Sorgen um ihn, Rabea?«

»Ich bin unschlüssig, aber eigentlich ist Jules unverwüstlich, oder? Der zieht sich aus jeder Tinte raus. Vermutlich sollte sich eher dieser Yussuf Gedanken machen«, sagte sie mit Überzeugung. »Aber jetzt zur guten Nachricht, Lukas. Das heißt, es handelt sich hier weniger um eine Nachricht als um ein Geschenk.«

»Geschenk? Oje, ich hoffe doch nicht, dass du mir wieder

eines von deinen explosiven Päckchen zusenden wirst?« Lukas war zu Recht misstrauisch.

»Na ja, wie man's nimmt. Es kommt darauf an, wem du es zeigst oder was du damit machst.«

»Rabea … bitte …« Lukas fühlte, wie sich seine Eingeweide verknoteten.

»Calma, halb so wild. Es ist ein Brief, den ich übersetzt habe. Mein Großvater hat mir geholfen und mir eben erst den Rest geschickt. Bisher hatte ich immer nur die halbe Übersetzung. Pater Simone hatte damals in Rom die erste Hälfte angefertigt.«

Lukas versteifte sich unwillkürlich. »Wovon sprichst du?«

»Vom Evangelium des Jeshua, oder besser, dem Evangelium der Liebe.«

»Was, du hast es?«, schrie Lukas. Zwei seiner Kollegen, die eben den Parkplatz betraten, sahen sich befremdet nach ihm um. Lukas winkte ihnen zu. Alles in Ordnung. Hastig öffnete er seinen Wagen und setzte sich hinein. »Bist du verrückt? Wie kommst du dazu?«

»Halt den Rand, du Schmock. Es ist nur eine Kopie. Ich habe die Dokumente Bentivoglios ganz sicher nicht stibitzt. Aber ich habe damals in der Wohnung von Pater Simones Bruder alles mit meinem Handy fotografiert und auf meinen Laptop geladen. Leider wurde mein Laptop, wie der Rest auch, aus der Wohnung gestohlen. Aber mir war damals das Handy aus der Tasche gerutscht. Jules hat es gefunden, als er dort nach uns gesucht hat. Ein Glück, sonst hätte es mir dieser verrückte Killer Gabriel in van Kampens Katakomben abgenommen. Jules hat mir bisher verschwiegen, dass er es gefunden hatte. Bisher bin ich davon ausgegangen, es sei ebenfalls gestohlen worden. Du kannst dir vorstellen, wie ich mich gefreut habe, als er es mir kürzlich bei meinem Besuch in Nürnberg zurückgegeben hat. Und es war noch alles auf dem Chip drauf! Die Schriftrolle und das gesamte Tagebuch Bentivoglios! Der Originaltext des Evangeliums ist arg verschwurbelt. Du hättest das Gesicht von meinem Großvater sehen sollen, als ich seine Eins-zu-Eins-Übersetzung gelesen habe und monierte, dass kein Normalsterblicher mit diesem Text etwas anfangen, geschweige denn ihn verstehen könne. Was fällt mir auch ein, den Schreibstil Jesu zu kritisieren? Darum habe ich den Text in ein etwas verdaulicheres Deutsch gebracht, Lukas. Aber ich schicke dir natürlich beide Versionen. Meine und die meines Großvaters. Er ist sehr stolz darauf. Du sollst ja auch deinen Spaß haben. Und die Zehn Gebote habe ich auch gleich noch angepasst. Moses ist nicht mehr ganz zeitgemäß, fürchte ich. Hänge ich dir auch dran. Bist du bereit, Lukas? Dann sende ich dir in dieser Minute mein Geschenk auf dein Handy: *Das Evangelium der Liebe.* Viel Spaß beim Lesen, Lukas. Arrivederci!«

Rabea legte auf und drehte sich lächelnd um.

Ryan wollte jetzt auch endlich sein Geschenk haben …

Sie war sehr froh, dass sie seiner Einladung nach Washington gefolgt war. Lucie hatte sie dazu überredet. Und recht behalten. Ryan war wirklich die beste Lukas-Ablenkung, die sie sich vorstellen konnte. Sie war auf einem guten Weg. Vor allem aber lagen knapp 7000 Kilometer zwischen Lukas und ihr …

Das Evangelium der Liebe

(Rabeas Version)

An meine geliebte Mutter Maria, meine geliebte Frau Maria, meine geliebten Kinder Josef und Rachel

Meine Mission in dieser irdischen Welt ist fast vollendet, und mein himmlischer Vater wird mich bald zu sich rufen. Darum schreibe ich euch diese Zeilen. Sie sind mein Vermächtnis an euch und an die Welt.
Weint nicht um mich, meine Lieben, denn ich habe durch euch die Erfüllung durch die Liebe erfahren.
Grämt euch nicht über das, was noch kommen wird, denn ich werde Lügen, Verrat und Leid auf meinem letzten Weg finden. Doch ich werde ihn mit Liebe gehen, denn in der Liebe liegt die Erlösung der Welt. In der Liebe liegen das Verzeihen und die Verheißung auf Frieden auf Erden.
Verzeiht darum jenen, die mich quälen mögen. Verzeiht jenen, die das Wort Gottes nicht verstehen wollen. Verzeiht jenen, die mich verraten und verleugnen. Verzeiht jenen, die mich töten werden. Denn sie wissen nicht, was sie tun. Lehrt es sie, wie ich versucht habe, es euch zu lehren. Das ist mein Vermächtnis. Lehrt sie die Liebe, denn in der Liebe liegt der Frieden. Ein Mensch, der liebt, tötet nicht. Ein Mensch, der liebt, achtet das Leben. Ein Mensch, der liebt, will Frieden für die, die er liebt. Ein Mensch, der liebt, lehrt andere die Liebe. Die Liebe kommt von Gott. Er allein schickt sie uns, sie ist sein Geschenk an die Menschen.
Keine Liebe ist stärker als die einer Mutter zu ihrem Kind. Mein Vater hat der Frau die Fähigkeit, neues Leben zu gebären, geschenkt. Sie

empfängt das Kind mit dem Samen des Mannes, es wächst in ihr heran, so wie die Liebe zu ihm immer weiterwächst und nie endet. Sie gebiert es unter Schmerzen, und die Liebe zu ihm wächst weiter. Keine Liebe ist größer als die Liebe einer Mutter zu ihrem Kind. Die Frau trägt das Leben in sich. Die Frau trägt die Liebe in sich. Liebste Mutter Maria, liebste Maria, meine Frau, dies ist mein Vermächtnis, dies ist mein Auftrag:
Mein himmlischer Vater hat euch erwählt, der Welt die Liebe zu verkünden. Darum muss ich gehen. Denn ich bin die Erlösung, aber ihr seid die Liebe. Ohne Liebe kann es keine Erlösung geben. Ihr seid auserwählt, meine Jünger anzuführen. Sie alle kennen mein Vermächtnis. Jeder Einzelne hat es von mir als Schrift erhalten. Meine beiden geliebten Marias, verkündet der Welt mein Vermächtnis der Liebe. Denn die Welt kann nur mit Liebe erlöst werden. Erstickt den Krieg mit Liebe, schmelzt die Waffen mit Liebe, überwindet die Grenzen dieser Welt mit Liebe, überzeugt die Könige und Anführer mit Liebe. Schafft Frieden durch eure Liebe. Nur die Liebe kann die Menschheit erlösen.
Gott will es. Euer Vater will es. Denn er liebt euch alle, jeden einzelnen Menschen auf Erden, jedes Lebewesen, jeden Strauch und jeden Baum. Denn Er hat alles geschaffen. Lohnt es Ihm mit der gleichen Liebe, und der Frieden wird mit euch sein. Nur die Liebe kann die Menschheit erlösen. Ich gehe in Liebe. Für immer. J.

Erschüttert starrte Lukas auf sein Handy. Sein Herz hämmerte schmerzhaft in seiner Brust. Auf dem Display erschien nun eine weitere Meldung: »Sie haben eine neue Nachricht.« Er klickte darauf und wollte das Evangelium in der Übersetzung durch Rabbi Rosenthal lesen, als sein Telefon erneut klingelte. Diesmal war es Magali.

»Hallo, Liebes«, meldete er sich.

»Lukas?« Die Stimme seiner Frau klang zaghaft, irgendwie verängstigt.

»Was ist passiert? Geht es dir und dem Baby gut?« Seit Magali ihm noch in Südtirol von ihrer Schwangerschaft erzählt hatte, durchlebte Lukas alle Höhen und Tiefen des werdenden Vaters.

»Nein, keine Sorge, alles bestens. Aber ich habe eben ein Einschreiben von einem Notariat aus der Schweiz erhalten.«

»Ja, und? Was war in dem Umschlag?«

»Nur ein Zettel mit dem Namen einer Züricher Bank und ein Schließfachschlüssel.«

»Nicht schon wieder ein Schließfachschlüssel«, stöhnte Lukas auf. Die schienen geradezu ein Patent auf ihn zu haben.

»Da stand noch etwas auf dem Zettel.« Magali flüsterte die Worte, als bereitete es ihr Schwierigkeiten, sie laut aussprechen.

Bei Lukas stellten sich nun endgültig alle Nackenhaare auf. »Was steht da?« Er hörte, wie am anderen Ende Papier raschelte, und Magali las ihm vor: *»Ich überlasse dir den Schlüssel zur Büchse der Pandora, Lucia. Denn du bist das Licht, in der die Kirche verbrennen wird. Führe unseren Kampf fort!«* Seine Frau verstummte, aber Lukas konnte sie am anderen Ende atmen hören.

Er wusste, wer mit Lucia gemeint war. Es war der richtige Name seiner Frau. Zu Magali war sie erst in der Schweiz geworden.

»Die Zeilen stammen von Mutter. Ich erkenne ihre Schrift. Vermutlich befindet sich in dem Bankschließfach Mutters Manuskript, das ich bisher nicht in ihrem Nachlass gefunden habe, und die Kirchendokumente, die sie für ihren Rachefeldzug gesammelt hat. Was soll ich tun, Lukas?«

Lukas musste nicht lange überlegen. »Ganz einfach. Wir werfen den Schlüssel in den Feuerschlund des Schicksalsbergs.«

Magali stieß ein leises Lachen aus. Auch sie kannte die *Herr-der-Ringe*-Trilogie. Niemand aus Lucies Umfeld entkam ihrer fantastischen Bibel. »Wie Frodo Saurons Ring?«

»Wie Frodo Saurons Ring.« Lukas startete den Wagen. »Ich bin in zwanzig Minuten zu Hause, Magali. Alles wird gut.«

Auf der anderen Straßenseite startete ebenfalls ein Fahrzeug seinen Motor. Es folgte Lukas' Passat.

Fortsetzung folgt …

Epilog

ROM: Der Privatsekretär Seiner Heiligkeit betrat das geheime Papstarchiv. Im gesamten Vatikan gab es keinen friedvolleren Ort als diesen. Die ruhige Atmosphäre des Raumes umfing ihn sofort. Auch der Heilige Vater wusste diese zu schätzen. Er besuchte diesen Ort, so oft es ihm möglich war, und schöpfte Kraft aus seiner Präsenz.

Zwölf halbhohe Marmorsäulen wuchsen vor ihm in der Mitte des Raums kreisförmig aus dem Boden. Wie stumme Wächter umrahmten sie eine dreizehnte Säule in ihrer Mitte. Jede der dreizehn war durch einen quadratischen Glaskasten gekrönt. In den einzelnen Marmorsäulen verbarg sich hochsensible Computertechnik, um das Klima im Inneren der Glaskästen zu regulieren. Die darin aufbewahrten Schriftrollen aus Pergament wurden bei konstanter Temperatur und Luftfeuchtigkeit konserviert.

In sieben der Behälter ruhten beinahe gleichlautende Briefe an die Apostel Jesus: Es waren jene an Simon Petrus, Andreas, Philippus, Matthäus, an die beiden Jakobusse und Simon Zelotes.

Fünf der ursprünglich zwölf fehlten: Die Apostelbriefe des Johannes und Bartholomäus waren verbrannt, dies ging aus einer Schrift des Simon Petrus hervor. Da sich Judas Iskariot nach dem Verrat an Jesus aus Scham selbst getötet hatte, ging man davon aus, dass er seinen Brief vorher vernichtet haben musste.

Das Schicksal der Apostelbriefe des Thomas und Thaddäus

war unbekannt, doch die Suche nach ihnen lief auf der ganzen Welt weiter. Die Apostelbriefe waren von unvorstellbarem Wert und ihr Inhalt für die Staatskirche hochbrisant.

Dieser geheimste Raum des gesamten Vatikanstaats beherbergte acht der dreizehn bekannten Handschriften, die sein Herr, Jesus Christus, der Nachwelt hinterlassen hatte.

Seit fast zwei Jahren vergewisserte sich der Sekretär jeden Tag, dass sich der besondere Inhalt aus dem Schließfach des ermordeten Jesuitengenerals Ignazio Bentivoglio an Ort und Stelle befand.

Er näherte sich nun dem Objekt seiner Begierde.

Wie jeden Tag kam er hierher, um das Original des Evangeliums seines Herrn, Jesus Christus, zu bewundern, das seit knapp zwei Jahren in der mittigen Säule in seinem klimatisierten Glasbehälter ruhte, konserviert bis in alle Ewigkeit.

Nachbemerkung

Stirbt ein Papst, werden sein Arbeitszimmer und seine privaten Räume durch den Camerlengo versiegelt und ein mögliches Testament dem Testamentsvollstrecker übergeben. Die Räume werden erst wieder geöffnet, wenn der neu gewählte Papst sie betritt.

Der neue Papst findet auf dem Schreibtisch einen von seinem Vorgänger versiegelten Umschlag vor. Er ist nur für seine Augen bestimmt. Der Inhalt verleitet natürlich zu allen möglichen Spekulationen. Was enthält er neben den besten Wünschen und Ratschlägen für seinen Amtsnachfolger? Geheime Kircheninterna, die die Gemeinschaft der katholischen Gläubigen nicht erfahren darf? Das Vatikanische Geheimarchiv beflügelt zusätzlich unsere Fantasien.

Die angeblich letzten überlieferten Worte Jesu lauten: »*Vater, vergib ihnen, denn sie wissen nicht, was sie tun.*« (Lk 23, 34)

Doch die katholische Kirche weiß genau, was sie tut: Sie bewahrt sich ihre tief wurzelnden Traditionen und ihren Konservatismus. Sie ist eine Konstante in der heutigen schnelllebigen Zeit, weil sie davon überzeugt ist, zu wissen, was für ihre Gläubigen am besten ist. So sind alle monotheistischen Weltreligionen aufgebaut, und so funktionieren sie auch – bis heute.

Die katholischen Gläubigen, die sich einen Wandel wünschen, wie die Zulassung weiblicher Priester, die Priesterehe oder die Zustimmung zur Verhütung, werden sich weiter in Geduld üben müssen.

Warum? Weil die Kirche glaubt, dass sie nur, wenn sie an

ihren Traditionen festhält, auch weiterhin bestehen und in der heutigen Zeit überleben kann. Die Geschichte gibt ihr bis dato Recht. Geduldig trotzt die Kirche allen Stürmen der Zeit. Mit ihrer zwei Jahrtausende währenden Existenz ist die katholische Kirche die älteste etablierte Institution der Menschheit. Die Kirche kann nicht umkehren.

Doch auf Dauer kann sie sich dem Wandel nicht verschließen. Er nagt bereits an ihren Mauern.

Machen wir es wie die Kirche: Haben wir ein wenig Geduld und geben ihr Zeit. Alles wird gut.

In eigener Sache, auch bekannt als Danksagung

Dieses Buch ist eine fiktive Geschichte, die sich diverser Verschwörungstheorien bedient. Als Autorin mag ich Verschwörungstheorien, denn daraus forme ich meine Golems. In einer Geschichte verschwimmen die Grenzen zwischen Wahrheit, Fiktion und Fakten, und es bleibt dem Leser überlassen, wohin seine Fantasie ihn führt. Jedoch, die Geschichtsschreibung lehrt uns, dass gerade durch die Unfähigkeit des Menschen, sich das Unvorstellbare vorstellen zu können, das Böse leichtes Spiel hatte. Bleiben wir also wachsam, sehen wir hin, rechnen wir jederzeit mit dem Unvorstellbaren, denn ansonsten wird uns das Böse immer voraus sein …

Die Geschichte von Lukas, Lucie, Rabea und Jules geht weiter, das heißt, sie ist noch nicht zu Ende – weil ich wieder kein Ende beim Schreiben finden konnte. Darum erscheint sie in zwei Teilen. So viel kann ich aber schon verraten: Wir werden zusammen wieder mehr Zeit in Rom verbringen …

Was ich noch anmerken möchte, ist, dass alles, was Rabea und Whitewolf über das erstaunliche Volk der Mohawk sagen, wie über die Gründung des Völkerbunds und das lebensspendende Prinzip der Frau, der Wahrheit entspricht. Und vielleicht wird es eines Tages tatsächlich einen uramerikanischen Präsidenten geben. Ich wünsche es diesem wirklich großartigen Land, das ich während meiner Highschool-Zeit in Washington lieben gelernt habe. Und wie man jüngst sehen kann, ist es immer noch das Land der unbegrenzten Möglichkeiten, wenn Milliardäre …

Achtung! Es folgt eine Lobhudelei, die wieder meinen Mann als Ersten nennen muss, sonst lässt er sich doch noch von mir scheiden. Er meint sowieso schon, ich sei mit irgendeinem Seelenfischer verheiratet. Kürzlich hat er mir neue Visitenkarten geschenkt:

Hanni Seelenfischer
– Autorin der Münzer-Reihe –
ist:
Unbekannt verreist
Selten ansprechbar
Rufen Sie bloß nicht zwischen 00:00 und 23:59 Uhr an!!!

Scherzkeks! Da sehen Sie mal, wen ich versehentlich geheiratet habe. Trotzdem ist er das geduldigste Goldstück dieser Welt. Lieber Schatz, ich würde dich jederzeit wieder versehentlich und mit verbundenen Augen heiraten!

Dann muss ich mich natürlich bei meinen Kampfleserinnen und -lesern, den »Seelenfischer-Jüngern«, bedanken: Meiner Mami, Christine, Ro, Ludwig, Ramona, Geli, Tina, Eva, Schneeflöckchen, Juliane und Stephie. Vor allem die drei Letzteren haben mich unterstützt, ermuntert, kritisiert, gelobt, verflucht …

Und dann sind da natürlich Myriam und Heike. Myriam hat mir jeden Dialekt ausgetrieben und mich auf den Pfad der Duden-Präferenzen geführt. Der schreibt Phantasie jetzt lieber mit F, was das Wort, finde ich, irgendwie entzaubert. Meinem heimlichen Gott Tolkien würde das sicher auch nicht gefallen.

Und Heike? Oje. Sie ist ein Hardcore-Thriller-Fan, der sich versehentlich in die »Seelenfischer-Gewässer« verirrt hat und mir manches »Gnarrh« um die Ohren gehauen hat, wenn sich meine Helden mal wieder »verplaudertaschten«. Unvergesslich werden mir auch unsere »Katzenklo«-Diskussionen bleiben. Heike, du bist genial!

Und da ist auch meine wunderbare Agentin Lianne Kolf, auf deren Ermunterung und Unterstützung ich Tag und Nacht zählen kann. Keine Ahnung, wann diese Frau schläft.

Mein Dank gilt auch Patrizia di Stefano, deren unerschöpflicher Kreativität das wunderschöne Cover zu verdanken ist.

Unbedingt erwähnen muss ich auch meine Piper-Lektorinnen, Julia Eisele, Christine Neumann und Kerstin von Dobschütz, die alle zur Fertigstellung der »Seelenfischer-Tetralogie« beigetragen haben und sich jederzeit meinen Fragen stellten. Sämtliche Fehler oder Irrtümer in diesem Buch sind selbstverständlich der Autorin zuzuschreiben.

Und natürlich DANKE ich ganz besonders all meinen Lesern, die mich bisher durch die Tetralogie begleitet haben. Sie sind zauberhaft! Ich schreibe und brenne für Sie.

Ihre H. M. im März 2017

P. S. Sie vermissen *Rabeas zehn Gebote*?
Sie finden sie hier: www.hannimünzer.de

Hier können Sie meinen NEWSLETTER
abonnieren, werden zeitnah über neue Buchprojekte,
Gewinnspiele, Wohnzimmerlesepartys und
Lesereisen informiert und erhalten exklusive Leseproben
vorab:
www.hannimuenzer.com/newsletter/
Der direkte Kontakt zum Leser ist mir sehr wichtig.
Darum freue ich mich über Anregungen, Kritik und
Austausch jederzeit unter mail@hannimuenzer.de
Wer mehr über mich und meine Bücher erfahren möchte:
www.hannimünzer.de

Lesen Sie ab 2. Mai 2017 die Fortsetzung:

»Die Akte Rosenthal – Teil 2«
Band 3 der »Seelenfischer-Reihe«
Showdown!

Rom

Der Papst tritt überraschend zurück, seine Motive lässt er im Unklaren.

Sofort sprießen in Rom die wildesten Gerüchte. Spekulationen über Geschäfte der Vatikanbank, Erpressung und Missbrauch machen die Runde. Ein gefundenes Fressen für die Medien.

Der neue Papst sieht sich einer schier unlösbaren Aufgabe gegenüber. Er nimmt den Kampf auf, stößt auf das weltumspannende Komplott eines Wirtschaftssyndikats – und bringt sich damit selbst in Lebensgefahr.

Berlin

Eine Journalistin ist einer heißen Story auf der Spur und gerät in tödliche Gefahr.

Nürnberg

Lukas erhält völlig unerwartet ein Angebot aus dem Vatikan. Während er über seine Rückkehr nach Rom nachdenkt, treten gleich zwei interessante Männer in das Leben seiner Zwillingsschwester Lucie. Beide kämpfen um sie.

Bald muss sich Lucie fragen, ob einer von ihnen ein falsches Spiel mit ihr treibt.

Lukas' Frau Magali verstrickt sich durch das Erbe ihrer Mutter Carlotta in dunkle Machenschaften, aus denen es scheinbar kein Entkommen gibt. Und sie sorgt sich um ihre Ehe – sie weiß, Lukas hat seine Jugendliebe Rabea nie vergessen.

München

Jules Lafitte ist gezwungen, vor dem Terroristen Yussuf unterzutauchen. Quer durch Europa jagt er Beweisen nach, um sich endgültig von seiner Vergangenheit zu befreien.

Keiner der fünf ahnt, dass sie ins Visier eines gefährlichen Gegners geraten sind – denn alle Ereignisse sind miteinander verknüpft.

Und am Ende führen alle Wege nach **ROM.**

Kapitel 1

I-00120 Vatikanstadt

»Carlotta van Kampen ist tot.«

»Halleluja! Was für eine wunderbare Nachricht.« Kaum ausgesprochen, nahm das freudige Gesicht des Mannes einen salbungsvollen Ausdruck an, als hätte ein Regisseur ihm eine neue Rolle zugeteilt. Er bekreuzigte sich, faltete die Hände und sprach ein kurzes Gebet. Dann streifte er auch diese Rolle ab. Lauernd fragte er: »Wie?«

»Sie wurde vor ungefähr einer Stunde in Barcelona erschossen.«

»Erschossen?« Der Mann fuhr von seinem Schreibtisch hoch. »Herrgott noch mal, was für ein Aufsehen! So geht das nicht. Was fällt unseren Leuten ein?«, blaffte er sein Gegenüber an.

»Nein, nein, Eminenz«, stieß der Mann hastig hervor, »ich versichere Euch, niemand von uns war in die Angelegenheit verwickelt. Es scheint eine ihrer eigenen Angestellten gewesen zu sein. Eine Brasilianerin. Mehr hat unser Kontakt in Spanien bisher noch nicht in Erfahrung bringen können.«

»Wunderbar!« Der Kardinal rieb sich die Hände. Glück musste man haben. Da hatte ihm doch glatt jemand anderes die Arbeit abgenommen. »Das dürfte uns die Sache künftig erleichtern.« Er hielt kurz inne, dann sagte er: »Unser Mann im Van-Kampen-Aufsichtsrat soll auf den Nachlassverwalter einwirken. Ich will endlich das Geschäft abschließen, und vor allem will ich die Dokumente zurück, die uns dieses Weib gestohlen hat.« Bis heute war es ihm ein Rätsel, wie die Holländerin es geschafft hatte, dem Kirchenstaat so viele Jahre erfolgreich die Stirn zu bieten.

Die sorgfältig vorbereiteten Klagen, die er in den letzten Jahren gegen die van Kampen eingereicht hatte, waren bisher stets von den Gerichten abgewiesen worden. Niemals hätte er gedacht, dass die Frau über derart einflussreiche Verbündete verfügte. Sie reichten bis in höchste Regierungskreise. Leider saßen dort nicht wenige Kirchenhasser.

»Eminenz, ich fürchte, es ist ein zusätzliches Problem aufgetreten.«

Der Kardinal sah seinen Sekretär scharf an. Für ihn gab es keine Probleme. Nur Aufgaben, die es zu lösen galt.

Der Sekretär bemerkte seinen Lapsus und berichtigte sich, wobei er ins Stottern geriet. »Ich meine, also … da ist …«

»Herrgott, Enzo! Was soll denn das? Ich habe nicht ewig Zeit. Ich muss gleich zu einem Konsistorium mit dem Heiligen Vater.«

Pater Enzo gab sich einen Ruck. Diesmal sprudelten die Worte nur so aus ihm heraus. »Es gibt eine Erbin. Die Tochter der van Kampen. Sie ist verheiratet und hat einen Sohn.«

»Was? Lucia van Kampen ist wieder aufgetaucht? Aber sie galt seit neun Jahren als verschollen! Pater Filiberto hat mir schon vor Jahren glaubhaft versichert, dass sie tot sei.«

»Leider nein. Und da ist noch etwas. Sie ist mit Lukas von Stetten verheiratet. Er ist der Vater ihres Sohnes.«

»Der Schützling dieses Verräters Bentivoglio? *Der Ex-Jesuit*?« Der Kardinal griff nach dem Kreuz auf seiner Brust. Die scharfen Kanten schnitten in sein Fleisch und halfen ihm, seine Gedanken zu ordnen. Er selbst hatte Pater von Stetten vor knapp zwei Jahren, nach dem Verschwinden von Carlotta van Kampen, als unwichtig eingestuft und angeordnet, ihn nicht weiter zu überwachen. Ein kapitaler Fehler – und nicht sein einziger in diesem Fall. Er hätte nicht auf Pater Filiberto hören sollen, als dieser vorschlug, keine weitere Zeit auf die Suche nach der Van-Kampen-Tochter zu verschwenden. Er zürnte sich selbst. Ab sofort würde er die Dinge wieder selbst in die Hand nehmen!

Dabei hatte er schon genug andere Sorgen. Der neu gewählte Papst sprühte geradezu vor utopischen Ideen. Ein lästiger und gefährlicher Mann. Erst kürzlich hatte er in einem Interview, das in sechzehn Jesuiten-Zeitungen erschienen war, behauptet, dass der Hof die Lepra des Papsttums sei! Natürlich wurde das weltweit publik. Der Kardinal empfand die Aussage als empörend, ja, geradezu blasphemisch. Nicht minder anstößig fand er den Ausspruch, dass Geld der Mist des Teufels sei.

Wer hatte denn all die Jahrhunderte die mühevolle Arbeit getan, die Gelder eingetrieben und dem Papst den Hof erhalten? *Männer wie er!* Und jetzt bezeichnete er ihn und seine Vorgänger als Lepra? Wo wäre das Papsttum heute ohne die Kurie und die verantwortungsschweren Entscheidungen, die diese über die Jahrhunderte hatten treffen müssen? Nirgendwo – weil es nämlich kein Papsttum mehr gäbe! *Was bildet sich dieser Mann ein! Fast zweitausend Jahre Papsttum einfach so vom Tisch wischen zu wollen wie lästige Krümel?* Nein, er würde sich sein Lebenswerk von diesem Mann nicht zerstören lassen! Der Kirchenstaat, der Erhalt seiner Institutionen und Traditionen waren sein Leben. Er wusste genau, woher der Wind wehte: Der Papst war treuer Jesuit und nahm der Kurie noch immer das Verbot seines Ordens von 1773 übel!

»Ja, von Stetten war vor Ort in Barcelona, als die van Kampen erschossen wurde. Mit seiner Frau«, holte Enzo den Kardinal aus seinem inneren Widerstreit zurück. »Und da ist noch etwas.« Enzo stockte und knetete seine Hände.

Der Kardinal sah seinen Sekretär auffordernd an, eine Zornesfalte wie ein großes V in die Stirn gegraben.

»Saul Kaschinski wurde in Deutschland verhaftet.«

Der Kardinal explodierte endgültig und schlug mit der flachen Hand auf den Schreibtisch. »Ja, bin ich denn nur noch von unfähigen Idioten umgeben! Wie konnte das passieren? Es hieß doch, er sei der Beste in seinem Fach.«

»Kaschinski wird nicht reden, außerdem hat er alle Anweisungen anonym erhalten. Nichts in der Kommunikation weist auf eine Verbindung zu Rom hin«, beeilte sich Enzo zu antworten. »Aber wir müssen eine Entscheidung treffen«, ergänzte der Sekretär vorsichtig. Er mied Augenkontakt und schielte stattdessen auf die Statue einer betenden Madonna, die hinter seinem Dienstherrn auf einem Sockel thronte.

Der Kardinal hatte verstanden. »Ihr meint wohl, *ich* muss eine Entscheidung treffen.« Er lehnte sich in seinem Sessel zurück und überschlug seine Optionen wie ein Schachspieler. Entweder Kaschinski wurde so schnell wie möglich eliminiert, oder er sorgte dafür, dass der Mann Unterstützung erhielt. Rasch schob er die verschiedenen Konstellationen in seinem Kopf hin und her, erwog, auf welche Figuren er verzichten konnte, und fällte seine Entscheidung.

»Gut, veranlasst, dass Kaschinski heil aus der Sache herauskommt. Es zeigt ihm unsere Macht. Dann hol mir unseren Paulus hierher. Es wird Zeit, dass er wieder zum Saulus wird. Und ich will die Akte Lukas von Stetten auf meinen Tisch.«

»Ich habe sie bereits hier, Eminenz.« Enzo reichte ihm beflissen den Aktendeckel, den er unter den Arm geklemmt trug.

»Wenigstens habt Ihr einmal mitgedacht«, sagte der Kardinal gönnerhaft. Er schlug die Akte auf, überflog sie kurz und zeigte dann mit einem sorgfältig manikürten Finger auf einen Namen.

»Das ist die Schwachstelle. Hier sollten wir ansetzen. Zeit für Plan B.«

Ab 1. Juni 2017 in Ihrem Buchhandel:

Band 4 der »Seelenfischer-Reihe«

»Das Hexenkreuz«:
Die historische Vorgeschichte zu »Die Seelenfischer«:

Das Buch spielt ab 1767 in Italien und Frankreich zur Zeit der Aufklärung und erzählt die Vorgeschichte der Familie von Stetten.

Der Roman ist in sich abgeschlossen und kann unabhängig von den anderen gelesen werden.

Rom 1767

Die Allmacht der Kirche hat ihren Zenit überschritten – der Kampf ums Überleben hat begonnen.

Aufklärer, Freimaurer und Illuminaten und auch die Herrscher Europas, die Bourbonen, haben den Untergang der wichtigsten Stütze von Kirche und Papst beschlossen: *des Jesuitenordens.*

Droht ihm das gleiche Schicksal wie einst dem Templerorden? Das Gerücht, die Jesuiten hätten den Schatz der Templer gefunden, hält sich hartnäckig.

Das Geschwisterpaar Emilia und Emanuele di Stefano gerät in den Sog von dunklen Machenschaften: Der geheimnisumwitterte Herzog von Pescara begehrt Emilia zur Frau. Unterstützt von der Bruderschaft des alten römischen Kultes Sol Invictus, schickt er sich an, nach der Macht im Kirchenstaat zu greifen.

Emilias Zwillingsbruder Emanuele wird Jesuit und bringt es bis zum Assistenten des Generaloberen seines Ordens, Lorenzo Ricci. Emanuele erfährt viele Kirchengeheimnisse, darunter ist eines, das die Grundfesten seines Glaubens erschüttert.

Als der Untergang des Ordens unvermeidbar scheint, erteilt Ricci seinem Sekretär einen gefährlichen Auftrag. Er stürzt Emanuele damit in einen schweren Gewissenskonflikt. In seiner Verzweiflung vertraut sich Emanuele seiner Zwillingsschwester an und löst damit die Katastrophe aus …

Weitere Bücher der Autorin:

»Honigtot« – Band 1 der »Honigtot-Saga«

Der Spiegel-Bestseller mit bis dato
über 700 000 Leser in 14 Ländern

*Kann eine tiefe, alles verzehrende Liebe
die Generationen überdauern und alte Wunden heilen?*

Kurzbeschreibung

Als sich die junge Felicity auf die Suche nach ihrer Mutter macht, stößt sie dabei auf ein quälendes Geheimnis ihrer Familiengeschichte. Ihre Nachforschungen führen sie zurück in das dunkelste Kapitel unserer Vergangenheit und zum dramatischen Schicksal ihrer Urgroßmutter Elisabeth und deren Tochter Deborah. Ein Netz aus Liebe, Schuld und Sühne umfing beide Frauen und warf über Generationen einen Schatten auf Felicitys eigenes Leben.

»HONIGTOT«

Für Ihren Kindle: http://www.amazon.de/dp/B00Q2OSUKU

**Alle Bücher von Hanni Münzer als
e-book/Taschenbuch/Hörbuch in Ihrem Buchhandel**

»Marlene« – Band 2 der »Honigtot-Saga«

Die lang ersehnte Fortsetzung
des Spiegel-Bestsellers »Honigtot«.

Kurzbeschreibung

München 1944: Erschüttert steht Marlene vor dem ausgebombten Haus am Prinzregentenplatz. Ihre Freundin Deborah und deren kleinen Bruder Wolfgang wähnt sie tot. Doch das kann ihre Entschlossenheit zum Widerstand nicht brechen. Todesmutig stürzt sie sich in den unheilvollen Strudel des Krieges, immer wieder riskiert sie ihr Leben und wird zu einer der meistgejagten Frauen im Deutschen Reich. Sie schließt ungewöhnliche Freundschaften und lernt einen ganz besonderen Mann kennen. Einen Mann, dem das eigene Leben nichts gilt, der aber alles für die Kinder tut, die er unter seinen Schutz gestellt hat. Bald sieht sich Marlene vor der größten Entscheidung ihres Lebens: Sie erhält die Chance, den Verlauf des Krieges zu ändern, vielleicht Millionen Menschen zu retten. Doch dafür müsste der Mann, den sie liebt, sterben …

Für Ihren Kindle: https://www.amazon.de/dp/B01860TROK

**Alle Bücher von Hanni Münzer als
e-book/Taschenbuch/Hörbuch in Ihrem Buchhandel**

ANHANG

Deutsche Übersetzung
der Abschiedsrede von Dwight D. Eisenhower –
34. Präsident der Vereinigten Staaten von Amerika –
vom 17. Januar 1961

Washington, D. C.:
White House Office of Communications

Meine amerikanischen Mitbürger und Mitbürgerinnen,

in drei Tagen, nach einem halben Jahrhundert im Dienste unseres Landes, werde ich mein Amt niederlegen. In einer traditionellen und feierlichen Zeremonie wird die Präsidentschaft auf meinen Nachfolger übergehen.

In meiner Abschiedsrede heute Abend möchte ich mit Ihnen allen, liebe Mitbürger und Mitbürgerinnen, ein paar letzte Überlegungen teilen.

Wie jeder andere Bürger dieses Landes wünsche ich dem neuen Präsidenten und all seinen Mitarbeitern viel Glück. Ich bete dafür, dass die nächsten Jahre uns Frieden und Wohlstand bringen.

Unser Volk erwartet vom Präsidenten und dem Kongress, dass sie in wesentlichen Belangen zu einer Einigung finden. Ihre vernünftigen Entschlüsse werden somit für eine bessere Zukunft des Landes sorgen.

Meine Beziehungen zum Kongress begannen zaghaft aus der

Ferne, als mich vor langer Zeit ein Mitglied des Senats nach West Point berief. Während des Kriegs und in der anschließenden Nachkriegszeit wurden sie enger und haben schließlich, in den vergangenen acht Jahren, zu einer wechselseitigen Abhängigkeit geführt.

Zuletzt haben Kongress und Regierung in den wichtigsten Bereichen gut zusammengearbeitet; sie haben dem nationalen Wohl gedient und nicht schierer Parteilichkeit und so die nationale Wirtschaft vorangebracht. Mein Amtsverhältnis zum Kongress endet somit meinerseits in einem Gefühl der Dankbarkeit, dass wir so viel zusammen erreichen konnten.

II

Wir befinden uns in der zweiten Hälfte eines Jahrhunderts, das vier große Kriege zwischen bedeutenden Nationen erlebt hat. In drei dieser Kriege war auch unser Land involviert. Trotz dieser Holocausts ist Amerika heute die stärkste, einflussreichste und produktivste Nation der Welt. Auch wenn wir stolz auf diese Vormachtstellung sein können, so sind wir uns dessen bewusst, dass Amerikas Führungsrolle und Ansehen nicht nur von unserem einzigartigen materiellen Fortschritt, unserem Reichtum und unserer militärischen Stärke abhängig ist, sondern auch davon, wie wir unsere Macht und Kraft im Interesse des Weltfriedens und einer besseren Zukunft für die Menschen einsetzen.

III

Amerika hat sich auf das Abenteuer einer freien Regierung eingelassen und dabei seine grundsätzlichen Ziele nicht aus den Augen verloren: die Sicherung des Friedens, die Förderung menschlicher Errungenschaften und die Stärkung von Freiheit, Würde und Integrität unter den Menschen und zwischen den Nationen. Nach weniger zu streben, wäre eines freien und gläubigen Volkes unwürdig. Ein auf Arroganz zurückzuführendes

Scheitern oder ein Mangel an Verständnis oder Opferbereitschaft würde uns schwerwiegenden Schaden zufügen, im In- und Ausland.

Die Fortschritte auf dem Weg zu diesen hehren Zielen werden ständig von Konflikten in der ganzen Welt gefährdet. Sie bedürfen unserer ganzen Aufmerksamkeit, nehmen uns voll und ganz in Anspruch. Wir stehen einer feindlichen Ideologie gegenüber – global in seinem Umfang, atheistisch in seinem Wesen, rücksichtslos in seinen Zielen und heimtückisch in seiner Methode. Unglücklicherweise könnte die Gefahr, die sie darstellt, von Dauer sein. Um sie erfolgreich abzuwehren, sind nicht so sehr die krisenbedingten emotionalen und vorübergehenden Opfer gefordert, sondern eher jene, die uns erlauben, stetig und bestimmt und ohne zu klagen die Last eines längeren und komplexen Kampfes auf uns zu nehmen – denn die Freiheit steht auf dem Spiel. Nur so können wir, trotz Provokationen, auf unserem bereits eingeschlagenen Weg zu dauerhaftem Frieden und menschlicher Weiterentwicklung bleiben.

Krisen wird es immer wieder geben, und man wird sich ihnen stellen, ob sie nun national oder international, groß oder klein sind. Dabei könnte man der Versuchung erliegen, zu glauben, dass spektakuläre und kostspielige Maßnahmen das Wundermittel zur Lösung aller gegenwärtigen Schwierigkeiten sind. Eine massive Zunahme neuer Verteidigungselemente, die Entwicklung unrealistischer Programme, mit denen man jede Plage der Landwirtschaft ausmerzen will, ein dramatischer Ausbau der Grundlagenforschung und der angewandten Forschung – diese und viele andere Möglichkeiten, die jede an sich möglicherweise Erfolg versprechend sind, könnten uns als unser einziger Weg hin zu unseren Zielen nahegelegt werden.

Doch jeder Vorschlag muss Teil einer umfassenderen Betrachtung sein: der Notwendigkeit des Gleichgewichts innerhalb und zwischen nationalen Programmen, zwischen privater und öffentlicher Wirtschaft, zwischen Kosten und erhofften

Vorteilen, zwischen dem Notwendigen und dem Erwünschten, zwischen unseren grundlegenden Bedürfnissen als Nation und den Verpflichtungen, welche die Nation dem Individuum auferlegt, zwischen spontanen Maßnahmen und dem zukünftigen Gemeinwohl. Ein gutes Urteilsvermögen bemüht sich um Gleichgewicht und Fortschritt, fehlt dies, sind Ungleichgewicht und Frust die Folge.

Die letzten Jahrzehnte haben bewiesen, dass unser Volk und seine Regierung dies im Großen und Ganzen verstanden und entsprechend darauf reagiert haben, unter Stress und bei Bedrohung. Und Bedrohungen entstehen immer wieder aufs Neue. Ich erwähne hier nur zwei.

IV.

Ein wichtiges Element zur Erhaltung des Friedens ist unser Militärapparat. Wir brauchen mächtige, jederzeit einsatzbereite Waffen, damit kein potenzieller Angreifer das Risiko seiner eigenen Zerstörung einzugehen wagt.

Unsere militärische Organisation ähnelt kaum noch der, wie sie meine Vorgänger aus Friedenszeiten oder die kämpfenden Männer im Zweiten Weltkrieg oder im Korea-Krieg kannten.

Bis zum jüngsten der bewaffneten Konflikte hatten die Vereinigten Staaten keine Rüstungsindustrie. Wer in Amerika Pflüge herstellen konnte, konnte mit der Zeit und wenn erforderlich auch Schwerter herstellen. Aber es ist ein zu großes Risiko geworden, die nationale Verteidigung der Improvisation zu überlassen. Wir wurden dazu gezwungen, eine groß angelegte Rüstungsindustrie aufzubauen. Hinzu kommt, dass dreieinhalb Millionen Männer und Frauen unmittelbar mit dem Verteidigungsapparat zu tun haben. Wir geben jährlich für die militärische Sicherheit mehr aus als das Nettoeinkommen aller Unternehmen der USA.

Die Kombination eines riesigen Militärapparats und einer großen Rüstungsindustrie ist etwas Neues für Amerika. Es hat wirtschaftliche, politische, sogar spirituelle Auswirkungen auf jede Stadt, jedes Parlament, jedes Regierungsamt. Wir sind uns der Notwendigkeit dieser Entwicklung bewusst, doch wir dürfen ihre schwerwiegenden Auswirkungen nicht ignorieren. Denn sie betreffen nicht nur unsere Arbeit, Ressourcen und Lebensgrundlage, sondern auch die Struktur unserer Gesellschaft.

Innerhalb der Regierung müssen wir dafür sorgen, dass der militärisch-wirtschaftliche Komplex nicht zu sehr – gewollt oder ungewollt – an ungerechtfertigtem Einfluss gewinnt. Die Möglichkeit eines verheerenden Anwachsens unbefugter Macht besteht und wird auch weiter bestehen.

Wir dürfen nicht zulassen, dass das Gewicht dieser Kombination unsere Freiheiten und demokratischen Prozesse gefährdet. Wir sollten nichts als selbstverständlich hinnehmen. Nur wachsame und informierte Bürger können eine angemessene Verbindung der gewaltigen Verteidigungsmaschinerie mit unseren friedlichen Methoden und Zielen gewährleisten, sodass Sicherheit und Freiheit zusammen wachsen und gedeihen können.

Ähnliches gilt für die technologische Revolution der letzten Jahrzehnte, die zum Großteil für die tiefgreifenden Veränderungen in unserem militärisch-industriellen Dispositiv verantwortlich war.

In dieser Revolution hat die Forschung eine zentrale Stellung eingenommen; sie wird zudem formalisierter, komplexer, teurer. Forschung wird immer mehr für, von oder auf Verlangen der Regierung durchgeführt.

Der einzelgängerische Erfinder, der in seiner Werkstatt herumbastelt, wurde längst von wissenschaftlichen Projektgruppen in Labors und Testfeldern verdrängt. Gleichermaßen hat die freie Universität, historisch betrachtet die Quelle unabhängiger Ideen und wissenschaftlicher Entdeckungen, eine Revolution der Forschungsarbeit erlebt. Zum Teil wegen der damit verbundenen enormen Kosten werden Regierungsaufträge praktisch zum Ersatz für intellektuelle Neugierde. Für jede alte

Schiefertafel gibt es nun Hunderte von elektronischen Rechnern.

Die Möglichkeit, dass die Gelehrten der Nation durch öffentliche Stellen, Projektzuwendungen und die Macht des Geldes beherrscht werden könnten, ist allgegenwärtig – und als besorgniserregend zu betrachten.

Auch wenn wir der wissenschaftlichen Forschung den gebührenden Respekt zollen, so müssen wir uns der Gefahr bewusst sein, dass die öffentliche Politik von einer wissenschaftlich-technologischen Elite übernommen werden könnte.

Es gehört zur Staatsführung, diese und andere, neue und alte Kräfte zu formen und sie mit den Prinzipien unseres demokratischen Systems zu vereinbaren und dabei stets die obersten Ziele unserer freien Gesellschaft im Auge zu behalten.

V.

Ein weiterer Faktor, der für den Erhalt des Gleichgewichts sorgt, ist die Zeit. Im Hinblick auf die Zukunft unserer Gesellschaft müssen wir – Sie, ich und unsere Regierung – dem Impuls widerstehen, nur im Hier und Jetzt zu leben und aus Bequemlichkeit die wertvollen natürlichen Ressourcen der Zukunft zu plündern. Wir können das, was unseren Enkeln zusteht, nicht verpfänden und so den Verlust ihres politischen und geistigen Erbes riskieren. Die Demokratie soll den kommenden Generationen erhalten bleiben und nicht zum insolventen Phantom der Zukunft werden.

VI.

Amerika ist sich bewusst, dass diese unsere Welt, die immer kleiner wird, in Zukunft nicht zu einer Gemeinschaft der Angst und des Hasses werden darf; sie soll sich zu einem stolzen Bündnis gegenseitigen Vertrauens und Respekts entwickeln.

Ein solches Bündnis besteht aus Gleichgestellten. Die Schwächsten müssen sich mit der gleichen Zuversicht an den

Verhandlungstisch setzen können wie wir, die wir durch unsere moralische, wirtschaftliche und militärische Stärke geschützt sind. Dieser Verhandlungstisch trägt wohl die Narben vergangener Enttäuschungen, doch man sollte ihn nicht verlassen und gegen das sichere Leid des Schlachtfeldes eintauschen.

Abrüstung, in gegenseitigem Respekt und Vertrauen, ist eine absolute Notwendigkeit. Gemeinsam müssen wir lernen, Meinungsverschiedenheiten beizulegen, nicht mit Waffen, sondern mit Verstand und ehrbaren Absichten. Diese Notwendigkeit ist derart offensichtlich, dass ich zugeben muss, meine offiziellen Verantwortlichkeiten in diesem Bereich mit einem Gefühl der Enttäuschung niederzulegen. Ich habe das Grauen und die Verzweiflung des Kriegs erlebt, ich weiß, dass ein weiterer Krieg diese Zivilisation, die sich erst langsam und mühevoll über Jahrtausende entwickeln musste, vollends vernichten könnte, und ich wünschte, ich könnte heute verkünden, dass ein dauerhafter Friede in Sicht sei.

Glücklicherweise kann ich sagen, dass Krieg vermieden werden konnte. Wir bewegen uns kontinuierlich auf unser endgültiges Ziel zu. Aber es bleibt noch viel zu tun. Als normaler Bürger werde ich nie aufhören, meinen Beitrag, und wenn er noch so klein ist, zu leisten, um den Frieden in dieser Welt voranzubringen.

VII.

Und so, in meiner letzten Rede zu Ihnen als Präsident, bedanke ich mich für die vielen Gelegenheiten, die Sie mir gegeben haben, dem Land in Krieg und Frieden zu dienen. Ich hoffe, dass Sie einiges davon lobenswert fanden; für den Rest, so denke ich, werden Sie Wege finden, um es in Zukunft besser zu machen.

Sie und ich, liebe Landsleute, wir müssen stark sein in unserem Glauben, dass alle Nationen, unter Gott, Frieden mit Gerechtigkeit finden werden. Lasst uns unerschütterlich an unseren Prinzipien festhalten, zuversichtlich, doch demütig mit

Macht umgehen und die großen nationalen Ziele gewissenhaft verfolgen.

Allen Völkern der Erde möchte ich erneut Amerikas inständiges, kontinuierliches Bestreben zum Ausdruck bringen:

Wir beten dafür, dass die grundlegenden Bedürfnisse der Völker aller Glaubensrichtungen, aller Rassen, aller Nationen befriedigt werden, dass all jene, denen jetzt noch Chancen versagt sind, diese bald in vollen Zügen genießen können; dass alle, die sich nach Frieden sehnen, bald seinen spirituellen Segen erfahren; dass jene, die in Freiheit leben, auch ihre große Verantwortung erkennen; dass alle, die der Not der andern gefühllos gegenüberstehen, Wohltätigkeit lernen; dass die Geißeln der Armut, Krankheit und Ignoranz von der Erde verschwinden und irgendwann alle Völker in Frieden zusammenleben können, einem Frieden, der durch gegenseitige Achtung und Liebe sichergestellt wird.

Nun, Freitagmittag werde ich ein einfacher Bürger werden. Ich bin stolz darauf und sehe dem entgegen.

Vielen Dank und gute Nacht.

Das englische Original der Abschiedsrede
von Dwight D. Eisenhower –
34. Präsident der Vereinigten Staaten von Amerika –
vom 17. Januar 1961 finden Sie
auf meiner Webpage:
www.hannimuenzer.de
Danke nochmals, liebe Leser,
dass Sie mir bis hierhin gefolgt sind.
Ihre Hanni M.☺

Inhaltsverzeichnis

HANNI
MÜNZER
PIPER
Die
Seelenfischer
THRILLER

HANNI
MÜNZER
PIPER
Die Akte
Rosenthal
Teil 1
THRILLER

HANNI
MÜNZER
PIPER
Die Akte
Rosenthal
Teil 2
THRILLER

HANNI
MÜNZER
PIPER
Das
Hexenkreuz
HISTORISCHER
ROMAN